Darja Donzowa
Den Letzten beißt der Hund

DARJA DONZOWA (eigentlich Agrippina Donzowa) wurde 1952 in Moskau geboren. Sie studierte Journalistik an der Moskauer Lomonossow-Universität, arbeitete zunächst als Übersetzerin und unterrichtete später Französisch und Deutsch. Seit 1998 schreibt sie Kriminalromane, mittlerweile sind es vier Krimi-Reihen. Sie hat bisher 46 Bücher veröffentlicht, von denen insgesamt 72 Millionen Exemplare verkauft wurden. Darja Donzowa wurde dreimal in Russland Schriftstellerin des Jahres. 2002 und 2003 wurde jeweils eines ihrer Bücher als »Bestseller des Jahres« ausgezeichnet. Darja Donzowa moderiert im russischen Radio eine Talkshow und hat im Fernsehen eine Rubrik. Ihre Kriminalromane dienten als Vorlage für Hörspiele und Fernsehserien. Sie lebt mit ihrem Mann, ihren drei Kindern und ihren Hunden in Moskau.

Im Aufbau Taschenbuch Verlag erschienen bisher ihre Romane *Nichts wäscht weißer als der Tod* (2006), *Spiele niemals mit dem* Tod (2007), *Perfekt bis in den Tod* (2007), *Bis dass dein Tod uns scheidet* (2008), *Verlieb dich nie in einen Toten* (2009) und *Vögel, die am Abend singen* (2009).

An einem Regentag stürzt Tanjas Datsche ein. Wohin nun mit Kindern und Hunden? Die Wohnung in Moskau wird gerade saniert. Da lädt ihr reicher Nachbar sie alle ein, den Sommer in seiner Villa zu verbringen. Dort geht es ziemlich turbulent zu, trotzdem fühlen sich Tanja und die Kinder wie im Paradies. Eines Morgens aber findet Tanja den Nachbarn tot am Schreibtisch. Seine junge Ehefrau wird verhaftet. Doch Tanja glaubt an deren Unschuld und macht sich daran, die chaotischen Familienverhältnisse zu entwirren und den wahren Mörder aufzuspüren.

Darja Donzowa

Den Letzten beißt der Hund

Kriminalroman

Aus dem Russischen von Helmut Ettinger

aufbau taschenbuch

Die Originalausgabe unter dem Titel
»Фиговый листочек от кутюр«
erschien 2002 bei EKSMO-Press, Moskau.

ISBN 978-3-7466-2575-1

Aufbau Taschenbuch ist eine Marke
der Aufbau Verlag GmbH & Co. KG

1. Auflage 2010

Umschlaggestaltung Mediabureau Di Stefano
unter Verwendung von
Illustrationen von Martin Haake
Druck und Binden C. H. Beck, Nördlingen
Printed in Germany

www.aufbau-aufbau.de

1. Kapitel

Der Juni war in diesem Jahr einfach grässlich. Ein bisschen Wasser kann der Erde nicht schaden, musste da oben jemand gedacht haben. Dann hatte er den Hahn aufgedreht. Am Ersten, Zweiten, Dritten und Vierten des Monats goss es, als lebten wir im tropischen Regenwald. Kein Sonnenstrahl drang durch die bleigrauen Wolken. Der den Hahn aufgedreht hatte, war offenbar wieder schlafen gegangen oder hatte uns da unten glatt vergessen.

Am 5. Juni stöhnte Kira abends aus tiefstem Herzensgrund: »Wenn das morgen weiter so schifft, verliere ich noch den Verstand!«

»Die Gefahr besteht nicht«, brummte Lisa.

»Warum?«, fragte der Junge träge und unbedacht.

»Na, darum!«, gab Lisa hämisch zurück. »Man kann nicht verlieren, was man nicht hat!«

Erbost warf Kira einen Brotkanten nach ihr, traf aber nicht. Dafür versetzte ihm Lisa eins mit dem Küchenhandtuch. Schon war ein wilder Kampf im Gange. Auf der Terrasse flogen Zeitungen, Klamotten und Essenreste nach allen Seiten. Unsere Hunde, überglücklich, dass nach Tagen des Eingesperrtseins endlich etwas passierte, umkreisten die Streithähne mit lautem Gebell. Ich flüchtete ich in den ersten Stock, sprang ins Bett und zog mir die Decke über die Ohren. Kira und Lisa konnten die ewige Stubenhockerei einfach nicht mehr ertragen. Sie hatten sich so auf den Sommer im Grünen gefreut! Mit den Rädern wollten sie die Gegend unsicher machen, auf Bäume klettern, im Teich baden oder im Wald Laubhütten bauen. Nun aber lagen sie den ganzen Tag faul auf der Couch herum und starrten auf den Fernseher, der wie zum Hohn nur Schrott anbot.

Bei Dauerregen kann einem auf der Datsche, auch wenn sie gut eingerichtet ist, schon das Lachen vergehen. Wahrscheinlich stritten und zankten Lisa und Kira deshalb ohne Ende und gingen zu offenen Kampfhandlungen über, wenn ihnen die Worte fehlten. Sie zur Ordnung zu rufen oder den Schuldigen herauszufinden war ein sinnloses Unterfangen. Wenn ich nur einwarf: »Lisa, lass endlich Kira in Ruhe!«, parierte das Mädchen, das sich gerade zu einem properen Teenager mauserte: »Er hat aber angefangen! Immer verteidigst du ihn!«

Dann zog sie einen Flunsch und schlug die Tür so heftig zu, dass die armen Hunde hochfuhren und wütend zu kläffen anfingen. Der Gerechtigkeit halber muss ich sagen, dass Kira, wenn er angesprochen wird, genauso reagiert. Ich weiß nicht, wie andere Frauen bei Familienmitgliedern dieses Alters das psychische Gleichgewicht bewahren. Ich möchte die beiden manchmal einfach beim Schlafittchen packen und mit den Köpfen zusammenstoßen. Daran hindert mich nur meine gute Erziehung. Meine Mutter selig, eine Opernsängerin, pflegte zu sagen: »Ein intelligenter Mensch muss in jeder Lage Contenance bewahren.«

Allerdings hatte sie nur ein Kind, ein Mädchen, das heißt, mich. Ich war ein stilles, ewig kränkelndes Wesen, das seine Kindheit und Jugend größtenteils mit Üben an der Harfe verbrachte. Auf dieser Datsche, wo jetzt Kira und Lisa ihre Kämpfe austrugen, saß ich als kleines Mädchen schweigend am Tisch und vertrieb mir die Zeit, indem ich Anziehpüppchen aus Papier ausschnitt. Freundinnen hatte ich keine, ein Fahrrad bekam ich nicht, weil ich damit hätte stürzen und mich verletzen können. Und auf eine Bemerkung meiner Mutter die Tür zuzuwerfen, dass es krachte, ist mir nie in den Sinn gekommen.

Einmal habe ich versucht, meine eigenen Erfahrungen pädagogisch einzusetzen. Mit Nachdruck erklärte ich: »Als ich klein war, haben sich die Kinder nicht so benommen.«

Sofort vergaßen meine beiden ihren aktuellen Streit, wandten mir ihre erhitzten Gesichter zu und antworteten mit einer wahren Kanonade von Gegenargumenten:

»Zu deiner Zeit, Tanja«, brüllte Kira los, »sind die Kinder noch in Zweierreihen marschiert, mussten Schulkleidung tragen und hatten nicht einmal einen Computer!«

»Und kein Video!«, fiel Lisa ein. »Furchtbar muss das gewesen sein! Die reine Steinzeit! Und die Alten haben natürlich rumkommandiert, wie sie wollten!«

»Du hast doch selber erzählt, dass du nur zwanzig Minuten am Tag fernsehen durftest«, warf Kira ein und kicherte schadenfroh.

»Und bis zur zehnten Klasse bist du mit einem Zopf rumgelaufen!«

»Die reine Sklaverei!«

»Und in den Ferien musstet ihr Gorki lesen!«

»So schlecht ist der gar nicht«, wagte ich einzuwenden.

»Ach, hör doch auf!«, riefen Kira und Lisa im Chor und stritten lustig weiter.

Nachdenklich ging ich auf mein Zimmer. Natürlich konnte man Gorki, den begabten Autodidakten, nicht mit Dickens vergleichen, aber immerhin hatte er keine Pokemon-Comics verfasst, auf die Lisa so abfuhr, sondern echte Literatur, die ... Was Gorki den Schülern unserer Zeit geben konnte, darüber musste ich bei Gelegenheit nachdenken. Vorerst nahm ich mir vor, mich in ihr Geplänkel nicht mehr einzumischen. Sollten sie sich doch prügeln, so viel sie wollten. Wenn sie über Tisch und Bänke gingen, wollte ich mich zurücklehnen und auf jeden empörten Hilfeschrei mit dem stoischen Satz antworten: »Ach, klärt das doch selber!«

Mit dieser Einstellung gelang es mir auch diesmal, bei dem Kampfgeschrei, das von der Terrasse zu mir drang, friedlich einzuschlummern. Die Lider wurden mir schwer, unsere Möpse Mulja und Ada waren unter meine Decke gekrochen und drängten sich mit ihren warmen, seidigen Flanken an meinen Rücken. Ich wollte sie von dort vertreiben, aber mir schwanden die Kräfte. Morpheus nahm mich fest in seine Arme.

Plötzlich drang ein ohrenbetäubendes Krachen an mein Ohr. Ich schrak im Bett hoch. Das war aber nun wirklich zu viel! Nahmen sie jetzt schon das Haus auseinander? Ich sprang auf, fuhr in Morgenrock und Pantoffeln, da dröhnte es wieder.

»Was ist denn das?«, hörte ich Kira schreien. »Lisa, hol Tanja! Ich kümmere mich um die Hunde! Ein Erdbeben!«

Ich packte Mulja und Ada und stürzte die Treppe hinunter. Die schwankte gefährlich unter meinen Füßen. Ein Erdbeben bei Moskau? In einer Datschensiedlung vor den Toren der Hauptstadt? Das hatte es noch nie gegeben! Aber darüber nachzugrübeln war jetzt keine Zeit. Die Dielen bebten wie unter Stromstößen, die Wände wankten. In vollem Lauf bekam ich noch den Kater Pingu zu fassen und stürzte in den Garten hinaus, wo bereits Kira und Lisa im strömenden Regen standen.

»Was ist denn los?!«, rief ich erschrocken und wischte mir das Wasser aus dem Gesicht.

»Woher sollen wir das wissen?«, gaben die Kinder zurück. Da knackte und knirschte es plötzlich, dass es einem durch Mark und Bein ging. Unsere Datsche legte sich langsam auf die Seite und fiel vor unseren Augen in sich zusammen. Wir standen vor einem großen Haufen von Brettern und gesprungenen Fensterscheiben und hatten nur noch das, was wir auf dem Leibe trugen.

»Wahnsinn!« Lisa fasste sich als Erste. »Was war denn das?«

»Ich weiß nicht«, antwortete ich erschüttert.

»Tschetschenische Terroristen haben eine Bombe gelegt!«, vermutete Kira.

»Red keinen Quatsch«, blaffte Lisa ihn an.

Ich fürchtete, sie könnten auf den Resten dessen, was soeben noch unsere nicht gerade taufrische, aber gemütliche Heimstatt gewesen war, eine neue Prügelei anfangen. Daher sagte ich rasch: »Sind denn überhaupt alle da?«

Zu meiner Erleichterung zeigte sich schnell, dass alle Tiere bei uns waren. Ich hatte Mulja, Ada und den Kater Pingu gerettet. Kira hatte die Staffordshire-Terrier-Dame Rachel und den Kater Klaus, Lisa die Katze Semiramis und die Promenadenmischung Ramik an die frische Luft befördert.

»Also«, stellte ich erleichtert fest, »Verluste sind wohl keine zu beklagen.«

»Die Kröte Gertrud!«, schrie Kira auf. »Die Arme! Die hat sicher Todesqualen gelitten!« Unserem Jungen liefen Tränen über die Stupsnase.

»Mal nicht gleich den Teufel an die Wand«, meinte Lisa, zog aber selbst die Nase hoch. »Kröten sind Überlebenskünstler. Die kommt bestimmt noch irgendwo hervorgekrochen.«

»In Freiheit kann sie doch nicht überleben!«, heulte der Junge weiter. »Sogar die Fliegen fang ich ihr! Sie selber packt das nicht!«

Darauf wusste Lisa nichts mehr zu sagen und heulte mit. Da spürte ich in der Tasche meines Morgenmantels eine leichte Bewegung. Ich griff hinein und zog – heil, ganz und quicklebendig – die Kröte Gertrud hervor.

»Tanja!«, schrie Kira auf und sprang durch die Pfützen auf mich zu, »du bist die Größte! Lass dich küssen! Du hast Gertrud gerettet!«

Ich lächelte bescheiden. Vielleicht war ich ja wirklich die Größte, aber im Moment wusste ich nicht, wie die Kröte in meine Tasche gekommen war. Ich hatte damit wirklich nichts zu tun. Vielleicht war sie von selbst hineingehüpft?

Da standen wir nun im eiskalten, so gar nicht sommerlichen Regen. Ich seufzte tief auf. Die Tiere waren am

Leben, aber an Geld, Papiere oder zumindest Jacken und Schuhe hatte keiner gedacht. Wir boten ein malerisches Bild: Kira in T-Shirt mit Schokoladenflecken und zerfetzten Shorts, Lisa in hellblauem, ärmellosem Minikleid und ich im Morgenrock. Die Kinder trugen Badelatschen, und meine Füße steckten in hübschen rosa Plüschpantoffeln, die wie Häschen gemacht waren. Jetzt ähnelten sie eher zwei Scheuerlappen von unbestimmter Farbe. Ich ärgerte mich über meine Gedankenlosigkeit. Deshalb sagte ich heftiger als gewollt: »Los, ab zu den Redkins!«

Makar Sergejewitsch Redkin, ein General a. D., ist der Chef der Verwaltung unserer Datschensiedlung. Der alte Haudegen kannte meine Eltern gut. Er hat ein riesiges Haus mit einer chaotischen Familie – Kinder, Schwiegertöchter und Enkel ohne Ende. Drei Hunde und zwei Katzen bevölkern sein Grundstück. Unsere Menagerie würde dort freundlich aufgenommen werden. Kira und Lisa finden Redkins dreizehnjährigen Neffen Jegor und die fünfzehnjährige Tochter Njuscha sympathisch. Der General, ein unverbesserlicher Schürzenjäger, behauptet stolz von sich, er habe keine seiner Frauen betrogen. Das ist nicht einmal gelogen. Von jeder seiner Ehefrauen, die ihm nicht mehr zusagte, hat er sich getrennt, bevor er sich eine neue Lebensgefährtin zulegte. Aus diesem Grunde ist es schwer, bei seinen Kindern und Enkeln den Überblick zu behalten. Auch deshalb, weil seine letzte Tochter Njuscha jünger ist als seine ersten Enkel.

Aber Makar Redkins Moral interessierte mich jetzt weniger. In dieser großen Familie fand sich bestimmt etwas Passendes, das Lisa und Kira überziehen konnten. Und auch was mich selbst betraf, war mir nicht bange.

»Auf geht's!«, kommandierte ich.

Mühsam quälten wir uns auf dem vom Regen spiegelglatten Lehmboden vorwärts. Ramik und Rachel mit ihren kräftigen Beinen bewegten sich wie Geländewagen mit

Allradantrieb. Sie sind gut für jedes Wetter. Die Möpsinnen, die die Kinder tragen mussten, knurrten unzufrieden vor sich hin. Herunterlassen konnte man sie nicht, denn sie hätten sich sofort auf den Bauch gelegt und wären keinen Schritt weitergegangen. Auch die Katzen ließen immer wieder ein verhaltenes Fauchen hören, besonders Pingu fand das Ganze gar nicht lustig.

»Was ist denn mit euch los?«, rief der General entgeistert, als er unser zitterndes Häuflein auf der Schwelle seines Hauses erblickte. »Seid ihr aus der Gefangenschaft ausgebrochen?«

Ich schüttelte meine völlig durchnässten Häschenpantoffeln von den Füßen und murmelte niedergeschlagen: »So ungefähr.«

»Was ist denn passiert?«

»Das glauben Sie sowieso nicht!«

»Tschetschenische Terroristen haben unsere Datsche in die Luft gesprengt!«, erklärte Kira stolz.

»…!«, rief der General. »Du willst mich wohl auf den Arm nehmen?!«

»Unser Haus ist zusammengebrochen«, sagte ich mit einem Seufzer und fühlte mich plötzlich zum Umfallen müde. »Es ist nur noch ein Haufen Trümmer.«

»Anja!«, brüllte Redkin.

Seine aktuelle Ehefrau, etwa so alt wie ich, kam auf die Terrasse gelaufen.

»Hallo, Tanja, grüß dich! Das ist aber schön, dass ihr mal bei uns vorbeischaut! Ich habe gerade eine Pastete aus der Röhre geholt, möchtet ihr was davon?«

»O ja!!!«, riefen die Kinder.

»Bleib uns mit deinen Backkünsten vom Hals!«, erregte sich Redkin. »Ich verhänge den Ausnahmezustand! Evakuierung vorbereiten! Eiserne Ration und einmal Wechselwäsche für jeden! Anja, hol die Kinder zusammen. Lena, Sonja, Rita, her zu mir, ihr Weiber!«

Die Schwiegertöchter kamen herbeigelaufen.

»Los, bewegt euch«, kommandierte der General. »Die Fenster schließen, Trinkwasser fassen, Petroleum, Kerzen und Streichhölzer mitnehmen!«

Den Frauen blieb der Mund offen stehen. Schließlich fragte Lena ängstlich: »Bist du die Treppe heruntergefallen, Papa?«

»Ruhe hier!«, donnerte der General. »In dieser Siedlung, die mir anvertraut ist, hat es einen Terroranschlag gegeben!«

Da griff Anja ein. »Makar, zieh Regenmantel und Stiefel an und schau selber nach, was da passiert ist. Jura und Senja, ihr begleitet euren Vater. Und ich gebe den Leuten erst mal trockene Sachen und was zu essen.«

Der General, den jede seiner Frauen nach kurzer Zeit unter dem Pantoffel hatte, verstummte augenblicklich und sagte friedlich: »Recht hast du, meine Süße! Hier ist erst einmal Aufklärung vor Ort nötig.«

In den folgenden drei Tagen war unsere Datsche das Thema Nummer Eins der ganzen Siedlung. General Redkin entfaltete hektische Aktivität. Auf unserem Grundstück, wo gerade noch ein hübsches Häuschen gestanden hatte, liefen unbekannte Leute umher, wedelten mit Papieren und machten sich Notizen. General Redkin kommandierte sie wie weiland Napoleon von seinem Feldherrenhügel. Am darauffolgenden Mittwoch rief er: »Tanja, zu mir!«

Ich quälte mich aus der Hängematte und erschien in Begleitung meiner Möpse im Stübchen des Generals im Parterre.

»Setz dich und hör zu«, befahl mir der alte Mann. »Dies ist das Ergebnis der Untersuchungskommission.«

Je länger er mir aus dem Papier vorlas, desto größer wurden meine Augen.

Aljabjewo, wo alle unsere Datschen stehen, wurde in

den sechziger Jahren erbaut. Nikita Chruschtschow, damals der erste Mann des Sowjetlandes, liebte das Militär. Mein Vater war zwar Professor und Akademiemitglied, trug aber die Schulterstücke eines Generals, denn er war für die Rüstungsindustrie tätig. Chruschtschow galt als großzügiger Mann, der nie kleckerte, sondern klotzte. Als das Militär ihn um Datschengrundstücke bat, wies er an, ihm so viel Grund und Boden zuzuweisen, wie es verlangte. Unsere Grundstücke sind so weitläufig, dass es Plätze auf unserem Besitztum gibt, wo ich noch nie gewesen bin. Zudem liegt unser Haus ganz am Ende der Siedlung. Nicht weit davon beginnt dichter Wald, wo, so behauptet Kira, sogar Wölfe leben.

Jahrzehntelang war Aljabjewo fest in der Hand des Militärs. Dort eine Datsche zu kaufen oder zu verkaufen war völlig unmöglich. Inzwischen aber haben sich die Zeiten geändert. Ringsherum schießen prächtige Villen wie Pilze aus dem Boden. Die alten Häuser wirken neben ihnen geradezu ärmlich. Auch auf unserem Nachbargrundstück am Waldrand hat man einen solchen Palast hochgezogen. Er steht ganz nahe bei unserer Datsche, denn man hat ihn fast bis an den Zaun gebaut. Wir haben uns schon gefragt, warum die neuen Nachbarn nicht etwas mehr Abstand gehalten haben. Kennengelernt haben wir sie noch nicht. Letzten Herbst bei unserer Rückkehr in die Stadtwohnung wuchs an der Stelle nur hüfthohes Gras. Als wir aber Ende Mai die neue Datschensaison eröffnen wollten, ragte vor unserer Nase eine mächtige Betonmauer auf, hinter der wir nur ein mit roten Ziegeln frisch gedecktes Dach ausmachen konnten. Über die Mauer, die eher an eine Panzersperre erinnert, dringt kein Laut zu uns herüber. Nur Videokameras drehen sich manchmal mit leisem Schnurren, wenn wir den Betonblöcken zu nahe kommen. Nachts flammen dazu noch starke Scheinwerfer auf. Der Buschfunk will wissen, dass dort ein Zwerg ohne Familie lebt, der im Rollstuhl durch das Haus fährt. Als ich das zum ersten Mal hörte, fragte ich verwundert: »Wieso ein Zwerg?«

»Na, ein Liliputaner eben«, behauptete die Witwe von General Ljalin, Maria Gawrilowna, die größte Klatschbase der Siedlung, achselzuckend.

»Und warum im Rollstuhl?«, fragte ich hartnäckig weiter.

»Na, weil er ein Mafioso ist!«, erklärte mir Maria Gawrilowna bereitwillig. »Die kriegen sich doch manchmal in die Haare, da haben sie ihm halt die Beine kaputt geschossen.«

Ich hielt dieses Getratsche für himmelschreienden Unsinn, aber Lisa und Kira waren von der Vorstellung fasziniert.

Nun eröffnete mir General Redkin, dass wir unser geliebtes Häuschen wegen der Bauerei dieses Kerls im Rollstuhl verloren haben sollten.

»Hier steht es schwarz auf weiß!«, erklärte Redkin kategorisch und tippte mit dem Zeigefinger auf das Papier. »Sieh her, der Untergrund in unserer Siedlung …«

Ich brauchte zwanzig Minuten, bis ich begriff, wie die Dinge zusammenhingen. Die Einzelheiten erspare ich Ihnen. Kurzum, die Sache verhält sich so: Die Gegend bis zum Waldrand, wo in vergangenen Jahren noch das hohe Gras stand, ist versumpftes Gelände. Die neuen Besitzer legten es trocken, suchten aber für das Haus nach einem festen Standort, weshalb sie unserem Zaun so nahe kamen. Da bauten sie nun eine riesige zweistöckige Villa, einen Swimmingpool, die Betonmauer, eine Garage für vier große Wagen, das Gärtnerhäuschen … Für all das wurden mächtige, schwere Fundamente gelegt. Leider erwies sich der Untergrund an der Grenze unserer Grundstücke doch nicht als so fest, wie erwartet. Unter der Last gab das Erdreich nach. Vielleicht wäre das Ganze mit einer geringfügigen Schieflage unseres Häuschens abgegangen. Aber der

Dauerregen in diesem Juni zog unserer Hütte buchstäblich den Boden unter den Füßen weg.

»Die Larionows sind schuld!«, donnerte General Redkin. Wir haben sie gewarnt, sie sollten etwas weiter weg bauen, aber sie haben nicht auf uns gehört! Und nun haben wir den Salat! Gleich wird er hier auftauchen ...«

»Wer?«, fragte ich einfältig.

»Hörst du mir denn nicht zu?«, erregte sich der General. »Der Besitzer wird gleich hier aufkreuzen, Gleb Lukitsch Larionow! Du musst ihm sofort mit dem Kadi drohen, hast du verstanden?!«

Da knirschte auch schon der Kies vor dem Haus. Ganz automatisch blickte ich zum Fenster und sah, wie ein schlanker junger Bursche in Jeans und schickem hellem Hemd aus einer großen schwarzen ausländischen Limousine stieg. Das hatte gerade noch gefehlt. Ein Neureicher! General Redkins Datsche liegt höchstens dreihundert Meter von Larionows Palast entfernt, aber der Kerl musste mit seinem Schlitten vorfahren. Mit dem war bestimmt schwer streiten.

»He!« Der General stieß mich in die Seite. »Lass den Kopf nicht hängen! Den Tapferen trifft keine Kugel und kein Bajonett! Auf in den Kampf!«

Die Tür sprang auf und ein Hauch von teurem Eau de Cologne, guten Zigaretten und seltenem Kognak wehte herein. »Ich grüße Sie, Makar Sergejewitsch!«

»Guten Tag, Gleb Lukitsch, nehmen Sie Platz.«

Der junge Mann trat näher. Als ich in sein Gesicht sah, musste ich mich sehr zusammennehmen, um meine Überraschung nicht zu zeigen. Auf der schlanken, sportlichen Figur saß der Kopf eines Mannes, der schon viel erlebt und gesehen haben musste. Gleb Lukitsch Larionow war um die 60 Jahre alt, bestimmt nicht weniger.

2. Kapitel

Eine halbe Stunde lang setzte General Redkin nun Herrn Larionow auseinander, was passiert war, stets bemüht, Kraftausdrücke zu vermeiden. Larionow hörte schweigend zu. Nur manchmal zog er verwundert die Augenbrauen hoch. Dann musterte er mich von Kopf bis Fuß und fragte höflich: »Erlauben Sie?« Er nahm die Mappe und vertiefte sich in die Unterlagen.

Der General und ich warteten geduldig.

»Tja«, ließ unser Nachbar schließlich hören, »eine klare Sache, mehr noch ...«

»Dass Sie es gleich wissen«, brummte der General, der krebsrot angelaufen war, »dieses Mädchen steht unter meinem Schutz! Ihr Vater und ich ..., ach, was! Sie wird Sie verklagen! Das hier ist keine Siedlung wie alle anderen, hier ...«

Larionow musste lächeln und wandte sich mir zu.

»Wollen Sie unbedingt vor Gericht ziehen?«

Das Lächeln verwandelte das Gesicht des Mannes auf wundersame Weise. Man sah sofort, dass er Charme hatte und wahrscheinlich wie General Redkin mit Frauen umzugehen wusste.

»Nein«, murmelte ich, »wir können das natürlich auch gütlich regeln, aber wie?«

»Ganz einfach«, antwortete Larionow achselzuckend. »Da Ihr altes Haus durch meine Schuld zusammengefallen ist, muss ich Ihnen wohl ein neues bauen. Den alten Zustand wiederherstellen. Wie viele Zimmer hatten Sie denn?«

»Fünf: Unten drei, oben zwei und dazu die Veranda.«

»Kein Problem«, erklärte Larionow. Er zückte ein winziges Handy und sprach hinein: »Oleg, schnapp dir Konstantin und kommt beide sofort nach Aljabjewo.«

Nun legte er den Apparat auf den Tisch, schaute auf die

Uhr und verkündete: »Zu Mittag ist der Architekt hier, und dann fangen wir an.«

Dieses Tempo verschlug mir die Sprache. Dem General, der sich auf großen Streit eingestellt hatte, war das gar nicht recht. Ein bisschen kabbeln wollte er sich schon noch.

»Schön, dass Sie so reagieren. Aber wo soll Tanja jetzt wohnen? Schließlich hat sie Kinder!«

Gleb Larionow fragte ungerührt: »Wissen Sie wirklich nicht, wohin?«

Ich nickte verlegen. In unserer Stadtwohnung lief gerade eine Grundsanierung. Wir hatten sie auf den Sommer gelegt. Wir sind eine große Familie: meine beste Freundin Katja, ihre Söhne Kira und Serjosha, dessen Frau Julia, dann Lisa und schließlich ich, Tanja Romanowa. Auf welche Weise uns das Schicksal zusammengeweht hat, werde ich hier nicht in allen Einzelheiten schildern.* Aber glauben Sie mir, unsere Freundschaft hält uns fester zusammen als manche Familienbande. Unsere Wohnung, die durch das Zusammenlegen zweier kleinerer entstanden ist, wurde mit der Zeit immer schäbiger. Lange übersahen wir geflissentlich, dass die Flecken auf den Tapeten wuchsen und in Bad und Küche die Kacheln abfielen. Aber als schließlich ein großes Stück Putz von der Decke auf Kiras Bett herabklatschte und schon am nächsten Tag der Rahmen des Küchenfensters entzweiging, konnten wir die Aktion nicht weiter aufschieben.

Katja und ich haben alles genau geplant. Im Juni besuchen Serjosha und Julia immer ihre Freunde auf der Krim. Im Juli und wahrscheinlich auch im August sind sie dienstlich unterwegs. Katja, unser Dr. med., eine gefragte Chirurgin, hat für die drei Sommermonate zugesagt, am Kran-

* Wie Katja und Tanja sich kennenlernten, ist in dem Roman *Nichts wäscht weißer als der Tod* beschrieben. Lisas Schicksal kann in *Spiele niemals mit dem Tod* nachgelesen werden.

kenhaus der Stadt Hume im US-Staat Pennsylvania zu arbeiten. Solche »Gastspiele« gibt sie öfter, denn die bringen ihr einen schönen Zuverdienst ein. Kira, Lisa, ich und die Tiere sind den Sommer über jedes Jahr auf der Datsche. Im Familienrat wurde beschlossen, dass wir als handwerklich völlig unbeleckte Leute einen Vorarbeiter anheuern, der die Sanierung beaufsichtigt und sich für uns mit den Handwerkern herumstreitet. Das lief bislang alles nach Plan. Jetzt saß ich mit Kindern und Haustieren auf der Straße, denn in unserer Wohnung wurden Wände herausgerissen und Türdurchbrüche gemacht, und die Datsche war nur noch ein Trümmerhaufen.

»Sie haben wirklich keinen anderen Unterschlupf?«, fragte Gleb Larionow noch einmal.

Ich erklärte ihm, was in unserer Stadtwohnung gerade vorging. Er blickte mich eine Weile wortlos an, schlug schließlich mit der flachen Hand auf den Tisch und sagte im Befehlston: »Also, dann pack mal deine Sachen.«

»Wohin sollen wir denn?«

»Zu mir.«

»Nein, das geht nicht«, wandte ich kopfschüttelnd ein.

»Warum?«

»Wir kennen uns doch gar nicht!«

»Unsinn.«

»Und die Tiere ...«

»Kein Problem, wir haben auch einen Hund.«

»Aber wir sind doch so viele!«

»Mein Haus hat über zwanzig Zimmer. Davon steht mehr als die Hälfte leer.«

»Na, ich weiß nicht ...«

»Übrigens«, sagte Gleb Larionow jetzt leise, »wie heißt du überhaupt?«

»Tanja.«

»Damit du es gleich weißt: Wenn *ich* etwas sage, dann hören die anderen zu und fügen sich, klar? Los, sammle deine Kinder, Hunde und Katzen ein! Was habt ihr noch – Fische?«

»Keine Fische, nur die Kröte Gertrud«, korrigierte ich ihn kleinlaut.

»Für die Kröte findet sich auch noch ein Fleckchen. Beeilt euch, der Wagen steht schon da.«

»Danke, wir gehen zu Fuß.«

Larionow schnaufte ungeduldig.

»Los jetzt, packt eure Sachen in den Mercedes, und dann ab die Post!«

»Unsere Sachen liegen unter den Trümmern, es gibt nichts zu packen.«

»Überhaupt nichts?«

»Nein. Was wir anhaben, gehört den Redkins.«

»Also, dann werdet ihr morgen neu eingekleidet. Auf meine Rechnung natürlich.«

»Danke, wir sind schließlich keine Bettler ...« Das Wort blieb mir im Halse stecken. Mir war gerade eingefallen, dass auch unser Geld unter den Trümmern lag.

»Tanja!«, sagte da General Redkin streng. »Ab in den Wagen! Und ihr Kinder, marsch, hinterher!«

Gehorsam trabte ich zu dem Mercedes. Alle unsere Gewohnheiten und Komplexe stammen aus der Kindheit. Ich bin von einer sehr autoritären Mutter erzogen worden, die für ihre Tochter nur das Beste wollte. Daher hing ich auch als Kind, als Jugendliche und selbst als junge Erwachsene noch lange an ihrem Rockzipfel. Wenn ich einmal versuchte, schüchtern eine eigene Meinung zu äußern, erklärte sie mir in einem Ton, der keinen Widerspruch duldete: »Mach, was ich dir sage. Eltern geben nie schlechte Ratschläge.«

Seitdem gehorche ich, wenn jemand die Stimme hebt. Ich hasse mich dafür, unterwerfe mich aber stets dem Stärkeren.

Als wir alle auf den feinen Ledersitzen Platz gefunden

hatten und der Wagen schnurrend gestartet war, fragte Lisa: »Wo geht's denn eigentlich hin?«

»Herr Larionow hat uns in sein Haus eingeladen«, sagte ich vorsichtig.

»Wohin?«

»In das Haus, das gleich neben unserem am Waldrand steht.«

»Dort wohnt doch der Zwerg im Rollstuhl!«, schrie Kira auf.

Larionow musste laut lachen und drückte kräftig auf die Hupe, denn wir waren schon da. Das eiserne Tor öffnete sich. Der Mercedes schwebte auf das Grundstück.

»Die Geschichte mit dem Zwerg«, sagte Gleb Larionow aufgeräumt, »kenne ich schon in mehreren Varianten. Zuerst sollte ich ein Buckliger sein, dann an Kinderlähmung leiden, und jetzt bin ich ein Rollstuhlfahrer ohne Beine. Mal sehen, was sich die Leute noch so ausdenken. Aber viel Fantasie haben sie beim Militär wirklich nicht. Viel interessanter wäre doch ein Neger mit einem Harem weißer Sklavinnen, findet ihr nicht?«

»Entschuldigen Sie bitte«, stotterte ich verlegen, »Kira hat sich einen dummen Witz erlaubt. Lisa, jag Rachel vom Sitz, sie zerkratzt doch das schöne Leder!«

»Machen Sie sich wegen eines Stücks Kalbshaut mal keine Sorgen«, warf Larionow ein. Dann rief er: »Aussteigen, wir sind da!«

Unsere ganze Mannschaft sprang und hüpfte aus dem Wagen. Ich umfing mit einem Blick das gepflegte Gelände, die akkuraten Beete, die hübschen Lampen und ... stieß einen Schrei des Entsetzens aus. Direkt vor uns auf dem saftig grünen und sorgfältig geschnittenen Rasen erblickte ich die arg zugerichtete Leiche eines jungen Mädchens. Es lag auf dem Rücken, Arme und Beine weit von sich gestreckt. Die schneeweiße Bluse war voller Blut. Aber nicht das hatte mich so erschreckt. An seinem Hals klaffte eine riesige offene Wunde. Große Augen starrten in den Junihimmel.

»Mama!«, ließ Kira hören und flüchtete in den Wagen zurück.

Von dort her plätscherte es. Lisa, mit einer Hand auf den Kofferraum gestützt, brachte gerade das Frühstück wieder heraus. Mir wurde es schwarz vor Augen, und meiner Kehle entstieg ein Schrei, der wohl jeder Sirene Ehre gemacht hätte. Nur Larionow blieb bei dieser schrecklichen Szene ruhig und gelassen. Laut sagte er: »He, Tina, du fängst an, dich zu wiederholen! Als Wasserleiche warst du gestern wesentlich besser!«

Die Tote setzte sich plötzlich auf und fing an zu kichern.

»Also, Papa, du hättest ja auch ein bisschen mitspielen können. Rada ist fast tot umgefallen, als sie mich so gefunden hat. Sie hat sogar die Miliz gerufen. Auf die warte ich gerade. Verschwindet bitte sofort im Haus, ihr verderbt mir ja den ganzen Spaß!«

»Darf ich vorstellen?«, sagte Larionow grinsend. »Meine jüngste Tochter Tina.«

»Hallo, ihr!«, rief uns das Mädchen gut gelaunt zu.

Kira kam aus dem Wagen hervor und war hingerissen.

»Das is ja ’n Ding! Was hast du denn da auf der Bluse?«

»Ketchup!«, verkündete Tina lachend. »Ganz gewöhnlichen aus der Flasche ….«

Lisa, immer noch leichenblass, stammelte: »Und die Kehle …?«

»Gut, was?« Tina musste lachen. »Dafür habe ich eine ganze Stunde gebraucht. Rada hat so geschrien, dass in der Hütte unserer Nachbarn bestimmt die Fensterscheiben rausgeflogen sind.«

Larionow räusperte sich verlegen, aber da ging das Tor auf, und herein kroch mit stotterndem Motor ein weißblauer Lada der Miliz.

»Was geht hier vor?«, fragte der Mann, der am Steuer gesessen hatte, streng.

Da fiel sein Blick auf Tina, und mit einem Pfiff stieß er hervor: »Wer tut denn so was? Kolja, schau dir das an!«

Der zweite Gesetzeshüter stieg aus und schüttelte entgeistert den Kopf. »So was habe ich noch nie gesehen!«

Larionow zückte ein goldenes Zigarettenetui und nahm sich, den Unbeteiligten heuchelnd, eine Zigarette. Kira und Lisa zogen sich hinter den Mercedes zurück. Die Milizionäre traten an Tina heran. Aber Mulja und Ada, die spürten, dass ich sie nicht mehr mit voller Kraft an meine Brust presste, rissen sich los und eilten im Schweinsgalopp zu der reglos daliegenden Leiche. Meine kurzbeinigen, gut genährten Möpsinnen können, wenn sie wollen, blitzschnell sein. Sie preschten an den beiden Uniformierten vorbei und begannen wie wild den Ketchup vom Körper der Leiche abzulecken. Die erwachte aus ihrer Starre, fuchtelte mit Armen und Beinen und quiekte: »Hört auf, das kitzelt so! Weg mit euch!«

Der Fahrer ließ die Schlüssel fallen, der zweite Milizionär wich zurück und stieß erschrocken hervor: »Wie kann sie noch leben – bei dem Blutverlust!?«

»Das ist doch nicht möglich, Kolja!«, entfuhr es jetzt dem Fahrer. »Die Kehle durchgeschnitten, aber die redet und lacht sogar!«

Da sprang Tina auf die Beine und rief begeistert: »Reingefallen! Reingefallen!« Damit drehte sie sich um und lief ins Haus.

Unsere Hundemeute, die bei dem Theater ihre gute Kinderstube vergessen hatte, stürzte hinterher. Kira und Lisa dagegen waren mäuschenstill und wirkten wie vor den Kopf geschlagen. Auch sie hatten mir schon Streiche gespielt, aber das Höchste war eine Fliege aus Plastik gewesen, die in meiner Suppe schwamm. Jetzt schwankten sie zwischen Neid und Bewunderung.

»Was war denn das?« Kolja blickte drein wie ein verstörtes Kind und begriff überhaupt nichts.

Larionow griff nach seinem Handy und ordnete an: »Marina, bring aus der Bar das Übliche für die Miliz.«

Dann zog er aus seiner Brieftasche zwei grüne Scheine und hielt sie den beiden Männern mit den Worten hin: »Nehmt uns das nicht übel, Jungs. Meine Tochter läuft manchmal etwas aus dem Ruder. Sie wächst ohne Mutter auf. Das Jahr über muss sie im College parieren, aber jetzt sind Ferien, da erschreckt sie gern die Leute.«

»Ach sooo«, entfuhr es Kolja, »sie ist also gar nicht tot!«

»Sie ist putzmunter, manchmal etwas zu sehr«, bestätigte Larionow.

Die Milizionäre steckten das Geld weg.

»Na, umso besser, wenn nichts passiert ist«, sagte Kolja erleichtert. »Aber bitte nicht noch mal solche Scherze!«

Larionow nickte. Auf der Treppe erschien eine hochgewachsene hagere Frau von etwa fünfzig Jahren in schwarzem Kleid, weißer Spitzenschürze und passendem Häubchen auf dem tadellos frisierten Haar. In den Händen hielt sie mehrere Flaschen teuren Kognaks.

»Das ist für euch, Jungs«, erklärte Larionow mit großer Geste. »Es lässt sich trinken.«

Die beiden zierten sich nicht lange, nahmen die freundliche Gabe entgegen und rollten vom Grundstück. Als ob nichts geschehen wäre, sagte der Hausherr: »Gehen wir hinein. Tina habt ihr bereits erlebt. Jetzt sollt ihr auch noch die Übrigen kennenlernen.«

Eine Woche später fühlten wir uns in der riesigen Villa bereits wie zu Hause und kannten die Namen ihrer zahlreichen Bewohner. Gleb Larionow bekamen wir kaum zu sehen. Ich hatte noch nicht herausbekommen, womit er eigentlich beschäftigt war. Schon früh am Morgen, so gegen acht Uhr, holte der Chauffeur den Mercedes aus der

Garage, und der Hausherr verschwand in Richtung Moskau. In der Villa erschien er meist erst wieder nach Mitternacht. Manchmal blieb er auch gleich in der Stadtwohnung. Im Haus hatte seine Frau Rada das Sagen. Sie wirkte kaum älter als Lisa. Ich gab ihr nicht mehr als zwanzig Jahre. Natürlich vermied ich es, sie nach ihrem tatsächlichen Alter zu fragen. Die hübsche Blondine mit zarter, rosiger Haut war so dumm, wie das Vorurteil es Blondinen nachsagt. Das freute Tina sehr, die keine Gelegenheit ausließ, ihrer Stiefmutter einen Streich zu spielen. Rada störte das wenig. Wenn sie endlich begriffen hatte, dass man sich über sie lustig machte, lachte sie als Erste und rief gutmütig: »Da bin ich doch wieder auf dich hereingefallen! War ja auch ein toller Trick!«

Wie es aussah, kamen Tina und Rada blendend miteinander aus. Dass das Mädchen aus einer anderen Ehe Larionows stammte, schien Rada nicht zu stören. Offenbar war sie von einfachem, verträglichem Charakter. Die Kinder und mich nahm sie freundlich auf und führte persönlich jeden auf sein Zimmer.

Larionows Haus war eingerichtet wie ein Palast. Ich bin vor Jahren mit einem recht wohlhabenden Mann verheiratet gewesen. Ich denke nicht gern an dieses frühere Leben zurück, aber hier kam es mir wieder in den Sinn. Das luxuriöse Appartement, das Michail und ich seinerzeit bewohnten, hielt keinem Vergleich mit der Villa des Gleb Larionow stand.

Von einem Stockwerk zum anderen führte eine schneeweiße Marmortreppe. Sie zierte ein Läufer, der mit Messingstäben befestigt war. Am Fuß der Treppe prangten Statuen aus der griechischen Götterwelt. Am zweiten Tag unseres Aufenthaltes ließ Rada nebenbei fallen, ihr Mann habe sie aus Athen mitgebracht. Das sollte wohl heißen, dass sie sogar echt waren. Das Haus hatte so viele Zimmer, dass ich, die alles genau wissen will, mich immer wieder verzählte. Der Hausherr wohnte im ersten Stock. Dort befanden sich sein Arbeitszimmer, ein kleiner Salon, Schlafzimmer und Bibliothek. Die andere Hälfte dieser Etage bewohnte Rada. Ihr standen ein Schlafzimmer, ein Boudoir und ebenfalls ein Salon zur Verfügung. Außerdem gab es auf dieser Etage noch einen Fitnessraum, einen Wintergarten, eine Orangerie, einen kleinen Kinosaal und zwei Räume, deren Bestimmung ich nicht erkennen konnte. Das Parterre war für alle da. Dort gab es ein riesiges Speisezimmer, den großen Salon, die Bibliothek, einen Kinosaal, ein Billardzimmer … Vom Korridor aus führte eine überdachte Galerie zu einem Anbau in einiger Entfernung, in dem ein Swimmingpool, eine Sauna, ein russisches Badehaus, ein Solarium, ein Massageraum und ein größeres Fitnessstudio Platz fanden.

Im zweiten Stock war der rechte Flügel den Gästen vorbehalten. Wir erhielten jeder ein großes, elegant eingerichtetes Zimmer. Meinem war ein Bad mit Toilette, Wanne und Duschkabine angeschlossen. Zwischen den Zimmern von Kira und Lisa lag ein in Weiß, Rosa und Gold gehaltenes Gemach mit Whirlpool, zwei Waschbecken sowie unzähligen Schränken und Schränkchen. Schon am ersten Abend leerten die Kinder eine halbe Flasche Badezusatz in den Whirlpool und sahen begeistert zu, wie der duftende Schaum immer höher stieg und über den Rand schwappte. Neben unseren befanden sich weitere Gästezimmer, die zur Zeit leer standen. Auf dem linken Flügel dieser Etage hatte Tina ihr Reich. In den Räumen, die sie bewohnte, gab es Spielzeug, Bücher, CDs und DVDs mit Computerspielen, Kosmetik, Zeitschriften und Süßigkeiten ohne Ende.

Tina gefiel mir sofort. Die Dreizehnjährige war ständig in Bewegung. Sie konnte nicht leise sprechen und nicht langsam gehen. Sie fegte durch das Haus wie ein Wirbelsturm, dem immer wieder Bodenvasen, Figuren oder Zeitungstischchen zum Opfer fielen. Mit blitzenden Augen und wehendem Haar schien sie auf allen Etagen, in Garten und Pool gleichzeitig zu sein.

Weit weniger sagte mir ein etwas älteres Mädchen zu, das ebenfalls im zweiten Stock wohnte. Es war Angelika, eine Enkelin Larionows aus einer früheren Verbindung. Sie war gerade achtzehn geworden, wirkte aber etwas zurückgeblieben, denn zuweilen gab sie Dinge von sich, die eher zu einem launischen Teenager als zu einer Studentin passten. Dabei besuchte sie das Eliteinstitut für Internationale Beziehungen bereits im zweiten Studienjahr.

»Bei uns kostet ein Semester 10000 Dollar«, erklärte sie stolz, als ich, um mit ihr ins Gespräch zu kommen, danach fragte, ob sie mit den Vorlesungen in den verschiedenen Fächern zufrieden sei.

Ebenfalls im zweiten Stock wohnte Tinas Bruder Jefim mit seiner Frau Karina. An dem Abend, da Larionow uns in seinem Hause einführte, tauchte dort auch noch sein Neffe Maxim mit einem Mädchen auf, das er als seine Verlobte Nastja vorstellte. Wenn man sich in diesem Haus zu Tisch setzte, war die Runde kaum zu überblicken.

Die Hausangestellten huschten wie unsichtbare Schatten durch die Räume. Stets mit einem Lächeln auf den Lippen, lasen sie einem jeden Wunsch von den Augen ab. Bei Tisch hatte ich fallenlassen, dass ich gern vor dem Einschlafen einen Krimi lese und Pralinen dazu nasche. Schon stand auf meinem Nachtschrank eine elegante Tischlampe und beim Fenster ein Regal mit den neuesten Kriminalromanen. Arrangiert wurde das, während ich unten beim Abendbrot saß. Jemand musste also in Windeseile nach Moskau gefahren sein, ein ganzes Geschäft leer gekauft und das Regal gefüllt haben. Jeden Abend erwartete mich nun eine neue Schachtel wunderbarer belgischer Pralinen.

Ich wollte Gleb Larionow dafür danken, aber der sagte nur obenhin: »Es gehört zu Marinas Pflichten, sich um euch zu kümmern. Dafür wird sie bezahlt.«

Marina spielte offenbar die Rolle einer Haushälterin. Ob sie in der Villa wohnte oder jeden Tag zum Dienst kam, war für mich nicht ersichtlich. Ein eigenes Zimmer hatte sie wohl nicht, aber als ich eines Morgens gegen sieben Mulja hinausließ, die sich an Hühnchen überfressen hatte, begegnete ich Marina im Vestibül, tadellos gekleidet und frisiert wie immer. Und einen Tag später gegen Mitternacht, als ich mir ein Glas Wasser aus der Küche holen wollte, stieß ich dort auf sie, wie sie gerade für Tina eine Tasse Kakao bereitete, die diese unbedingt im Bett serviert haben wollte. Der Koch, der wortkarge Jewgeni, hatte das Haus bereits gegen neun Uhr verlassen. Daneben beschäftigten die Larionows mehrere Zimmermädchen, den Chauffeur, einen Gärtner und zwei Schränke von Sicherheitsleuten, die abwechselnd im Torhaus Dienst taten. Einige der Angestellten wohnten in dem kleinen Häuschen, das weiter hinten im Garten stand.

Bereits am Montagabend füllten sich unsere Schränke wie von Zauberhand mit Kleidung, Schuhen, Unterwäsche und sogar Kosmetik. Verblüfft kramte ich in einem hübschen rosafarbenen Kosmetiktäschchen, das bis zum Rand mit Produkten der Firma *Bourgeois* gefüllt war. Dass ein dienstbarer Geist meine Schuh- und Kleidergröße auf geheimnisvolle Weise erraten hatte, konnte ich mir noch vorstellen. Aber woher wusste er, dass ich die Tagescreme *Goldener Strand* benutzte, dazu Rouge von bräunlichem Ton und farblosen Nagellack? Außerdem erschien auf meinem Frisiertisch das Parfüm von *Shiseido* in dem birnenförmigen Flakon. Ende Mai hatte ich selbstvergessen den Duft dieses Produkts eines Japaners mit Pariser Stil eingesogen. Gekauft hatte ich es nur deshalb nicht, weil mich der Geiz davon abhielt.

Mit einem Wort, ich habe noch nie in einem Haus mit so viel Wohlstand und Luxus gelebt. Zu tun gab es für mich dort absolut nichts. Bezahlte Angestellte räumten die Zimmer auf, kochten das Essen, erledigten das Waschen und Bügeln. Ich räkelte mich den ganzen Tag auf einem Liegestuhl mit Baldachin im Garten, umgeben von meinen geliebten Krimis, Obst und Süßigkeiten. Nahmen die Erdbeeren oder Pfirsiche auf dem Teller etwas ab, wurde sofort nachgelegt. Hunde und Katzen tollten über Beete und Rasenflächen, und niemand fand etwas dabei. Als Mulja im Übermut einen Rosenstrauch arg lädierte, sagte der Gärtner nur besorgt: »Pass auf, du kleiner Wildfang, dass du dich nicht stichst! Dann ist das Geheule groß!«

Kira und Lisa ließen sich's in Tinas Gesellschaft wohl sein und vertilgten Eis in ungeahnten Mengen. Das Wetter hatte sich beruhigt, die Sonne strahlte vom Junihimmel. Ein netter Architekt hatte irgendwoher den Grundriss unserer Datsche beschafft, wo nun fleißig gearbeitet wurde. Bislang war man noch mit der Beseitigung der Trümmer beschäftigt. Alles erledigte sich wie von selbst. Der Koch Jewgeni war auch noch ein hervorragender Konditor. Er produzierte wie am Fließband Sahnetorten, knusprige Brötchen, Mohnhörnchen … Mit einem Wort, wir waren in einem Garten Eden gelandet, der uns einen wunderbaren Sommer versprach.

3. Kapitel

Tina blieb bei ihrer Lieblingsbeschäftigung, andere Menschen zu erschrecken. Die stets übellaunige Angelika, den finsteren Jefim, seine schweigsame Frau, Maxim und Nastja behelligte sie allerdings nicht. Das Opfer ihrer Scherze war meist Rada, die mit erstaunlicher Beständigkeit auf jeden Trick hereinfiel. Am Montag begegnete Tina allerdings mir im Korridor und wies mir schluchzend einen fast abgeschnittenen Finger an der rechten Hand vor. Er war blutüberströmt und sah schrecklich aus.

Ich lachte nur. »Nein, nein, meine Liebe, den Trick habe ich schon einmal im Fußgängertunnel vor der Metrostation gesehen.«

»Bei dir hat es keinen Zweck«, meinte Tina ungerührt. »Aber pass mal auf, wie Rada gleich aufkreischt.« Damit lief das Mädchen in den Salon, von wo zuerst ein Schreckensschrei und danach erleichtertes Gelächter zu mir drang. Rada war wieder hereingefallen.

Am Dienstag legte Tina ihrer Stiefmutter ein Hühnerbein aus Gummi auf den Teller, und am Mittwoch tauschte sie ihre Nachtcreme gegen eine Mixtur aus, von der sich auf Radas Haut plötzlich bläuliche Flecke bildeten. Die ließen sich mit lauwarmem Wasser leicht wieder beseitigen. Aber diesmal reagierte Rada nicht so gelassen.

»Na warte«, drohte sie, »das kriegst du wieder!«

Als ich mit Tina am Donnerstag in die Schwimmhalle kam, schrien wir beide entsetzt auf. Im Wasser trieb mit dem Gesicht nach unten Radas makelloser Körper. Das blonde Haar umschwebte sie. Bald aber sah ich, dass es etwas zu lang war. Radas blonde Mähne fiel bis zu den Schultern herab, bei der »Wasserleiche« aber reichte es fast bis zur Taille. Auch Tina begriff schnell, dass man sie hereingelegt hatte, sprang lachend ins Wasser und legte eine Gummipuppe auf den Beckenrand, die erschreckend naturgetreu ausgeführt war.

»Also, Rada«, plapperte sie dabei, »du bist mir ja eine! Hast den Spieß umgedreht!«

Rada, von dem Erfolg beflügelt, schien auf den Geschmack gekommen zu sein. Am selben Abend hörte man Karina im Salon wild aufschreien. Natürlich liefen alle Hausbewohner sofort zusammen und stießen auf Jefims Frau, die halb wahnsinnig vor Angst nach oben wies. Als ich den Blick hob, entrang sich meiner Brust ein Stöhnen. Rada hatte sich an der Gardinenstange erhängt. Ein dickes Seil würgte sie, die Beine waren ausgestreckt, das Gesicht verzerrt, und aus dem Mund hing ihre bläulich verfärbte Zunge.

»Nein!«, brüllte Jefim auf. »Wann ist endlich Schluss mit dieser Idiotie? Wie weit wollt ihr es denn noch treiben?«

Rada hob den Kopf.

»Ich wollte Tina erschrecken. Entschuldige, Karina.«

Die arme Frau, die blass war wie kalorienarmer Kefir, konnte nur flüstern: »Das hast du dir ja fein ausgedacht! Ich wäre fast tot umgefallen!«

»So toll war das nicht!«, rief Tina. »Die Schlingen unter deinen Achseln sind zu sehen. Aber die Zunge hast du prima hingekriegt! Wie hast du das gemacht? Mit einem Filzstift?«

»Darauf kommst du nie!«, rief Rada kichernd und befreite sich von Gurten und Schlingen. »Ich habe Blaubeeren gegessen! Gut, was?«

»Das reine Irrenhaus!«, knurrte Jefim böse. »Wie satt ich das habe! Von dir, Rada, hätte ich so etwas nicht erwartet.«

Die Stiefmutter ging zur Tür, drehte sich zu ihrem Stiefsohn um, der mindestens zehn Jahre älter war als sie, streckte ihm die blau gefärbte Zunge heraus und sagte giftig: »Wie hältst du es nur mit diesem Stiesel aus, Karina? Der versteht ja überhaupt keinen Spaß!«

»Genau!«, rief Tina, und beide liefen davon, fröhlich zwitschernd wie zwei Kanarienvögel.

»Was unseren Vater nur geritten hat«, brummte Jefim, »diese Person zu heiraten!«

»Jefim!«, kam es warnend von Karina.

»Ach, halt den Mund!«, fuhr der Mann sie an und ging.

Verlegen versuchte Karina ihren Gatten zu verteidigen. »Jefim hat Schwierigkeiten, er ist mit den Nerven am Ende. Ich bin ihm nicht böse. Die Zeitung, wisst ihr …«

»Oje, schon wieder diese Leier!« Maxim wieherte. »Uns brauchst du doch nichts vorzumachen! Das Geschäft, die Zeitung … Wer liest denn dieses Käseblatt? Wie hoch war noch mal die Auflage? Hundert Exemplare? Wenn sein Vater ihn nicht voll finanzieren würde, wäre unser Jefim schon lange pleite!«

»Mein Mann gibt ein nicht gewinnorientiertes Blatt heraus«, erklärte Karina mit bebender Stimme. »Geld verdient man heutzutage mit *sex and crime*, aber Jefim schreibt grundsätzlich über erhabene Dinge.«

»Uns musst du nichts erzählen von seinen kommerziellen Erfolgen«, giftete Maxim. »Er lässt sich von seinem Vater aushalten.«

»Trinken wir lieber Tee«, warf Nastja ein, um ihren Bräutigam zu bremsen.

Eng umschlungen verließ das Pärchen den Raum.

»Dieser Maxim«, kam es nun in beleidigtem Ton von Karina, »hat es gerade nötig! Hockt in Glebs Firma herum, aber wofür ihn mein Schwiegervater bezahlt, weiß keiner! Lebt selber wie die Made im Speck und zeigt mit dem Finger auf andere!«

Ich wusste zu dem hässlichen Geplänkel gar nichts zu sagen.

Am Freitag kurz vor dem Mittagessen war mir so heiß, dass ich noch rasch ein Bad nehmen wollte. Wieder schwamm die Gummipuppe im Wasser. Auch Rada fing an, sich zu wiederholen.

Ich erfrischte mich kurz, rührte die Puppe aber nicht an. Schließlich war sie für Tina gedacht.

Nach Essen war mir bei dieser Hitze nicht zumute. Daher setzte ich mich gar nicht erst zu Tisch. Gegen fünf Uhr nachmittags rannte Lisa an meiner Liege im Garten vorbei, wobei sie in einen Teller mit Kirschen trat. Tina, eine Fliegenklatsche in der Hand, jagte ihr nach. Wenn ich in den Zeitungen von minderjährigen Prostituierten und Drogensüchtigen las, dann freute ich mich darüber, wie natürlich und unverdorben Kira, Lisa und Tina noch waren. Sie lärmten und tobten, wollten dauernd etwas anderes und gaben keine Ruhe, aber ihre Vergnügungen waren noch unschuldig und nachvollziehbar. Lärmende Kinder, die einander mit der Fliegenklatsche nachjagten, gefielen mir entschieden besser als stille Teenager, die unter einer Plastiktüte Klebstoff schnüffelten.

Trotz der fortgeschrittenen Stunde wärmte die Sonne noch immer, und ich träumte im Garten vor mich hin, untätig und faul wie lange nicht. Ich wusste gar nicht, wie ich nach einem solchen Sommer wieder zu meinen häuslichen Pflichten zurückkehren sollte. Wie schnell man sich an den Müßiggang gewöhnen kann! Ich hatte inzwischen sogar aufgehört, mein Bett selber zu machen. Warum auch? Sobald ich draußen war, huschte ohnehin das Zimmermädchen hinein, wechselte die Bettwäsche und brachte das riesige, mit Kissen überhäufte Lager in mustergültige Ordnung.

Zum Abendessen gab es Rebhuhn in saurer Sahne. Ich mag diese winzigen Vögelchen mit dem dunklen Fleisch gar nicht essen, aber alle Anwesenden verputzten sie mit großem Vergnügen. Nur Radas Platz blieb leer.

»Wo ist denn unsere Mutter?«, erkundigte sich Jefim in boshaftem Ton.

»Keine Ahnung«, antwortete ihm Karina. »Ich habe sie heute den ganzen Tag nicht gesehen.«

»Bestimmt ist sie im Wellness-Salon«, vermutete Maxim. »Das ist doch ihre Welt: Masken, Massagen und was sonst noch dazugehört.«

»Ja, so ist das eben«, kam es wieder von Jefim. »Womit soll sie einen Mann auch halten? Doch nur mit ihrem glatten Lärvchen. Übrigens sollten wir unserem Vater mal stecken, dass unsere ›Mama‹ sich sonstwo herumtreibt, wenn er nicht zu Hause ist. Zum Beispiel hat sie in der vergangenen Woche lauthals erklärt, sie fährt zum Friseur, um sich die Haare färben zu lassen. Stattdessen ist irgendwo herumgeschwirrt. Als sie zurückkam, habe ich sie mir genau angesehen. Ihr Haar war nicht ein bisschen verändert. Sie ist so wiedergekommen, wie sie weggefahren ist. Mir kann es ja egal sein, wo meine Stiefmutter sich herumtreibt, aber Vater tut mir leid.«

»Ich würde dir nicht raten, deine merkwürdigen Beobachtungen Onkel Gleb zu petzen«, brummte Maxim und bearbeitete mit der Gabel konzentriert die Reste seines Rebhuhns. »Du weißt, wie aufbrausend er ist. Da kannst du dir schnell ein paar Maulschellen einfangen.«

»Hm, der Kuchen schmeckt aber gut«, warf Karina ein, die den aufkommenden Streit im Keim zu ersticken versuchte.

»Ja, mit Äpfeln, den esse ich am liebsten!«, pflichtete ich ihr bei. Ich mag es nicht, wenn Leute, die an einem Tisch zusammensitzen, Giftpfeile aufeinander abschießen.

»Die Kruste ist das Beste«, fiel Nastja ein.

Karina und ich warfen Maxims Verlobter einen dankbaren Blick zu und begannen uns über das Backen eines guten Kuchens zu unterhalten, immer bemüht, zu verhindern, dass die Männer auch nur ein Wörtchen einwerfen konnten.

»Der Biskuitteig ist ebenfalls hervorragend gelungen.«

»Aber Hefeteig schmeckt besser.«

»Stimmt, vor allem Kuchen mit Decke.«

»Und die Äpfel sind bestens ausgesucht – nicht zu süß und nicht zu sauer.«

»Ja, eine zu süße Apfelfüllung ist widerlich.«

»Rada muss im Hause sein«, warf plötzlich Kira ein.

»Wie kommst du denn darauf?«, fragte ich.

»Außer dem Mercedes von Onkel Gleb stehen alle Autos in der Garage«, erklärte der Junge. »Vor dem Essen haben wir Versteck gespielt, und ich bin in Radas Wagen gekrochen. Die fährt doch nicht mit dem Bus!«

»Das stimmt«, meinte Karina. »Öffentliche Verkehrsmittel hat Rada noch nie benutzt.«

»Wo kann sie nur stecken?«, fragte Maxim verwundert. »Warum ist sie überhaupt nicht zu sehen?«

»Vielleicht ist sie böse auf mich?«, äußerte Tina eine Vermutung. »Ich hab ihr beim Frühstück Hundekacke aus Gips auf den Stuhl gelegt.«

»Bitte keine Einzelheiten!«, empörte sich Jefim. »Mir wird gleich schlecht.«

Ich fand auch, dass derartige Themen nicht für ein Tischgespräch taugten, schimpfte aber nicht mit Tina, sondern sagte einfach nur: »Sei nicht traurig. Du und Rada, ihr neckt euch doch ständig, und ihr macht das auch Spaß.«

»Wenn sie uns nicht sehen will, dann ist uns das egal«, fasste Maxim zusammen. »Wir werden deshalb keine Tränen vergießen. He, Marina!«

Die Haushälterin war sofort zur Stelle.

»Wo ist die Dame des Hauses?«

Die Frau zuckte die Schultern. »Das weiß ich nicht.«

»Ist sie im Hause?«

»Verzeihen Sie, ich habe sie den ganzen Tag nicht gesehen.«

Die Anwesenden blickten sich schweigend an. Mir wurde mit einem Mal ganz kalt.

»Im Pool«, stammelte ich, »schwimmt schon seit heute Morgen die Gummipuppe. Am Ende …«

Alle sprangen auf und rannten durch die Galerie zum Wellnesstrakt. Karina schaltete vor Schreck nicht das Oberlicht, sondern nur die Wandleuchten ein. Wir starrten ins Wasser, in dem ein blondes Wesen mit weit ausgebreiteten Armen trieb. Mir fiel sofort auf, dass das Haar diesmal nicht hüftlang war, sondern in Schulterhöhe endete. Kalter Schweiß rann mir den Rücken herunter.

»Sie meinen, das ist sie?«, fragte Jefim mit belegter Stimme.

»Wir müssen nachschauen«, flüsterte Maxim.

Dem jungen Mann machte das Ganze offenbar schwer

zu schaffen. Sein Gesicht verfärbte sich bläulich wie die Kacheln, mit denen die Wände bedeckt waren.

»Sie ist es«, stellte ich fest. »Die Gummipuppe hatte längeres Haar.«

»Wir müssen sie herausholen«, murmelte Nastja.

»Bringst du das fertig?«, fuhr Maxim seine Verlobte an.

»Nein«, antwortete Nastja verwirrt. »Dazu habe ich zu viel Angst. Schaut mal, die trägt Radas Ring, den mit dem Brillanten, den sie so liebt!«

»Mamma mia«, brummte Jefim und wich einen Schritt zurück. »Was machen wir denn jetzt?«

»Wir müssen Papa anrufen«, meinte Tina mit zitternder Stimme. »Hier, nimm!«

Sie hielt mir ihr Handy hin. Ohne zu begreifen, warum man ausgerechnet mich mit dieser Mission betraute, presste ich das winzige Ding an mein Ohr, hörte bald ein ziemlich ärgerliches »Ja?« und stammelte: »Gleb, hier ist Tanja.«

»Was ist passiert?«, fragte er sofort.

»Wir haben hier ein kleines Problem.«

»Geht es nicht etwas genauer?«

»Äh – äh – äh …«

»Was soll das Gestammel, ich habe zu tun!«

»Verstehen Sie, es ist etwas geschehen …«

»Also, Tanja, wie viel Geld brauchst du? Wenn es nicht mehr ist als 20000 Dollar, dann geh in mein Arbeitszimmer …«

Jetzt wurde ich wütend. Larionows Art, alles mit den grünen Scheinen regeln zu wollen, raubte mir die Fassung. Wahrscheinlich schrie ich deshalb, für mich selber unerwartet, in den Hörer: »Rada ist ertrunken! Sie ist tot!«

»Ich komme sofort«, erklärte Larionow und legte auf.

Am Pool hielt es nun keiner mehr aus. Wir verließen die Schwimmhalle und standen an der Einfahrt beisammen.

»Wir sollten einen Rettungswagen rufen«, schlug Lisa schüchtern vor. »Vielleicht können die sie wiederbeleben.«

»Rada ist zu lange tot«, warf ich ein. »Ich habe sie schon heute Vormittag gesehen und dachte, es wäre wieder die Puppe.«

»Aber bei der Miliz müssen wir anrufen«, meinte jetzt Nastja.

»Bevor Papa hier ist, tun wir überhaupt nichts«, erklärte Tina kategorisch wie eine Erwachsene.

Alle verstummten. Dagegen mochte niemand etwas sagen.

Gleb Larionow musste einen Hubschrauber benutzt haben, denn trotz der Staus, die es um diese Zeit überall gab, war er fünfzehn Minuten später in Aljabjewo.

»Wo ist sie?«, rief er, als er aus dem Wagen sprang.

Hinter dem Mercedes fuhr ein Kleintransporter auf das Gelände und rollte bis zur Eingangstreppe.

»Im Pool«, sagte Jefim leise.

»Mir nach!«, rief der Hausherr und gab ein Zeichen mit der Hand. Aus dem Kleintransporter sprangen mehrere Männer in korrekten Anzügen und verschwanden sofort im Haus.

»Wie ist es passiert?«, begann Gleb Larionow das Verhör.

»Wir wissen es nicht«, antwortete Karina im Flüsterton. »Aber vielleicht kann Tanja …«

Larionow starrte mich an. Die Zunge klebte mir am Gaumen, und ich lallte: »Ich wollte mich etwas abkühlen …«

Da waren Schritte zu hören. Die Männer, die mit Larionow gekommen waren, traten wieder auf die Treppe heraus. Mir schien, als hätte sich eine Schar Friedhofskrähen auf dem weißen Marmor niedergelassen. Einer trug Radas Leiche unter dem Arm. Von ihrem blonden Haar tropfte noch das Wasser. Ich wich ein paar Schritte zurück. Auch die anderen wollten das Weite suchen. »Was ist denn das?«, zischte Jefim. »Um Gottes willen!«

Da ließ der Mann den Körper der unglücklichen Frau

zu Boden fallen. Das, was einmal Rada gewesen war, rollte die Treppen hinunter direkt Gleb Larionow vor die Füße.

»Die Puppe!«, kreischte Tina.

Larionow fluchte lästerlich. »Seid ihr denn alle verrückt geworden?«

Kaum waren die Anwesenden wieder etwas zu sich gekommen, da rief jemand mit heller Stimme: »Was ist denn hier los? Wieso bist du um diese Zeit schon zu Hause, Gleb?!«

Am Tor stand Rada, strahlend und mit einem großen Korb am Arm. Alle starrten sie mehrere Sekunden schweigend an und riefen dann wie aus einem Munde: »Wo warst du denn?«

»Bei den Jerschows«, antwortete Rada erschrocken. »Bei Nikita und Lena. Sie haben heute Morgen angerufen und mich eingeladen, ihr neues Haus anzuschauen. Ich hatte Nikita geraten, hier in Aljabjewo eine Villa zu kaufen, und da bin ich eben ...«

»Das heißt also«, stellte Larionow mit einem unguten Blick fest, »du hast diese idiotische Puppe ins Wasser geworfen und bist dann verschwunden?«

»Wo denkst du hin?« Rada schüttelte heftig den Kopf. »Ich war heute noch gar nicht am Pool.«

»Aber wer hat sich dann diesen blöden Scherz erlaubt?« Der Hausherr starrte jeden Einzelnen prüfend an. »Und warum hat dieses Ding aus Gummi deinen Ring am Finger?«

Alle schwiegen betreten. Dann ließ Tina leise hören: »Den habe ich ihr angesteckt, aber nicht heute. Und dann habe ich vergessen, ihn abzunehmen. Erst jetzt ist mir das wieder eingefallen.«

»Also, meine Herren, für Sie gibt es hier nichts zu tun«, sagte Larionow zu den Anzugträgern in einem Ton, der nichts Gutes verhieß.

Die stiegen schweigend in ihr Fahrzeug und waren schon verschwunden.

»Und ihr, ab in mein Arbeitszimmer, alle miteinander«, knurrte Gleb Larionow und versetzte der Puppe einen Fußtritt.

Ich zuckte zusammen. Unter diesem Blick des Hausherrn kam ich mir vor wie das Kaninchen vor der Schlange.

4. Kapitel

Der Zorn, der nun auf uns niederging, war schrecklich. Jeder bekam etwas ab: Tina und Rada, die sich im Wechsel als Leichen dargestellt hatten, Kira und Lisa, weil sie ständig lärmten, der gehässig grinsende Maxim, die zitternde Karina, Jefim, der sich bei jeder Gelegenheit ans Herz fasste, und die vor Schreck völlig verstummte Nastja. Nur mich verschonte Larionow. Mehr noch, er donnerte die anderen an: »Tanja macht das einzig Richtige! Liegt den ganzen Tag im Garten, verschlingt Krimis und Pralinen dazu. Nehmt euch ein Beispiel an ihr!«

»Von solcher Lektüre kommt mir der Kaffee hoch«, warf Jefim ein, der den gebildeten Ästheten gab.

Der Vater warf seinem Sohn einen ärgerlichen Blick zu und sagte dann kategorisch: »Von jetzt ab sitzt ihr alle im Garten und lest die Marinina!«

Von dieser dumpfen Stimme wurde mir ganz schlecht.

Am nächsten Morgen gegen zehn klopfte Tina leise an meine Tür.

»Du könntest eine gute Tat vollbringen«, flüsterte sie verschwörerisch. »Geh in Papas Arbeitszimmer und sieh nach, wie seine Stimmung ist. Meistens kann er uns nicht länger als zwei Stunden böse sein, aber so wie gestern

Abend habe ich ihn noch nie erlebt. Übrigens, schau mal, was ich hier habe!«

Bei diesen Worten holte sie ein künstliches Gebiss aus der Hosentasche, dem vorn zwei Schneidezähne fehlten. Es wirkte täuschend echt.

»Wenn du das einsetzt«, erläuterte Tina, »denkt jeder, du hast mit der Faust eins aufs Maul gekriegt. Wie findest du es?«

»Steck das sofort wieder weg!«, sagte ich erschrocken. »Wenn das dein Vater sieht …«

Tina lachte, aber irgendwie nervös und angespannt.

»Nein, unser Papa ist nicht nachtragend. Erst brüllt er und schüttelt die Fäuste, aber dann regnet es Geschenke. Er hat Rada und mir bestimmt schon an die zehn Mal verboten, solche Streiche zu spielen. Ich wette meinen Kopf, dass er heute Abend mit ein paar tollen Sachen hier aufkreuzt. Beim letzten Mal, das ist etwa einen Monat her, hat er auch gewütet wie ein Berserker, und dann bekam Rada einen neuen Pelzmantel und ich ein Smaragdarmband. Steck doch bitte den Kopf durch seine Tür und frage: ›Gleb Lukitsch, gestatten Sie?‹ Wenn er nur knurrt: ›Ich habe zu tun!‹, musst du sofort verschwinden, denn dann ist er noch böse. Aber wenn er lächelt und dich hereinbittet, dann ist alles in Ordnung.«

»Und was sage ich dann? Was will ich von ihm?«

Tina überlegte. »Bitte ihn um Geld, sag, du willst mal richtig einkaufen gehen. Das versteht er. Also los! Versuch es, bitte!«

»Und warum gehst du nicht selber?« Der Auftrag behagte mir überhaupt nicht.

»Wenn er noch böse ist«, erklärte Tina ganz offen, »dann soll er lieber dich anschreien.«

Sie schob mich aus dem Zimmer. Unzufrieden mit mir selbst, weil ich mich so leicht von anderen einspannen ließ, trottete ich zum Arbeitszimmer des Hausherrn, pochte sachte an seine Tür, öffnete sie, obwohl er nicht antwortete, und fragte: »Darf ich?«

Larionow saß mit dem Rücken zur Tür.

»Ist es gestattet?«, fragte ich noch einmal, weil ich glaubte, er hätte mich nicht gehört.

Aber er gab keinen Laut von sich. Sehr verwundert ging ich zu seinem Sessel, blickte auf die braungebrannte, drahtige Gestalt und schrie entsetzt auf.

Gleb Larionows Gesicht war nicht mehr zu erkennen. Vom Haaransatz bis zum Hals sah ich nur eine rotbraune Schicht getrockneten Blutes. Sein stets ordentlich gekämmtes Haar war zerwühlt, und wo der Scheitel gewesen war, klaffte ein schrecklicher dunkler Spalt.

Auf meinen Schrei kam als Erster Jefim gelaufen.

»Was ist denn los?«

Ich brachte keinen Ton heraus und wies nur mit dem Finger auf die Leiche im Sessel. Jefim riss die Augen auf, verdrehte sie, lief im ganzen Gesicht puterrot an, wurde dann leichenblass und sank mit einem leisen Stöhnen auf den Teppich nieder. Das erschreckte mich fast noch mehr. Noch nie hatte ich erlebt, dass ein Vertreter des starken Geschlechts vor meinen Augen in Ohnmacht fiel. Ich wollte wieder schreien, da gab es Gedränge an der Tür. Ein Unbekannter trat ein, der einen Sommeranzug aus leichtem Leinen trug. Er erfasste die Lage sofort und schickte die nachdrängenden Familienangehörigen auf der Stelle wieder hinaus. »Gehen Sie alle ins Speisezimmer!«, sagte er mit befehlsgewohnter Stimme.

Neben dem riesigen Esstisch blieben wir alle dicht gedrängt stehen. Karina schluchzte, Rada rauchte heftig, Nastja zitterte so, als habe man sie bei strengem Frost nackt aus dem Haus gejagt. Maxim kippte binnen fünf Minuten vier große Kognaks. Selbst Angelika verließ ihr Zimmer und schloss sich uns an. Bisher hatte sie noch jede Ansammlung der Verwandten konsequent ignoriert. Zum

Essen erschien sie nur, wenn auch der Hausherr zugegen war. Sonst trug Marina ihr ein Tablett aufs Zimmer. Sie ging nicht spazieren, fuhr nicht nach Moskau, sondern verbrachte die ganze Zeit in ihrer »Zelle« am Schreibtisch.

»Ist sie immer so?«, hatte ich Karina einmal gefragt.

Jefims Frau kicherte hämisch. »Sie will klüger sein als die anderen. Wir sind ihr zu primitiv, deshalb meidet sie unsere Gesellschaft.«

Jetzt galt diese Regel für Angelika wohl nicht mehr. Gemeinsam mit uns stand sie ratlos im Speisezimmer herum. Niemand sagte ein Wort.

Ich neigte mich zu Tina und flüsterte: »Wer ist denn der Mann im Anzug?«

Die antwortete ebenso leise: »Roman Milowidow, Papas Mitarbeiter und bester Freund, sozusagen seine rechte Hand. Sie haben zusammen bei der Bande angefangen.«

Ich zog Tina zum Fenster, und da alle anderen weiter wie im Schock verharrten, fragte ich: »Wo? Bei der Bank?«

»Bei der Bande«, wiederholte Tina in aller Ruhe, »bei Tarzan. Papa hat dort das Geld verwaltet. Dann sind mehrere Tarzan-Leute umgebracht worden. Der Rest hat die kriminellen Machenschaften aufgegeben und ist in legale Geschäfte eingestiegen.«

»Was sind denn das für Geschäfte?«, fragte ich, verblüfft darüber, wie ruhig Tina von Dingen redete, von denen Kinder kaum etwas wissen können.

»Papa und Roman gehört die Imbiss-Kette *Schnell und Gut*«, erläuterte Tina. »Die weißblauen Häuschen hast du bestimmt schon einmal gesehen.«

Ich nickte. Das war die russische Antwort auf *McDonalds*, die Konkurrenz zum *Russischen Bistro*. Bei *Schnell und Gut* hatte ich mir schon oft ein Mittagessen geholt. Anders als bei *McDonalds* konnte man wirklich essen, was dort angeboten wurde, weil es dem russischen Magen wesentlich besser entsprach. Vor allem die Suppen kamen nicht aus der Tüte, sondern es waren frisch zubereitete Bouillon oder Borschtsch. Auch das Personal war nicht so vulgär wie die Rothemden vom *Russischen Bistro*, und die Preise waren wesentlich moderater. Mir gefielen diese kleinen Cafés, die keine elitären Restaurants sein wollten. Und nun stellte sich heraus, dass sie Gleb Larionow gehörten.

»Woher weißt du denn das von Tarzan?« Die Neugier ging wieder einmal mit mir durch. »Das hat dir doch nicht dein Vater erzählt?« Vor allem erstaunte mich, wie ruhig Tina bei alledem blieb. Oder war das vielleicht der Schock?

Tina sagte unwillig: »Als Papa und Roman auf die Idee verfielen, bei den Wahlen zur Staatsduma anzutreten, brachten ihre Mitbewerber ziemlich schnell die ganze Wahrheit über die Tarzan-Bande ans Licht. In sämtlichen Zeitungen gab es Artikelserien mit allen Einzelheiten! Gewählt wurden sie natürlich nicht. Aber ich habe alles von A bis Z gelesen. Wenn es dich interessiert – bei mir liegt ein ganzer Hefter voll davon.«

Nach einer Weile fügte sie hinzu: »Ich bin dann zu Papa gegangen, habe ihm die Ausschnitte auf den Tisch gelegt und gefragt: ›Ist das die Wahrheit?‹«

»Und er?«

»Hat nur geknurrt und gesagt: ›Willst mich wohl anzeigen und berühmt werden wie Pawel Morosow?‹«*

»Und du?«

»Ich habe geantwortet: ›Das interessiert mich schon. Schließlich bist du mein Vater.‹

Da hat er mir die Sache so erklärt: ›Vieles stimmt, aber nicht alles. Weißt du, wenn man in der Geschichte reicher Familien überall in der Welt gräbt, stößt man in jeder auf einen Vorfahren, der irgendwo Straßenräuber war, das kannst du mir glauben. Amerika und Australien sind ganz

* Pawel Morosow zeigte in den 30er Jahren seinen Vater wegen Begünstigung von Kulaken an; er wurde ermordet. Galt in der Sowjetzeit als Vorbild der Pioniere.

und gar von verbannten Sträflingen aufgebaut worden. Vielleicht geht es diesen Ländern ja deswegen heute so gut. Aber Blut klebt nicht an meinen Händen. Ich habe immer nur mit Geld zu tun gehabt.‹«

»Guten Tag«, sagte da von der Tür her ein angenehmer Bariton. »Nehmen Sie bitte alle Platz und beruhigen Sie sich. Ich kann verstehen, dass Sie sehr erregt sind. Deshalb wäre es gut, Sie könnten versuchen, sich etwas zu entspannen.«

Ich fuhr herum. Mehrere Männer hatten den Raum betreten, die sich beträchtlich von Jefim, Maxim, dem verstorbenen Gleb Larionow und von dessen Kompagnon Roman Milowidow unterschieden.

In dieser Morgenstunde dufteten sie nicht nach Eau de Toilette. Drei kamen in billigen Jeans, chinesischen Turnschuhen und Hemden daher, die sie irgendwo auf dem Markt gekauft hatten. Der Vierte, der soeben das Wort an uns gerichtet hatte, trug zwar einen hellen Sommeranzug, aber die hängenden Schultern des Jacketts, die zerknüllten Revers und die schlecht gearbeiteten Knopflöcher verrieten sofort, dass auch diese Montur nicht aus einer Markenboutique stammte. Die Miliz war eingetroffen.

Eine Woche verging. Rada und Tina hatten ihre Streiche eingestellt. Gleb Larionows Leiche wurde erst sechs Tage nach seinem Tod der Familie übergeben. Ich fragte nicht nach, wofür die Justiz so lange Zeit gebraucht hatte.

Das Begräbnis fand am Sonntag statt. Es fiel sehr pompös aus. Allein der Sarg aus massivem Rotholz mit Klimaanlage und handgestickter Innenausstattung musste Unsummen gekostet haben. Ich verstehe überhaupt nicht, wie man so viel Geld für etwas ausgeben kann, das später den Flammen zum Opfer fällt. Aber Rada erklärte wie aufgezogen immer wieder: »Für Gleb ist das Beste gerade gut genug.«

Mit der Witwe wollte niemand streiten. Selbst Jefim, der aus seiner Abneigung gegen die Stiefmutter bisher kein Hehl gemacht hatte, legte ihr zärtlich den Arm um die Schultern und säuselte: »Natürlich, natürlich, du hast absolut recht.«

Nach dem Leichenschmaus, an dem sich eine kaum zu überschauende Menschenmenge gütlich tat, fühlte ich mich völlig zerschlagen und wollte mich nur noch unter der Bettdecke verkriechen. Kira und Lisa folgten auf Schritt und Tritt Tina, die schwarz gekleidet und völlig in Tränen aufgelöst war. Sie nächtigten sogar in ihrem Zimmer. Gerade als ich das Licht löschen wollte, klopfte es an der Tür.

»Herein!«, sagte ich und griff nach meinem Morgenmantel. Sicher brauchten Lisa oder Kira noch etwas. Aber in der Tür stand Roman, der trotz der späten Stunde immer noch den eleganten schwarzen Anzug trug.

»Ist etwas passiert?«, fragte ich verwundert.

Der Mann lächelte deprimiert. »Das Schlimmste haben wir hinter uns. Ich will mit Ihnen reden.«

Ohne eine Aufforderung meinerseits abzuwarten, setzte er sich auf die Couch und verkündete: »Morgen um zehn wird der Notar hier sein.«

»Ja, und?«

»Er führt die Testamentseröffnung durch. Nehmen Sie sich also nichts anderes vor.«

»Was habe ich dort zu suchen?«

Roman blickte mich erstaunt an. »Na, Sie werden doch wissen wollen, wie es mit Ihrer Datsche weitergeht?«

Ich zuckte die Schultern. »Das werde ich schon erfahren. Aber mir ist klar, dass Gleb Larionows Tod einiges ändert.«

»Tut es Ihnen nicht um die Datsche leid?«, fragte Roman.

»Mir tut es vor allem um Larionow leid«, gab ich zurück.

Milowidow sah mich mit seinen dunklen, undurchdringlichen Augen lange an. Was er dabei dachte, war nicht zu erkennen. Weder Interesse, noch Mitgefühl oder Sympathie las ich in seinem Blick. So schaut ein Plüschteddy mit seinen Knopfaugen, die zu beiden Seiten der Nase sitzen, den Käufer an.

Dann fragte Roman unerwartet: »Jemand, zum Beispiel eine Zauberin, macht Ihnen ein Angebot: ›Wenn du auf dein Häuschen verzichtest, wird Gleb wieder lebendig.‹ Was würden Sie tun?«

Ich vergaß völlig, was für ein winziges Fähnchen mein Morgenrock war, sprang auf und lief empört im Zimmer auf und ab.

»Leider habe ich für Kinder und Tiere zu sorgen, sonst …«

»Ja?«, erkundigte sich Roman und musterte mich von Kopf bis Fuß. »Was sonst?«

»Sonst würde ich sofort von hier verschwinden.«

»Wollen Sie denn keine neue Datsche?«

»Mit unserer Hütte war nicht mehr viel los. Sie hätte vielleicht noch fünf Jahre gestanden, aber dann wäre sie von allein zusammengefallen. Wir haben doch nie etwas daran gemacht.«

»Warum nicht? Sind Sie so arm?«

»Nein, das Geld hätten wir schon irgendwie zusammengekriegt. Aber wir wollten uns keine Umstände machen … Ich habe Gleb offen gesagt, in welchem Zustand das Haus war. Er hat nur abgewinkt. Dafür bin ich ihm dankbar, aber ich denke, jetzt sollten wir die Bauerei einstellen.«

»Warum denn das?«

»Weil die Familie, erstens, jetzt keinen Ernährer mehr hat und ganz bestimmt Probleme mit dem Geld bekommt, und weil, zweitens, weder Rada, noch Jefim oder Maxim mir etwas getan haben.«

Roman griff nach seinem Zigarettenetui. »Erlauben Sie?«

»Meinetwegen.«

»Damit Sie es wissen«, knurrte Roman, »die armen Waisen haben so viel Geld, dass sie Ihnen ein ganzes Schloss bauen könnten. Sie wären dumm, wenn Sie das nicht nutzten.«

Das Wort von den »armen Waisen« fuhr mir in die Nase. Lauter als beabsichtigt stieß ich hervor: »Das sollen Sie meinetwegen für Tinas Ausbildung verwenden! Wenn wir wollen, können wir unser Haus selber wieder aufbauen!«

Roman stand auf, öffnete das Fenster und versuchte mit der Hand den Rauch hinauszuwedeln. Als er sich umdrehte, zeigte er ein Lächeln, das ihn sofort in einen netten, sympathischen Kerl verwandelte.

»Entschuldigen Sie, Tanja, dass ich so mit Ihnen gesprochen habe. Ich musste das tun, um mir über einiges Klarheit zu verschaffen.«

»Und? Haben Sie jetzt Klarheit?«

»Ohne jeden Zweifel. Sie fahren nirgendwohin. Die Bauarbeiten an Ihrem Haus gehen weiter. Mitte September wird es fertig sein.«

»Das ist nett von Ihnen, aber ich komme schon selber klar.«

»Sind Sie jetzt beleidigt? Das müssen Sie nicht.«

»Sie haben doch gesagt, dass es nach Glebs Tod bei den Larionows Probleme geben wird.«

»Ich soll das gesagt haben?«, fragte Roman verblüfft. »Kein Wort habe ich gesagt. Sie haben von so etwas geredet. Aber Sie müssen sich wirklich keine Sorgen machen. Das Geld reicht für alle, nicht nur für Jefim, Maxim, Tina und Angelika, sondern auch für alle, die sich morgen auf dieses Haus stürzen werden wie die Geier aufs Aas.«

»Wer soll denn das sein?«

»Das werden Sie schon sehen«, erklärte Roman gleichmütig. »Sie werden sie kennenlernen, nicht alle, aber eine ganze Reihe. Und was Ihr Haus betrifft … Gleb war ein merkwürdiger Mann. Er konnte einen Menschen auf den ersten

Blick ablehnen – ohne sichtbaren Anlass oder Grund. Er hat seine Sekretärin entlassen, eine hervorragende Fachkraft, intelligent, tüchtig und absolut verschwiegen. Ich war bass erstaunt und fragte ihn: ›Was hat dir denn Faina getan?‹ Wissen Sie, was er mir geantwortet hat?«

Ich schüttelte den Kopf.

»›Sie gefällt mir nicht. Irgendwas in mir wehrt sich gegen sie.‹ So war er! Aber Gleb konnte einen Menschen auch auf den ersten Blick mögen. Sie haben ihm sehr gefallen. Mehrmals hat er zu mir gesagt: ›Tanja – das wär's. So eine Frau habe ich mir immer gewünscht. Aber die ich kriege, sind entweder dumm oder hinter meinem Geld her. Da ich sie nicht haben kann, will ich ihr wenigstens ein guter Freund sein.‹«

Ich starrte Roman verblüfft an. Natürlich war auch mir nicht entgangen, dass ich Gleb Larionow sympathisch war. Wenn er abends spät nach Hause kam, lud er mich regelmäßig zu einem Gläschen Likör ein. Stundenlang konnten wir dann über alles Mögliche schwatzen. Dabei wurde mir klar, dass wir ungeachtet des großen Altersunterschieds vieles gemeinsam hatten. Wir lasen die gleichen Bücher und verstanden uns ohne viele Worte.

»Also dann«, sagte Roman und schloss das Fenster. »Bis morgen. Wundern Sie sich über nichts. Angst müssen Sie auch nicht haben. Und genießen Sie die Show. So etwas bekommen Sie bestimmt nicht alle Tage geboten.«

5. Kapitel

Als ich in Gleb Larionows Arbeitszimmer eintrat, saßen dort schon viele Leute. Jefim und Karina, Tina, Maxim, Angelika und Rada. Nastja fehlte. Das war erklärlich. Zwar galt das Mädchen als Maxims Verlobte, aber offiziell war sie noch kein Familienmitglied. Doch mich hatte man ja auch eingeladen …

Auf der Couch hatte mit elegant übergeschlagenen Beinen eine gepflegte Brünette im schlichten schwarzen Kostüm Platz genommen. In ihren Ohrläppchen steckten gewaltige Klunker, an den Fingern trug sie Ringe verschiedenster Art und Größe, und auch goldene Armbänder fehlten nicht. In einem Sessel am Fenster hatte es sich eine weitere Dame bequem gemacht, eine nette Großmutter, die auf mich wirkte wie ein knuspriges, frisch gebackenes Brötchen. Das üppige, rotbäckige, äußerst sympathische Frauenzimmer trug ebenfalls Schwarz, aber ohne jeden Schmuck. Am Schreibtisch hatte sich ein Mann von höchstens fünfunddreißig Jahren niedergelassen. Das musste der Notar sein. Beim Kamin stand Roman mit undurchdringlicher Miene.

Als er meiner ansichtig wurde, sagte er: »Jetzt sind alle Geladenen anwesend. Sie können anfangen, Oleg Pawlowitsch.«

Der Notar klappte eine elegante, in Leder gebundene Mappe auf und begann mit geübter Stimme wie ein Rundfunksprecher den Letzten Willen des Verstorbenen vorzutragen.

Am Anfang kamen die Kleinigkeiten.

»Rosa Konstantinowna Jefremowa darf sich als Andenken eines der Bilder im Salon auswählen.«

Die alte Dame klatschte in die Hände. »Du meine Güte, er hat an mich gedacht! Der liebe, gute Gleb!«

Die Frau in Schwarz zog verächtlich die Mundwinkel herunter.

»Sei still, Mama!«, zischte Jefim sie an.

Das wunderte mich sehr. Diese Frau sollte Jefims Mutter sein? Das heißt, sie war einmal mit Gleb verheiratet? Bei dem Alter? Allerdings war auch Larionow kein Jüngling mehr gewesen.

Oleg Pawlowitsch las inzwischen weiter.

»Die Bauarbeiten am Hause von Tanja Romanowa sollen spätestens im September abgeschlossen sein. Für die Inneneinrichtung erhält sie 100 000 Dollar.«

Mir schwanden fast die Sinne. Hatte Gleb den Verstand verloren? Aber niemand reagierte auf die Worte des Notars. Als Nächstes ging es um Tinas Ausbildung ... Die größte Überraschung erwartete die Anwesenden am Ende. Geld, Immobilien, ja, das gesamte Vermögen und alle Anteile an der äußerst profitablen Firma vermachte Gleb Larionow seiner Frau Rada.

»Dafür«, erklärte der Notar feierlich, »dass sie mir die letzten Jahre meine Lebens verschönt hat.«

Von diesem Satz war ich peinlich berührt. So viel Sentimentalität hätte ich Gleb gar nicht zugetraut. Doch ich kannte ihn kaum. Nach außen gab er den zynischen Geschäftsmann, in seinem Herzen war er offenbar zart wie eine Mimose gewesen. Der Notar klappte die Mappe zu. Eine Weile herrschte tiefes Schweigen im Raum. Dann sagte die Dame im schwarzen Kostüm mit schriller Stimme: »Ich begreife gar nicht, wozu ich an dieser Farce teilnehmen musste!«

»Für Sie, Olga Sergejewna, habe ich ein Kuvert.«

Oleg Pawlowitsch hielt der Dame ein ziemlich umfangreiches, fest verschnürtes Paket hin, auf dem ein dickes Siegel prangte.

Die Frau riss es ihm fast aus der Hand, steckte es in ihre Tasche, erhob sich und sagte: »Ich denke, nun werde ich hier wohl nicht mehr gebraucht.«

»Aber, Olga«, ließ Rada mit leiser Stimme hören, »wir freuen uns doch alle, wenn du kommst.«

Die Dame ließ ein kehliges Lachen hören. »Du musst mir nichts vormachen, meine Liebe! Über mein Auftauchen hat sich heute bestimmt keiner gefreut. Jefim und Karina, ja, sogar Maxim, haben das Gesicht verzogen, als sie mich sahen. Sie haben wohl gedacht, dass ich ihnen das fetteste Stück wegschnappe. Jetzt können sie ja beruhigt sein. Aber sie haben trotzdem nichts gekriegt. Nun ist es an dir, meine Seele, den ›lieben Kindern‹ ihre Gemeinheiten heimzuzahlen. Wenn ich du wäre, würde ich diesen Katzen zeigen, dass von nun an das Mäuschen hier im Hause regiert. Glaub mir, sie haben es verdient.«

Rada blickte fassungslos von einem zum anderen. Olga ging zur Tür, drehte sich dann noch einmal um und fragte Tina, die neben mir saß: »Da dein Vater nicht mehr ist, wollen wir nicht für eine Woche ans Meer fahren? Mehr Zeit habe ich nicht für dich, aber sieben, sagen wir besser, sechs Tage könnte ich mich schon frei machen.«

»Danke«, antwortete Tina. »Ich überleg es mir.«

»Meinetwegen«, warf Olga hin, »aber warte nicht zu lange. Das Angebot gilt nur für den Juni.«

Damit ging sie. Eine Wolke teuren Parfüms, das mir fast den Atem nahm, hing noch lange in der Luft.

Oleg Pawlowitsch setzte nun Rada mit lauter Stimme auseinander, wie sie ihre Rechte als Erbin anzutreten hatte. Ich erkundigte mich halblaut bei Tina: »Wer war denn diese Olga Sergejewna?«

Das Mädchen zögerte einen Augenblick und antwortete dann: »Meine Mutter.«

Ziemlich verdattert, stellte ich die törichte Frage: »Das heißt, sie ist eine von Glebs Ex-Gattinnen?«

»Nein, verheiratet waren sie nie. Olga wollte nicht mit ihm zusammenleben«, erzählte Tina, als spreche sie von einer völlig Fremden. »Sie ist mit dem Fernsehen verheiratet. Wo sie überhaupt die Zeit hergenommen hat, mich zur Welt zu bringen, ist mir ein Rätsel. Bis ich fünf war, hatte ich immer nur Kinderfrauen. Dann hat Papa Rada geheiratet, und sie haben mich zu sich genommen.«

»Moment mal«, unterbrach ich sie und rechnete rasch

nach. »Wie lange sind Gleb und Rada verheiratet gewesen?«

»Fast zehn Jahre«, antwortete Tina. Jetzt verstand ich überhaupt nichts mehr. »Wie alt ist Rada denn überhaupt?«, fragte ich verdutzt.

»Im August wird sie sechsundzwanzig.«

»Aber ...«

Tina grinste wissend.

»Papa hat immer gesagt: ›Wenn du eine gute Frau haben willst, dann nimm dir ein Mädchen ohne Anhang und erziehe es selbst.‹ Rada kommt irgendwoher aus dem Moskauer Gebiet. Sie hat weder Vater noch Mutter und auch keine anderen Verwandten. Genau wie es mein Vater wollte. Weißt du, was er einmal zu Roman gesagt hat?«

»Was denn?«

»Dass sie ziemlich dumm ist, nichts lernen will und wohl nie selbstständig wird. Dann hat er noch hinzugefügt: ›Aber was soll mir eine kluge, selbstständige Person? Solche hatte ich genug.‹«

»Und Olga arbeitet beim Fernsehen?«

»Hast du sie nicht erkannt?«

Ich schwieg betreten.

»Kennst du denn die Show mit dem merkwürdigen Titel *Habgier* nicht?«

Jetzt begriff ich, warum mir das Gesicht der Brünetten irgendwie bekannt vorgekommen war.

»Das soll sie sein? Aber die Moderatorin ist doch blond und trägt eine Brille!«

»Alles nur Maskerade«, erklärte mir Tina. »Perücke und Brille mit Fensterglas, klar?«

Ich nutzte die Gelegenheit, da alle zum Kaffeetrinken in den Salon gingen, und zog mich in mein Zimmer zurück. Dort setzte ich mich ans Fenster und schaute nachdenklich auf den Jasminstrauch, der draußen in voller Blüte stand.

Habgier war eine merkwürdige Sendung, die riesige Zuschauermassen anzog, weil sie so abstoßend war. Wenn man einem sehr entstellten Menschen begegnet, kann man den Blick auch nicht abwenden. Nicht nur Schönheit wirkt anziehend. Darüber habe ich schon öfter nachgedacht und bin erschrocken, welche Dämonen in den Tiefen der menschlichen Seele schlummern.

Die Show hat zwei Moderatoren. Da ist zunächst ein charmanter junger Mann, ein bisschen auf Tunte gemacht, naiv und treuherzig, mit Kräusellöckchen, Rüschchen, Ohrringen und Kettchen geschmückt. Er leidet schrecklich mit, wenn die Teilnehmer falsche Antworten geben. Die Idee der Show ist recht einfach. Man erhält Fragen und muss die richtige Antwort geben. Wer daneben greift, fliegt raus. Nicht sofort, sondern am Ende der jeweiligen Runde. Eigentlich ist es ein Quiz, aber ein ganz besonderer.

Der erste Unterschied besteht darin, dass die Moderatoren als Paar auftreten. Der junge Mann will allen helfen, sagt manchmal vor, bittet seine Partnerin, einem Kandidaten noch eine letzte Chance zu geben, sucht die Teilnehmer zu beruhigen. Die Blondine mit Brille dagegen ist eine echte Giftschlange.

Sie hat in der Show das Sagen, der Mann zieht am Ende immer den Kürzeren. Dabei führt sie sich auf, dass man sie erwürgen könnte. Sie gibt den Mitspielern keine Zeit zum Nachdenken, wirft nicht diejenigen heraus, die Schwächen zeigen, sondern die sie nicht leiden kann. Unerwartet verkündet sie: »Die ganze Mannschaft ist aus dem Spiel! Jetzt bitte ich dort den Dicken aus der siebenten Reihe und das Mädchen in Grün aus der fünften auf die Bühne. Übrigens, meine Liebe, hat Ihnen noch niemand gesagt, dass Sie in einem Kleid von dieser Farbe aussehen wie eine leicht angefaulte Spargelstange?«

Die Zuschauer im Studio sitzen wie auf Nadeln. Jederzeit können sie in die Show geholt und zum Star werden.

Wer Erfolg haben will, darf der Moderatorin auf keinen Fall widersprechen. Die Spielregeln kennt aber nur sie allein. Und sie lässt sich ständig neue einfallen. Wenn man im Scheinwerferlicht und im Wettbewerb um den Hauptpreis bleiben will, muss man mit allen erdenklichen Mitteln versuchen, diesem schrecklichen Weib zu gefallen. Und die Leute zerreißen sich geradezu, um aus dem grell geschminkten Mund die nachlässig hingeworfenen Worte zu vernehmen: »Na, meinetwegen, dann bleiben Sie eben.«

Die größten Chancen haben diejenigen, die ihren Mitspielern Gemeinheiten an den Kopf werfen. Unfaires Verhalten wird in dieser Sendung belohnt. Ein Mann, der bis zum Finale kam, aber die letzte Frage nicht beantworten konnte, riss der Dame im Eifer des Gefechts das Blatt aus der Hand, auf das sie dauernd schaute, und rief triumphierend: »Ich weiß es! Die Insel Tahiti gehört zu Frankreich!«

Die Zuschauer im Saal waren starr vor Schreck. Natürlich auch die an den Bildschirmen. Der zweite Moderator hob die Hände und flehte: »Olga, wirf ihn nicht raus, er hat das aus purer Verzweiflung getan!«

Die Dame hüllte sich in unheilverkündendes Schweigen. Dann lachte sie plötzlich laut auf und überreichte dem rot angelaufenen, schweißtriefenden Mann den Schlüssel zu der Kiste mit dem Hauptpreis. Als allerdings ein Teilnehmer in der nächsten Show das Gleiche noch einmal probierte, wurde er gnadenlos von der Bühne geschickt.

Die Show wird live und zur besten Sendezeit ausgestrahlt, wenn die Leute müde von der Arbeit nach Hause kommen, in den Sessel plumpsen und sich ein Bierchen genehmigen. Und noch etwas unterscheidet diese Show von anderen: Der Spieler weiß nicht, welcher Preis ihn am Ende erwartet. Er erhält den Schlüssel zu einer Kiste, in der so gut wie alles liegen kann. Im Januar erreichte die Show einen Zuschauerrekord aus einem einzigen Grund: Zweimal hatten Frauen auf dem Boden der Kiste den Kaufbrief für eine Dreizimmerwohnung gefunden. Und ein Mann, der nach hartem Kampf den Sieg errang, wäre beinahe tot umgefallen, als er eine Kreditkarte mit einer Million Dollar herausholte. Häufig aber wird das höchste Ergebnis nicht erreicht und der Preis nicht vergeben. Mitte Januar war die Sache besonders spannend. Ein junges Mädchen wurde – scheinbar leicht und mühelos – zur strahlenden Siegerin erklärt. Die Moderatorin war nett zu ihr und tat, als bemerke sie nicht, wie ihr Kollege ständig vorsagte. Stellen Sie sich aber das Gesicht des Mädchens vor, als es aus der Kiste ... einen Kohlkopf hervorholte, der welk und schon leicht angefault war. Die Siegerin verlor die Beherrschung und schleuderte das widerwärtige Ding in Richtung der Moderatorin. Die wich geschickt aus und fragte in boshaftem Ton: »Verstehe ich Sie recht, dass Sie den Preis nicht annehmen?«

»Den können Sie behalten!«, antwortete das Mädchen und kämpfte sichtbar mit den Tränen.

»Ich soll ihn behalten?«, höhnte Olga. »Vielleicht überlegen Sie sich das noch einmal? Der gibt eine gute Kohlsuppe. Im Haushalt kann man doch alles gebrauchen.«

»Um Himmels willen, was soll sie damit?«, rief der junge Mann hysterisch und schüttelte seine Löckchen. »Das ist doch eine Zumutung!«

Noch einmal nahm Olga das Wort. »Ich zähle jetzt bis drei. Eins ... Aber bedenken Sie, wenn Sie jetzt nein sagen, ist es vorbei. Zwei ... Na? Wie entscheiden Sie sich?«

»Machen Sie sich die blöde Kohlsuppe doch selber!«, kreischte die Siegerin.

»Drei!«, schmetterte Olga.

Sie nahm den Kohlkopf, legte ihn auf den Tisch und löste ein stinkendes Blatt nach dem anderen ab. Dabei redete sie immer weiter: »Warum haben Sie nein gesagt? Stimmt, die äußeren Blätter sind nicht mehr zu gebrauchen, aber innen ist er noch wunderbar ... Oh, was haben wir denn hier?«

Mit graziöser Handbewegung angelte sie ein kleines zusammengelegtes Blatt heraus, faltete es auseinander, schwenkte es über ihrem Kopf und rief triumphierend: »Das ist der Preis unseres Sponsors, der Kamo-Bank. Ein Scheck für 100 000 Dollar!«

Der ganze Saal sprang auf. Dem Mädchen traten fast die Augen aus den Höhlen, dann fiel sie um, als hätte ihr jemand den Boden unter den Füßen weggezogen. Der zweite Moderator raufte sich, mit Ketten und Armbändern klingelnd, die Haare. Bestimmt litten auch viele Fernsehzuschauer mit der Unglücklichen.

Kein Wunder, dass die nächste Show am 1. Februar zu einem wahren Straßenfeger geriet. Und die Leute wurden nicht enttäuscht. Der Sieger holte einen Eimer voll stinkendem Mist aus der Kiste.

Olga hielt sich die Nase zu und fragte: »Akzeptieren Sie den Preis?«

»Na klar!«, brüllte der junge Mann, der immer an den Kohlkopf denken musste.

»Aber nur unter einer Bedingung: Sie können den Eimer nicht einfach so nach Hause tragen! Wer weiß, was da drin liegt! Die Wache lässt Sie damit nicht durch.«

»Und was soll ich tun?«

»Auf der Stelle nachsehen. Was Sie darin finden, gehört Ihnen.«

Der Bursche zuckte mit keiner Wimper. »Dazu brauche ich einen Stock.«

»Nein, so nicht, Freundchen. Wozu haben Sie Ihre Hände?«

Der junge Mann wollte an den Preis, so schnell es ging. Er krempelte die Ärmel hoch, verzog ein wenig das Gesicht und begann in dem Dung herumzuwühlen. Wieder sprangen alle Zuschauer auf und starrten auf die Bühne. Einigen wurde vor Aufregung schlecht. Aber vergebens. Außer der stinkenden Masse enthielt der Eimer nichts.

»Jetzt können Sie ihn mitnehmen«, erklärte Olga. »Es ist guter Dung für die Datsche. Hier ist noch ein Ticket für einen Gang ins Sandonowsker Bad.«

Die nächste Sendung war die reine Freude. Es wurden so einfache Fragen gestellt, dass selbst unser nicht sehr gebildeter Kira alle auf Anhieb beantworten konnte. Die Moderatorin war nett und fand eine Frau von etwa sechzig Jahren sehr sympathisch, die sie offenbar von Anfang an zur Siegerin erkoren hatte.

»Die kriegt bestimmt eine Klobrille«, meinte Lisa niedergeschlagen, als die glückliche Siegerin mit dem Schlüssel auf die Kiste zusteuerte. »Solche lappigen Fragen, und die Schlange von Moderatorin war so nett zu ihr! Da stimmt was nicht!«

Aber wieder einmal bestätigte die Show ihren Ruf, völlig unberechenbar zu sein. In der Kiste lag ein mit Samt beschlagenes Etui. Als die Frau es öffnete, entfuhr ihr ein Freudenschrei.

»Dieser Preis stammt von unserem Sponsor, dem Unternehmen *Jakutische Diamanten*«, verkündete Olga. »Ein Brillantkollier mit passendem Armband und Ring!«

Der Saal tobte. Kinderleichte Fragen, eine zuckersüße Moderatorin und so ein Preis!

Diese Blondine mit der Brille, die Menschen glücklich oder unglücklich machen konnte, war also Tinas Mutter.

Aber mir bereitete etwas ganz anderes Sorgen: Warum hatte mir Gleb Larionow eine so riesige Summe für Möbel vererbt? Mir war das ausgesprochen peinlich, besonders, da alle seine Verwandten außer Rada völlig leer ausgegangen waren. Und was würde meine Familie – Katja, Serjosha und Julia – dazu sagen? In meinem Kopf ging es wild durcheinander. An Schlaf war gar nicht mehr zu denken.

Ich drehte mich lange in dem glühend heißen Bett von einer Seite zur anderen. Als ich es nicht mehr aushielt, riss ich alle Fenster auf. Da hatten sich nun die Moskauer über die kalten und verregneten Tage Anfang Juni beschwert. Der Himmel hatte sie erhört und belohnte sie jetzt mit der lang ersehnten Wärme. Aber leider tat er zu viel des Guten. Seit drei Tagen stand das Thermometer auf der Terrasse unverändert bei 30 Grad. Und das im Schatten und mitten in der Natur. Wie sich die Luft wohl in Moskau anfühlte? Ich atmete tief ein, weil ich mir von der Nacht etwas Kühlung erhoffte. Aber draußen war es so schwül wie drinnen.

Missmutig blätterte ich die Krimis durch, die auf dem Regal standen. Ich kannte sie alle. Unten in der Bibliothek aber gab es, wie ich wusste, auch eine Menge davon. Ich hatte schmale Bändchen von Agatha Christie, Rex Stout und Dick Francis gesehen. So ein Klassiker war doch gar nicht so schlecht. Und vielleicht fand sich sogar etwas Besseres! Zum Anziehen hatte ich allerdings gar keine Lust.

Als ich nach der Zeit sah – es war Punkt drei Uhr nachts – beschloss ich, mir nur mein winziges Morgenröckchen überzuwerfen, das eher an ein Flatterhemd erinnerte. Die Hausbewohner schliefen tief und fest, und keiner würde an meinen nackten Beinen Anstoß nehmen. Als ich unten war, fiel mir zu spät ein, dass ich wenigstens in ein langes Nachthemd oder eine Pyjamahose hätte schlüpfen können. In einem fremden Haus und – Entschuldigung – mit nacktem Hintern! Aber noch einmal hinaufzugehen, brachte ich nicht über mich. Ohnehin war ringsum alles totenstill.

Unter der Tür der Bibliothek erblickte ich einen schwachen Lichtschein, aber der störte mich nicht. In dieser Villa dachte kaum einer daran, stets hinter sich das Licht auszuschalten. Stromkosten interessierten keinen, so dass das Haus bis in die tiefe Nacht in Festbeleuchtung erstrahlte. Dann löschten die Hausangestellten das Licht, aber eine kleine Wandleuchte in der Bibliothek konnten sie ja vergessen haben.

Ich betrat den Raum mit den hohen Regalen an allen Wänden, umschiffte zwei Sessel, eine Couch, ein Tischchen und war am Ziel meiner Wünsche. Was hatten wir denn da? Siehe da, eine ganze Werkausgabe von Agatha Christie …

»Du bist schon da?«, hörte ich plötzlich von der Tür her ein Flüstern. Als Erstes fiel mir ein, dass ich unter meinem Fummel völlig nackt war. Erschrocken verschwand ich hinter einer schweren Portiere. Das war nun eine ganz dumme Idee! Ich hätte mich einfach auf die Couch setzen, mir die dort liegende Wolldecke überwerfen und empört piepsen sollen: »Wer ist da? Entschuldigung, ich bin im Negligé!«

Aber in meinem Schreck hatte ich reagiert wie ein Kind oder ein Taschendieb und mich erst einmal versteckt.

»He, bist du da?«, wiederholte Maxim etwas lauter. »Karina!«

»Was schreist du hier herum?«, hörte ich Jefims Frau sagen, die nach ihm eingetreten war.

Wie ich hatte auch sie sich nur ein knappes Kittelchen übergeworfen, das von ihrer reizenden Figur nicht viel verhüllte. Beinahe hätte ich neidvoll aufgeseufzt. Karina ist nicht jünger als ich. Wir dürften etwa gleichaltrig sein. Aber ausgezogen sah sie wesentlich besser aus und genierte sich offenbar überhaupt nicht. Sie ließ sich auf die Couch fallen, schlug die Beine übereinander und thronte da wie Sharon Stone in *Basic Instinct*.

6. Kapitel

»Was machst du bloß für einen Lärm?«, fragte Karina, die sich sonst so korrekt gab, in grobem Ton. »Am Ende weckst du noch jemanden auf! Jefim schlägt mich tot!«

»Dafür würde ich mein Weib auch umbringen«, brummte Maxim.

Karina warf ein Sofakissen nach ihm, aber er wich aus und packte die Schöne bei den nackten Beinen.

»Her mit dir!«

»Lass mich in Ruhe!«

»Warum?«

»Keine Lust.«

Maxim lachte leise. »Das glaube ich dir nicht. Warum wärst du sonst hier aufgekreuzt – in diesem Aufzug? Hättest ja einen Morgenrock überziehen können.«

»Das ist ein Morgenrock!«

»Dass ich nicht lache. Hab dich nicht so!«

»Lass mich, ich muss mit dir reden.«

»Dafür ist immer noch Zeit!«, knurrte Maxim und warf Karina auf die Couch.

Zuerst hämmerte sie mit ihren Fäusten auf seinen mächtigen Rücken, dann war nur noch ein langgezogenes Stöhnen zu hören. Sie hatte sich wohl in ihr Schicksal ergeben.

Ich kniff die Augen zusammen. In so einer Situation war ich noch nie. Ich schaue schon weg, wenn es im Fernsehen zur Sache geht, und jetzt hatte ich eine solche Szene live vor mir!

Ob die beiden wirklich fürchteten, man könnte sie erwischen, oder Maxim ein ganz Schneller war, jedenfalls hörte ich ihn bereits nach fünf Minuten sagen: »Worüber wolltest du denn mit mir sprechen?«

Ich öffnete meine Augen wieder und lugte hinter dem Vorhang hervor. Maxim schlüpfte gerade hochzufrieden in seine Pyjamahose, und die etwas zerzauste Karina zog ihren Morgenrock zusammen.

»Du Vieh!«, fauchte die Dame. »Geil wie ein Pavian!«

Maxim musste lachen. »Da machst du mir ja ein tolles Kompliment! Affenmännchen können immer. Ich bin ganz gerührt, wie viel du von mir hältst. Aber wenn dir geile Paviane nicht gefallen, warum bleibst du dann nicht bei deinem Jefim? Bei dem ist es sogar für Viagra zu spät. Ergötze dich doch an geistigen Genüssen! Aber du trittst mir jeden Abend unter dem Tisch auf den Fuß!«

»Lass Jefim aus dem Spiel«, wiederholte Karina mit bebender Stimme. »Du kannst ihm nicht das Wasser reichen!«

Maxim lachte leise. »Du bist ja heute groß in Form, meine Liebe.«

»Hör auf«, erwiderte Karina, jetzt ernsthaft böse. »Ich brauche deinen Rat. Was tun?«

»Die alten russischen Fragen«, gab Maxim lächelnd zurück. Wer ist schuld? Was tun? Berge von Büchern sind darüber geschrieben worden.«

»Hör mal«, sagte Karina giftig, »kannst du nicht wenigstens in dieser Lage ernst bleiben?«

»Was ist denn schon passiert?«

»Das fragst du noch? Wir alle stehen ohne Geld da.«

»Ach, darum geht es dir ...«, sagte Maxim gedehnt. »Und ich dachte schon ...«

»Was?«

»... du wolltest Jefim sausen lassen und zu mir kommen.«

»Idiot!!!«

»Wenn du weiter so herumschreist, taucht dein gehörnter Ehemann noch hier auf, und dann wird es lustig. Auf jeden Fall für dich.«

»Also, was sollen wir tun?«, fragte Karina, jetzt wieder fast flüsternd.

»Was können wir denn tun?«, gab Maxim achselzuckend zurück. »Der Letzte Wille ist erklärt. Onkel Gleb hat so entschieden.«

»Aber er hat uns bettelarm zurückgelassen!«

»Ich kann von meinem Gehalt leben.«

»Und wenn Rada dich aus diesem Paradies vertreibt und auf die Straße wirft?«

»Was schlägst du vor?«, fragte Maxim nun in ernstem Ton.

»Weißt du, was ich denke?«, kam es von Karina.

»Wenn ich dich so ansehe, bestimmt etwas ganz Schlimmes«, witzelte Maxim schon wieder.

»Ich verstehe dich nicht!«, rief Karina jetzt ehrlich empört. »Brauchst du denn kein Geld? Ich weiß zwar nicht genau, wie viel Gleb besessen hat, aber ich vermute, es ist genug da, dass wir alle davon gut leben können. Kinder und Enkel eingeschlossen.«

»Jetzt sag endlich, was du eigentlich willst!«

»Also gut. Vor zehn Tagen habe ich den Friseur gewechselt. Meiner hat mir nicht mehr zugesagt. Obwohl es ein teurer Salon mit wahnsinnigen Preisen war.«

Ich hatte es mir inzwischen hinter meinem Vorhang auf dem Fensterbrett bequem gemacht, bemüht, kein Wort zu verpassen.

Karina rief mehrere Freundinnen, sämtlich gut situierte Damen an, erkundigte sich und fand bald heraus, dass als bester Salon in Moskau *Modische Frisur* an der Jakimanka galt. Das Etablissement gegenüber dem Hotel *Präsident* war vor allem für seinen hervorragenden Service bekannt. Sie ließ sich einen Termin geben und wollte gleich das ganze Programm ausprobieren – Färben, Schneiden, Föhnen, Maniküre, Pediküre, Solarium und eine Maske für den Teint. Als sie nun mit einer dicken Schicht grünen Lehms auf Gesicht und Körper und von Kopf bis Fuß in ein flauschiges Badetuch eingehüllt dalag, geschah etwas Unerwartetes. An der Tür ertönte ein leises Klopfen.

»Verzeihen Sie bitte vielmals«, sagte die Kosmetikerin und stellte rasch einen Wandschirm vor die Liege, »wahrscheinlich wird frische Wäsche gebracht. Gestatten Sie, dass ich kurz öffne? Es dauert nur ein paar Sekunden. Keiner kann Sie sehen.«

Karina nickte. Sprechen konnte sie nicht, wenn sie die Maske nicht verderben wollte. Die Kosmetikerin entschuldigte sich noch einmal und öffnete. Aber statt der Frau mit der Wäsche huschte … Rada herein. Karina konnte sie durch einen Spalt zwischen den Teilen des Wandschirms genau erkennen.

»Hast du eine Kundin?«, flüsterte Rada.

Karina wunderte sich. In ihren Kreisen war es nicht üblich, dass man das Personal duzte.

»Ja«, antwortete die Kosmetikerin ebenso leise. »Da liegt eine Dame, aber keine Sorge, sie kann dich nicht sehen.«

Jetzt staunte Karina noch mehr. Dass Rada eine Angestellte duzte, war noch zu erklären. Manche Kundinnen entwickelten ein fast freundschaftliches Verhältnis zu ihren ständigen dienstbaren Geistern. Aber dass es eine Angestellte in einem so feinen Salon wagte, Frau Larionowa zu duzen, war schon fast ein Skandal.

»Ich muss dringend nach Rasuwajewo«, flüsterte jetzt wieder Rada.

»Ist etwas passiert?«

»Ich weiß nicht. Auf meinem Pager war eine Nachricht. Ich wollte dich anrufen, aber du bist nicht rangegangen, und auch dein Handy ist abgeschaltet.«

»Der Akku ist leer«, erklärte die Kosmetikerin.

»Hör mal, geht es heute?«

»Aber erst in einer halben Stunde.«

»Gut, das macht nichts.«

»Dann fahr hin. Kannst du bis drei wieder zurück sein?«

»Das muss ich dann eben.«

»Um drei habe ich eine Kundin, du verstehst.«

Rada verschwand eilig wieder. Irma stellte den Schirm zur Seite.

»Entschuldigen Sie bitte noch einmal …«

Karina hatte die Augen geschlossen und stellte sich schlafend. Irma ging auf Zehenspitzen hinaus. Sofort sprang Karina auf und lief zum Fenster. Vor dem Haus stand Radas eleganter Wagen.

Beim Bezahlen fragte Karina ganz nebenbei die Dame

am Empfang: »Eine Verwandte von mir, Rada Larionowa, kommt auch zu Ihnen. Ich hatte mich mit ihr hier verabredet, aber ich weiß nicht, in welchem Raum sie bedient wird.«

Die Empfangsdame schaute auf ihren Bildschirm.

»Frau Larionowa ist unsere langjährige Kundin. Aber heute hatte sie keinen Termin. Sie war nur kurz hier und hat etwas mit Irma Schulgina besprochen, Raum 5. Dort waren Sie doch gerade, sind Sie ihr nicht auf dem Korridor begegnet?«

»Ich war kurz auf der Toilette«, murmelte Karina und zog sich zurück. An der Tür von Raum 5 hing jetzt ein Schild mit der Aufschrift »Besetzt, bitte nicht stören bis 14.55 Uhr«. Karina wollte die Tür öffnen, aber die war verschlossen. So einfach wollte sie es Rada nicht machen. Sie hielt das Ohr an den Türspalt. Von drinnen kam kein Laut. Karina ging noch einmal zum Empfang und fragte: »Können Sie mir sagen, wo ich Irma finde?«

»Sie ist außer Haus und erst um 14.30 Uhr wieder zurück. Worum geht es?«

»Ich habe meine Handtasche bei ihr vergessen.«

»Ach, das ist aber unangenehm!«, sagte die Dame. »Bitte nehmen Sie doch Platz, möchten Sie einen Kaffee oder vielleicht einen Tee?«

»Kann man den Raum denn nicht öffnen?«

»Leider nicht«, sagte die Empfangsdame bedauernd. »Nur Irma hat einen Schlüssel.«

Dabei wanderte ihr Blick wie von selbst auf ein Schränkchen, das an der Wand hing. Karina wusste sofort, dass die Dame nicht die Wahrheit sagte. Sie hatte natürlich einen Schlüssel, wollte ihn aber nicht herausgeben.

Karina nahm Platz und dachte nach. Sie konnte den Tresen und die Empfangsdame gut sehen. Die blätterte lustlos in einem bunten Magazin. Plötzlich tauchte eine Angestellte bei ihr auf.

»Sag mal, Nina, wann kommt die nächste Kundin?«

Die Angesprochene gähnte herzhaft. »Heute ist überhaupt nichts los, Sonja, erst um drei hat Irma wieder eine Bestellung.«

»Soll ich dir das Haar machen? Zeit hätten wir genug.«

»Das wäre schön«, meinte Nina mit einem Seufzer. »Aber wenn Klara plötzlich hier aufkreuzt und sieht, dass ich meinen Platz verlassen habe, bin ich draußen.«

»Die ist doch gar nicht da!«, erklärte Sonja triumphierend. »Vor einer Stunde ist sie zu einer Präsentation gefahren und vor fünf bestimmt nicht zurück. Du wärst ja dumm, wenn du die Gelegenheit nicht nutzen würdest: Keine Kundinnen, und die Chefin auch nicht da!«

Nina schwankte noch einen Moment und sagte dann entschlossen: »Du hast recht! Mischa hat mich für heute Abend in den Klub eingeladen, und ich sehe aus wie eine Vogelscheuche!«

Fröhlich lachend verschwanden die beiden hinter einer Tür mit der Nummer 7. Karina wusste sofort, was zu tun war. Auf Zehenspitzen schlich sie zu dem Schränkchen, nahm sich dort den Schlüssel mit der Marke 5 und schlüpfte in den Raum, wo man sie eben noch behandelt hatte. Wie vermutet, war er leer.

Rasch brachte sie den Schlüssel wieder zurück, lief den Korridor entlang und entdeckte am Ende eine unauffällige Tür, von der man über eine Treppe ins Freie gelangte. Von dort ging sie auf die Straße hinaus. Radas Wagen stand immer noch da.

»Verstehst du jetzt, was hier läuft?«, fragte sie Maxim.

»Nicht so richtig.«

»Du meine Güte, was seid ihr Männer begriffsstutzig! Das ist doch ganz einfach. Unsere Rada verkündet zu Hause, dass sie zum Friseur geht, in Wirklichkeit aber ist sie bei ihrem Liebhaber, und diese Irma deckt das Ganze!«

»Was ist da schon dabei?«

»Dumme Frage! Und das Geld? Glebs Vermögen?«

»Ich kann dir nicht ganz folgen. Geht es nicht etwas einfacher?«

»Herr im Himmel!« Karina vergaß jede Vorsicht und wurde immer lauter. »Kann ein Weib etwas erben, das seinen Ehemann so frech betrogen hat? Wir müssen morgen zur *Modischen Frisur* fahren, diese Irma ausfindig machen, ihr ordentlich was in die Hand drücken und dann ...«

»Wozu das alles?«

»Damit sie ausposaunt, dass Rada ihren Mann hintergangen hat!«

»Meine Liebe«, sagte Maxim mitleidig, »vor einem Monat wäre das eine Information von unschätzbarem Wert gewesen. Wie ich Onkel Gleb und seine, na, sagen wir, ganz eigene Vergangenheit kenne, wäre mein liebes Tantchen wahrscheinlich von einem Auto überfahren oder von einem Stromschlag getroffen worden. Aber jetzt ist diese zweifellos interessante Geschichte keinen Pfifferling mehr wert.«

»Wieso?«

»Weil das Testament nach allen Vorschriften ausgefertigt ist und wahrscheinlich erst kürzlich unterschrieben wurde.«

»Aber vielleicht ist es ja auch schon zwei Jahre alt!«

»Nein, er hat darin doch Tanja bedacht. Die kennt er erst seit einem Monat.«

»Diese miese Hungerleiderin«, zischte Karina, »wie hat die sich nur hier einschleichen können?«

»Das tut jetzt überhaupt nichts zur Sache. Aber was Rada betrifft, so gibt es kein Gesetz, das einer treulosen Ehefrau das Erbe verweigert. Ehebruch ist bei uns kein Straftatbestand. Wir sind doch keine Araber. In einem Golfstaat bekäme Rada sicher nichts und würde sogar gesteinigt.«

»Und bei uns kann die Ehefrau tatsächlich alles erben?«

»Im Prinzip, ja«, bestätigte Maxim. »Es sei denn, sie hat

ihren Ehemann umgebracht. Als Mörderin kann sie nicht das Erbe ihres Opfers antreten, selbst wenn es das Testament so bestimmt.«

Karina ließ einen Pfiff hören. »Onkel Gleb ist doch erschossen worden! Und wenn das nun Rada getan hat?«

»Warum sollte sie?«

»Um an das Geld zu kommen!«

»Sie hatte doch genug. Onkel Gleb hat ihr jeden Wunsch erfüllt.«

»Vielleicht wollte sie offen mit ihrem Geliebten leben.«

Maxim runzelte die Brauen. »Das ist zu einfach. Rada mag keine geistige Leuchte sein, aber ganz so dumm ist sie nicht.«

»Dann müssen wir eben«, flüsterte Karina, »allen, vor allem der Miliz, klarmachen, dass Gleb Larionow von seiner eigenen Frau erschossen wurde.«

»Ist da jemand?«, sagte plötzlich hinter der Tür ein sanfter Bariton.

Ohne einen Laut und so geschmeidig, als seien sie Olympiasieger im Synchronschwimmen, tauchten Maxim und Karina unter die Decke, die weit über den ovalen Tisch herunterhing. Da trat auch schon Jefim in die Bibliothek. Er ließ sich in einen Sessel fallen, angelte aus einer Tasche seines Seidenpyjamas ein Handy hervor, drückte ein paar Knöpfe und fragte: »Bist du's? Entschuldige, ich weiß, dass es mitten in der Nacht ist, aber in diesem Hause einmal ungestört telefonieren zu können ist so gut wie unmöglich. Karina passt auf wie ein Schießhund. Ich habe mich eigens in die Bibliothek zurückgezogen, damit diese Schlange in ihrem Zimmer nicht mitbekommt, dass ich telefoniere. Wir sind zwischen allen Stühlen durchgefallen, meine Liebe. Papa hat das ganze Vermögen Rada vermacht. Ehrlich gesagt, habe ich etwas Ähnliches erwartet. Jetzt heißt es, nach ihrer Pfeife tanzen.«

Jefim verstummte. Offenbar hatte die Frau am anderen Ende etwas Dummes gesagt, denn er antwortete: »Red nicht so einen Quatsch, das ist jetzt unmöglich. Zuerst muss ich die Sache mit dem Geld klären. Ich hoffe, dass Rada mir wenigstens weiterhin die Zeitung finanziert. Außerdem mag sie Karina, die beiden sind ein Herz und eine Seele. Wenn ich auch nur ein Wort von Scheidung sage, dreht mir Rada den Geldhahn zu. Nein, du musst schon noch etwas warten, sonst stehen wir am Ende mit leeren Händen da.«

Wieder hatte Jefim Sendepause. Dann lachte er leise auf. »Ein Zelt ist nur dann das Paradies, wenn du weißt, dass du am Ende des Sommers wieder in den Palast zurückehren kannst. Entschuldige schon, ich liebe dich sehr, aber mit dir in einem Loch von hundert Quadratmetern zu leben und mit der Metro zu fahren, das bringe ich einfach nicht fertig. Hab noch ein wenig Geduld. Ich werde meine ›Stiefmutter‹ schon überreden, dass sie mit uns teilt. Sie ist gar nicht so schlecht, nur nicht gerade ein helles Köpfchen. Also dann bis morgen, gleiche Zeit, gleicher Ort.«

Jefim gähnte genussvoll und entfernte sich. Er vergaß auch nicht, das Licht zu löschen. Unter dem Tisch rumorte es, dann ließ sich Maxims Stimme hören: »Da bin ich aber platt! Diesen Heimlichtuer haben wir wohl unterschätzt! Und du meinst, dem hilft nicht mal Viagra? Vielleicht hast du etwas verwechselt und gibst ihm ständig Beruhigungspillen?«

»Von Viagra habe nicht ich geredet!«, zischte Karina. »Los, weg von hier. Eines ist jedenfalls klar: Ich brauche unbedingt Geld, aber Jefim soll es nicht kriegen. Was ist da zu tun?«

»Gott im Himmel!«, stöhnte Maxim. »Du drehst dich im Kreise! Mit dieser Frage haben wir angefangen!«

»Ja, und?«

»Ich zum Beispiel gehe jetzt endlich schlafen. Und ab morgen mach ich mich an Rada ran. Jefim hat recht. So schlimm ist die gar nicht. Vielleicht gibt sie ja was ab.«

»Abscheulich ist sie, einfach widerlich …«

»Du musst meinem Beispiel ja nicht folgen, mein Herzchen. Mach, was du willst.«

»Da kannst du sicher sein!«, blaffte Karina. »Mir wird schon was einfallen!« Und weg war sie, denn die Tür klappte hörbar.

»O je«, sprach Maxim vor sich hin, »wo hatte ich nur meinen Kopf, als ich mich mit dieser läufigen Hündin eingelassen habe? Nicht einmal ein Vogel macht in sein eigenes Nest. So viele süße Bienen um mich herum, und ich verfalle auf so eine alte Hummel! Blöd warst du, Maxim, einfach saublöd! Aber jetzt wird die Sache erst einmal überschlafen.«

Leise vor sich hin summend, ging auch er. Ich wartete vorsichtshalber noch ein paar Minuten und schlich mich leise in mein Zimmer zurück. Der Krimi war vergessen.

7. Kapitel

Als ich wieder unter meiner warmen Decke lag und die eiskalten Füße an Muljas Bauch wärmen konnte, dachte ich völlig verwirrt bei mir: Die sind ja alle gleich. Karina betrügt ihren Mann mit Maxim. Jefim hat eine Geliebte. Er kann zwar Rada nicht ausstehen, wird sich aber vor der reich Gewordenen auf den Bauch werfen, um nicht »in einem Loch von hundert Quadratmetern« hausen zu müssen. Was für ein arroganter Kerl! Andere haben zu fünft ein Zimmer in einem Plattenbau der Chruschtschow-Zeit. Na, und erst dieser Maxim! Schläft mit Karina und weiß selber nicht, warum. Wahrscheinlich wollte er einfach nichts auslassen. Jetzt wird auch er Rada schöne Augen machen, weil er hinter ihrem Geld her ist. Nastja scheint ihm völlig egal zu sein. Die wollte er offenbar nur heiraten, weil es ihm gerade in den Kram passte.

Dann passierte einen ganzen Tag lang gar nichts. Doch am nächsten Morgen weckten mich Geräusche im Hof. Vorsichtig nahm ich die Gardine ein wenig beiseite und sah unten einen Kleinbus mit der Aufschrift *Miliz* stehen. Das waren wohl wieder die Ermittler, die weitere Zeugen befragen wollten. Ich sprang ins Bett zurück und zog mir die Decke über den Kopf. Wenn sie mich brauchten, würden sie sich schon melden. Aber dann drang von unten Geschrei und Getöse herauf. Ich streifte mir die Sachen über und lief in den Salon.

»Seid ihr denn alle verrückt geworden?«, rief Rada und stampfte mit dem Fuß auf. Vor ihr standen drei Ordnungshüter und blickten sie finster an.

»Was ist denn hier los?«, fragte ich.

»Tanja!«, rief Rada und stürzte auf mich zu. »Stell dir vor: die sind gekommen, um mich zu verhaften!«

»Weswegen?«

»Wegen Mordes an meinem Mann Gleb!!!«

Für einen Moment verschlug es mir die Sprache. Ich konnte die drei Burschen nur entgeistert anstarren. Dann fragte ich vorsichtig: »Wenn Tina euch das eingeflüstert hat, Jungs, dann sagt das lieber gleich. Solche blöden Scherze können wir jetzt nicht gebrauchen. In diesem Haus sind sowieso schon alle völlig durcheinander.«

»Erst einmal schauen wir uns gründlich um«, antwortete einer der Milizionäre trocken. »Hier ist der Durchsuchungsbefehl.«

Ich wich erschrocken zurück. Rada stieß einen Schrei des Entsetzens aus. Die Tür flog auf, und die Hausbewohner drängten herein, die meisten nur dürftig bekleidet.

Die demütigende Prozedur des Wühlens in Schränken und Truhen will ich hier nicht beschreiben. Sie nahm fast sechs Stunden in Anspruch. Die Beamten verhielten sich korrekt. Rada durfte ihren Anwalt anrufen. Oleg Pawlowitsch war sofort zur Stelle. Leicht verwundert musste ich zur Kenntnis nehmen, dass er nicht nur Notar war, sondern offenbar das Vertrauen der Familie in allen Rechtsfragen genoss.

In mein Zimmer warfen die Bullen nur einen flüchtigen Blick. Die Zeugen der Durchsuchung, Marina und eines der Zimmermädchen, waren so eingeschüchtert, dass sie sich nicht zu mucksen wagten. Nur einmal sagte die Haushälterin schüchtern: »Im Esszimmer ist Tee serviert.«

Aber weder der Familie noch den ungebetenen Gästen stand der Sinn danach. Gegen 16.00 Uhr spürte ich plötzlich einen Bärenhunger. Bei all dem Durcheinander im Haus hatte man uns weder Frühstück noch Mittagessen angeboten. Ich ging hinunter, um mir in der Küche eine Tasse Kaffee und ein belegtes Brot zu erbitten, da sah ich, dass sich im Vestibül die komplette Mannschaft versammelt hatte, Kira und Lisa eingeschlossen. Rada, das Gesicht grau wie schlechtes Toilettenpapier, stand zwischen zwei Milizionären, jungen Kerlen in Uniform, die sich bemühten, die zu dem Augenblick passende strenge Miene aufzusetzen.

»Ich bin unschuldig«, stammelte Rada tonlos, »warum glaubt mir denn keiner?«

»Rada Alexandrowna!«, warf da der Anwalt ein. »Schweigen Sie jetzt bitte. Alles, was Sie sagen, kann gegen Sie verwandt werden. Steigen Sie ein, ich folge dem Wagen. Und bleiben Sie ganz ruhig.«

»Ich bin unschuldig«, wiederholte Rada wie ein Automat. Hilfesuchend blickte sie von einem zum anderen. Jefim zog sich in die Tiefe des Korridors zurück und verschwand wie ein Wassertropfen auf glühendem Asphalt.

»Maxim!«, rief Rada jetzt, »Maxim, was machen die mit mir?«

Auch er wandte sich ab und ging davon. Die Beschuldigte, nun nicht mehr grau, sondern grün im Gesicht, flüsterte: »Ihr glaubt es also alle ...«

Karina und Nastja warteten gar nicht erst ab, bis die Beschuldigte sie ansprach, und eilten zur Tür. Jetzt standen nur noch Tina, Lisa, Kira und ich in dem großen Vestibül. Rada biss sich auf die Lippen.

»Kommen Sie, Bürgerin«, sagte einer der Milizionäre höflich, aber mit Nachdruck.

Da entfuhr es Kira: »Rada, ich weiß, dass du unschuldig bist!«

»Ja!«, stimmte ihm Lisa zu und wollte die Verhaftete umarmen. »Das ist alles nur ein schreckliches Missverständnis!«

Tina fasste sich ein Herz und schloss die Stiefmutter in die Arme. Dicke Tränen liefen jetzt über Radas hübsches Gesicht.

»Bleib ruhig!«, warf ich rasch ein. »Weißt du, die Ermittler irren sich oft. Im Fall des Serienmörders Tschikatilo sind auch erst zwei Männer unschuldig erschossen worden.«

Rada ließ ein sarkastisches Lachen hören. »Du kannst einen wirklich trösten, Tanja. Da hätte ich was davon, wenn man mich erst erschießt und dann herausfindet, dass die Miliz sich geirrt hat!«

»Liebe Rada«, rief ich erschrocken, »keine Sorge, ich habe einen guten Freund, Major Wolodja Kostin, der arbeitet bei der Mordkommission! Er wird dir bestimmt helfen!«

»Ja!«, schrien da beide Kinder im Chor. »Wolodja ist klug!«

»Sollen wir noch bis morgen früh hier herumstehen?«, warf da einer der Milizionäre ein. »Kommen Sie jetzt bitte, Bürgerin!«

Rada ging zur Tür.

»Ich hol dich da raus!«, entfuhr es mir.

Da blieb Rada stehen. Sie blickte mich an wie eine neunzigjährige Greisin und hatte offenbar alle Hoffnung fahrenlassen.

»Danke, Tanja, das vergesse ich dir nie. Aber gib dir keine Mühe, du wirst es nicht schaffen. Jemand aus der Familie hat mir die Pistole untergeschoben. Da komme ich wohl nicht wieder heraus. Lebt wohl, vielleicht sehen wir uns in zwanzig Jahren wieder.«

Damit wandte sie sich um und ging. Nur noch die dröhnenden Schritte der Männer von der Miliz waren zu hören.

»Von was für einer Pistole redet sie da?«, fragte ich den Anwalt verständnislos.

Der antwortete nachdenklich: »Im Waschhaus im Keller, ganz unten in dem Korb mit der Schmutzwäsche hat man Radas Jeans mit Blutflecken darauf gefunden. Und in ihrem Zimmer lag in einem Geheimfach unter dem Fensterbrett eine Pistole.«

»Nicht schlecht«, flüsterte Kira.

»Genau«, bestätigte Oleg Pawlowitsch. »Wenn das Labor bestätigt, dass an der Hose Gleb Larionows Blut ist und er mit dieser Waffe erschossen wurde, dann wird es für Rada eng. Ich kann nur hoffen, dass sie keine Fingerabdrücke finden. Obwohl ...«

Der Anwalt winkte ab und ging.

»Wer tut denn so was Dummes?«, fragte Lisa. »Blutbefleckte Jeans zum Waschen geben!«

»Vielleicht hat sie nicht geglaubt, dass die Miliz eine Hausdurchsuchung vornehmen könnte«, flüsterte ich.

»Das ist doch egal!«, rief Lisa aufgebracht. »So blöd kann doch niemand sein! Ich hätte die Dinger sofort verbrannt! Warum hat sie das nicht gemacht?«

Ich schwieg betreten. Tatsächlich, warum nicht?

»Vielleicht ist es gar nicht so gewesen?«, rief da Kira.

»Und wie dann?«, fragte Lisa.

»Vielleicht hat sie sich rasiert? Frauen machen das doch auch manchmal. Dabei können durchaus Blutstropfen auf die Jeans gefallen sein.«

»Wenn ich mich rasiere, bin ich nicht angezogen«, warf ich ein.

»Dann hat die Hose eben danebengelegen, und das Blut ist zufällig darauf gekommen.«

Ich musste daran denken, dass Radas Badezimmer fast zwanzig Quadratmeter groß war. Kein winziges Kämmerchen, wo man sich beim Waschen die Ellenbogen an der Wand stoßen konnte.

»Blödmann!«, rief Lisa. »Dann wäre es doch ihr Blut, und nicht das von Onkel Gleb!«

»Dann hat er sich eben rasiert, und sie stand daneben!«, beharrte Kira.

»Und weiter?«, brummte Lisa. »Er hat ihre Jeans genommen und sich damit abgewischt? So ein Unsinn! Merkst du das nicht?«

Sie liefen fort und zankten sich weiter. Ich ging in den Garten, legte mich in den Liegestuhl und dachte nach. Rada tat mir in der Seele leid. Wie offen alle Verwandten sofort von ihr abgefallen waren! Aber angesichts von Pistole und blutbefleckter Hose sah auch ich mich im Glauben an ihre Unschuld arg erschüttert.

Wenn wir jedoch einmal annahmen, Rada war es nicht, wer dann?

Eine klebrige Schwüle hing in der Luft. In den schräg einfallenden Strahlen der heißen Sonne schwirrten Fliegen, und unter meinem Liegestuhl zirpte eifrig eine Grille. All das lud nicht gerade zu größeren Anstrengungen ein, aber ich riss mich zusammen und dachte nach.

Vielleicht sollte ich es machen wie die Mathematiker. Sie sind übereingekommen, dass die kürzeste Entfernung zwischen zwei Punkten die Gerade ist. Das haben sie als Axiom festgelegt. Wenn ich als Axiom nehme, dass Rada nicht schuldig ist, was haben wir dann? Ich schloss die Augen. Das Bild war gar nicht so uninteressant.

Larionows Haus ist von allen Seiten mit dieser riesigen

Betonmauer umgeben. Videokameras liefern dem Wachmann in seinem Häuschen jederzeit einen kompletten Überblick. Abgesehen davon, dass dieses Hindernis nur ein Bergsteiger der Spitzenklasse überwinden könnte, würde er augenblicklich gefasst. Da die Wachmänner bewaffnet sind, würden sie, ohne lange zu überlegen, auf einen Eindringling schießen, denn sie gingen zu Recht davon aus, dass sie bei einem so reichen und mächtigen Arbeitgeber damit keinerlei Probleme hätten.

Außerdem gab es auf dem Grundstück gleich mehrere Hunde. Zugegeben, vor den Möpsinnen musste sich keiner fürchten, die waren eher wie Plüschtiere. Aber Rachel und Ramik! Meine Staffordshire-Dame wirkt zumindest gefährlich, und Ramik ist auch nicht von schlechten Eltern. Dazu kommt Larionows Labrador Charly. Dem steht ja nicht auf der Stirn geschrieben, dass er einfältig genug ist, in jedem Menschen einen Freund zu sehen. Zumindest hätten die Hunde angeschlagen, wäre jemand unbefugt auf das Grundstück gelangt. Es wäre jedenfalls nicht unbemerkt geblieben. Und an den Wachleuten am Tor kam auch keiner vorbei. Wer hatte eigentlich an dem Tag, besser gesagt, in der Nacht, Dienst getan, als Gleb erschossen wurde? Kolja oder Serjosha? Ersterer kommt wenigstens von Zeit zu Zeit aus seinem Häuschen, um ein paar Lockerungsübungen zu machen, aber Letzterer starrt beständig auf die Monitore, immer in Angst, einen Fehler zu machen.

Gäste waren außer Kira, Lisa und mir keine da. Wir drei fielen als Mörder aus. Blieben Jefim, Karina, Maxim, Angelika, Tina ... Dazu Nastja, keine Verwandte, aber zur Tatzeit anwesend.

Ich öffnete die Augen. Wieder einmal stellten sich mir die klassischen Fragen: Wer? Warum? Wem nutzte das Ganze? Ging es um Geld? Um das Erbe? Das war nun in Gänze Rada zugefallen! Ich setzte mich betroffen auf. In der Tat, es sah nicht gut für sie aus.

Die Hitze hatte mich durstig gemacht. Ich quälte mich hoch und ging ins Haus. Vor dem großen Spiegel im Vestibül stand Marina und schminkte sich die Lippen knallrot. Neben ihr ein riesiger Rollkoffer. So hatte ich sie noch nie gesehen. Bisher war die Haushälterin stets in schwarzem Seidenkleid, in Schürze und Häubchen durch das Haus gehuscht. Make-up hatte ich nicht an ihr bemerkt. Das Haar hatte sie stets zu einem straffen Dutt aufgesteckt. Jetzt stand sie vor mir in einem türkisfarbenen ärmellosen Kleid. Kastanienbraunes Haar fiel ihr, leicht gewellt, auf die Schultern herab. Sie hatte etwas Rouge aufgelegt und die Augenbrauen nachgezogen. Mit einem Mal wurde klar, dass Marina nicht fünfzig war, wie ich gedacht hatte, sondern höchstens Anfang vierzig wie ich.

»Die kräftigen Töne stehen Ihnen aber gut«, sagte ich aufrichtig.

»Danke«, erwiderte Marina und lächelte. »Das weiß ich.«

»Warum haben Sie sich denn bisher so gar nicht hergerichtet?«

»Ich war die Haushälterin«, erklärte die Frau. »Meine Arbeitgeber wollten das. Reiche Leute mögen es nicht, dass die Dienerschaft durch irgendetwas auffällt.«

»Und warum sprechen Sie in der Vergangenheit?«, fragte ich verwundert. »Hat sich denn etwas geändert?«

»Ich habe zum heutigen Tage gekündigt.«

»Wie das? Haben Sie mit jemandem im Hause Probleme? Oder hat Jefim Sie angeknurrt? Machen Sie sich nichts draus, der hat doch immer schlechte Laune.«

»Nein«, sagte Marina lächelnd. »Jefim Glebowitsch hat mich sogar gebeten zu bleiben und wollte mir das Gehalt erhöhen.«

»Ja, was ist es dann?«

»Ich kann Jefim gut verstehen«, fuhr Marina fort, und ihr Lächeln kam jetzt etwas von oben herab. »Eine gute Haushälterin ist schwer zu finden. Aber mein Ruf ist mir wichtiger. Im Dienstleistungsgewerbe muss man vor allem einen ehrlichen Namen haben. Niemand stellt gern eine Frau ein, die die Kriminalpolizei in einem Mordfall verhört hat. Nein, ich muss die Stelle wechseln. Ich finde schnell wieder etwas Passendes. Leben Sie wohl, war nett, Sie kennengelernt zu haben. Das meine ich in vollem Ernst. Sie haben Ihr Bett selber gemacht, nicht überall schmutzige Sachen herumliegen lassen und immer gelächelt, wenn Sie mich sahen. Es war mir ein Vergnügen, Ihnen zu Diensten zu sein. Alles Gute für Sie.«

Sie griff nach dem Koffer und rollte ihn durch das Vestibül. Um ihren Ruf ging es ihr also! Die arme Rada! Hier glaubten offenbar alle, sie habe ihren Mann umgebracht. Ich nahm das Telefon. Wolodja Kostin war sofort dran.

»Hallo?«

»Grüß dich.«

»Was willst du?«

»Na, weshalb so grob? Vielleicht hatte ich einfach Lust, deine Stimme zu hören?«

»Deshalb rufst du mich im Dienst an? Ausgeschlossen.«

»Wolodja«, säuselte ich, so süß ich konnte, ich muss mit dir reden.«

»Nach neun bin ich zu Hause.«

»Können wir nicht zusammen etwas essen?«

»Weshalb?«

»Ich hol dich ab.«

»Du gibst ja sowieso keine Ruhe. Also gut, um 19.00 Uhr dort, wo es die guten Piroggen gibt. Aber ich habe nicht mehr als eine halbe Stunde Zeit.«

Ich stürzte in mein Zimmer und warf mich in die Sachen.

Wolodja Kostin ist ein so guter Freund, dass wir ihn schon fast in unsere Familie aufgenommen haben. Wir stehen uns näher als manche Geschwister. Wir sind Wohnungsnachbarn. Das Einzige, was mich an ihm stört, ist seine Art, überall seine Sachen zu verstreuen, wenn er nach

Hause kommt. Die Socken hängen dann so lange über der Stuhllehne, bis Rachel oder Ramik sie sich schnappen und darauf herumkauen, als gäbe man ihnen nichts Besseres zu fressen.

»So aufgeregt und zerzaust, wie du angeflattert kommst, steckst du wieder mitten in einem neuen Fall«, erklärte Wolodja und schlug die Zähne in eine knusprige Pirogge. »Hm, wunderbar. Und nicht nur halb gefüllt. Warum hast du hellblaue Lippen? Ist das jetzt Mode? Wirkt etwas unheimlich.«

»Hellblaue?«, fragte ich verwundert. »Nein, mein aktueller Lippenstift nennt sich *Feuchter Sand*.«

»Na, der Sand muss vom Mars sein«, meinte Wolodja. »Oh, Verzeihung, der heißt ja der Rote Planet. Was haben wir denn in Hellblau? Vielleicht die Venus?«

»Hör auf zu spinnen«, zischte ich ihn an. »Ich muss mit dir über eine ernste Sache reden.«

»Das ist ja was ganz Neues!«, brummte Wolodja. »Ich weiß nicht, wo mir vor Arbeit der Kopf steht, und du tauchst hier mit schrecklich verschmierten Lippen auf. Übrigens, auch deine Augenlider sind nicht viel besser … Warum gerade gelb … nein, eher orange? Schau mal in den Spiegel! Die Frauen hier sehen alle ganz normal aus, nur du bist so merkwürdig bemalt!«

Er kicherte widerlich. Ich zückte meine Puderdose und hielt mir den Spiegel vor die Nase. Als sich der erste Schreck gelegt hatte, fiel mir ein, dass ich, um Wolodja nicht zu verpassen, etwas überstürzt Make-up aufgelegt hatte. Zuerst den Lidschatten und dann den Lippenstift. Da beide wie Bleistifte geformt sind, hatte ich sie wohl verwechselt und nun den *Feuchten Sand* auf den Augenlidern und das *Azurblau* auf den Lippen.

Rasch nahm ich eine Serviette und versuchte das Ganze abzuwischen. Nun musste Wolodja erst richtig lachen. Seine Stimmung wurde merklich besser. Das machte ich mir zunutze und erzählte ihm rasch, was ich in den letzten Tagen erlebt hatte.

Sofort verfinsterte sich seine Miene wieder.

»Und was willst du von mir?«

»Ich glaube nicht daran, dass Rada es getan hat. Kannst du …«

»Nein, kann ich nicht!«, unterbrach mich Wolodja. »Du weißt doch, wie sehr ich es mag, wenn du deine Nase in anderer Leute Angelegenheiten steckst.«

»Hör mal, Wolodja«, sagte ich leise. »Ich wollte eigentlich nicht davon reden, aber als alle geglaubt haben, du seist ein Mörder, wer hat damals die Wahrheit herausgekriegt?* Du weißt, dass ich jetzt für die Detektei *Sherlock* arbeite. Ich beschäftige mich also mit diesem Fall nicht aus Neugier, sondern dienstlich. Damit verdiene ich mein Geld. Ein Kunde hat Fedora und mich gebeten, die Wahrheit herauszufinden.«

Nach diesem Monolog, den ich von mir gegeben hatte, ohne einmal Luft zu holen, schaute ich den Major erwartungsvoll an. Ich hatte nur ein ganz klein wenig geflunkert. Meine Freundin mit dem seltenen und für die Gegenwart völlig unmöglichen Namen Fedora und ich sind in der Tat die Detektei *Sherlock*. Genauer gesagt, Fedora ist die Chefin, und ich leite eine Abteilung. Zwar haben wir im Moment noch keine weiteren Angestellten, aber die werden kommen, wenn die Sache richtig läuft. Noch stehen die Kunden nicht gerade Schlange, eigentlich haben wir gar keine. Und die Detektei ist gerade für zwei Monate in den Sommerurlaub gegangen. Fedora reist mit ihrem Mann durch Europa, und ich habe mich nach Aljabjewo zurückgezogen. Aber keiner kann mich daran hindern, mich selbst zu beauftragen. Ich möchte der netten, aber nicht

* Diese Geschichte ist nachzulesen in dem Kriminalroman *Verlieb dich nie in einen Toten.*

sehr hellen Rada gern helfen. Außer mir tut das sowieso keiner.

Wolodja schob seinen Pappbecher schweigend auf der Tischplatte aus Plastik hin und her. »Also gut. Ich bin dir in der Tat noch etwas schuldig. Ich höre mich um und rufe dich an.«

»Und wann?«

»In fünf Minuten.«

»Wirklich?«, rief ich erfreut.

»Natürlich nicht«, gab Wolodja verärgert zurück. »Im Laufe des morgigen Tages.«

»Und du vergisst meine Bitte auch nicht?«

»Ich vergesse nie etwas!«, protestierte der Major.

Ja, außer den Schlüsseln zu Auto und Wohnung, der Zulassung, dem Regenschirm und einer unübersehbaren Zahl von Feuerzeugen.

Als ich zu Larionows Villa zurückkehrte, bemerkte ich am Tor ein rostfarbenes Hündchen von unbestimmbarer Rasse, gewiss kein Ergebnis wohlüberlegter Zucht, sondern eher spontaner Liebe. Es saß da, winselte leise und hatte eine Vorderpfote unter sich gezogen. Ich blieb stehen, öffnete das Tor und fragte: »Nanu, wem gehörst du denn?«

Das Tierchen winselte jetzt lauter und hinkte mir auf drei Pfoten entgegen. Mein Herz krampfte sich zusammen. Ich hob das magere Ding auf, das ein seidenweiches Fell hatte, und sah, dass seine Augen klar und rein waren.

»Also, ein Straßenköter bist du nicht.«

Der Findling wedelte mit dem langen buschigen Schwanz, der wie ein kleiner Besen wirkte.

Den musste ich wohl erst einmal mitnehmen. Sollte ihn sich der Tierarzt anschauen, und dann wollte ich im ganzen Ort Zettel aufhängen. Sicherlich war das Kerlchen von einer Datsche weggelaufen und sein Besitzer suchte es schon überall.

Ich trat ins Vestibül und setzte den Hund auf einen Sessel. Aus dem Esszimmer drangen Stimmen. Ich rief die Tierärztin an, die in einer Stunde kommen wollte, und ging zu den anderen, die bereits beim Abendessen saßen.

Auf Gleb Larionows Platz am Kopfende des Tisches saß jetzt die nette ältere Dame, die mich an ein knuspriges Brötchen erinnerte.

»Oh«, sagte sie, »da ist ja unser lieber Gast, möchte uns nicht jemand bekannt machen?«

Jefim, der noch finsterer dreinblickte als gewöhnlich, brummte nur: »Geht es vielleicht auch ohne Theater?«

Die Angesprochene überhörte das, vielleicht begriff sie aber auch gar nicht, wie hässlich Jefims Bemerkung war. Sie strahlte vor Freundlichkeit. Karina suchte die Taktlosigkeit ihres Mannes zu überspielen. »Rosa Konstantinowna, das ist Tanja. Tanja, das ist Jefims Mutter Rosa Konstantinowna.«

»Sehr angenehm«, flötete Rosa Konstantinowna und fuhr ohne Übergang fort: »Als Jefim noch klein war, sind wir jedes Jahr nach Riga an die Ostsee gefahren. Urlaub dort galt damals als sehr schick. Wir haben immer bei der Lettin Elsa gewohnt. Und stellen Sie sich vor, die hatte …«

»Rosa Konstantinowna«, unterbrach Karina ihre Schwiegermutter, »ich habe Ihnen ein wunderbares Fleischsoufflé aufgelegt. Jewgeni wird jetzt immer Schonkost für Sie zubereiten. Essen Sie, bevor es kalt wird.«

»Aber so heiß mag ich es nicht«, erwiderte die alte Frau, stocherte mit der Gabel in dem zarten Etwas herum und fuhr ungerührt fort: »Diese Elsa hatte vier Söhne. Ihr Mann ließ sich während des Vaterländischen Krieges mit den Faschisten ein. Die Letten haben die Deutschen ja mit offenen Armen empfangen, weil sie hofften, Hitler werde die Kommunisten besiegen. Aber es ist anders gekommen.«

»Iss jetzt, Mutter!«, sagte Jefim in grobem Ton.

»Ja, ja, es ist wirklich köstlich.« Rosa nickte eifrig. »Elsas Mann wurde natürlich eingesperrt, und sie musste die Kinder allein großziehen. Der erste Sohn ...«

Die Stimme dieser Frau, unerwartet laut und schrill, drang mir durch Mark und Bein. Wenn ein Gegenüber mich mit Dingen belästigt, die mich überhaupt nicht interessieren, kann ich gespannte Aufmerksamkeit heucheln, in Wirklichkeit aber meinen eigenen Gedanken nachhängen. Sicher kennt jeder Leute, die auf die nichtssagende Frage »Wie geht's?« zu einer ausführlichen Darlegung aller ihrer Probleme ansetzen. Rosa Konstantinowna besaß eine Stimmlage, von der Politiker nur träumen können. Ihre Stimmbänder mussten von ausgesuchter Qualität sein. Erstens meinte man, wenn man sie nicht sah, man habe eine junge Frau vor sich, und zweitens gab es vor ihrem Redefluss kein Entrinnen. Einfach aufstehen und den Raum verlassen ging auch nicht, immerhin war die Dame schon weit über siebzig.

»Der zweite Sohn traf es besser«, plätscherte es ununterbrochen weiter, »er bekam zwei Kinder, aber davon später.« Jetzt stand Jefim doch tatsächlich auf, nahm seinen Teller und ging.

»Zuerst hat er es als Arzt probiert«, teilte uns Rosa Konstantinowna mit und übertönte die heulende Sirene des Vorortzuges, der an Aljabjewo vorüberfährt, »aber Elsa ...«

»O je«, rief da Karina und sprang auf. »Das habe ich ja ganz vergessen!«

Kopfschüttelnd lief sie hinaus.

»He, warte mal«, rief Tina und lief ihr nach, ich muss noch was mit dir besprechen!«

»Wir auch!«, kam es von Kira und Lisa, die sich zwei mit Kohl gefüllte Piroggen griffen und ebenfalls das Weite suchten.

»Elsa ärgerte sich darüber, dass ihre Schwiegertochter

ihm kein Frühstück machte«, fuhr die alte Dame ungerührt fort, »und sie …«

Jetzt hüstelte Maxim gekünstelt. »Entschuldigen Sie, ich muss meine Medizin nehmen. Ich habe mich erkältet.«

Eine Minute später saßen nur noch die wie ein Wasserfall sprudelnde Rosa Konstantinowna, Nastja und ich im Speisezimmer. Uns beiden war noch keine passende Ausrede eingefallen. Aber ich hatte Glück. Fünf Minuten später schaute das Zimmermädchen Asja zur Tür herein und sagte höflich: »Tatjana Andrejewna, die Tierärztin ist da.«

Hocherfreut sprang ich auf und lief hinaus, wobei ich Rosa Konstantinownas Stimme wie eine Faust im Rücken spürte. Die ließ sich auch dadurch nicht beeindrucken, dass sie nur noch eine einzige Zuhörerin hatte, die arme Nastja. Sie wandte sich ihr zu und rief leidenschaftlich aus: »Kindchen! Ihnen erzähle ich jetzt die ganze Geschichte!« Als ich die Tür hinter mir schloss, sah ich als Letztes den verstörten Blick der jungen Frau, die der gesprächigen Alten hilflos ausgeliefert war.

8. Kapitel

Mit unserer Tierärztin haben wir Glück. Lena ist nett, kompetent und sehr tierlieb. Offenbar spüren das die Vierbeiner sofort. Mit ihrem Wägelchen, einer klapprigen *Oka*, erreicht sie jeden Patienten, der um Hilfe ruft. Sie hat zwei Kinder, ein nicht gerade üppiges Gehalt und braucht immer Geld.

Das Hündchen mit dem rötlichen Fell ließ sich bereitwillig untersuchen.

»Es ist aus gutem Hause«, murmelte Lena vor sich hin. »Keine Flöhe, die Krallen beschnitten, saubere Ohren und recht gut genährt. Ach, da haben wir ja ein Halsband.«

Ich beugte mich über das Tier und sah ein schmales Lederbändchen vom gleichen Farbton wie das Fell.

»Das nehmen wir jetzt ab«, erklärte Lena. »Manchmal steht auf der Innenseite eine Adresse oder eine Telefonnummer.«

Auf diesem Halsband fanden wir jedoch nur den mit Kugelschreiber aufgetragenen Namen *Emmy*.

»Emmy«, rief ich. Das Hündchen wedelte freudig mit dem Schwanz.

»Da haben wir uns also bekannt gemacht«, sagte Lena lächelnd und schaute sich die Pfote an.

Nach einer Weile murmelte sie: »Merkwürdig. Die Knochen sind in Ordnung, und äußere Verletzungen sehe ich auch keine. Ich dachte, sie hätte sich etwas eingetreten, aber sie ist heil und gesund. Warum sie wohl die Pfote nicht aufsetzt?«

»Als sie mich zum ersten Mal sah, hat sie laut aufgeheult und ist mir auf drei Beinen entgegengehumpelt.«

»Hm«, brummte Lena nur und rief dann: »Emmy, willst du was zu fressen?«

Dieses Zauberwort verstand die Kleine sofort. Sie sprang von der Couch und lief auf allen vieren durchs Zimmer. Von Hinken keine Spur.

»Weißt du, was ich denke?«, sagte Lena nachdenklich, »Emmy ist eine Simulantin. Erinnerst du dich noch, wie Mulja sich auf die Couch gelegt und den sterbenden Schwan gemimt hat?«

Ich musste lachen. Natürlich erinnerte ich mich. Unsere dicke Mulja ist ein rechter Vielfraß. Aber zu ihrem Unglück muss sie Diät halten. Möpse können von zu gutem Futter leicht Herzverfettung bekommen, was ihre Lebensdauer verkürzt. Wir aber wollen Mulja noch möglichst lange behalten. Deshalb geben wir ihr in der Regel nur das, was der Tierarzt ihr gestattet: Fleisch, Gemüse, Obst, mageren Fisch, nichts Süßes, keinen Brei und keine Teigwaren. Aber *Muldozer* – so hat sie Kira getauft – hat wie alle Dicken immer gerade Appetit auf das, was verboten ist. Natürlich frisst sie Fleisch und Gemüse, aber ohne jede Begeisterung. Wenn sie dagegen an Eis oder Quarktaschen herankommt, gerät sie völlig außer sich.

Im Winter entdeckten wir auf ihrer Brust eine Fettgeschwulst, ein sogenanntes *Lipom*, das entfernt werden musste. Das geschah unter Vollnarkose. Danach lag Mulja mit einem dicken Verband zwischen zahllosen Kissen auf der Couch und winselte leise, wenn sie sich umzudrehen versuchte. Nach sieben Tagen wurden die Fäden gezogen. Die ganze Woche lang hatten wir ihr alles angeschleppt, was sonst verboten war – Eis, Pfefferkuchen, Makkaroni mit Käse überbacken, Reisbrei und wunderbares Gebäck. Als sie wieder gesund war und auf die Waage kam, erschraken wir sehr über das Ergebnis. Mulja wurde auf Weißkohldiät gesetzt.

Als unser kleiner Gourmet sah, dass in ihrem Napf nur grüne Blätter lagen, sprang sie sofort auf die Couch und winselte laut. Erschrocken liefen wir herbei. Die Möpsin hatte es sich auf dem Kissen bequem gemacht und schaute uns mit ihren großen Augen traurig an, als wollte sie sagen: Seht ihr nicht, wie ich leide? Bringt mir was Ordentliches zu fressen und kippt dieses Grünzeug aus meinem Napf, das verdaue ich doch so schlecht. Noch lange stellte sie sich krank, um an besseres Futter zu kommen.

»Vielleicht hat sich Emmy wirklich einmal die Pfote verletzt«, meinte Lena, »und sich gemerkt, wie damals alle um sie herumgesprungen sind. So hat sie es eben auch bei dir probiert.«

Ich schaute nachdenklich zu, wie fröhlich Emmy durchs Zimmer wieselte. Wahrscheinlich hatte Lena recht.

»He, Lisa, Kira, Tina!«

»Was ist denn?«, riefen die Kinder und kamen herbeigelaufen.

»Schreibt doch bitte auf dem Computer die Mitteilung, dass uns ein Hund zugelaufen ist, und druckt sie ein paarmal aus. Die verteilen wir dann im ganzen Ort.«

Die Kinder freuten sich über den Auftrag. »Ich laufe zu Redkins und frage, wie viele Häuser Aljabjewo hat«, rief Kira aufgeregt. »Dann können wir an jedes Tor einen Zettel hängen.«

»Ja!«, rief Lisa. »Wir fotografieren die Kleine und drucken das Bild gleich aus!«

»So machen wir es!«, rief Tina. »Los geht's!«

Sie waren so schnell draußen, dass sie ein paar Stühle und die nächste Bodenvase umrissen. In kluger Voraussicht wurden neuerdings nur noch solche aus Messing, Bronze oder Holz aufgestellt.

»Um Emmy brauchen wir uns wohl keine Sorgen zu machen«, meinte Lena nachdenklich. »Sie hat gewusst, vor welches Tor sie sich setzt.«

Wolodja Kostin rief am nächsten Tag gegen 15.00 Uhr an. »Treffen wir uns wieder zu ein paar Piroggen?«

»Wunderbar«, rief ich, »bin gleich da.«

»Fahr aber so, dass ich dich nachher nicht bei der Verkehrspolizei abholen muss, klar?«, brummte Wolodja.

Ich schwieg pikiert. Ich war zwar noch keine erfahrene Autofahrerin, bewegte mich aber inzwischen recht ordentlich im Straßenverkehr. Wolodjas Frotzelei war völlig unangebracht. Allerdings hatte er mich schon mehrfach bei kleineren Dingen herausgehauen. Irgendetwas finden die Verkehrspolizisten an mir, dass sie mich nicht nur um ein paar Geldscheine erleichtern wie andere Leute, sondern mir auch noch den Führerschein abnehmen, was dann endlose Scherereien nach sich zieht.

Aber diesmal war es Wolodja, der zu spät kam. Als er schließlich schnaufend auftauchte, sagte er schon beim Hinsetzen: »Es sieht gar nicht gut aus.«

Ich bekam einen Schreck.

»In dem Korb mit der Schmutzwäsche …«

»Über die Jeans und die Waffe weiß ich Bescheid.«

»Na gut. Das Blut stammt tatsächlich von Gleb Larionow. Und am Pistolengriff sind Radas Fingerabdrücke. Etwa vor einem Jahr hat ein Taschendieb Rada einmal fast zu Tode erschreckt. Er hat ihr vor einer vornehmen Boutique aufgelauert und ihr die Handtasche entrissen. Ihr Mann war so empört, dass er ihr eine Pistole geschenkt hat. Direkt aus der Waffenfabrik in Ishewsk. Sie hat sie immer bei sich getragen. Mit dem Waffenschein ist alles in Ordnung. Sie behauptet natürlich steif und fest, sie wisse nicht, wie die Tatwaffe in das Geheimfach in ihrem Schlafzimmer gekommen ist, aber wegen der vielen Fingerabdrücke glaubt der Ermittler ihr kein Wort.«

»Das ist doch kein Wunder!«, rief ich. »Du sagst schließlich selber, sie hat das Ding ständig bei sich gehabt!«

Wolodja schaute mich mitleidig an. »Tanja, da sind nur ihre Fingerabdrücke drauf, keine anderen.«

»Der Mörder kann Handschuhe getragen haben!«

»Erstens hätte er dann Spuren auf der Waffe verwischen müssen, und zweitens kann man heute sogar Abdrücke von Fingern in Handschuhen nachweisen. Die sind zwar nicht klar zuzuordnen, aber man kann erkennen, wenn ein Glas mit einem Handschuh angefasst wurde. Klar?«

Ich nickte.

»Solche Spuren gibt es auf dieser Pistole nicht. Dagegen jede Menge von Radas hübschen Fingerchen. Und da ist noch etwas …«

»Was denn?«, fragte ich und ließ alle Hoffnung fahren. »Gibt es am Ende auch noch ein Tatfoto?«

»Nein, das nicht. Aber eine sehr interessante Aussage des Zimmermädchens Asja Lomakina. Gleb Larionow hat sich am letzten Tag seines Lebens offenbar heftig mit Rada gestritten. Die Einzelheiten lasse ich jetzt einmal beiseite, aber er hat ihr erklärt, dass er sich von ihr scheiden lässt, weil er sich in eine andere Frau verliebt hat. Er bot Rada eine Abfindung an, die aber soll gerufen haben: ›Ich bring dich um! Eine andere kriegt dich nicht!‹ Natürlich wird nicht jede Frau, die etwas Derartiges sagt, gleich zur Mörderin, aber auch das spricht gegen Rada. Wahrscheinlich wollte sie keine Abfindung haben, sondern das ganze Vermögen. Und es musste schnell gehen, damit ihr Mann nicht noch sein Testament änderte. Am Abend hat sie die Schreckensnachricht erhalten und schon in der Nacht ihren untreuen Gatten erschossen. Das passt alles wunderbar zusammen.«

Ich kaute an meiner Pirogge, ohne etwas zu schmecken. In der Tat eine fast aussichtslose Lage. Und doch konnte ich einfach nicht glauben, dass Rada Gleb umgebracht haben sollte. So kindlich, naiv und nachgiebig, wie sie war …

»Merkwürdig ist es schon, dass eine so vermögende Dame ihren Mann eigenhändig umbringt. Sie hätte doch einen Killer heuern können.«

Wolodja drehte nachdenklich am Aschenbecher, holte dann ein Päckchen Zigaretten hervor und fragte: »Magst du?«

»Nein, die sind mir zu stark.«

»Was einen Auftragsmörder betrifft, den muss man erst einmal finden. Und sie war sehr in Eile.«

Ich schnaufte verächtlich. »Gerade gestern Abend habe ich die *Zweite Hand* gelesen. Ich mag das Käseblatt, weil man sich über die Annoncen einfach totlachen kann. Da war eine, die passte genau: ›Helfe beim Abschied aus dem Leben, wenn nötig, auch ohne Zustimmung des Objekts.‹ Das Beste war die Unterschrift: ›Sascha Solonik.‹ Jeder in Russland weiß natürlich, dass der Serienkiller längst tot ist, aber das Angebot ist doch überzeugend, oder? Lange hätte Rada nicht zu suchen brauchen!«

»Er hätte eine Menge Geld verlangt!«

»Das ist doch kein Problem für sie.«

»Da irrst du dich! Die Bürgerin Larionowa hat kein Bargeld.«

»Das kann nicht sein! Rada besitzt haufenweise Klunker, fährt eine Luxuskarosse, lebt in einer riesigen Villa und gibt aus, was sie will.«

»Im Prinzip, ja, aber wenn man genauer hinsieht … In den Boutiquen, wo sie einkauft, hat sie ein nach oben offenes Konto, beim Friseur ebenfalls. Am Ende des Monats hat Gleb Larionow die Rechnungen beglichen. Und ihr Schmuck ist nicht echt.«

»Wie denn das?«

»Ich habe mich wohl nicht ganz exakt ausgedrückt. Es sind perfekt gemachte Kopien ihres echten Schmucks. Der liegt im Safe ihres Mannes. Das tun viele, um keine Diebe anzulocken. In Radas teuren Handtaschen wirst du keine Scheine finden, sondern nur ein Plastikkärtchen, mit dem man zwar bezahlen, aber kein Geld abheben kann.«

»Warum denn das?«

»Vor Rada war Larionow mit Shanna Wetrowa verheiratet. Die setzte ihrem Mann Hörner auf und hielt von seinem Geld einen Liebhaber aus, was ihn natürlich besonders empörte. Larionow war äußerst großzügig, was Shanna eifrig nutzte. Sie kaufte ihrem Kavalier Kleidung, Kosmetik, ein Auto und sogar eine Wohnung. Das ist ihrem Mann dann doch aufgefallen. Bei Rada war er bereits ein gebranntes Kind und wollte verhindern, dass ihm Ähnliches noch einmal passiert.«

»Wann wurde er denn von dieser Shanna geschieden?«

»Sie ist bald danach umgekommen, als der Seitensprung bekannt wurde – an einem Stromschlag. Larionow hatte in Petersburg zu tun, Shanna wollte die Mikrowelle benutzen, da ist es passiert. Elektrogeräte haben manchmal einen Kurzschluss.«

Das musste ich erst einmal verdauen. Da hatte Larionow

aber kurzen Prozess gemacht … Mit Strom … Interessant, welcher Strom von Geld wohl in den Taschen des Ermittlers gelandet war, der den Fall niedergeschlagen hatte.

»Vielleicht wollte Rada keine reiche Bettlerin mehr sein und hat deshalb ihren Mann aus dem Weg geräumt«, fasste der Major zusammen. »Du kannst deinem Kunden mitteilen, dass die Frau eindeutig schuldig ist. Es fehlen nur noch ein paar Details.«

»Hat sie bereits gestanden?«

»Nein. Aber sie kann auch ohne Geständnis verurteilt werden. Jetzt entschuldige mich bitte. Ich muss wieder los!«

Und schon war er weg. Da saß ich nun. Draußen gingen Passanten mit sorgenvollen Gesichtern vorüber. Alle hatten ihre Probleme. Was wohl den Mann beschäftigte, der gerade aus einem chromglänzenden ausländischen Wagen stieg? Warum zog er die Mundwinkel so nach unten?

Oder die Dame in dem tollen Kostüm aus Naturseide? Warum blickte sie so finster drein? Dann sah ich sogar ein kleines Mädchen, das in Tränen aufgelöst vorüberlief. Wenigstens das war klar. Wahrscheinlich war es gerade hingefallen und die Hand tat weh, denn jetzt kam seine Mutter, hockte sich nieder und pustete auf einen Finger. Der Finger! Die Erinnerung traf mich wie ein Blitzschlag.

Vor einigen Tagen hatte sich Gleb Larionow an der Tür seines Mercedes den Finger geklemmt, offenbar ziemlich heftig. Blutend kam er ins Vestibül gelaufen und rief: »He, Tanja, sei so nett, und hilf mir.« Rasch holte ich ein Fläschchen Jod und eine Binde herbei, fragte aber zuvor: »Sollten wir nicht lieber schnell zum Arzt fahren?«

»Unsinn, das geht schon.« Ich tropfte etwas Jod auf die Wunde und verband sie sachgerecht.

»Gut machst du das«, lobte mich Larionow.

»Bei Kira und Lisa wird man ganz automatisch zur Krankenschwester, die schlagen sich ständig etwas auf …«

»Und so mutig!«

»Mutig ist meine beste Freundin Katja, die die Leute an der Schilddrüse operiert. Ich kann dir höchstens einen Finger verbinden oder ein Pflaster aufs Knie kleben …«

»Ich staune trotzdem«, beharrte Gleb lächelnd. »Rada könnte mir nicht einmal ein Klistier verpassen. Sie sagt, sie kann niemandem Schmerz zufügen.«

»Das stimmt«, bestätigte Rada, die inzwischen aufgetaucht war. »Meine Hände fangen sofort an zu zittern. Ich könnte nie Ärztin werden. Eine Nadel in einen fremden Körper stechen oder gar ein Messer … und sei es mit den besten Absichten … Das ist nichts für mich!«

Ich griff nach der letzten Pirogge und nahm einen Schluck von dem bereits kalten Kaffee. Sie fürchtet sich, jemanden mit der Nadel zu pieken und soll ihren Mann aus nächster Nähe in den Kopf geschossen haben? Das passte nicht zusammen! In den zwei Wochen, die ich bei den Larionows wohnte, hatte ich Rada recht gut kennengelernt. Sie war etwas einfältig, vertrauensselig und zu tieferem Nachdenken kaum in der Lage. Gespräche mit ihr kamen über Mode und Kosmetik nicht hinaus. Offenbar hatte sie keine Ausbildung genossen. Wenn ich bedachte, in welchem Alter Gleb sie geheiratet hatte, wie Tina erzählte, dann wunderte mich das nicht. Wo er ihr wohl begegnet war? Das wusste Tina bestimmt auch.

Gleb hatte die Einfalt seiner Gattin offenbar nicht gestört, im Gegenteil, wie wir wissen. Rada hatte auch gar nicht die Absicht, etwas zu lernen. In ihrem Zimmer stand kein einziges Buch. Selbst der banale *Cosmopolitan* war ihr zu hoch. Lieber blätterte sie in bunten Heften für Teenager.

Andererseits war Rada gutmütig, sanft und kein bisschen nachtragend. Über Tinas Streiche lachte sie nur. Ich hatte sie noch nie eine Szene machen sehen. Da sie immer freundlich war und anderen nicht auf die Nerven ging, mochten sie die meisten. Großzügig war sie ebenfalls, wenn ich bedachte, wie freigiebig sie die Kinder und mich neu ausstaffiert hatte. Und Rada mochte Tiere.

Ich schaute nachdenklich zum Fenster hinaus. Nein, so eine Frau konnte nicht ihrem Mann mitten ins Gesicht schießen, dann die Pistole verstecken und sich in aller Ruhe schlafen legen. Voller Tatendrang sprang ich auf. Es gab nur einen Weg, Rada zu helfen. Ich musste den finden, der diesen teuflischen Plan erdacht hatte.

9. Kapitel

Spät am Abend, als sich alle schlafen gelegt hatten, nahm ich den Ausweis meiner Detektei und begab mich zu dem Zimmermädchen Asja. Das Personal war nicht im Haupthaus untergebracht, sondern wohnte in einem separaten Bau im Garten, einem durchaus gemütlichen Häuschen mit Bad, Toilette, einer Küche und winzigen Zimmern.

Ich klopfte leise an der Tür.

»Herein!«, kam es von drinnen.

Ich trat in ein bescheiden eingerichtetes Zimmer. Asja lag auf dem Bett und las ein Buch. Als sie mich sah, legte sie den Band auf das Nachttischchen, stand auf und sagte höflich: »Entschuldigung, Tatjana Andrejewna, ich wusste nicht, dass Sie es sind. Ich dachte, es wäre eine meiner Kolleginnen.«

Ganz mechanisch warf ich einen Blick auf den Einband des Buches. *Das gefiederte Wunder* von Tatjana Poljakowa. Da hatten wir auch noch eine gemeinsame Lieblingsschriftstellerin.

»Ist etwas passiert?«, fragte das Zimmermädchen.

»Darf ich mich setzen?«

»Ja, natürlich«, sagte das Mädchen lächelnd. »Möchten Sie einen Tee? Ich müsste allerdings erst in die Küche gehen, in den Zimmern dürfen wir keine Lebensmittel aufbewahren.«

»Zum Teufel mit dem Tee!«, gab ich zurück und zückte meinen Ausweis. »Deswegen bin ich hier.«

Das Mädchen nahm die rote Klappkarte und las verdutzt: »Leiterin der Ermittlungsabteilung … Sind Sie von der Miliz?«

»Nicht ganz. Ich bin Privatdetektivin.«

Asja blickte mich mit großen Augen an. »Tatsächlich?«

»Sie haben doch nichts dagegen, wenn ich Ihnen ein paar Fragen stelle?«

»Nein«, antwortete Asja höflich. »Fragen Sie nur.«

»Sind Sie schon lange bei den Larionows? Und wohnen Sie ständig hier?«

Das Mädchen nickte.

»Ist Ihnen das nicht langweilig? So jung und hübsch wie Sie sind. Sie könnten doch längst eine Familie und Kinder haben! Und verbringen Ihre Abende hier allein in diesem Zimmer.«

Asja zuckte die Schultern. »Wenn ich frei habe, kann ich gehen, wohin ich will.«

»Und auch einen Verehrer mitbringen?«

»Nein, das nicht.«

»Ein bisschen wie im Gefängnis, finden Sie nicht? Sie müssen Dienstkleidung tragen, dürfen nicht in Ihrem Zimmer essen, keine Freunde einladen … Wie halten Sie das aus?«

Jetzt ließ Asja ein trauriges Lächeln sehen. »Wir wohnen zu Hause zu fünft auf 28 Quadratmetern. Ich schlafe auf einem Klappbett in der Küche. Verstehen Sie? Herr Larionow hat sehr gut bezahlt. Und sein Sohn Jefim hat uns als Erstes das Gehalt etwas erhöht. Die Familie ist in Ordnung. Was glauben Sie, was für Arbeitgeber man haben kann! Zuvor bin ich bei einem Abgeordneten gewesen. Den Namen nenne ich nicht, denn ich will keine Scherereien haben. Wissen Sie, was der mit uns gemacht hat? Wenn er abends sturzbetrunken nach Hause kam, hat er mit *Dart*-Pfeilen nach dem Koch und mir geworfen. Das tut weh, man glaubt es kaum. Die kleinen Dinger hinterlassen dicke blaue Flecke. Morgens, wenn er nüchtern war, hat er uns dann zu sich gerufen und etwas in die Hand gedrückt – Schmerzensgeld sozusagen. Der Koch hat sich über diesen Aufschlag sogar gefreut, aber ich habe es dort keinen Monat ausgehalten. Hier sind alle höflich und freundlich. Ich spare für eine eigene Wohnung.«

Sie hielt einen Augenblick inne, zog die Nase hoch und fügte wie ein Kind hinzu: »Gleb Larionow tut mir leid, er war ein guter Mensch.«

»Und Rada?«

»Sie auch. Sie wird es im Gefängnis sehr schwer haben. Sie ist an Luxus gewöhnt, bekommt den Kaffee früh ans Bett. Der Bruder einer meiner Freundinnen hat gesessen. Ich weiß, wie es da zugeht.«

»Aber Sie haben durch Ihre Aussage eine Menge dazu beigetragen, dass Rada hinter Gitter gekommen ist«, sagte ich finster. »Einerseits schwärmen Sie mir vor, was für gute Arbeitgeber Sie haben, und andererseits bringen Sie sie mit Ihrem Gerede ins Kittchen.«

Asja lief puterrot an. »Ich habe die Wahrheit gesagt. Man hat mich gefragt, ob sie sich gestritten haben. Da habe ich eben erzählt, was ich selbst gesehen und gehört habe. Kein Wort mehr. Von Scheidung war die Rede …«

»Entschuldigen Sie mal«, unterbrach ich sie, »das kommt mir doch recht unwahrscheinlich vor. Gleb Larionow soll in Anwesenheit Fremder über so intime Dinge gesprochen haben? Hat er das öfter getan?«

»Nein.«

»Und wieso dieses Mal?«

Das Zimmermädchen hüstelte verlegen. »Ich hab doch im Schrank gesessen.«

»Wo?«

»Wie soll ich Ihnen das erklären …«

»Ganz einfach«, gab ich in scharfem Ton zurück. »Mit klaren Worten. Und lassen Sie sich nicht einfallen, mich anzulügen. Ich arbeite für einen Verwandten von Rada, der sich in der Verbrecherwelt gut auskennt. Er glaubt fest an ihre Unschuld und will die Wahrheit herausbekommen. Er wollte Sie übrigens zu sich bestellen und selber ausfragen. Ich habe ihm das ausgeredet. Ich habe zu ihm gesagt: ›Tu ihr nichts, Tarzan, sie ist noch jung und tut mir leid. Aber sie ist nicht dumm, sie wird schon von selbst erzählen, wie es wirklich war.‹«

»Von was für einen Tarzan reden Sie?«, stieß Asja hervor und wurde jetzt leichenblass.

Ich seufzte theatralisch. »Das ist sein Spitzname, den hat er bekommen, weil er manchmal nicht weiß, was er tut. Wenn ihn etwas sehr ärgert, kann er zum wilden Tier werden.«

»Bitte, helfen Sie mir, ich sage alles …«

»Siehst du, das ist doch schon viel besser.«

Asja sprudelte los und war kaum zu bremsen.

An jenem Tag wollte sie wie gewöhnlich Larionows Arbeitszimmer in Ordnung bringen. Es war gegen acht Uhr abends. Während sie Staub wischte, beschaute sie mit Interesse die Buchrücken. Asja mag Bücher, es macht ihr Spaß, die dicken und dünnen Bände durchzublättern. Vor einem der Bücherschränke hockte sie sich nieder. Da kamen Gleb und Rada herein, die offenbar in einen heftigen Streit verwickelt waren. Die vor dem Bücherschrank hockende Asja bemerkten sie nicht. Als ihr klar wurde, worum es ging, traute sie sich nicht mehr zu mucksen.

Da sie befürchtete, dass man sie zwischen Schrank und Couch schließlich doch entdecken werde, öffnete sie vorsichtig die Türen im unteren Teil des Schrankes und kroch hinein. Jetzt konnte sie zwar nichts mehr sehen, aber nach wie vor jedes Wort hören.

Gleb Larionow forderte von seiner Frau die Scheidung.

»Natürlich«, so versprach er, »wird es dir bis ans Ende deiner Tage an nichts fehlen. Ich kaufe dir eine Wohnung, einen Wagen und zahle dir eine Rente. Not wirst du nicht leiden.«

»Nein«, murmelte Rada, »so geht das nicht. Ich will deine Frau bleiben.«

»Entschuldige, ich habe es dir doch schon erklärt. Ich liebe eine andere.«

»Wie heißt sie?«

»Das kann dir doch gleich sein.«

»Ist es aber nicht!«

»Oh, diese Neugier!«

»Ich will nicht!!!«

»Schrei hier nicht herum.«

»Wenn ich will, dann schreie ich, ich bin hier zu Hause.«

»Du bist in *meinem* Haus.«

»Es gehört auch mir!«

»Das ist vorbei. Sag mir eine Summe. Wie viel willst du für die Scheidung?«

»Eine Million.«

»In Rubel?«

»Das könnte dir so passen! In Dollar!«

»Bist du verrückt geworden?«

»Durchaus nicht. Wenn du deine Freiheit willst, dann bezahle dafür! Warum sagst du nichts? Hast du Angst, wenn du mir so viel Geld gibst, dann läuft dir das neue Weib wieder weg? Vielleicht will sie ja nur dein Vermögen!«

»Halt den Mund. Noch einmal: Ich kaufe dir eine Wohnung, einen Wagen …«

»Und eine Datsche!«

»Meinetwegen auch ein Häuschen im Grünen.«

»Und eine Rente!«

»Einverstanden.«

»300 000 Dollar im Monat!«

»Du spinnst ja!«

»Für weniger wirst du mich nicht los!«

»Bist du jetzt völlig verblödet?«

»Ich lasse mich von dir nicht beleidigen!«

»Halt die Klappe!«

»Halt sie doch selber!«

Es klatschte hörbar, und Rada schluchzte laut auf. »So einer bist du also! Ich bring dich um! Ich erschieße dich nachts mit meiner Pistole! Wenn du mich nicht mehr willst, dann soll dich auch keine andere kriegen!«

»Raus!«

»Du Schweinehund!«

»Miststück!!!«

Die Tür knallte laut. Nach diesem Austausch von »Liebenswürdigkeiten« hatte sie Rada mit voller Wucht ins Schloss geworfen.

»So ein verdammtes Weib!«, fluchte Larionow vor sich hin.

Dann hörte Asja, wie es leise quietschte und gluckerte. Offenbar wollte der Hausherr seinen Ärger mit einer ordentlichen Portion Kognak hinunterspülen. Fünf Minuten später verließ auch er den Raum. Völlig durcheinander vor Schreck und Angst, lief Asja davon. Ihre Arbeit ließ sie unvollendet liegen.

»Ist das alles?«, fragte ich.

»Ja«, antwortete Asja und nickte.

»Na, angenehm war das gerade nicht.«

»Der reine Alptraum!«, pflichtete mir das Mädchen bei. »Mir ist klar, dass es für Rada schlecht aussieht. Sie tut mir sehr, sehr leid.«

»Warum haben Sie sie dann so reingeritten? Sie hätten das Ganze doch für sich behalten können!«

»Ich wollte auch gar nichts sagen«, wehrte Asja müde ab. »Aber einer von den Bullen, der in dem hellen Anzug, hat mich so raffiniert ausgefragt! Ich weiß selber nicht, warum ich das alles herausgeplappert habe!«

Ich trat in den Garten hinaus, atmete die frische, feuchte Nachtluft ein und setzte mich auf die Bank unter dem blühenden Jasmin, der seinen betäubenden Duft verströmte. Diese Asja hatte mir nicht die Wahrheit gesagt. Die Frage war nur, ob ihre Geschichte ganz und gar oder nur zum Teil erfunden war. Vieles passte da nicht zusammen. Schon die Zeit, zu der sie bei Larionow aufgeräumt haben wollte, war merkwürdig – um acht Uhr abends. So viel ich beobachtet hatte, wurden in diesem Hause die Zimmer aufgeräumt, wenn ihre Bewohner nicht zugegen waren. Abends war zum Beispiel Angelikas Zimmer an der Reihe. Die saß den ganzen Tag an ihrem Schreibtisch und verließ ihr Gehäuse nur zum Abendbrot, vor allem wenn Gleb anwesend war. Kaum hatte Angelika ihrem Zimmer den Rücken gekehrt, da huschte Asja mit einem Stapel frischer Bettwäsche hinein. Genau dort hätte sie zu dieser Zeit sein können. Aber in Larionows Arbeitszimmer? Das stand schließlich den ganzen Tag leer. Wozu sollte sie dort Staub wischen, wenn jeden Augenblick der Hausherr auftauchen konnte?

Zudem konnte ich nicht glauben, dass Rada je mit ihrem Mann in dem Ton gesprochen hatte, nicht einmal, wenn sie allein miteinander waren. Sie schaute zu ihm auf, hatte immer ein Lächeln auf den Lippen und unterbrach ihn nie, wenn er das Wort ergriff. Wenn das mit der Scheidung stimmte, dann hätte ich von ihr erwartet, dass sie weinte, ihn anflehte … Aber ihn so anzuschreien? Knallhart Geld zu fordern und ihm sogar mit Mord zu drohen? Nein, das passte überhaupt nicht zu ihr.

Ich musste an den Ort des Geschehens gehen. Denn mir war etwas aufgefallen, was ich nur dort überprüfen konnte.

In Gleb Larionows Arbeitszimmer gab es drei Bücherschränke. Zwei waren flach und enthielten nur Regale. Der dritte besaß einen größeren Untersatz mit Türen. Den meinte Asja offenbar.

Ich hockte mich vor ihm nieder. Nehmen wir einmal an, Asja hatte die Wahrheit gesagt. In hockender Stellung war ich von der Tür aus in der Tat nicht zu sehen. Couch und Schreibtisch verdeckten mich. Gleb konnte also ihre Anwesenheit tatsächlich nicht bemerkt haben.

Als ich aber die unteren beiden Türen des Schrankes öffnete, entfuhr mir ein Pfiff. Der Rest von Asjas Aussage konnte nicht stimmen. Das relativ enge Fach war mit dicken Bildbänden vollgestopft. Da lagen bunt durcheinander herrliche Reproduktionen von Monet, Gauguin, Tizian, Wrubel und Repin. Wie hätte Asja, die ein wenig füllig war, da noch Platz finden sollen? Sie hätte schon dünn wie ein Schulheft sein müssen. Wahrscheinlich hätte sie mit ihrer Figur nicht einmal in den Schrank gepasst, wenn er völlig leer gewesen wäre. Sie hatte also gelogen. Der ganze Dialog war frei erfunden. Ob Rada es über sich brachte, ihren Mann anzuschreien, war eine Ermessensfrage. Aber der Schrank – das war eine Tatsache.

Ich verließ das Arbeitszimmer, schloss leise die Tür und ging zu mir hinauf. Am liebsten wäre ich noch einmal in das Gartenhaus gelaufen, hätte die freche Lügnerin an den Ort des Geschehens gezerrt und scharf angefahren: Warum hast du gelogen? Hat Rada dir etwas getan? Wer hat dich für die Falschaussage bezahlt? Heraus mit dem Namen!

Aber die große Standuhr im Arbeitszimmer hatte soeben die zweite Morgenstunde geschlagen. Die Hausbewohner schliefen fest und tief. Ich wollte sie nicht wecken. Außerdem sollte niemand von meinen Ermittlungen erfahren. Und ich selber brauchte auch ein paar Stunden Schlaf. Die Wahrheit konnte ich ebenso am nächsten Tag aus Asja herausholen. Die lief mir nicht weg.

Gähnend stieg ich die Treppe hinauf, kroch unter die warme Decke und schlief hochzufrieden ein.

Gegen acht Uhr morgens weckte mich ein markerschütternder Schrei. Noch nicht ganz wach, mit trübem Kopf und kaum zu einem klaren Gedanken fähig, sprang ich aus dem Bett, fiel über meine eigenen Hausschuhe, wobei ich mir eine Beule an der Stirn holte und den Wecker herunterwarf, kam wieder hoch und rannte zu Jefims Zimmer, woher der schreckliche Laut gekommen war. Ich hätte besser vor der Tür bleiben und auf weitere Hausbewohner warten sollen. Aber das hätte nicht zu mir gepasst. Die Beine trugen mich von selbst in den Raum hinein, den Glebs Sohn bewohnte.

Mitten auf dem Teppich lag ein Tablett und rund herum die Scherben einer Tasse, eines Milchkännchens und eines Tellers. Gleichmäßig geröstete Toastscheiben waren im ganzen Zimmer verstreut. Butterdose und Marmeladenschälchen standen heil und ganz neben einem Stuhl. Es roch stark nach verschüttetem Kaffee. An die Wand gepresst, stand zitternd ein Zimmermädchen. Es war nicht Asja, sondern ihre Kollegin Sina. Sie hatte den Schrei ausgestoßen, der von einem waidwunden Tier hätte stammen können.

»Was ist passiert?«

Sina kreischte wieder auf und wies mit dem Finger auf das Bett vor dem Fenster. Als ich dort hinsah, musste ich mich am Türrahmen festhalten. Ich brauchte meine ganze Selbstbeherrschung, um nicht in Ohnmacht zu fallen.

Die Bettwäsche voller Spitzen und Rüschen, die besser zu einem Mädchen als zu einem reifen Mann gepasst hätte – alles war voller Blut. Auf einem Kissen war Jefims gelblich-bläuliches Gesicht zu erkennen.

Jetzt kam Maxim hereingestürzt.

»Was ist denn hier los?«, fragte er gespannt. »Hat euch eine Maus erschreckt?«

»Lass Karina nicht hier rein«, konnte ich noch murmeln, bevor ich das Bewusstsein verlor.

An den Rest kann ich mich nur trübe erinnern. Sie müssen den Rettungswagen gerufen haben, und ein Arzt gab mir wohl eine Spritze in den Arm. Bald war natürlich auch die Miliz wieder im Haus, dazu aus unerfindlichem Grund unsere Tierärztin Lena, diesmal aber mit finsterer Miene ohne jedes Lächeln. Unsere Hunde und Katzen wurden zusammengeholt. Noch einmal tauchte der Arzt auf und gab mir eine so schmerzhafte Injektion, dass mir davon ganz übel wurde. Ständig klappten Türen, heulten Motoren und redeten aufgeregte Stimmen durcheinander. Dann ertönten gar Schüsse auf dem Hof, und jemand rief: »Er haut ab, fangt ihn!«

»Ich habe Angst!«, schrie Lisa. »Der bringt uns noch alle um!«

»Ich auch!«, hörte ich jetzt Kira schreien.

»Man muss die Leute warnen!«, brüllte Tina.

Mir war, als bebte die Erde unter meinen Füßen. Völlig benommen schleppte ich mich ins Vestibül hinunter. Dort erblickte ich einen mir nicht bekannten Milizionär mit gezogener Waffe, die Kinder, Maxim, Angelika, Nastja, die Tierärztin Lena und alle unsere Katzen und Hunde. Nur Emmy fehlte.

»Wie fühlst du dich?«, fragte Maxim teilnahmsvoll. »Kannst du aufrecht stehen?«

»Mehr oder weniger. Was geht hier eigentlich vor?«

»Der reine Wahnsinn!«, jammerte Lisa wieder. »Diesen Tag vergesse ich im ganzen Leben nicht!«

»Genau!«, kam es von Kira und Tina.

»Wovon redet ihr? Jefim …?«

»Setz dich erst mal hin«, befahl mir jetzt Maxim und drückte mich auf eine Sitzbank. Dann versuchte er mir zusammenhängend zu erklärten, was geschehen war. Bereits nach einer Minute war ich ihm dankbar, dass er mich zum

Sitzen gezwungen hatte, denn schon wieder wurden mir die Knie weich.

»Jefim ist tot. Ihm ist in der Nacht die Kehle durchgebissen worden.«

»Durchgebissen?«, fragte ich mit zitternder Stimme. »Wer soll denn das getan haben? Wölfe oder Tiger gibt es in dieser Gegend nicht, außerdem ist das Haus nachts fest verschlossen.«

»Das war Emmy.«

»Emmy? Ihr seid wohl nicht ganz bei Trost?«

Lena nickte. »Man mag es kaum glauben, aber es ist so, wie Maxim sagt. Emmy leidet an Tollwut. Man hat sie unter Jefims Bett gefunden. Sie war völlig außer sich, wollte auf jeden losgehen, und ihre Schnauze war blutverschmiert ...«

»Um Gottes willen«, flüsterte ich, »das ist ja furchtbar! Wie kann so ein kleines Ding etwas Derartiges anrichten?«

»Einem Menschen die Kehle zerfleischen kann sie durchaus«, sagte Lena seufzend. »Selbst deine Möpsinnen beißen einen Knochen glatt durch.«

»Die würden so etwas nie machen!«

»Das mag ja sein, aber theoretisch wären sie dazu in der Lage.«

»Theoretisch könnte auch ich einem Menschen an die Kehle gehen!«

»Wahrscheinlich hat Jefim Emmy in sein Schlafzimmer gelassen und ist dann eingeschlafen«, bemerkte Nastja trübe. »Später hat sie einen Anfall bekommen und ist über ihn hergefallen.«

Mich überfiel ein Zittern. Herr im Himmel, ich hatte dieses Monster ins Haus geholt! Als ob sie meine Gedanken lesen könnte, sagte Lena: »Mit dir hat das nichts zu tun. Ich habe den Hund sogar noch untersucht und für völlig gesund gehalten.«

»Und so ein Anfall kommt ganz plötzlich, wie aus heiterem Himmel?«

»Das ist durchaus möglich.«

»Meine Güte! Was ist dann mit unseren Tieren?«

»Die sind alle bereits geimpft, auch die Hausbewohner.«

»Und keine Symptome?«

»Hoffen wir, dass es gut geht«, sagte Lena ernst. »Beobachtet bitte eure Tiere jetzt sehr genau. Wenn eines nicht trinken will oder Krämpfe bekommt ...«

»Und wo ist Emmy jetzt?«, fragte da plötzlich Angelika.

Ich fuhr zusammen. Unser stummer Gast hatte gesprochen!

»Ich wollte sie abschießen«, rechtfertigte sich der Milizionär. »Wir hatten sie in einer Kiste. Die habe ich auf den Hof getragen, mich aber nicht getraut, den Deckel abzunehmen. Sie hätte mich ja beißen können. Da habe ich sie einfach umgeworfen. Und weg war sie!«

»Die Kiste?«, fragte Kira begriffsstutzig.

»Nein, der Hund. Im Nu war sie im Gebüsch verschwunden. Ich habe hinterhergeschossen.«

»Und wenigstens getroffen?«, fragte Maxim.

Der Mann hob bedauernd die Hände. »Nein, sie war zu schnell.«

»Schlecht gezielt, was?«, meinte Nastja abfällig.

»Wir müssen den Leuten im Ort Bescheid geben«, erklärte Lena kategorisch. »Hier hat fast jedes Haus einen Hund, manche sogar zwei.«

»Los, auf die Fahrräder! Wir machen das!«, rief Lisa.

Da fiel mir etwas ein. »Hat sich denn auf unseren Aushang niemand gemeldet?«

»Leider nicht«, sagte Tina.

»Das ist merkwürdig«, meinte Lena. »So ein gut gepflegter Hund! Den muss doch jemand vermissen!«

»Wenn ihr die Leute informiert, dann fragt doch nach, vielleicht findet ihr so den Besitzer«, empfahl Maxim.

Die Kinder stürzten von dannen.

»Wer wird sich wohl zu einem Tier bekennen, das so etwas getan hat?«, gab Nastja leise zu bedenken.

»Außerdem ist es jetzt ohnehin gleichgültig, wem Emmy gehört«, stellte Lena fest.

Plötzlich war draußen Reifengeräusch zu hören. An unserem Tor fuhr ein Jeep vorbei. Er hielt erst am Waldrand. Ein schlanker junger Mann in hellgrauer Hose stieg aus.

»Ihr geht am besten auf eure Zimmer«, erklärte Maxim in nüchternem Ton. »Ich schaue mich draußen noch ein bisschen um. Vielleicht finde ich den Hund. In Freiheit kann er ja nicht bleiben.«

»Soll ich mitkommen?«, fragte ich.

»Auf keinen Fall«, lehnte Maxim ab. »Ein Freund von mir ist gerade gekommen. Das mache ich lieber mit ihm.«

10. Kapitel

Als ich mich etwas besser fühlte, fiel mir Asja wieder ein. Ich lief die Korridore entlang, aber aus keinem der Zimmer drang das Brummen eines Staubsaugers. In der Küche war Koch Jewgeni ganz allein mit der Zubereitung des Frühstücks beschäftigt.

»Möchten Sie einen Kaffee?«, fragte er höflich.

»Nein, danke. Wissen Sie nicht, wo Asja ist?«

Der Koch zuckte die Achseln. »Ich komme kaum aus der Küche heraus, und heute Morgen ist sie hier noch nicht aufgetaucht. Das ist merkwürdig. Sie hat nicht gefrühstückt, nicht einmal einen Tee getrunken. Am besten, Sie fragen Sina, die finden Sie in der Wäschekammer.«

In dem kleinen Raum stand Sina mit hochrotem Gesicht am Bügelbrett, einen großen Berg Wäsche vor sich.

»Entschuldigen Sie, dass ich störe …«

»Das macht doch nichts«, antwortete das Mädchen und stellte das Bügeleisen ab. »Haben Sie etwas zu plätten? Oder fehlt in Ihrem Zimmer etwa ein Handtuch? Entschuldigen Sie schon, aber in meinem Kopf geht heute alles durcheinander.«

»Kein Wunder, bei dem, was hier passiert ist. Ich suche Asja.«

»Die habe ich heute noch nicht gesehen.«

»Tatsächlich? Wo kann sie denn sein?«

Sina verzog das Gesicht. »Ich bin nicht gerade mit ihr befreundet. Wir haben nur dienstlich miteinander zu tun, und unsere Bereiche sind klar aufgeteilt. Ich bin für das Parterre mit allen gemeinschaftlichen Räumen zuständig, Asja für den ersten und zweiten Stock. Meine Aufgabe ist das Bügeln, sie wäscht die Wäsche und putzt das Tafelsilber. Schauen Sie in den Zimmern nach. Bestimmt saugt sie irgendwo Staub. Da fängt man jeden Tag von neuem an.«

Nichts Gutes ahnend, ging ich zu dem Häuschen, wo das Personal wohnte, und schaute in Asjas Zimmer. Der Schrank war ausgeräumt, an der langen Stange hingen nur ein paar leere Kleiderbügel. Die Fläschchen und Döschen billiger Kosmetik waren vom Regal verschwunden. Nur auf dem Nachtschrank lag der grellbunte Krimi der Poljakowa verloren herum.

Ich lief zum Wachhäuschen. Heute tat Serjosha Dienst. »Guten Tag, Tatjana Andrejewna«, sagte er verwundert und sprang auf.

»Haben Sie Asja heute schon gesehen?«

»Asja Lomakina? Das Zimmermädchen?«

»Genau die.«

»Die ist heute Morgen um sechs mit einem Koffer davongegangen.«

»Wohin denn?«

»Ich habe mich auch gewundert. Da kommt sie in aller Herrgottsfrühe mit ihrem Rolli an. Ich frage sie: ›Wo willst du denn hin in der halben Nacht?‹ Sie hätte gekündigt, hat sie gesagt. Jefim Glebowitsch soll daraufhin angeordnet haben, dass sie bis um sechs weg ist, weil um sieben schon eine Neue kommt. Ich habe den Koffer gründlich kontrolliert. Bei diesen Mädchen muss man aufpassen. Solange sie angestellt sind, tun sie so nett und höflich, aber am Ende können sie durchaus etwas mitgehen lassen. Asja hatte allerdings nur ihre Sachen und allen möglichen Krempel dabei. Ich habe ihr aufgeschlossen und … Goodbye, Baby.«

»Haben Sie vielleicht eine Adresse oder eine Telefonnummer von ihr?«

»Nein. Ist was passiert?«

»Wie man's nimmt. Man mag ja niemanden grundlos verdächtigen, aber aus meinem Zimmer ist ein ziemlich teurer Ring verschwunden.«

»Na, so was«, sagte der Wachmann gedehnt. »Von Asja weiß ich fast gar nichts, wir waren kaum miteinander bekannt. Sie hat mir manchmal das Essen gebracht, wir haben ein paar Worte gewechselt, und das war's. Da fällt mir etwas ein! Sie ist von einer Agentur vermittelt worden! Zusammen mit Sina und dem Koch. Alle drei haben zur gleichen Zeit angefangen. Die müssten doch Angaben haben.«

In der Wäschekammer erfuhr ich von Sina, dass die Agentur *Der gute Hausgeist* am Zwetnoi Boulevard sie vermittelt hatte.

Rasch zog ich mich an. Da fiel mein Blick auf den Wecker. Der war beim Herunterfallen kaputt gegangen. Mancher findet ja diese primitiven Dinger Marke *Slawa* hässlich, aber ich schätze ihn nicht wegen des Designs. Das muss die Uhrenfabrik jahrzehntelang nicht verändert haben. Denn genau so ein Stück mit hellblauem Zifferblatt und römischen Zahlen, durchbrochenen Zeigern und zwei großen vernickelten Glocken obendrauf hat mich jeden Morgen geweckt, als ich noch zur Schule ging. Und auch diesen habe ich nur, weil er so durchdringend klingelt. Die elektronischen Erfindungen von heute geben ein derart schwaches Piepsen von sich, dass ich in aller Ruhe weiterschnarche. Mein vorsintflutlicher Wecker dagegen reißt in Moskau sogar Wolodja Kostin aus dem Schlaf, der hinter der Wand in der Nachbarwohnung schläft. Jetzt aber war dieses Wunder der Uhrenindustrie kaputt.

Ich stopfte das blecherne Monster in eine Tasche. Da das Gerät so einfach konstruiert war, konnte es gewiss wieder repariert werden.

Im Vestibül stieß ich auf Maxim.

»Wohin des Weges?«, fragte er neugierig. Geistesgegenwärtig holte ich den Wecker hervor und behauptete: »Das Ding ist kaputt. Ich will es reparieren lassen.«

»Wirf es doch einfach weg«, riet Maxim. »Was willst du denn mit dem Ungetüm? Sei froh, dass es kaputt ist!«

»Ich kann mich einfach nicht davon trennen«, sagte ich treuherzig. »Ein Familienerbstück. Stammt von meinem Urgroßvater. Und wird immer wieder repariert.«

Beim *Guten Hausgeist* empfing mich eine freundliche Dame in elegantem hellem Hosenanzug.

»Was kann ich für Sie tun?«

Ich spulte eine Geschichte ab, die ich mir unterwegs ausgedacht hatte. Ich schlüpfte in die Rolle von Rada Larionowa, die in der Moskauer Umgebung in einem großen Haus wohnte und über die Agentur Personal bezogen hatte.

»Gibt es irgendwelche Probleme?«, fragte die Dame und wirkte sichtlich angespannt.

Ich zeigte mein schönstes Lächeln. »Nein, die Leute sind alle sehr gut. Besonders bemüht sich das Zimmermädchen Sina, und der Koch Jerwgeni ist einfach ausgezeichnet. Auch Asja Lomakina tut ordentliche Arbeit. Aber jetzt sind wir in der Klemme. Wir haben die Tochter meines Mannes aus erster Ehe im Haus. Ein furchtbar verwöhntes Ding, das immer kriegt, was es will. Asja serviert ihr jeden

Abend gegen zehn den Kakao. Gestern haben wir ihr eine Woche Urlaub gegeben, und nun stehen wir da!«

Ich verdrehte die Augen und rang die Hände.

»Sie können sich gar nicht vorstellen, wie dieser schreckliche Teenager sich jetzt aufführt. Sie stampft mit den Füßen, schreit herum und gibt keine Ruhe. Asja soll ihr wie bisher abends den Kakao bringen. Eigentlich müsste man ihr mal richtig den Hintern versohlen. Doch mein Mann hat permanent ein schlechtes Gewissen, seit er sich von ihrer Mutter trennte. Wir brauchen Asja also dringend, wissen aber nicht, wo sie wohnt. Sie ist ja über Ihre Agentur zu uns gekommen.«

Die Dame nickte verständnisvoll und griff nach der Maus. »Das kann ich Ihnen nachfühlen. Mein Mann hat auch einen Sohn aus einer früheren Beziehung. Manchmal könnte ich die Wände hochgehen. Der Kerl bringt nur schlechte Zensuren nach Hause, macht dumme Streiche und hat dazu auch noch den großen Mund. Und sein Vater, statt ordentlich durchzugreifen, steckt ihm dauernd Geld zu. Von mir verlangt er: ›Sei nicht so streng mit ihm, er ist halt ein Scheidungskind.‹ Warum ist er dann überhaupt von seiner früheren Frau weggelaufen? Hätte bei ihr bleiben und seinen Sprössling besser erziehen sollen. Ach, da haben wir sie ja, Asja Lomakina. Sollen wir uns mit ihr in Verbindung setzen?«

»Nein, nein«, sagte ich rasch. »Sie hat den Urlaub ja verdient. Ich muss etwas diplomatisch mit ihr reden. Wo wohnt sie denn?«

»Marjina Roschtscha, 7. Straße, Nummer 9 a, Wohnung 9.«

»Und die Telefonnummer?«

»Notieren Sie bitte.«

Ich nahm mir einen Zettel vom Schreibtisch der Dame und fragte: »Darf ich kurz von hier anrufen? Habe wieder mal vergessen, mein Handy aufzuladen.«

»Natürlich.«

»Hallo«, hörte ich eine uralte, zittrige Stimme sagen.

»Verzeihen Sie, ist Asja zu Hause?«

»Wer ist denn da? Nichts zu verstehen!«

»Ich möchte bitte Asja sprechen.«

»Wen?«

»Asja!!!«

»Ich verstehe kein Wort«, sagte die Stimme, die offenbar einer uralten Frau gehörte. Dann tutete es im Hörer.

Ich versuchte es noch mehrere Male, aber immer rief dieselbe Person: »Was? Sprechen Sie lauter! Wen? Wie?«

Als klar wurde, dass auf diesem Wege nichts zu erreichen war, stieg ich in mein Wägelchen und begab mich auf die Suche nach der merkwürdigen 7. Straße von Marjina Roschtscha.

Nach zwanzig Minuten hatte ich die kleine Gasse ausfindig gemacht. Sie bestand aus fünfgeschossigen Plattenbauten der allerersten Serie. Die wurden jetzt überall abgerissen, weil sie kaum noch bewohnbar waren. Direkt neben der Haustür verbreitete ein Müllcontainer seine Düfte. Aber der Hof war mit ausländischen Wagen zugeparkt, wenn auch eindeutig aus zweiter oder dritter Hand. Die armen russischen Männer, die jahrzehntelang von einem eigenen *Saporoshez* oder bestenfalls *Lada* träumten, haben nun endlich die Möglichkeit, je nach Geldbeutel einen fahrbaren Untersatz nach ihrem Gusto zu erwerben. Das tun sie und kümmern sich erst dann um eine vernünftige Wohnung. Viele halten mehr von ihrem Auto als von ihrer Frau. Das Wochenende verbringen sie lieber in der Garage, als mit ihr ins Kino zu gehen. Auch hier standen mehrere dieser finster dreinblickenden Muskelprotze rauchend um so ein chromblitzendes Ungetüm herum.

Bei Familie Lomakin war an einen eigenen Wagen nicht zu denken. Die Armut sprang einem hier unverhüllt entgegen. Ich war schon in vielen Wohnungen mit abgeschabten

Möbeln gewesen, deren Bewohner sich mehr als bescheiden kleideten. Aber dort hatte man wenigstens die Fenster geputzt und den Fußboden gescheuert. Als Lomakins Tür aufging, bot sich mir ein anderes Bild.

Ein enger, düsterer Vorraum. Ein paar Sachen hingen an Nägeln, die man einfach in die Wände geschlagen hatte. Anoraks, eine türkische Schaffelljacke, ein abgewetzter Mantel aus Lammfell, der bestimmt aus den sechziger Jahren stammte. Wir hatten Ende Juni, die Wintersachen sollten lange fortgeräumt und eingemottet sein. Darum schien sich in diesem Hause niemand zu kümmern. Auf dem Fußboden lagen Winterstiefel, Halbschuhe und Sandaletten wild durcheinander.

Die alte Frau, die mir öffnete, passte in dieses Bild. Sie wirkte schmutzig, schütteres fettiges Haar fiel ihr offen auf die Schultern. Sie hatte eine Art Kittelschürze an, die ich nicht mal mehr als Scheuerlappen benutzt hätte.

»Was ist?«, krächzte sie.

Ein Gemisch aus Küchendunst, lange nicht gewaschener Wäsche und Katzenpisse schlug mir in die Nase. Bemüht, nur ganz flach zu atmen, fragte ich: »Ist Asja zu sprechen?«

»Wer?«

»Asja!«

»Hier gibt es keinen Wasja!«

Da brüllte ich, so laut ich konnte: »Asja!!!«

»Was schreist du denn so?«, antwortete die Alte plötzlich ganz ruhig. »Ich bin doch nicht taub. Asja ist im Schlafzimmer. Hier, den Korridor lang.«

Ich stieg über die verstreuten Schuhe und stellte im Vorbeigehen fest, dass im größten Zimmer eine Couch und zwei Klappbetten mit zerwühlten Decken standen. Dann war ich dort angelangt, wohin die Alte mich gewiesen hatte – an einer winzigen Kammer, die als Schlafzimmer für Däumelinchen gemacht schien.

Asja stand mit dem Rücken zur Tür. Für eine zweite

Person gab es in dem Raum keinen Platz, obwohl er offenbar für zwei gedacht war, denn an der Wand stand etwas wie ein Doppelstockbett. Auf der unteren Liegefläche erblickte ich einen Koffer, den Asja gerade packte. Auf mein Hüsteln wandte sie sich um, wollte sich aufrichten, stieß sich an dem oberen Bett und rief erschrocken aus: »Sie?!«

»Ja, ich.«

»Wie haben Sie mich gefunden?«

»Das ist mein Geheimnis.«

»Was wollen Sie von mir?«, fragte Asja und wich zum Fenster zurück. Dabei stand ihr ein wackliger Stuhl im Weg. Sie plumpste mit ihrem ganzen Gewicht auf den verschlissenen Sitz.

Ich schaute in den Koffer und erblickte dort ordentlich zusammengelegte T-Shirts. Freundlich erkundigte ich mich: »Willst du in Urlaub fahren?«

»Das geht Sie nichts an!«

»Na gut, dann reden wir über das, was mich angeht. Sag mir doch, meine Liebe, hat dir Rada Larionowa einmal Unrecht getan? Warum willst du unbedingt, dass die Frau jahrelang hinter Gitter kommt?«

»Das geht Sie nichts an!«

Ich runzelte die Stirn. »Du wiederholst dich. Wenn du dich mit mir anlegen willst, dann lass dir was Besseres einfallen.«

»Ach, geh doch zum Teufel!«, rief Asja wütend. »Verschwinde!«

»Na, wer sagt denn so was? Ich kenne Leute, die verstehen zu fluchen, denen hört man richtig gerne zu, aber du … Sei nicht so primitiv, sonst muss ich noch denken, du kommst aus der Gosse!«

»Mach, dass du rauskommst!«, brüllte Asja jetzt.

»Na gut«, gab ich in aller Ruhe zurück. »Ich gehe natürlich, wenn du nicht mit mir sprechen willst. Aber vielleicht schaust du mal aus dem Fenster.«

Asja drehte mechanisch den Kopf.

»Siehst du dort an dem Kinderspielplatz den Jeep und die beiden Kerle daneben?«

»Ja, und?«, fragte Asja vorsichtig zurück.

»Wenn ich gehe, sind die als Nächste hier. Die reden dann anders mit dir. Ich habe dir gesagt, dass ich für Tarzan arbeite, der Radas Unschuld beweisen will. Er wollte dich gleich mit seinen Methoden zum Sprechen bringen. Aber du hast mir leid getan. Die legen dich entweder um oder verunstalten dich so, dass du es dein Leben lang bereust! Ich habe zu Tarzan gesagt: ›Lass mich mit dem Mädchen reden, sie ist nicht dumm und wird begreifen, dass sie nicht länger schweigen kann.‹«

Asja war zur Salzsäule erstarrt.

»Soll ich nun gehen?«, fragte ich mit einem freundlichen Lächeln.

»Nein«, flüsterte das Mädchen und rutschte auf ihrem Stuhl zusammen. »Was wollen Sie von mir?«

»Warum hast du eine falsche Aussage gemacht?«

»Ich habe immer nur die Wahrheit gesagt.«

Das war mir nun aber doch zu viel.

»Du glaubst wohl, meine Liebe, du hast eine Idiotin vor dir? Von welcher Wahrheit redest du? Von deiner spannenden Erzählung über den Ehestreit zwischen Gleb und Rada Larionow? Ich hoffe, du kannst dich erinnern, wie das Schränkchen aussieht, in dem du gesessen haben willst? Ist es vielleicht aus Gummi? Deine siebzig Kilo gehen da im Leben nicht rein!«

»Ich wiege nur fünfundsechzig!«

»Egal, so voll wie der ist, haben da keine zwanzig Platz.«

Asja lief puterrot an, sie schlug die Hände vors Gesicht, und ihre Schultern zuckten.

»Heulen kannst du später«, sagte ich hart. »Erst erzählst du, wie es wirklich war.«

Asja hob das verweinte Gesicht.

»Herr im Himmel, schauen Sie sich doch um, wie wir hier leben! In diesem Loch hocken wir zu zweit, im großen Zimmer Vater, Mutter und Großmutter. Großmutter geht es schlecht. Manchmal wirkt sie ganz normal, aber dann wieder weiß sie gar nicht mehr, was sie tut, macht unter sich, brüllt und schreit, weil sie völlig taub ist. Mein Vater säuft wie ein Loch, kommt jeden Abend sternhagelblau nach Hause, und Mama bleibt immer öfter weg. Mein Bruder hat kürzlich geheiratet, seine Frau ist auch hier untergekrochen, und in fünf Monaten kriegen sie ein Kind. Sie können sich gut über mich lustig machen, Sie hatten bestimmt Ihr ganzes Leben lang eine eigene Wohnung und eine Datsche dazu ...«

»Ich sehe nicht, was für ein Zusammenhang zwischen deinen Wohnverhältnissen und der Falschaussage bestehen soll!«

»Ich brauche dringend eine eigene Wohnung! Hier kann ich einfach nicht mehr leben!«, flüsterte Asja leidenschaftlich. »Er hat mir Geld gegeben, und nicht nur das ...«

»Geht es vielleicht etwas ausführlicher? Wer hat dir Geld gegeben? Und wofür?«

»Jefim Glebowitsch«, antwortete Asja. »Er ist in mein Zimmer gekommen, hat sich umgeschaut und gesagt: »Die Gardinen sind hübsch, meine Liebe, aber ich denke, eine eigene Bleibe würde dir besser gefallen.«

»Da haben Sie recht«, hatte Asja misstrauisch geantwortet. Sie war aufs höchste erstaunt. In dem Häuschen für das Personal hatte sich noch nie jemand von der Herrschaft sehen lassen. Jefim setzte sich und begann ein Gespräch, das auf einen ganz einfachen Gedanken hinauslief: Wenn Asja bereit wäre, bei der Ermittlung so auszusagen, wie Jefim es wollte, dann sei sie in Kürze Besitzerin einer Einzimmerwohnung im neuen Bezirk Falomejewo. Das war zwar sehr weit weg, vierzig Minuten mit dem Linientaxi bis zur nächsten Metrostation, bislang ohne Geschäfte und direkt neben einer Eisenbahnlinie, über die Tag und Nacht Züge ratterten. Sie war noch nicht ausgebaut, nur die nackten Betonwände standen. Aber es wären ihre eigenen vier Wände, und den Rest konnte sie sich durch fleißige Arbeit verdienen.

Daher antwortete Asja mit dem klassischen Satz: »Zuerst das Geld, dann die Leistung.«

Jefim war's zufrieden.

Am nächsten Tag brachte er ihr ein Dokument mit vielen Stempeln. Asja, die an ihr Glück noch gar nicht glauben wollte, riss es an sich und schrie vor Begeisterung. Die Wohnung in Falomejewo, wohin sie noch nie ihren Fuß gesetzt hatte, gehörte ihr. Vor dem Ermittler sagte sie dann aus, was Jefim befahl.

»Das mit dem Schrank war eine dumme Idee«, sagte ich mitfühlend. »Was hättest du gemacht, wenn der Ermittler misstrauisch geworden wäre? Falschaussagen sind strafbar, das weißt du hoffentlich!«

Asja zuckte zusammen und schwieg betreten. Ich klopfte ihr beruhigend auf die Schulter.

»Vielleicht geht es ja glimpflich ab. Wo wolltest du hin?«

»Nach Falomejewo.«

»Ich denke, die Wohnung ist noch gar nicht ausgebaut!«

»Das stört mich nicht! Wasser, Abwasser und Strom sind da. Ich stelle mein Klappbett eben dort auf. Überall ist es besser als hier.«

Ich schwieg eine Weile und sagte dann: »Na, meinetwegen. Wie lautet die Adresse?«

»Uliza Kowrigina 7, Wohnung 100. Außerdem suche ich mir über den *Guten Hausgeist* eine neue Arbeit mit Kost und Logis. Ich muss ja von etwas leben.«

Ohne ein Wort wandte ich mich um und ging, die Luft anhaltend, durch den stinkenden Vorraum zur Tür.

11. Kapitel

Ich stieg in meinen kleinen Lada, steckte mir eine Zigarette an und drehte nachdenklich am Zündschlüssel. Der Motor stotterte ein wenig, sprang aber an. Also Jefim war es gewesen. Um die Stiefmutter loszuwerden, hatte er Asjas Falschaussage organisiert. Plötzlich durchfuhr mich ein Gedanke, der mich zutiefst erschreckte. Wie dumm konnte man nur sein! Da hatte ich mit Asja geschwatzt, eine Menge Interessantes erfahren, aber ... Das war doch alles nur Gerede! Hätte sie ihre Beichte in Anwesenheit eines Anwalts abgelegt, dann hätte das Rada helfen können. Ich gab Gas und fuhr, so schnell ich konnte, nach Aljabjewo zurück. Die Telefonnummer des Anwalts Oleg Pawlowitsch Weresow musste aufzutreiben sein.

Vor dem Haus stieß ich auf Maxim.

»Du kannst mir sicher sagen, wie ich Oleg Pawlowitsch erreiche.«

»Weresow?«

»Na, den Anwalt, der Rada verteidigt.«

»Schau drinnen im Telefonbuch nach. Was willst du denn von ihm?«

»Ich muss mit ihm reden.«

»Er sitzt gerade im Speisezimmer und isst mit der Familie.«

Wie zuvor Tina stieß ich die nächste Bodenvase um, so rasch stürmte ich ins Haus.

Um den Mittagstisch saßen leider viel zu viele Leute. Karina, von Kopf bis Fuß in Schwarz gehüllt, flüsterte fast: »Setz dich, Tanja, und iss etwas.«

Von ihrer Aufmachung abgesehen, sah sie für eine Frau, die gerade ihren Mann auf tragische Weise verloren hatte, erstaunlich gut aus. Noch mehr verwunderte mich Rosa Konstantinowna. Die thronte wieder am Kopf der Tafel und ihre Augen glänzten. Auch der Redefluss, der sich aus dem kleinen geschminkten Mund ergoss, war kein bisschen schwächer geworden.

»An dem Tag war abscheuliches Wetter, wir mussten im Hause sitzen. Ach, Tanja, nehmen Sie doch Platz und essen Sie mit uns! Sina, bring den zweiten Gang. Hört zu, wie die Geschichte weitergeht.«

Ich konnte nur staunen. Das sollte eine Mutter sein, deren Sohn gerade verstorben war? Die stellte ich mir halb von Sinnen und ohne jeden Gedanken an Essen und Trinken vor. Rosa Konstantinowna dagegen löffelte gerade mit beneidenswertem Appetit die wirklich hervorragende Soljanka. Während sie sich die kräftige Brühe mit Fleischstückchen, Würstchen und Oliven in den Mund schob, schwelgte sie wie am Tag zuvor in ihren Erinnerungen. Ihre Stimme klang hell, und die Rolle der Hausdame bereitete ihr sichtliches Vergnügen. Neben der geschwätzigen Alten kaute der Anwalt Oleg Pawlowitsch mit düsterer Miene auf seinem Essen herum. Weiter saßen dort Lisa, Kira, Tina und Angelika. Maxim und Nastja fehlten. Das Bild vervollständigte eine zierliche Dame, die etwas trug, das an einen Kartoffelsack von dunkelbrauner Farbe erinnerte.

»Darf ich vorstellen«, sagte Karina mit schwacher Stimme, »meine Mutter, Galina Michailowna.«

»Ich bin gekommen, um meiner Tochter in dieser schweren Stunde beizustehen«, sagte sie seufzend. »Ich kann sie doch jetzt nicht allein lassen.«

»Ja, das ist schon schlimm«, fiel Rosa Konstantinowna ein. »Das Leben ist so traurig. Heute bist du lustig und vergnügt, und morgen ist es vorbei. Ich erinnere mich, das war 1959 …«

»Die Jungen dürfen nicht vor den Alten gehen, das ist grausam und ungerecht«, kam es von Galina Michailowna in klagendem Ton. »Als mein Mann und ich im Jahre 1967 in Karlsbad zur Kur waren …«

Rosa Konstantinowna blieb der Mund offen stehen. Da

wagte es doch tatsächlich jemand, sie zu unterbrechen. Aber schon nach ein paar Sekunden hatte sie sich gefangen und stürzte sich erneut in den Kampf.

»1959 waren wir in Koktebel auf der Krim, wo damals die ganze Intelligenz Urlaub machte.«

»Die böhmischen Quellen sind wunderbar«, beharrte Galina Michailowna und hob die Stimme. »Die haben mich wieder auf die Beine gebracht. Man trinkt ...«

»Nach Karlsbad sind doch nur die Leiter von Fleischgeschäften gefahren«, übertönte Rosa Konstantinowna die Rivalin mit Leichtigkeit. »Gebildete Leute ...«

»... das Quellwasser aus besonderen Bechern, die es nur dort gibt. An den Brunnen erscheint man ...«

»... sind nach Koktebel gefahren, wo ...«

»... morgens in Weiß, und abends ...«

»... die Musen zu Hause sind. Ich habe dort sogar Gedichte geschrieben ...«

»... ganz in Blau – ein märchenhaft schöner Anblick ...«

Mit jedem Satz nahmen die Stimmen der alten Damen, die sich gegenseitig zu überschreien suchten, an Lautstärke zu. Ich sah, wie Tina den Kopf tief hinabsenkte, damit man nicht merkte, dass sie an unterdrücktem Lachen fast erstickte. Auch Lisa und Kira waren krampfhaft um ernste Mienen bemüht, aber in ihren Augen blitzte der Schalk.

Plötzlich kreischte Galina Michailowna so schrill auf, dass unsere Möpsin Ada, die bisher ruhig in einem Sessel geschlafen hatte, mit wütendem Gebell auffuhr und dabei zu Boden plumpste.

»Das tschechische Kristall gilt als das beste der Welt.«

Rosa Konstantinowna hielt dagegen: »Wir haben unser Haus mit Büchern und Bildern geschmückt, nicht kitschige Kristallgläser sinnlos zur Schau gestellt.«

Galina Michailowna erwies sich als in vielen Wortgefechten gestählter Widerpart.

»Damit das Kristall beim Anstoßen wie eine Glocke klingt, wird dem Glas Silber beigegeben.«

»Aber ...«, suchte Jefims Mutter sie zu unterbrechen. Galina Michailowna dachte gar nicht daran, sich das Wort nehmen zu lassen. »Je höher der Silberanteil ist ...«

»Jedoch ...«

»... umso teurer das Produkt.«

»Dennoch ...«

»Mein Mann und ich ...«

»A-a-a-a!«, kreischte da Rosa Konstantinowna auf. »A-a-a-a, so helft mir doch!«

Karina legte müde die Gabel nieder und fragte gleichgültig: »Was ist denn jetzt schon wieder?«

»Mein Herz, ich sterbe, einen Arzt, schnell!«

Die Kinder sprangen auf. Lisa griff zum Telefon. Tina und Kira packten Rosa Konstantinowna, die beinahe vom Stuhl gefallen wäre, und schleppten sie zur Couch. Selbst Angelika bewegte sich und goss Wasser in ein Glas. Der Anwalt fächelte Rosa Konstantinowna mit einer Serviette Kühlung zu. Karina legte deren Beine vorsichtig hoch. Und Galina Michailowna musste wohl oder übel verstummen.

Endlich hatte es sich Rosa Konstantinowna, die mit ihrer kräftigen Stimme verkündete, sie sei nur um Sekunden dem Tod entronnen, auf den Kissen bequem gemacht.

»Ach, meine Lieben«, stieß die Alte mit verschleiertem Blick und in kläglichem Ton hervor, »wenn ich nun von dieser Welt scheiden muss, dann will ich euch noch einmal sagen, dass ich mir in meinem Leben nichts vorzuwerfen habe. Stets galt meine ganze Sorge anderen, vor allem meinem Sohn. Karina, setz dich zu mir, mein Kind. Du bekommst mein Necessaire aus reinem Silber, das ich 1960 aus Lettland mitgebracht habe. Dort hat man damals Qualität hergestellt. Es ist immer noch wie neu ...«

Rosa Konstantinowna machte auf mich einen quicklebendigen Eindruck. Nach der pathetischen Tirade warf sie der verstummten Galina Michailowna einen triumphierenden Blick zu. Karinas Mutter ärgerte sich über sich selbst. Dass der tolle Trick mit dem Herzinfarkt ihr nicht eingefallen war!

An der Tür des Speisezimmers erschienen jetzt zwei Männer in Weiß.

»O je, o je!«, jammerte Rosa Konstantinowna wieder los, als sie ihrer ansichtig wurde. »Ich sterbe, ich sterbe!« Sie ließ die Augen zufallen und simulierte ziemlich plump eine Ohnmacht.

»Lassen Sie uns bitte mit der Patientin allein«, sagte einer der Ärzte höflich.

Außer Karina begaben sich alle in den Salon. Die Kinder, Galina Michailowna und Angelika ließen sich vor dem Fernseher nieder. Ich nutzte die Gelegenheit und sprach den Anwalt an. »Wie steht es um Rada?«

»Schlecht«, brummte der missgestimmt. »Sogar sehr schlecht«.

»Hat sich etwas Neues ergeben?«, fragte ich erschrocken.

»Leider, ja.«

»Ach, herrje!«

Oleg Pawlowitsch ließ sein Feuerzeug klicken.

»So etwas Dummes aber auch! Wer konnte denn ahnen, dass ausgerechnet wir an so einen ehrlichen Idioten geraten!«

»Wovon reden Sie?«

Der Anwalt warf die kaum angerauchte Zigarette wütend zum Fenster hinaus.

»Sie wissen ja, dass unsere verdienstvollen Ordnungshüter – sowohl die Ermittlungs- als auch die Vollzugsorgane durch und durch bestechlich sind.«

»Na, ob man das so generell sagen kann …«, bemerkte ich vorsichtig, denn unser Freund Wolodja Kostin fiel mir ein.

»Mir, der sich sein ganzes Leben lang in diesem Milieu bewegt, können Sie schon glauben, meine Teure«, erklärte der Anwalt von oben herab. »Ich weiß, wovon ich rede. Die halten die Hand auf und werden das immer tun, einer wie der andere. Ermittler, Richter, Staatsanwälte, Direktoren und Aufseher. Im Gefängnis und im Lager.«

Um den Anwalt nicht gegen mich aufzubringen, hielt ich lieber den Mund, obwohl seine Worte mich ärgerten. Wolodja hatte sich noch nie die Hände schmutzig gemacht und seine Kollegen, die ich kannte, auch nicht. Inzwischen fuhr der Anwalt zornig fort: »Es ist eine richtige Pechsträhne! Wir wollten erreichen, dass man Radas Vorbeugehaft in eine Verpflichtung zum Nichtverlassen des Wohnortes umwandelt.«

Ich hörte ihm gespannt zu.

Am Tag zuvor hatte der Gehilfe des Anwalts den zuständigen Ermittler aufgesucht. Nach einem ersten Abtasten kam er zur Sache.

»Frau Larionowa geht es in der Haft sehr schlecht.«

»Das kann ich mir vorstellen«, bestätigte der Kriminalist, »schließlich ist ein Untersuchungsgefängnis keine Villa im Grünen.«

»Sie sehen doch selbst«, fuhr der um Verständnis werbende Anwaltsgehilfe fort, »dass die Frau keinerlei Gefahr für die Gesellschaft darstellt. Außerdem ist sie krank. Hier habe ich ein Attest: Der Arzt hat eine neurovegetative Dystonie, erhöhten Blutdruck und starke Kopfschmerzen festgestellt.«

»Ja, und?«

»Wir wären Ihnen außerordentlich dankbar, wenn Sie da etwas tun könnten.« Der Gehilfe beschloss, ohne Umschweife auf sein Ziel zuzusteuern.

Seelenruhig schrieb der Ermittler »10000 Dollar« auf einen Zettel.

»Kein Problem!«, sagte der Gehilfe erfreut. »Ich besorge

umgehend die notwendigen *Papiere*. Wann möchten Sie sie haben?«

»Die *Papiere* hätte ich gern morgen«, schnarrte der Ermittler in offiziellem Ton. »Können Sie um neun hier sein?«

»Selbstverständlich.«

Erfreut händigte Oleg Pawlowitsch seinem Mitarbeiter die Summe aus. Der war pünktlich zur Stelle und wollte seinem Gegenüber einen dicken Umschlag überreichen. Da stürzten vier Mann zur Tür herein und legten dem Anwaltsgehilfen Handschellen an. Der hinterhältige Kriminalbeamte erkundigte sich mit einem boshaften Grinsen: »Sie wissen hoffentlich, dass aktive Bestechung strafbar ist?«

Der junge Jurist, den diese Wendung der Ereignisse völlig unvorbereitet traf, behielt zum Glück einen kühlen Kopf. Er erklärte auf der Stelle, er habe auf eigene Faust gehandelt. Der Anwalt und Rada seien nicht eingeweiht.

»Wenigstens ist ihm eingefallen, wie er sich zu verhalten hat«, sagte der Anwalt niedergeschlagen. »Dass ausgerechnet wir an einen solchen Prinzipienreiter geraten müssen, den Letzten der Mohikaner, einen wahren Dinosaurier unter lauter korrupten Kerlen! Ja, und jetzt steht unsere Sache schlecht. Mein Gehilfe Jewdokimow sitzt auch in Untersuchungshaft, und der Ermittler ist nun erst recht felsenfest überzeugt, dass Rada es getan hat. Er hat mir ins Gesicht gesagt: ›Ich werde beweisen, dass Ihre Schönheit schuldig ist! Ich werde sie hinter Gitter bringen, darauf können Sie sich verlassen!‹«

Der Anwalt steckte sich eine neue Zigarette an. Ich informierte ihn rasch, was ich über Asja herausgefunden hatte. Oleg Pawlowitsch belebte sich sichtlich.

»Das ist toll, Sie sind ja richtig gut! Können Sie morgen früh um neun mit mir zusammen diese Person aufsuchen?«

»Natürlich«, rief ich erfreut. »Ich habe keine Minute daran geglaubt, dass Rada eine Mörderin ist.«

Am nächsten Tag klingelten der Anwalt und ich an der bewussten Wohnung in der 7. Straße von Marjina Roschtscha. Diesmal öffnete uns ein kleines Mädchen von etwa acht Jahren, dem die Nase lief wie ein Sturzbach.

»Asja ist weggefahren«, sagte sie uns. »Schon gestern Abend, mit einem Koffer. Mama und ich sind zu Besuch gekommen, und da haut Asja einfach ab! Mama ist furchtbar böse geworden ...«

»Schon wieder hat sie mich reingelegt!«, rief ich wütend. »Mir hat sie gesagt, dass sie erst in einigen Tagen in ihre neue Wohnung umziehen will. Nach Falomejewo.«

»Ärgern Sie sich nicht«, beruhigte mich der Advokat lächelnd. »Wir fahren einfach hin. Wo ist denn das?«

»Das weiß ich auch nicht.«

Oleg Pawlowitsch schlug den Autoatlas auf. »Falomejewo, Falomejewo ... Kann ich nicht finden.«

»Das ist ein Neubauviertel. Ihr Atlas ist wohl nicht ganz frisch?«

Der Anwalt warf seinen schicken Mercedes an und hielt beim nächsten Verkehrspolizisten.

»Können Sie mir sagen, wie ich nach Falomejewo komme?«

Der rotbäckige Verkehrsposten, der trotz der Wolken von Auspuffgasen wie das blühende Leben aussah, fragte zurück: »Falomejewo?«

»Ja.«

»Wo soll denn das sein?«

»Das wollte ich ja gerade von Ihnen wissen.«

»He, Petrowitsch!«, rief der junge Mann.

Aus dem verglasten Häuschen kletterte ein zweiter Verkehrspolizist heraus, der mindestens um die fünfzig sein musste.

»Ist was passiert, Andrej?«

»Der Mann hier will wissen, wie er nach Falomejewo kommt.«

Der Ältere runzelte die Stirn und fragte verwundert: »Falomejewo? Nie gehört!«

Da zückte der Anwalt demonstrativ einen 20-Dollar-Schein.

»Können Sie das nicht für mich herausbekommen? Es ist sehr wichtig.«

Der Ältere war so schnell wieder in seinem Häuschen, wie ich es ihm bei seinem Bierbauch nie zugetraut hätte. Ich sah, wie er den Hörer abhob und telefonierte.

»Falomejewo ...«, suchte sich nun der Junge zu rechtfertigen. »In Moskau wird so viel gebaut, wer soll da noch nachkommen?«

»Da haben Sie recht«, stimmte ihm Oleg Pawlowitsch höflich zu. »Es geht wirklich mit Siebenmeilenstiefeln vorwärts.«

Nun schaute Petrowitsch aus seinem Häuschen heraus. »He, Mercedes, dein Falomejewo gibt es nicht!«

»Das kann nicht sein!«, gab der Anwalt verwundert zurück. »Das ist ein neues Viertel! Und die Miliz will das nicht kennen?«

»Jedes Viertel hat Straßen«, erwiderte der Verkehrshüter philosophisch. »Und da stehen wir. In ganz Moskau gibt es kein Falomejewo, weder alt noch neu. Der Name stimmt einfach nicht. Mit Kurakino oder Mitino können wir dienen, mit Butowo gleich zweimal, dem nördlichen und dem südlichen, auch mit Marjino, aber von Falomejewo hat noch keiner was gehört.«

»Hohlköpfe!«, schimpfte der Anwalt, der zwanzig Dollar umsonst ausgegeben hatte. »Lassen Sie uns fahren.«

»Und wohin?«

»Die haben doch keine Ahnung! Wir fahren zum Bürgermeisteramt. Dort weiß man bestimmt Bescheid.«

Am Bestimmungsort angekommen, ging Oleg Pawlowitsch allein in das Gebäude. Ich drehte indessen an seinem Autoradio. Nach zehn Minuten war er wieder zurück und sagte enttäuscht: »Falomejewo gibt es wirklich nicht. Asja hat Sie angelogen.«

Ich blickte ihn ratlos an. »Aber wo kann sie denn sein?«

»Sicher in ihrer neuen Wohnung, die sie für die Falschaussage bekommen hat«, stellte der Anwalt sachlich fest. »Wir wissen nur nicht, wo das ist.«

12. Kapitel

Niedergeschlagen kehrte ich nach Aljabjewo zurück. Ich dachte, ich hätte Asja genügend eingeschüchtert. In Wirklichkeit hatte sie mir die Angst nur vorgespielt und mich geschickt ausgetrickst.

Ich legte mich in den Liegestuhl, um nachzudenken. Da durchzuckte mich ein Gedanke. Wenn Asja nicht nur in dieser Frage gelogen hatte? Wenn ihr Auftraggeber ein ganz anderer war? Was sollte ich tun?

»He, Lisa«, hörte ich Tina aus ihrem Zimmer in den Garten rufen. »Im Fernsehen kommt jetzt der *Geliebte der Zarin*! Guckst du mit?«

»Ich komme!«, schallte es aus dem Garten herauf.

Gerade dachte ich, ein solcher Film sei sicher für Kinder nicht geeignet. Am besten, ich gab ihnen etwas zu tun, um sie abzulenken. Doch dieser Titel … Der Geliebte! Rada sollte angeblich einen Geliebten haben, von dem niemand wissen durfte. Es gab da eine Vertraute – die Kosmetikerin Irma Schulgina im Salon *Modische Frisur*. Mit ihr musste ich unbedingt sprechen. Zwar wusste ich nicht recht, ob es mir etwas bringen würde, wenn ich Informationen über Radas Untreue sammelte. Im Moment hatte ich jedoch überhaupt keine Spur. Ich musste einen neuen Ansatz finden.

Die *Modische Frisur* füllt ein ganzes Haus aus hellem Sandstein mitten in Moskau. Ich ging in den ersten Stock hinauf. Bemüht, eine potenzielle Kundin zu geben, fragte ich die Empfangsdame: »Eine Freundin hat mir Ihre Kosmetikerin Irma empfohlen. Braucht man bei ihr einen Termin, oder wird man auch ohne angenommen?«

Die Dame hinter dem langen Tresen musterte mich von Kopf bis Fuß. Ich lächelte freundlich. Mein neues Outfit, das mir Larionows dienstbare Geister nach unserem Unglück verpasst hatten, stammte gewiss nicht von einem billigen Markt. Es überzeugte die Empfangsdame offenbar von meiner Zahlungsfähigkeit, denn mit einem Lächeln reichte sie mir eine vornehm gestaltete Mappe. »Schauen Sie sich doch erst einmal unser Angebot an.«

Während ich kühl und unbeteiligt die Seiten umblätterte, wählte die Dame eine Nummer und sprach in den Hörer: »Sag mal, Irma, Frau Radkowa ist tatsächlich nicht gekommen?«

Und zu mir: »Irma arbeitet eigentlich nur auf Vereinbarung. Aber heute ist eine Kundin ausgefallen. Wenn Sie möchten, können Sie gleich zu ihr gehen. Unter uns gesagt: Sie haben Glück. Irma ist sehr gefragt.«

In einem großen Raum stieß ich auf eine schlanke Brünette an einem Schreibtisch. Sie lächelte mir freundlich zu. »Nehmen Sie Platz. Womit wollen wir beginnen? Sie sind zum ersten Mal bei uns?«

Ich beschloss, den Stier bei den Hörnern zu packen.

»Rada Larionowa hat Sie mir empfohlen.«

»Frau Larionowa ist eine langjährige Kundin«, bestätigte die Kosmetikerin ungerührt. »Sie tut genau das Richtige. Die Haut verlangt von früher Jugend an Pflege.«

»Mein Problem sind nicht meine Falten.«

Irma erkundigte sich höflich: »Ja? Wenn Sie ein Problem mit dem Haar haben, dann kann ich persönlich Ihnen nicht helfen. Aber mit unserem Salon haben Sie die richtige Wahl getroffen. Hier wird man es in den Griff bekommen. Mit der richtigen Behandlung wird Ihr Haar wie neu.«

Ich musste ihren Redefluss unterbrechen. »Wissen Sie«, plapperte ich drauflos, »ich bin mit einem sehr wohlhabenden, aber schon recht betagten Mann verheiratet. Unsere Beziehung ist rein platonisch, ohne Sex, Sie verstehen?«

»Irgendwie schon«, druckste Irma.

»Ich bin eine junge, gesunde Frau und habe mir einen Liebhaber zulegen müssen. Mein Mann weiß natürlich nichts davon.«

»Verstehe«, meinte Irma vorsichtig. Offenbar war sie an überdrehte Kundinnen gewöhnt und durch nichts mehr zu erschüttern.

»Wenn mein Mann von Nikolais Existenz erfährt, lässt er sich sofort scheiden. Die Männer glauben, wir seien ihr Eigentum, wissen Sie? Ich hoffe, Sie können mir helfen.«

»Wie soll ich Ihnen helfen?«

»So wie Sie es bei Rada tun.« Ich spielte die Naive. »Sie hat zu mir gesagt: ›Wenn Irma nicht wäre, hätte es mit uns nie geklappt.‹«

»Verzeihung, ich verstehe nicht...«

»Überhaupt nicht?«

»Kein Wort.«

»Na, schön«, sagte ich mit einem gespielten Seufzer, »dann muss ich wohl Klartext reden. Rada hat einen Geliebten, und Sie organisieren ihre Treffen. Natürlich für Geld.«

»Ich?!!«

»Ja, Sie. Rada hat mir alles erzählt. Sie kommt zu Ihnen – angeblich zur Kosmetik –, lässt ihren Wagen vor dem Haus stehen und macht sich dann über die Hintertür davon. Sie hängen währenddessen das Schild »Besetzt. Bitte nicht stören« an die Tür Ihres Behandlungsraumes. Schlau ausgedacht. Warum wollen Sie mir nicht ebenso helfen? Ist mein Geld weniger wert als das was Ihnen Frau Larionowa zahlt?«

Irma blickte verlegen zur Seite und erwiderte dann sehr höflich: »Offen gesagt, ich weiß nicht, wie ich mich jetzt verhalten soll. Wenn Sie einen Scherz mit mir machen wollen, dann können wir jetzt zusammen darüber lachen. Wenn Sie es aber ernst meinen, kann ich nur vermuten, dass Rada nicht mehr ganz richtig im Kopf ist. Oder hat sie sich am Ende mit Ihnen einen Scherz erlaubt? Das tut sie doch so gern.«

»Wollen Sie damit sagen, das ist alles nicht wahr?«

»Genau.«

»Kein Wort?«

»Nicht ein einziges. Frau Larionowa kommt zweimal in der Woche hierher – zur Massage, zum Peeling, zur Maske … Keine Ahnung, was in ihr vorgeht, wenn sie Ihnen solche Geschichten erzählt!«

Irma zeigte ihr professionelles Lächeln, ihre Augen blickten kühl. Anzeichen von Erregung waren nicht zu erkennen. Die Hände lagen ruhig auf dem Tisch, und ihre Wangen waren leicht gerötet. Die würde mir nie die Wahrheit sagen. Ich zückte also meinen Dienstausweis und hielt ihn Irma vor die Nase.

Die nahm ihn, drehte ihn hin und her und fragte dann: »Sind Sie von der Miliz?«

»Nein, ich bin Privatdetektivin. Rada ist ein großes Unglück zugestoßen. Sie sitzt hinter Gittern.«

»Wo?«, rief die Kosmetikerin aus.

»Im Untersuchungsgefängnis. Sie soll ihren Mann umgebracht haben.«

»Das gibt's doch nicht!«

»Warum denn nicht? Wie viele Frauen haben sich mit den verschiedensten Mitteln schon ihren Mann vom Halse geschafft! In diesem Falle hat Frau Larionowa eine Pistole benutzt, um schneller an ihr Erbe zu kommen.«

»Das ist ja entsetzlich«, flüsterte Irma. »Wer so etwas glaubt, kennt Rada nicht. Sie hat Gleb vergöttert.«

»Und sich nebenbei einen Liebhaber gehalten!«

»Reden Sie doch nicht solchen Unsinn!«

»Irma«, sagte ich streng, »Ihnen ist sicher klar, dass ich nicht wegen meiner Falten hier bin. Die sind mir egal. Es gibt eine Zeugin, die bestätigen kann, dass Gleb Larionows Frau Ihren Salon zur Deckung benutzt hat.«

»Aber für etwas ganz anderes!«

»Ja? Wofür denn?«

Irma presste die Lippen zusammen.

»Bedenken Sie, Radas Lage ist äußerst ernst. Der Ermittler geht von einer sehr einfachen Logik aus: Rada hatte einen Geliebten und das Versteckspiel satt. Sie wollte offen mit ihm zusammenleben, aber nicht bettelarm sein. Deshalb hat sie Gleb Larionow erschossen. Dafür gibt es eine Zeugin. Sie war bei Ihnen zur Maske und hat mitgehört, was Sie mit Frau Larionowa besprochen haben. Ihr ist aufgefallen, dass sie beide auf sehr vertrautem Fuße stehen müssen, denn Sie duzten sich. Die Zeugin hat sich auch den Ort gemerkt, wohin Rada fahren wollte, es war Raskasowo oder so ähnlich ...«

»Rasuwajewo«, korrigierte Irma betreten.

»Genau! Rasuwajewo!«

»Aber da wohnt kein Liebhaber.«

»Wer denn dann?«

Irma nahm sich eine Zigarette.

»Irma, Sie sollten mir jetzt die Wahrheit sagen. In welchem Verhältnis stehen Sie zu Rada Larionowa?«

»Sie ist meine beste, nein, meine einzige Freundin. Wir kennen uns, seit wir Kinder waren ...«

»Sie sind die Einzige, die Rada vielleicht noch helfen kann.«

Die Kosmetikerin steckte die *Vogue* ungeraucht in die Schachtel zurück, drehte nachdenklich das Feuerzeug in den Händen, nahm dann den Telefonhörer ab, wählte eine Nummer und sagte: »Ich möchte bitte Rada sprechen. Nicht da? Wann kommt sie zurück?«

Sie legte auf und sagte: «Die behaupten, sie sei im Urlaub.«

»Was haben Sie denn erwartet? Im Gefängnis?«

Irma zuckte die Schultern.

»Ich sehe schon, Sie glauben mir nicht. Dann probieren Sie es doch mal unter dieser Nummer.«

»Wer ist das?«

»Der Ermittler Kowrow. Sagen Sie einfach: ›Ich bin eine Verwandte von Rada Larionowa. Kann ich sie sehen?‹«

Irma griff sofort nach dem Hörer.

»Na?«, fragte ich. »Was hat er gesagt?«

»Während der laufenden Ermittlung sind keine Besuche gestattet«, antwortete Irma und griff sich ans Herz. »Gnädiger Gott! Rada im Gefängnis! Deshalb geht sie nicht an ihr Handy. Und ich habe schon gedacht, sie hätte es wieder mal verloren. Was soll ich denn jetzt machen? Was?«

»Mir auf der Stelle die Wahrheit sagen. Ich bin die Einzige, die glaubt, dass man Rada hereingelegt hat. Sie ist unschuldig.«

»Also, gut«, sagte Irma, die offenbar einen Entschluss gefasst hatte. »Kennen Sie das Café *Schokoladenmädchen* gegenüber der Metrostation Oktjabrskaja?«

»Wer in Moskau kennt das nicht?«

»Warten Sie dort bitte auf mich. Ich komme nach. Hier kann ich nicht offen reden.«

Irma setzte sich und begann zu erzählen.

»Das mit dem Liebhaber ist blanker Unsinn. Rada hatte nie einen. In ihrem Leben gab es nur einen Mann – Gleb Larionow. Seinetwegen hat sie mit ihrer Familie gebrochen, sich mit Vater und Mutter überworfen und ist von zu Hause weggegangen. Sie hatte überhaupt keinen

Grund, ihren Mann umzubringen, um an Geld zu kommen. Rada ist reich.«

»Aber ihr Mann gab ihr kein Bargeld in die Hand!«

»Das weiß ich«, erwiderte Irma und winkte ab. »Sie hat es nicht nötig gehabt. Wenn sie zu ihrer Mutter gegangen wäre und erklärt hätte, sie lasse sich von ihrem Mann scheiden, dann hätte die ihr sofort verziehen und sie mit Geld überschüttet. Ihre Mutter Tamara will nichts anderes, als dass Rada Gleb verlässt und zu ihr zurückkommt.«

»Jetzt verstehe ich überhaupt nichts mehr! Rada hat Familie? Mir hat man erzählt, Gleb Larionow habe eine blutjunge, arme, unglückliche Waise geheiratet.«

Irma lächelte nachsichtig. »Eine Legende, um die Wahrheit zu verbergen. Ich bin die Einzige, die weiß, wie es sich wirklich verhält. Da Gleb nun einmal tot ist, muss ich nicht mehr schweigen. Und wenn es Rada hilft ...«

»Ihre Aussage kann sie vielleicht retten.«

Irma, die nervös eine Serviette zerknüllte, hub nun zu einem längeren Bericht an.

Sie waren schon als Kinder befreundet. Irma konnte sich nicht daran erinnern, wann es begann. Schon ihre Kinderwagen standen im Park von Rasuwajewo nebeneinander. Als die Mädchen größer wurden und in die Schule kamen, saßen sie zusammen auf einer Bank. Sie ergänzten sich hervorragend – die lustige, immer zu Streichen aufgelegte Rada und die ruhige, überlegte Irma. Rada war gut in Russisch, Geschichte und Literatur. Irma löste mit Leichtigkeit Rechenaufgaben und konnte gut nähen. Aber zwischen beiden gab es einen Unterschied.

Rada war die Tochter des berühmten, von Zuschauern und Staatsmacht umworbenen und umhegten Popsängers Alexander Karelin. Sie wohnte in einem Haus am Rande der Stadt, das luxuriös, aber mit viel Geschmack eingerichtet war, wurde im Auto umhergefahren und bekam jeden Wunsch erfüllt. Sie war das Nesthäkchen der Familie, das alle verwöhnten, auch der achtzehn Jahre ältere Bruder. Der Vater hätte ihr den Mond vom Himmel geholt, wäre das der Wunsch seines Lieblings gewesen. Rada war ein gutes Kind, das seinen Eltern keine Probleme machte.

Bei Irma war alles anders. Ihre Mutter arbeitete als Hausangestellte bei Radas Eltern. Tamara Karelina schätzte die tüchtige, zuverlässige und schweigsame Deutsche Renate sehr. Sie hatte nichts dagegen, dass die beiden Mädchen Freundinnen wurden. Es war ihr sogar recht, dass ihr Töchterchen sich nicht draußen herumtrieb, sondern mit Irma zu Hause beisammen saß. Renate, die ihr Kind allein erzog, war natürlich in einer ganz anderen finanziellen Lage als die wohlhabenden Karelins. Als Irma größer wurde, begann sie sich nach einem Zuverdienst umzuschauen. Im schweren Jahr 1990 fand sie schließlich über den Sommer einen Job als Putzfrau in einem der ersten privaten Friseursalons. Der Lohn war miserabel, aber ab und zu gab es von den Kunden etwas Trinkgeld. Einer ließ einmal fallen: »Während ich hier sitze, könntest du doch den Wagen waschen, mein Kind.«

Irma tat sofort, wie ihr geheißen. Sie schwärmte von einem Videogerät und legte jede Kopeke dafür zurück. Den ganzen Juni und Juli hindurch arbeitete sie fleißig mit Eimer und Lappen. Im August aber bekam sie eine schwere Erkältung. Bedrückt wählte sie die Nummer ihrer Arbeitsstelle und sagte heiser in den Hörer: »Leider kann ich heute nicht kommen, ich habe hohes Fieber.«

»Dein Problem«, gab der Besitzer gleichmütig zurück. »Wenn du um drei zur zweiten Schicht nicht hier aufkreuzt, bist du entlassen. Invaliden brauche ich nicht, es drängeln sich genügend Gesunde nach der Stelle.«

Irma, die ihre Arbeit nicht verlieren wollte, fragte ihre Freundin: »Kannst du nicht ein paar Tage für mich einspringen?«

Rada fand die Vorstellung spannend. Sie schlüpfte mit

Begeisterung in fremde Rollen und war sofort einverstanden. Sie wusste auch schon, wie sie sich für dieses Abenteuer herrichten wollte.

Gegen 17.00 Uhr rollte Gleb Larionow in einem neuen Wagen beim Friseur vor. Er war erst vor kurzem Witwer geworden, hatte seine untreue Frau zu Grabe getragen. Dass sie, der er so grenzenlos vertraute, ihn betrogen hatte, war ein derart traumatisches Erlebnis, dass er von Frauen nichts wissen wollte. Er hielt Rada den Autoschlüssel hin. »Möchtest du dir etwas dazuverdienen?«

Rada nickte, denn das gehörte zu ihrem Rollenspiel.

»Der Wagen muss von innen und außen blitzsauber sein. Vergiss die Windschutzscheibe nicht«, ließ Larionow fallen und ging in den Salon.

Rada gab sich alle Mühe und freute sich, dass sie Irma etwas Gutes tun konnte. Die stolze Freundin hatte bisher noch nie Geld von ihr genommen. Jedes Angebot hatte sie mit den Worten abgelehnt: »Das verdienen deine Eltern für dich. Ich kann selber für mich sorgen.«

Vielleicht sagte sie diesmal nicht nein.

Als Rada auch die Windschutzscheibe blitzblank geputzt hatte, trat Larionow, nach Kölnischwasser duftend, auf den Gehsteig hinaus. Er besah sich das blitzende Fahrzeug, nickte zufrieden und zückte einen Geldschein. »Für dich, hast es dir verdient!«

Rada richtete sich auf, legte den Lappen auf die Motorhaube und blickte Gleb gerade ins Gesicht.

Warum verlieben sich Menschen ineinander? Wieso kann manchmal ein einziger Blick das ganze Leben verändern? Ich glaube lieber daran, dass es nicht an Hormonen und Gerüchen liegt, sondern dass der übermütige Amor gerade vorbeigeflogen kam, den Bogen spannte und seinen Pfeil abschoss. Der durchbohrte zwei Herzen auf einmal.

Die Strahlen der sinkenden Sonne verfingen sich in Radas üppigem, zerzaustem Haar. Für Gleb umspielte eine

Oriole ihr Gesicht. Die großen Augen blickten ihn kindlich naiv an, die schlanke Figur in dem weiten blauen Kittel, der wie ein Sack an ihr herunterhing, wirkte rührend zart, die Hand, mit der sie den Geldschein nahm, dieses schmale durchscheinende Händchen mit den abgebrochenen Fingernägeln löste in ihm eine Welle heißen Mitleids aus. Stets war er bemüht gewesen, die sentimentale Seite seines Charakters zu verbergen, weil ein Mann streng und hart zu sein hatte, aber jeder streunende Hund hatte in ihm schon immer den Wunsch geweckt, ihn zu streicheln und zu füttern. Jetzt hätte er am liebsten dieses Kind liebkost, das gezwungen war, für ein paar Kopeken schwere Eimer zu schleppen und die schmutzigen Karossen fremder Leute zu waschen.

So begann ihre Beziehung. Anfangs nahm Rada Gleb Larionows Werben nicht ernst. Sie fand dieses neue Spiel aufregend und schwindelte ihrem Kavalier etwas vor, dass sich die Balken bogen. Sie sei eine Waise, in einem Kinderheim aufgewachsen, wohne jetzt in einer Baracke und schlage sich mit Arbeiten wie dieser durchs Leben. Gleb Larionow machte ihr nach allen Regeln der Kunst den Hof. Nach einem Monat wurde Rada klar, dass sie sich in ihn verliebt hatte. Nach einem weiteren wusste sie, dass sie ohne ihn nicht mehr leben konnte.

Da sagte Gleb kurz und bündig: »Rada, lass uns heiraten.«

Rada war sofort einverstanden. Sie musste aber gut überlegen, wie das Ganze zu realisieren war. Nach einer schlaflosen Nacht ging sie zu ihrer Mutter und erzählte ihr alles. Den Namen ihres Künftigen nannte sie nicht.

Tamara fiel aus allen Wolken. Ihre geliebte Rada sollte einem lüsternen Alten zum Opfer fallen! Sie, der eine glänzende Zukunft winkte, wollte sich, noch nicht volljährig, fürs Leben binden? Radas Vater wurde herbeigerufen, und gemeinsam verlangten die Eltern von ihr: »Nenne sofort seinen Namen!«

Rada lehnte das rundweg ab.

»Den finde ich!«, erregte sich Karelin, der wie alle Väter nicht glauben wollte, dass aus seinem Liebling inzwischen eine junge Frau geworden war. »Begreifst du denn nicht, dass das ein Verbrecher ist? Verführung Minderjähriger – so heißt das, was er mit dir gemacht hat.«

»Den bringen wir hinter Gitter!«, kreischte die Mutter.

»Der geht für zwanzig Jahre ins Lager!«

»Wir lassen alle unsere Verbindungen spielen!«

»Zu meinen Konzerten kommt das ganze Innenministerium!«

»So ein Tunichtgut!«

»Dieser Lump, dieser Schweinehund!«

»Dieser billige Verführer!«

»So ein alter Lustmolch!«

Rada erschrak tief, hielt sich aber tapfer. Sie biss die Zähne zusammen und schwieg eisern. Ihr war klar, dass die erregten Eltern nicht scherzten, sondern durchaus zum Kadi laufen konnten. Am Ende presste sie durch die Lippen: »Entschuldigt, das war nur ein Scherz.«

Die Eltern kannten den Hang ihrer Tochter zu dummen Streichen. Manchmal lachten sie, dann ärgerten sie sich darüber, verziehen ihr aber immer wieder.

»Was soll das gewesen sein? Ein Scherz?«, rief ihr Vater empört. »Das schlägt doch dem Fass den Boden aus!«

»Geh in dein Zimmer und lass dich nicht mehr sehen!«, herrschte die Mutter sie an.

Gegen ein Uhr nachts klopfte der große Bruder an Radas Zimmertür. Leonid war damals bereits vierunddreißig Jahre alt – ein erwachsener, selbstständiger Mann, der Rada sehr mochte.

Er setze sich auf den Bettrand, nahm ihre Hand und fragte: »Sagst du mir die Wahrheit? War das wirklich einer deiner törichten Scherze oder …«

Rada blickte den Bruder nur wortlos an. Vor dieser

Geschichte hätte sie sich ihm sofort an den Hals geworfen und alles gestanden. Aber jetzt ... Wenn die Eltern Glebs Namen erfuhren, dann konnten sie ihrem geliebten Mann in der Tat große Schwierigkeiten bereiten.

»Ist ja gut«, sagte der Bruder und strich ihr übers Haar. »Der Morgen ist klüger als der Abend. Vielleicht renkt sich ja alles wieder ein. Papa möchte glauben, dass du dir einen Scherz erlaubt hast, aber Mama ... Sie ist fest entschlossen, dich morgen dem Frauenarzt vorzustellen. Mach dich darauf gefasst, dass er dich untersuchen wird.«

Leonid wartete Radas Antwort nicht ab, gab ihr einen Kuss und ging. Rada sprang auf und lief ratlos im Zimmer hin und her. Was sollte sie tun? Am nächsten Tag würde der Arzt ihren Eltern mitteilen, das ihre Tochter keine Jungfrau mehr war. Vater und Mutter würden sie, rasend vor Zorn, so lange unter Druck setzen, bis sie aus ihr herausbekamen, was sie wissen wollten. Die Sache würde schlecht ausgehen. Gleb Larionow bekäme als Verführer einer Minderjährigen eine Menge Scherereien, sie aber würde man einschließen und nicht mehr allein aus dem Haus lassen. Nach längerem Grübeln fasste Rada den aus ihrer Sicht einzig möglichen Entschluss. Sie nahm ihre Handtasche, legte den erst vor kurzem erhaltenen Pass hinein und schrieb ihren Eltern einen Brief. Dann schlich sie sich aus dem Haus und fuhr zu Gleb Larionow.

13. Kapitel

Am Morgen fand Tamara ein Blatt Papier, auf dem geschrieben stand:

»Liebe Mama und lieber Papa,

ich liebe meinen künftigen Ehemann so sehr, dass es mir gleichgültig ist, dass er nach Eurer Meinung mein Großvater sein könnte. Ich liebe ihn so, wie er ist. Deshalb gehe ich zu ihm. Bitte sucht mich nicht. Natürlich kannst du, Papa, deine Beziehungen spielen und unsere Ehe für ungültig erklären lassen, weil sie ohne Eure offizielle Einwilligung geschlossen wird, was meinem Mann viele Unannehmlichkeiten bereiten kann. Aber ich rate Euch, das nicht zu tun. Wenn ihm etwas zustoßen sollte, dann ist auch mein Leben zu Ende. Und wenn man mich in eine Gummizelle steckt, dann höre ich einfach auf zu atmen und sterbe. Lebt wohl. Es ist so traurig, dass Ihr mich nicht verstehen wollt.«

Tamara bekam einen Anfall von Hysterie. Ihr Mann griff nach dem Telefon und drohte: »Dieses kleine Luder lass ich zur Fahndung ausschreiben!«

Leonid fiel ihm in den Arm. »Tu das nicht, Papa. Rada ist imstande und bringt sich um. Wenn sie wegen dieses alten Mannes so viel auf sich nimmt, dann liebt sie ihn wirklich.«

Gleb und Rada heirateten in aller Stille. Der Bräutigam flüsterte der Direktorin des Standesamtes etwas ins Ohr, und man gab ihnen den staatlichen Segen auch ohne die offizielle Zustimmung der Eltern. Einen Monat nach der Hochzeit rief die Jungevermählte zu Hause an. Am Apparat war ihre Mutter.

»Ach, mein liebes Töchterlein«, rief sie und schluchzte auf, »wo bist du denn?«

»Mama«, rief Rada, »liebe Mama, es ist alles gut, ich bin verheiratet und glücklich! Wenn ihr wollt, komme ich und stelle euch meinen Mann vor.«

»Das wird niemals geschehen! Der alte Lüstling, der dich auf dem Gewissen hat, kommt mir nicht über die Schwelle! Mein reines Mädchen als Konkubine eines Greises! Gott im Himmel! Hallo, hallo, Rada, meine Liebe! Also gut, kommt, irgendwie wird es schon gehen …«

Aber die letzten Worte ihrer Mutter hörte Rada nicht mehr. Nach der Absage hatte sie sofort aufgelegt. Tamara schluchzte in den Hörer. Seitdem traute sie sich kaum noch aus dem Haus. Vielleicht rief ausgerechnet dann ihre geliebte Tochter an.

Rada brach alle Verbindungen ab, selbst zu ihrem Bruder. Auch Irma blieb außen vor. Von Radas Beziehung hatte sie natürlich gewusst. Ihre Mutter Renate musste Tamara jeden Tag trösten, die um ihre Tochter heiße Tränen vergoss. In der Schule hatte Rada nichts verlauten lassen. Tamara teilte dort kurzerhand mit, die Familie ziehe um, und die Tochter müsse die Schule wechseln. Irma sagte niemandem, was sie wusste. Rada blieb ohne abgeschlossene Mittelschulbildung. Aber das war ihr völlig gleichgültig. Sie hatte nicht die Absicht, zu studieren oder anderweitig Karriere zu machen.

Vor eineinhalb Jahren fand Irma, die inzwischen eine medizinische Ausbildung abgeschlossen hatte, in dem vornehmen Salon *Moderne Frisur* eine Anstellung als Kosmetikerin. Das war ein Glücksfall. Sie verdiente sehr gut, und die Kundinnen gaben reichlich Trinkgeld. Einmal rief sie die Chefin zu sich.

»Nun, meine Liebe, wie gefällt es Ihnen bei uns?«

»Sehr gut!«, rief Irma begeistert.

»Auch wir haben Sie liebgewonnen«, meinte die Direktorin lächelnd. »Ich muss Sie allerdings warnen, dass wir zum Teil merkwürdige Kundinnen haben. Für morgen hat sich Frau Larionowa angemeldet. Sie müssen wissen, die treibt manchmal ihre Scherze mit dem Personal. Die können ziemlich töricht sein, aber sie hat ihren Spaß daran. Ihre Vorgängerin Alla ist einmal beinahe in Ohnmacht gefallen. Sie hatte Frau Larionowa eine Maske aufgelegt und war aus dem Zimmer gegangen. Als sie zurückkam, hatte die die Maske abgewaschen und eine blutige Wunde auf der Wange. ›Das ist das Ergebnis Ihrer Behandlung!‹, rief sie erzürnt. Alla wäre vor Schreck beinahe in Ohnmacht gefallen, aber als die Kundin das sah, lachte sie und entfernte die ›Wunde‹ von der Wange. Sie war aufgeklebt. Solche Scherzartikel kann man heute überall kaufen. Machen Sie sich also auf alles gefasst.«

Irma bedankte sich bei ihrer besorgten Direktorin und war bereit, die zu Scherzen aufgelegte Dame gebührend zu empfangen. Pünktlich zur vereinbarten Zeit ging die Tür auf, und die Kundin stand auf der Schwelle, mit einem eleganten Hosenanzug in strahlendem Hellblau angetan.

Irma klammerte sich an ihren Schreibtisch, um die Fassung zu bewahren. Vor ihr stand, kein bisschen verändert – Rada. Als sich der erste Schreck gelegt hatte, sanken die beiden Freundinnen einander in die Arme. Rada erklärte, sie sei verheiratet und sehr glücklich. Irma konnte mit ihrem frisch erworbenen Diplom aufwarten. Von nun an waren sie wieder Freundinnen wie in alten Tagen. Allerdings lud Rada Irma nie zu sich ein, und Letztere drängte sich nicht auf. Doch sie trafen sich regelmäßig im Salon, redeten über dies und das, wobei schwierige Themen ausgespart blieben. Schließlich aber konnte Irma nicht mehr an sich halten und sagte: »Ruf doch mal deine Mutter an, sie und dein Vater leiden sehr.«

»Auf keinen Fall«, sagte Rada kurz angebunden. »Das Thema hat sich für mich erledigt.«

Aber einige Wochen später bat sie unerwartet: »Hör mal, ob deine Mutter dir wohl Bescheid sagen kann, wenn meine länger außer Haus ist? Ich möchte so gern einmal wieder in Rasuwajewo sein. Ich fürchte nur, wenn mein Mann davon erfährt …«

Da hatte Irma die Idee mit ihrem Behandlungsraum. Irmas Mutter spielte mit. Sie schickte Rada auf einen Pager, den sie nur für diesen Zweck gekauft hatte, die Nachricht: »Am 9. fährt Tamara um 13.00 Uhr zum Friseur.«

Von Moskau nach Rasuwajewo ist es nicht weit. Rada suchte ihr Elternhaus auf, umarmte die alte Hausangestellte und erging sich im Garten.

Auch danach kehrte sie noch mehrmals zurück, wenn ihre Eltern abwesend waren. Es zog sie eben sehr nach Hause. Dann kam es, wie es kommen musste. Vor einigen Wochen hatte Renate mitgeteilt: »Komm bitte sofort.« Da wusste Rada, dass etwas Schlimmes geschehen war. Ohne Termin tauchte sie bei Irma auf. Zum Glück war die gerade frei, und Rada kam gerade noch zurecht, um von ihrem Vater, der im Sterben lag, Abschied zu nehmen. Ihre Mutter Tamara umarmte sie und stieß hervor: »Dich lass ich nicht wieder weg!«

»Entschuldige bitte, Mama«, antwortete Rada, »wenn du willst, komme ich gern mit meinem Mann …«

Die Mutter schnitt ihr das Wort ab. »Sprich in meiner Gegenwart nie wieder von diesem schrecklichen Menschen! Er hat unsere Familie zerstört! Dein Vater hat sich so gegrämt, dass er bereits zwei Herzinfarkte hatte. Den dritten hat er nicht überlebt. Dein Mann ist schuld! Er hat deinen Vater umgebracht! Mein Gott, was rede ich da …«

Aber Rada war schon zu ihrem Wagen geeilt, gefolgt von Leonid und der alten Renate, die sie aufhalten wollten. Sie fuhr ab, fest entschlossen, Rasuwajewo für den Rest ihres Lebens nicht wiederzusehen.

Dann bat Renate ihre Tochter Irma, Rada etwas mitzuteilen. Ihr Vater hatte ihr die Hälfte seines Vermögens vermacht. Und die Mutter war bereits beim Notar gewesen und hatte dafür gesorgt, dass auch ihr Anteil nach ihrem Tode der verlorenen Tochter zufallen sollte.

»Sag ihr«, beharrte Renate, »sie soll wenigstens ihrer Mutter verzeihen. Was ihr da entfahren ist, geschah aus Kummer, nicht aus bösem Willen. Wenn ihr auch noch etwas zustößt … Es wäre doch nicht gut, so von der Familie zu scheiden. Jeder Mensch hat nur eine Mutter, eine zweite bekommt er nicht. Tamara liebt ihre Tochter. Sie will ihr das ganze Erbe vermachen …«

Rada hörte Irma an und sagte dann: »Mama wird sich

mit meiner Heirat niemals abfinden. Ich verstehe, dass sie mich allein gern wiederhaben will. Aber wenn ich zwischen ihr und meinem Mann wählen muss, entscheide ich mich für ihn, mit dem ich die letzten Jahre verbracht habe und der mir nur Güte, Zärtlichkeit und Liebe geschenkt hat.«

»Bedenke doch, deine Mutter liebt dich sehr, und das Vermögen …«

Rada runzelte die Stirn. »Ich bitte dich! Ich brauche das Geld nicht, ich habe jetzt schon mehr als genug. Und dann: Wer sonst könnte das Vermögen der Karelins erben? Nur Leonid und ich, sonst ist niemand da. Das Testament ändert nichts an der Sache.«

»Du redest vom ›Erbe der Karelins‹, als ob du mit diesem Namen überhaupt nichts mehr zu tun hättest«, sagte Irma vorwurfsvoll.

Jetzt schaute Rada die Freundin fest an und sagte sehr ernst: »Ich heiße schon seit Jahren Larionowa.«

Da konnte Irma nicht mehr an sich halten.

»Larionowa? Vielleicht sprichst du auch den Vornamen deines Mannes einmal aus? Bisher höre ich ständig nur: ›er, ihm, ihn …‹ Offenbar willst du seine Identität immer noch nicht preisgeben!«

Rada seufzte bedrückt auf. »Das mag wohl stimmen. Obwohl heute sicher niemand mehr Gleb wegen der Verführung einer Minderjährigen anzeigen wird. Aber ich kann ihn gar nicht mit euch bekannt machen, weder mit Leonid, noch mit dir und mit Mama schon gar nicht. Er glaubt bis heute, dass ich eine Waise bin. So mag es auch bleiben.«

Ein Wort gab das andere. Zum ersten Mal gerieten die Freundinnen heftig aneinander. Zum Abschied äußerte Rada: »Du bist ja nur neidisch und warst es dein ganzes Leben lang.«

»Worauf soll ich denn neidisch sein?«, gab Irma zurück. »Mir hat es nie an etwas gefehlt. Aber du hast meine

Kleider aufgetragen, als wir klein waren. Und auch jetzt bin ich viel wohlhabender als du«, parierte Rada. »Du bedienst mich, nicht ich dich. Wenn ich bei deiner Chefin ein Wort fallenlasse, fliegst du raus.«

»Eher vermittelt sie dich an einen anderen Salon. Ich habe Dutzende Kundinnen wie dich, meine Chefin ist doch nicht dumm!«, zischte Irma.

»Ich bin glücklich verheiratet, aber du läufst immer noch allein herum!«

»So eine Unverschämtheit!«, rief Irma jetzt wütend, denn Rada hatte offenbar den Nagel auf den Kopf getroffen. »Dazu habe ich noch genug Zeit! Aber ich habe ein ordentliches Diplom in der Tasche, einen guten Ruf und bin von niemandem abhängig! Du dagegen musst machen, was dein reicher Gatte will! Selber stellst du gar nichts dar! Ich sag dir was! Wegen deiner dummen Streiche mag dich hier keiner! Alle um dich herum sind erwachsen geworden, aber du benimmst dich nach wie vor, als wärst du sechzehn! Einfach lächerlich!«

Rada lief zur Tür, da schoss die wütende Irma ihren letzten Pfeil ab: »Wieso hast du mit deinem Großvater noch kein Kind? Willst du dir die Figur nicht verderben? Ich denke, das liegt an etwas anderem. Bedenke, ich habe eine medizinische Ausbildung und weiß, welche Probleme Männer im vorgerückten Alter haben.«

Darauf sagte Rada gar nichts mehr und stürzte aus dem Zimmer.

Irma hielt einen Augenblick in ihrem Bericht inne und fügte dann noch hinzu: »Heute bedaure ich sehr, was ich da alles geredet habe. Ich wollte Rada nicht weh tun. Ich verstehe selber nicht, was in mich gefahren ist…«

Ich verließ das Café und fuhr in die Werkstatt, um meinen reparierten Wecker abzuholen. Als ich ihn hatte, suchte ich in den Kiosken an der Metrostation nach meinen geliebten Menthol-Zigaretten. Ich kaufte ein Päckchen, ließ mich auf einer Bank nieder, wühlte in meiner Handtasche, konnte aber das Feuerzeug nicht finden. Es tauchte auch nicht auf, als ich den ganzen Inhalt kurzerhand in meinen Schoß kippte. Das billige *Bic* war spurlos verschwunden. Das war wohl kein großes Problem.

Ich stand wieder auf und ging die Stände entlang, an denen man alles kaufen konnte, vom Kaugummi bis zum Hundefutter. Aber nirgendwo wurden Feuerzeuge feilgeboten. Völlig verzweifelt fragte ich eine Verkäuferin, die mit Haushaltwaren handelte: »Haben Sie Streichhölzer?«

»Nur für den Kamin«, kam die Antwort.

»Was soll denn das sein?«, fragte ich verständnislos.

Die Verkäuferin verdrehte empört die Augen und zog unter ihrem Ladentisch eine riesige Schachtel von etwa 30 Zentimetern Länge hervor. Daraus holte sie etwas, das eher wie ein Knüppel aussah.

»Bitte schön.«

»Und wozu sollen die gut sein?«, fragte ich baff.

»Um Feuer im Kamin anzuzünden«, erklärte die Verkäuferin. »Wollen Sie eine Schachtel?«

»Ich brauche ganz normale Streichhölzer.«

»Die habe ich nicht.«

Aber es gierte mich förmlich nach einer Zigarette. Man hätte natürlich einen Mann auf der Straße um Feuer bitten können. Niemand hätte etwas dabei gefunden. Aber es gab ein paar Verhaltensregeln, die mir meine Mutter eingebläut hatte: »Auf der Straße essen nur Hunde.« – »Sprich nie mit unbekannten Männern.« – »Ein kräftiger Lippenstift ist vulgär.« Vom Rauchen auf der Straße war bei meiner Mutter keine Rede gewesen, denn sie hätte sich nie vorstellen können, dass ihr Töchterlein überhaupt eines Tages eine Zigarette anrührte.

Ich ließ mich wieder auf der Bank nieder und strich ein Kaminstreichholz an der riesigen Schachtel an. Vor Schreck hätte ich beinahe laut aufgeschrien. Es gab eine Stichflamme, und dann loderte das Ding wie eine Fackel. Nachdem ich alle Schwierigkeiten gemeistert hatte, konnte ich doch noch das Zigarettchen genießen und in Ruhe nachdenken.

Also gut. Nahmen wir einmal an, Gleb Larionow hätte Rada tatsächlich seinen Wunsch mitgeteilt, sich von ihr scheiden zu lassen. Nach der Version des Ermittlers hatte Frau Larionowa aus Angst, sie könnte ihren materiellen Wohlstand verlieren, ihren Mann kurzerhand erschossen, bevor der sein Testament ändern konnte.

Ich stocherte mit der Schuhspitze im Gras herum. Wem wollte Gleb sein Geld wohl vorher hinterlassen? Warum hatte er seinen Letzten Willen erst vor einigen Tagen geändert? Nur um meinen Namen einzufügen? Das musste ich den Anwalt fragen. Der wusste bestimmt Bescheid, würde aber vielleicht nichts sagen. Die Sache war schon sehr merkwürdig. Rada wusste genau, dass ihre Mutter sie mit offenen Armen wieder bei sich aufnehmen würde. Das Lied von der armen Waise, die bei einer Scheidung allein, arm und mittellos dastand, war schön und gut, passte aber nicht auf Rada. Die hatte ein Elternhaus, eine Mutter und einen Bruder, denen es an nichts fehlte. Oder war sie so habgierig, dass sie beides haben wollte – das Erbe der Eltern und das Geld ihres Mannes?

»Verzeihen Sie«, sagte da eine angenehme Stimme neben mir.

Aus meinen Gedanken gerissen, blickte ich den etwa 45-jährigen Mann, der mir freundlich zulächelte, verwirrt an.

»Was wünschen Sie?«, fragte ich und drückte meine Zigarette aus.

»Jetzt nichts mehr«, sagte der Unbekannte bedauernd. »Ich wollte meine Zigarette bei Ihnen anrauchen. Hier bekommt man nirgendwo ein Feuerzeug.«

»Ich habe Streichhölzer.«

»Tatsächlich?«, sagte der Mann froh. »Da wäre ich Ihnen sehr dankbar.«

»Keine Ursache«, antwortete ich und holte die Riesenschachtel hervor.

Dem Mann blieb der Mund offen stehen, aber er enthielt sich jeder Bemerkung und zündete eine der »Fackeln« an.

»Vielen Dank«, murmelte er und gab mir die »Streichhölzer« zurück. »Können Sie mir sagen, wie spät es ist?«

Ich öffnete meine Tasche, zog den Riesenwecker hervor, der aufdringlich tickte, und verkündete stolz: »Gleich drei.«

Der Mann war einfach baff.

Ich erhob mich.

»Wenn Sie sonst keine Bitten oder Fragen mehr haben, dann leben Sie wohl.«

»Nein, natürlich nicht«, stotterte der Unbekannte und ging in Richtung des großen Prospekts. Nach ein paar Schritten blieb er stehen und starrte mich unverwandt an. Ich stieg über das niedrige Gitter, das den Fußweg von der Fahrbahn trennte und lief zu meinem Wägelchen. Der Mann ließ mich nicht aus den Augen.

»Hören Sie mal«, rief ich ihm ungehalten zu, »wollen Sie was von mir?«

»Nein«, gab der Typ zur Antwort.

»Warum laufen Sie mir dann erst nach und glotzen mich jetzt ständig an?«

»Entschuldigen Sie schon, aber Sie haben mich neugierig gemacht.«

»Womit denn?«

Der Mann grinste. »Als ich gesehen habe, was für Streichhölzer Sie benutzen und was für eine Uhr …«

»Na, was denn?«

»Da wollte ich einfach wissen, was für ein Auto Sie fahren.«

»Und nun haben Sie einen Transporter erwartet, der eine

Rakete zur Abschussrampe bringt, oder was?«, gab ich zurück und stieg in mein kleines Gefährt.

Der Kerl hatte offenbar nichts Besseres zu tun.

»He, Sie!«, rief der Mann jetzt.

»Was denn noch?«

»In welche Richtung fahren Sie?«

»Zum Kutusow-Prospekt und dann auf die Minsker Chaussee.«

»Können Sie mich mitnehmen? Ich will nach Ismailowo.«

»Kann ich nicht.«

»Warum nicht?«

»Weil das in entgegengesetzter Richtung liegt.«

»Ich muss aber unbedingt hin.«

Da sagte ich nichts mehr, ließ den Motor an und fuhr los. Was für merkwürdige Leute es doch gab!

Natürlich geriet ich an der Stelle, wo sich der Verkehr vom Moskauer Stadtring auf die Minsker Chaussee ergießt, in einen riesigen Stau. Das konnte dauern. Ich schaltete das Radio ein.

»Hier ist Radio Russland. Alles wird gut!«, kam es aus dem Lautsprecher.

Hofften wir das Beste. Wer hatte nun wirklich Gleb Larionow umgebracht? Und warum? Wie war der Mörder ins Haus gelangt? Waren vielleicht sogar Fremde eingedrungen?

Im Schneckentempo bewegte sich die Blechlawine vorwärts. Es stank fürchterlich nach Auspuffgasen. Bei all den Fragen drängte sich eine Antwort auf: Es musste jemand aus der Familie sein. Weshalb? Der Mörder wollte an das Erbe gelangen. Aber Gleb hatte alles Rada vermacht. Allerdings wusste der Mörder nicht, dass Gleb in den letzten Tagen sein Testament geändert hatte. Er kannte den früheren Letzten Willen, nach dem ihm möglicherweise ein großes Stück von dem Kuchen zufiel. Ich kann mir vorstellen, wie es ihn getroffen hatte, als der Anwalt den neuen

Wortlaut verlas. Warum dachte ich eigentlich immer an einen Mann? Dabei war dieses Haus voller Frauen …

Wer von euch, meine Teuren, hatte dieses Schauspiel inszeniert? Jefim, Karina, Maxim oder Angelika? Außerdem war da auch noch Olga. Nastja und Tina konnte man beruhigt ausschließen. Erstere, weil sie mit dem Erbe nichts zu tun hatte, und Letztere, weil sie noch ein recht naives Kind war. Dann hätte man auch unsere Möpsinnen verdächtigen können. Immerhin war da die tollwütige Emmy … Aber ich wollte mich auf die Hauptpersonen konzentrieren. Weshalb sollte die ganze Schuld auf Rada abgewälzt werden?

Die Antwort auf die Frage war einfach. Nach dem Gesetz hat eine Mörderin nicht das Recht, das Erbe ihres Opfers anzutreten. In diesem Falle trat das frühere Testament wieder in Kraft. Wenn Rada Gleb Larionow erschossen hatte, bekam sie keine Kopeke. Alles fiel der Person oder den Personen zu, die der Verstorbene in der früheren Fassung seines Letzten Willens bedacht hatte.

Bei diesem Gedanken war ich zu Hause angelangt. Ich fuhr mit Schwung auf den Hof, sprang aus dem Wagen und lief in den Salon. Wartet nur ab, meine teuren Hausbewohner, euch werde ich es zeigen!

14. Kapitel

Vor dem Fernsehapparat hatten es sich Rosa Konstantinowna und Galina Michailowna in tiefen Sesseln bequem gemacht. Karina lag leichenblass auf der Couch und tat, als lese sie in einem Buch. Sie tat mir leid. Mutter und Schwiegermutter zu gleicher Zeit auszuhalten war nicht einfach. Die eine erstickte sie vor Liebe, und die andere hätte sie vor Hass am liebsten erwürgt. Beiden war lebend kaum zu entkommen.

»Was ist das für eine Sendung?«, fragte Rosa Konstantinowna scharf.

»*Die Woche*«, antwortete Galina Michailowna.

»Meine Teure, die gibt es am Sonntagabend.«

»Heute ist doch Sonntag.«

»Nein, heute ist Dienstag.«

»Sonntag, schon den ganzen Tag!«

»Dienstag!«

»Sonntag!«

»Heute haben wir Montag«, kam es von der Couch.

Das hatte Karina gut gemacht. Sich in diesem Streit auf eine Seite zu schlagen war lebensgefährlich.

Die alten Damen verstummten für einen Moment, um sich sogleich wieder in den Kampf zu stürzen.

»Was ist das denn nun?«, beharrte Rosa Konstantinowna. »Das ist doch der, wie heißt er noch … Posner!«

»Was reden Sie da!«, widersprach Galina Michailowna. »Jetzt läuft erst einmal Werbung.«

»Das sehe ich selber, aber vorher – das war Posner.«

»Nein, Masljakow.«

»Wer?«

»Na, der *KWN* moderiert, den *Klub der Fröhlichen und Findigen*.«

»Wie kommen Sie denn auf *KWN*? Das eben war der Runde Tisch zur Umwelt.«

»Nein, *KWN*!«

»Der Runde Tisch!!!«

Karina stöhnte, griff aber nicht ein. Die Schöne aus der Werbung mit den künstlichen Zähnen biss noch einmal auf den Kaugummi und verschwand. Auf dem Bildschirm tauchte der Moderator Dibrow auf. Mit einem spitzbübischen Lächeln erklärte er: »Sie können sich von den Gästen im Studio helfen lassen.«

»Hab ich es nicht gesagt, Posner!«, erklärte Rosa Konstantinowna befriedigt.

»Das ist zum wahnsinnig werden! Setzen Sie mal Ihre Brille auf! Das ist Masljakow!«

»Ich brauche keine Brille! Ich sehe auch so sehr gut, dass es Posner ist.«

»Mit Brille wird aus ihm Masljakow!«

»Das ist Dibrow«, verkündete Karina. »Der mit dem Quiz für Idioten, wo gefragt wird, ob Repin ein Schriftsteller, ein Maler, eine Ketchup-Marke oder eine Zwiebelsorte ist.«

Wieder verstummten die beiden Alten beleidigt. Dann verkündete Galina Michailowna, sie wolle sich einen Tee holen, und ging hinaus.

»Dieses Wasser trinken nur Tattergreise«, ließ Rosa Konstantinowna hören. »Ich ziehe einen starken Kaffee vor. Den hole ich mir jetzt.«

Karina und ich blieben allein zurück.

»Zu Rosa Konstantinowna scheint noch nicht wirklich durchgedrungen zu sein, dass Jefim tot ist«, murmelte ich.

Karina legte ihr Buch zur Seite. »Meinst du?«

»Ja, sie ist wie immer.«

Karina verzog das Gesicht. »Rosa Konstantinowna hat sich ihr ganzes Leben lang nur um sich selbst gekümmert.«

»Was hat sie denn gearbeitet?«

Karina kicherte böse. »Nichts. Vor ihrer Heirat hat sie ein Lehrerstudium absolviert. Aber sie war nie in einer Schule angestellt, denn kurz darauf heiratete sie Gleb Larionow. Er hat schon zur Sowjetzeit nicht schlecht verdient. Natürlich nicht so viel wie heute, aber Geld hatte er immer genug.«

»Was war er denn?«

»Zuerst Abeilungsleiter und dann Direktor in einem großen Lebensmittelgeschäft.«

Ich schnalzte mit der Zunge. Ein Lebensmittelgeschäft! Zur Sowjetzeit war das eine sehr einträgliche Stellung. Wenn es in den Läden an Butter, Käse, Fleisch, Wurst, Tee und Kaffee mangelte, hatte einer, der das zu beschaffen in der Lage war, viele Freunde. Essen wollten schließlich alle – Schauspieler, Schriftsteller, Maler, Lehrer und Polizisten.

»Die beiden haben ziemlich lange zusammengelebt«, fuhr Karina fort. »Bei der Scheidung war Jefim schon zwanzig Jahre alt. Rosa Konstantinowna hat nie arbeiten müssen. Und als Gleb von ihr fortging, hatte er nur das, was er auf dem Leibe trug. Er hinterließ alles seinem Sohn – Eigentumswohnung, Auto, Datsche ... Später hat er wieder geheiratet. Das muss um 1980 herum gewesen sein, denn seine neue Wohnung lag im ehemaligen Olympischen Dorf. Aber die zweite Frau starb bald darauf ... Und nach ihr kam Rada.«

»Moment mal, und wo kommt Tina ins Bild?«

Karina runzelte die Brauen. »So ein lautes Ding, und immerzu die blöden Späße! Kannst du dir vorstellen, was sie sich einmal ausgedacht hat? Gleb hatte Gäste, es wurde gegessen und getrunken. Dann wechselten wir den Raum. Wir kamen in den Salon, da liegt mitten auf dem Teppich ein großer Haufen Kacke. Allgemeines Gelächter. Gleb sagte verlegen: ›Entschuldigt schon, der Hund ist noch klein und nicht gut erzogen. Das wird sofort weggeräumt.‹ Da flattert doch Tina mit den Worten herbei: ›Einen Moment noch, einen Moment!‹ Sie nimmt die Exkremente mit bloßen Händen auf und legt sie auf eine Serviette. Dann leckt sie sich auch noch die Finger und behauptet: ›Hm, das schmeckt!‹«

Ich musste lachen.

»Sicher hatte sie durchgedrehte Auberginen auf den Teppich drapiert.«

»Genau«, bestätigte Karina. »Woher sollten wir das wissen? Mir hat sich der Magen umgedreht. Danach habe ich lange Zeit keine Auberginen mehr anrühren können. Das Schlimmste aber war, dass Rada Bescheid wusste und sich halb totlachte.

Tina entstammt einer Affäre zwischen Gleb und Olga. Wann die Dame vom Fernsehen überhaupt Zeit gefunden hat, ein Kind zur Welt zu bringen, ist mir völlig schleierhaft. Sie denkt nur an ihre Karriere. Wozu braucht sie einen Mann? Sie verdient so viel, dass sie gar nicht alles ausgeben kann. Mit der kann es keiner aufnehmen. Tina kann einem leid tun. Das Kind hat keine schlechten Anlagen, aber an wem soll es sich ein Beispiel nehmen? Bis Tina fünf Jahre alt war, hat sie nur bezahlte Kinderfrauen gesehen. Dann heiratete Gleb Rada und nahm Tina zu sich. Seitdem hat er im Grunde zwei kleine Mädchen! Rada hat, wenn ich es richtig verstehe, nicht einmal die Mittelschule abgeschlossen. Sie ist ohne jede Bildung und dem Charakter nach ein Kind geblieben. Sie und Tina sind wie Freundinnen, die zusammen ihre Streiche aushecken. Das ist mal zum Lachen und mal zum Weinen. Was soll bei dieser Stiefmutter aus dem Kind werden?«

»Und Olga kümmert sich überhaupt nicht um sie?«

»Praktisch nicht«, sagte Karina aufgebracht. »Die ist zufrieden, wenn andere das für sie tun.«

»Aber was soll jetzt aus Tina werden, da Gleb tot ist?«

Karina zuckte die Schultern. »Entschuldige, aber das ist mir ziemlich egal. Im Moment hängen wir doch alle in der Luft.«

»Wieso?«

Karina setzte sich und zückte eine Zigarette.

»Das ist doch vollkommen klar! Das Testament begünstigt allein Rada. Wenn es tatsächlich in Kraft tritt, sind wir ihren Launen hilflos ausgeliefert. Ich mache mir da keine Illusionen. Wir sind oft aneinandergeraten, und ›Mama‹ wird mir das jetzt heimzahlen. Wenn sich allerdings herausstellt, dass sie die Mörderin ist, dann sieht alles anders aus. Dann gilt das alte Testament, das vor fünf Jahren geschrieben wurde.«

»Weißt du, was in dem drinsteht?«

»Natürlich, Gleb hat kein Geheimnis daraus gemacht. Er hat es uns allen vorgelesen. Danach sollte Rada das meiste bekommen, Jefim und Tina etwas weniger. Für mich waren etwas Schmuck und ein paar Kleinigkeiten vorgesehen, für Rosa Konstantinowna aller möglicher Kram.«

»Und für Olga?«

»Der hätte doch gereicht, was Tina zugedacht war. Sie ist ihre Tochter und noch nicht volljährig.«

»Maxim hatte der Onkel vergessen?«

»Etwas von dem Vermögen sollte auch er bekommen. Vor allem aber wollte Gleb dem Neffen seine Stadtwohnung überlassen, allerdings unter einer nicht sehr angenehmen Bedingung.«

»Welche denn?«

Karina blickte finster drein. »Ich mag gar nicht darüber reden. Aber Maxim hat sofort alles getan, was man von ihm verlangte, denn er brauchte dringend Geld.«

»Ist er der Sohn eines Bruders von Gleb Larionow?«

»Nein, einer Schwester. Der Onkel hat sich stets um ihn gekümmert. Er hat ihm in seiner Firma eine gut bezahlte Stelle angeboten. Aber unser Maxim ist ein Weiberheld, dem das Geld nie reicht.«

»Jetzt hat er doch eine Verlobte! Das heißt, er hat sich die Hörner abgestoßen!«

Karina musste lachen. »Die Hundertachtundvierzigste. Wenn er sogar Swetlana hat sausen lassen …«

»Wen?«

Karina warf die Kippe weg. »Eigentlich wollte ich das nicht erzählen, aber es hat da so eine Geschichte gegeben. Maxim fing eine Affäre mit einer sehr attraktiven Frau an. Sie war schön und klug zugleich. Maxim erwischt sonst immer Dumme oder Schöne.«

Swetlana gefiel allen sehr. Auch sie führte er quasi als seine Braut, fast schon seine Frau, im Hause ein. Das ging ein Jahr lang so. Dann ist zwischen Swetlana und Gleb etwas vorgefallen. Gleb wurde sehr böse auf sie. Was die Ursache war, weiß niemand. Er sagte zu Maxim: ›Entscheide dich, entweder ich oder Swetlana.‹

Maxim war sauer, packte seinen Koffer und verschwand. Er hat aber nur ein Zimmer bei seinen Eltern. Seine Mutter ist eine schreckliche Nervensäge und versucht ständig, an ihrem vierzigjährigen Sohn herumzuerziehen. ›Wasche die Hände vor dem Essen!‹ – ›Schlafe nicht bei offenem Fenster!‹ – ›Iss zur Nacht nicht so viel!‹, hieß es unablässig. Glebs Schwester ist Lehrerin und hat ihr Leben lang in einer Schule gearbeitet. Das merkt man ihr heute noch an. Ihre Weltsicht ist einfach. Um sie herum gibt es nur Musterschüler oder hoffnungslose Fälle, dazwischen ist nichts. Ich kann mir also gut vorstellen, wie sich Maxim zu Hause fühlte. Er träumt seit langem von einer eigenen Wohnung. Gleb hat ihm dafür kein Geld gegeben, allerdings konnte er in seinem Hause wohnen, solange er wollte. Maxim ist also bei ihm eingezogen und hat sich nur noch selten bei seinen Eltern blicken lassen. Nun aber schied er von uns im Streit. Gleb wartete eine Weile ab und holte dann zum entscheidenden Schlag aus. Er schrieb sein Testament nieder, lud Maxim ein und gab uns allen seine Entscheidung bekannt.

Als Maxim erfuhr, was sich der Onkel ausgedacht hatte, war er außer sich«, tratschte Karina.

Dafür hatte er wirklich Grund. Der Onkel war wie immer großzügig. Er sah für seinen Neffen eine kleine Summe vor und als Zugabe eine luxuriös eingerichtete Dreizimmerwohnung. Die Sache hatte nur einen Haken. All das sollte Maxim nur bekommen, wenn er sich sofort von Swetlana trennte.

»Ich gebe dir eine Woche Bedenkzeit«, erklärte Gleb ungerührt, »dann musst du dich entscheiden. Wenn du in einer Woche nicht allein hier auftauchst, ändere ich mein Testament. Du kommst darin nicht mehr vor. Und auch hier wirst du wohl kaum noch wohnen können.«

Karina lachte hämisch. »Gleb war klug, sonst wäre er nie so wohlhabend geworden. Er kannte Maxim gut. Der war schon am nächsten Tag wieder da, natürlich ohne Swetlana. Allerdings …«

Sie verstummte.

»Allerdings was?«, fragte ich aufgeregt.

Karina richtete ihre Frisur. »Weißt du, ich glaube, er hat sie sehr geliebt. Ein halbes Jahr später hatte ich eine Freundin zu Gast, die zufällig auch Swetlana hieß. Als sie eintrat, rief ich spontan aus: ›Ach, da kommt Swetlana!‹ Maxim fuhr herum. Sein Gesicht hättest du sehen sollen! Darin war alles – Schreck, Verwirrung, Traurigkeit, zugleich aber auch unübersehbare Freude! Eine solche Hoffnung flammte plötzlich in seinem Blick auf! Und wie enttäuscht schaute er drein, als er begriff, dass es eine andere Swetlana war … So ist das. Er hat sie offenbar geliebt, aber am Ende doch das Geld genommen. Unser Maxim ist sehr geldgierig.«

Wir saßen einige Minuten schweigend. Dann fragte ich: »Und Angelika? Hat sie etwas bekommen?«

»Damals kannten wir sie noch gar nicht.«

»Wie das?«, fragte ich verwundert. »Sie ist doch Glebs Enkelin! Oder verwechsele ich da etwas?«

Karina musste lachen. »Das ist schon richtig, aber sie ist erst vor einem Jahr hier aufgetaucht. Vorher wusste niemand, das es sie überhaupt gibt.«

»Wie ist das möglich?«, murmelte ich verwirrt. »Wenn eine Enkelin existiert, muss Gleb doch neben Jefim noch einen weiteren Sohn haben.«

»Eine Tochter«, korrigierte mich Karina. »Das ist eine andere Geschichte. Gleb und Rosa Konstantinowna haben schon mit zwanzig Jahren geheiratet. Drei Jahre vor dieser Ehe wurde Gleb, damals Student im ersten Studienjahr des Handelsinstituts, zu einem Praktikum nach Riga geschickt. Dort lernte er Christina kennen, ein russisches Mädchen, das in der lettischen Hauptstadt lebte. Sie waren jung und haben den ganzen Sommer zusammen verbracht. Dann fuhr Gleb nach Moskau zurück und hatte die ganze Affäre bald vergessen. Mit siebzehn erlebt man eben schon eine ganze Menge. Außerdem hat diese flüchtige Liebe nie wieder angerufen und auch auf seine Briefe nicht geantwortet.«

Man kann sich vorstellen, wie überrascht Gleb Larionow war, als vor einem Jahr Mitte Juni ein unbekanntes junges Mädchen vor seiner Tür stand und erklärte: »Ich bin Ihre Enkelin.« Zum ersten Mal im Leben verschlug es ihm die Sprache. Als er sich aber mit dem unerwarteten Gast ausführlich unterhalten hatte, wurde ihm klar, was geschehen war. Nach jenem wilden Sommer war seine junge Geliebte schwanger geworden und hatte eine Tochter zur Welt gebracht. Dem Vater des Kindes sagte sie nichts, weil sie sich dafür selber verantwortlich machte. Das kleine Mädchen, Esther, wuchs in aller Stille in Riga auf. Nach seinem Vater fragte es nicht. Vielleicht ist an dem Gerede von Magiern und Wahrsagern etwas dran, dass manche Frauen zur Ehelosigkeit verurteilt sind. Jedenfalls hatte Esther auf diesem Feld auch kein Glück. Wie ihre Mutter Christina brachte sie ein uneheliches Kind zur Welt, ein Mädchen, das sie Angelika nannte. Das geschah 1982, als sie selbst nicht mehr ganz jung war. Nach der Entbindung war sie lange krank und starb. Angelika wuchs bei ihrer Großmutter Christina auf, die das Familiengeheimnis streng hütete. Wie oft das neugierige Mädchen auch versuchte herauszubekommen, wer ihr Vater sei, die Großmutter verweigerte jede Antwort. Nach dem Großvater fragte sie nicht. Der war für sie Geschichte.

Dann veränderten sich die Dinge in Lettland. Es wurde ein unabhängiger Staat. Im Rausch der Demokratie beschlossen die Letten, sich an den Kommunisten dadurch zu rächen, dass sie all jene aus ihrer Republik zu vertreiben suchten, in deren Pass »Nationalität: Russisch« stand und die sie nun als Besatzer ansahen. Dass viele der Betroffenen in Lettland geboren waren, wurde nicht zur Kenntnis genommen. Angelika, russischer Nationalität, schloss die Mittelschule mit lauter Einsen und nur einer einzigen Zwei in lettischer Sprache ab. Die ihr zustehende Silbermedaille wurde ihr jedoch unter fadenscheinigen Begründungen verweigert. Als alle Einwände nichts halfen, wurde Angelika klar, dass der Schuldirektor keine Medaillengewinnerin mit dem Namen Petrowa haben wollte. Sie hätte im Ministerium protestieren können, aber ihre Großmutter Christina sah das anders.

Als sie Angelikas Abschlusszeugnis in der Hand hielt, sagte sie feierlich: »Komm her, ich zeig dir was.« Aus ihrem Schrank holte sie eine Seite aus der Zeitung *Wetschernjaja Moskwa* [Moskau am Abend], die etwa ein Jahr alt war, und hielt sie dem Mädchen hin. »Lies das hier.«

»In der Hauptstadt ist das 50. Café der Kette *Schnell und Gut* eröffnet worden«, las Angelika laut vor. »Ja, und?«, fragte sie verständnislos. »Wo hast du die Zeitung überhaupt her?«

Christina lächelte geheimnisvoll. »Du erinnerst dich doch, dass unsere Nachbarin Rita vergangenes Jahr in Moskau war und mir so einc blauweiße Vase aus Gshel-Keramik mitgebracht hat.«

»Natürlich erinnere ich mich. Da steht sie doch.«

»Man hatte sie ihr in diese Zeitung eingewickelt.«

»Und was ist daran so interessant?«

»Schau dir das Foto an.«

»Hm. Den Mann kenne ich nicht.«

»Lies, was darunter steht.«

»Eröffnung des Cafés. Das rote Band durchschneidet der Besitzer der Kette *Schnell und Gut*, G. L. Larionow«, las Angelika.

»Das ist dein Großvater«, klärte sie die Großmutter auf, »Gleb Lukitsch Larionow.«

Angelika machte große Augen.

Christina kramte einen Umschlag hervor.

»Die Geschichte ist lange her. Ich war damals etwa so alt wie du jetzt und hatte nur Flausen im Kopf. Gleb kam aus Moskau, ein Junge aus der Hauptstadt! Hier, sieh mal, das Foto haben wir damals zur Erinnerung gemacht. Ich habe ihn sofort wiedererkannt. Er hat sich kaum verändert, trägt das Haar wie früher, nur grau ist er geworden. Er hat seine jugendliche Figur bewahrt und ist gar nicht sehr gealtert. Hier sind Briefe, die er mir geschickt hat. Er war ein intelligenter, gut erzogener Junge. Noch mehrere Jahre lang hat er mir Geburtstagskarten geschrieben, dann aber Christina wohl vergessen.«

»Warum hast du ihm denn nicht gesagt, dass du ein Kind von ihm erwartest?«, murmelte Angelika erschüttert.

Christina lächelte versonnen. »Ach, weißt du, Ehen, die nur wegen eines Kindes geschlossen werden, gehen meist nicht gut. Gleb war ein anständiger Kerl und hätte mich sicher geheiratet. Dann hätte ich nach Moskau übersiedeln müssen, eine Stadt, die mir völlig fremd war. Ich liebe Riga und wollte immer hier leben. In den letzten Jahren ist hier aber so viel passiert, dass sich mein Verhältnis zu Lettland stark verändert hat. Russen wird es immer schwerer gemacht, hier zu bleiben. Deshalb habe ich dir diese Geschichte erzählt. Du musst dich auf den Weg machen.«

»Warum?«

»Fahre nach Moskau, Glebs Adresse habe ich.«

»Wie denn das?«

»Der Mann meiner Freundin Jutta arbeitet doch bei der Miliz. Er hat sie mir besorgt. Eine Telefonnummer ist leider nicht dabei, so dass ich ihn nicht anrufen kann. Aber ich gebe dir einiges mit – Fotos, seine Briefe, eine Passkopie von mir und die Geburtsurkunde deiner Mutter. Er wird dir glauben.«

»Was soll ich bei ihm?«

»In Lettland hast du keine Zukunft«, erklärte Christina. »Letten werden dir immer vorgezogen werden. Dass du jetzt keine Medaille bekommen hast, ist nur der Anfang. Ähnliches wird dir immer wieder passieren. Wir sind hier nur noch Menschen zweiter Klasse. Gleb ist offenbar sehr wohlhabend geworden. Er wird dir helfen, in Moskau Fuß zu fassen. Du musst fahren.«

»Aber das ist ja richtig unheimlich!«

Angelika, ein schüchternes Mädchen, verbrachte eine schlaflose Nacht. Dann gab sie dem Drängen ihrer Großmutter nach, packte ihren Koffer und machte sich auf die Reise in jene ferne, unbekannte Stadt, die sie sehr ängstigte. Zuerst bewarb sie sich an einem Institut, erhielt bei der Aufnahmeprüfung eine Vier und war aus dem Spiel. Nun begriff sie, dass sie, allein auf sich gestellt, nichts erreichen konnte. Sie suchte ihren Großvater auf.

Gleb Larionow glaubte seiner Besucherin. Die Fotos, Briefe und Dokumente waren eindeutig. Natürlich teilte Angelika ihm auch die Telefonnummer ihrer Großmutter mit. Larionow rief Christina sofort an, sprach mit ihr und erkannte dann Angelika offiziell als seine Enkelin an.

»Er freute sich riesig über sie«, berichtete Karina mit einem schiefen Lächeln. »Er strahlte geradezu. Er führte sie in den Salon und erklärte: ›Das ist Angelika, meine Enkelin. Ich bitte euch, sie zu lieben und zu achten. Meiner Tochter habe ich nicht helfen können. Jetzt hat mir der Herr die Chance gegeben, mich zu rehabilitieren. Nimm Platz, mein Kind, du bist hier zu Hause.‹ So ist sie hierhergekommen.«

Karina verstummte.

»Angelika ist so zurückhaltend«, warf ich ein, um Karina zum Weitersprechen zu bewegen.

Die verzog das Gesicht. »Stille Wasser sind tief. Mit mir hat sie in diesem Jahr noch keine zehn Worte gewechselt. Sie nickt einem zu, wenn man ihr begegnet, und huscht wie ein Schatten in ihr Zimmer. Bis zum späten Nachmittag ist sie im Institut, und abends bereitet sie sich auf den nächsten Tag vor. Jetzt haben wir zwar Sommerferien, aber sie paukt ohne Pause.«

»Ein sehr fleißiges, tüchtiges Mädchen.«

»Ich weiß nicht«, sagte Karina gedehnt, »sie ist irgendwie merkwürdig. Nicht einmal Tina findet zu ihr Kontakt.«

»Hilfe!«, erklang es da aus dem Speisezimmer, »Hilfe, ich sterbe …«

Karina und ich sprangen auf und liefen der Stimme nach.

15. Kapitel

Im Speisezimmer bot sich uns ein erschreckendes Bild. An dem großen gedeckten Tisch saß Rosa Konstantinowna und schrie wie am Spieß.

»Ich halt das nicht aus, ich sterbe, ich sterbe…«

Da die alte Dame auf den ersten Blick völlig unversehrt wirkte, fragte ich: »Was tut Ihnen denn weh?«

Sie kreischte weiter wie ein Eisenbahnzug bei Vollbremsung und wies mit dem Finger auf Galina Michailowna, die mit dem Rücken zur Tür saß.

Als Karina und ich um den Tisch bogen, um der Genannten ins Gesicht zu sehen, fuhr uns der Schreck erst richtig in die Glieder.

Galina Michailowna saß stocksteif da. Die Augen waren ihr aus den Höhlen getreten, und vor ihren Lippen hatte sich blutiger Schaum gebildet.

»Mama!«, schrie Karina auf und stürzte zu ihr hin, »was ist mit dir?«

Ich konnte sie gerade noch bei der Schulter packen.

»Rühr sie nicht an!«

»Warum denn nicht?«

»Siehst du nicht den Schaum vor ihrem Mund?«

»Ja, schrecklich sieht der aus, aber lass mich, ich muss ihr doch helfen.«

»Das ist die Tollwut!«

Rosa Konstantinowna stieß noch einmal einen schrillen Schrei aus und rutschte dann vom Stuhl auf den Teppich. Offenbar wollte sie mit aller Gewalt die Aufmerksamkeit auf sich ziehen. Aber wir sahen, dass es Galina Michailowna wirklich schlecht ging, und ließen die Simulantin links liegen.

»Die Tollwut?«, fragte Karina und wich erschrocken zurück.

»Ja! Sieh doch, sie hat Schaum vor dem Mund und trinkt nichts. Mit dem Schaum kannst du dich selbst infizieren!«

Karina flüchtete zur Tür und rief von dort: »Mama, trink einen Schluck Wasser, dann geht es dir gleich besser!«

Galina Michailowna wand sich wie in Krämpfen, rührte aber das Wasser, das vor ihr stand, nicht an.

»Siehst du«, flüsterte ich. »Wasser stößt sie ab.«

Die arme alte Frau griff sich jetzt eine Serviette, wischte sich damit die Lippen ab, ließ die Zunge aus dem Mund hängen und schnappte nach Luft wie ein Hund im Todeskampf. Karina und ich drückten uns ängstlich an die Wand. Rosa Konstantinowna schien vor Schreck tatsächlich in Ohnmacht gefallen zu sein, denn Galina Michailownas Zunge sah aus wie in einem Horrorfilm: Sie war von einem satten Violett und wies rote Pünktchen auf. Ich musste an die Zunge eines Chow-Chow denken, aber das hier wirkte viel unheimlicher.

»Du lieber Gott«, flüsterte Karina, »was machen wir denn jetzt?«

»Ich weiß auch nicht«, stammelte ich. »Hunde werden in einem solchen Fall erschossen, damit sie niemanden anstecken.«

»Aber wir haben weder ein Gewehr noch einen Revolver im Haus«, flüsterte Karina.

Ich starrte sie fassungslos an. Was für eine Reaktion auf eine kranke Mutter! Da begriff auch Karina, was sie soeben gesagt hatte, und kreischte auf: »Bist du verrückt geworden? Du willst meine Mutter erschießen?«

»Keineswegs! Ich habe von Hunden geredet …«

»Und warum?!«

»Na …«

Da kam Maxim in das Speisezimmer gelaufen und rief sofort den Rettungswagen an. Bis der eintraf, standen wir alle ratlos im Vestibül herum. Das Zimmermädchen Sina, dem befohlen wurde, den Tisch abzuräumen, weigerte sich zum ersten Mal. »Meinetwegen entlassen Sie mich, aber da gehe ich nicht rein!«

»Ist doch egal«, sagte Maxim und winkte ab. »Dann bleibt das Durcheinander eben, wie es ist.«

Gut, dass die Kinder nicht zu sehen waren. Von ihnen und den Hunden fehlte merkwürdigerweise jede Spur.

»Wo sind eigentlich die Kinder?«, fragte ich die Umstehenden.

Da gab unerwartet Angelika Antwort: »Sie sind zum See baden gefahren und haben die Hunde mitgenommen.«

»Mit den Fahrrädern?«

Angelika nickte. Jetzt wurde ich doch etwas unruhig. Einerseits mussten sie bis zum Stausee zwei Kilometer auf der Landstraße radeln. Bei dem derzeitigen Autoverkehr hatte ich das verboten. Andererseits konnte es nur gut sein, wenn sie so etwas nicht erlebten. Mit den Hunden war es schon komplizierter. Mulja und Ada hatten sie sicher in die Fahrradkörbchen gesetzt. Ramik, Rachel und Charly dagegen liefen neben den Rädern her und wichen den Autos hoffentlich rechtzeitig aus. Ihre Anwesenheit im Haus wäre allerdings zu einem Problem geworden. Jetzt galt es nur noch, darauf zu achten, dass die Katzen nicht durchs Fenster in den Raum kamen.

»Wem soll hier geholfen werden?«, fragte der Arzt des

Rettungswagens und maß uns alle mit einem müden Blick.

»Galina Michailowna, Karinas Mutter, hat die Tollwut«, erklärte Maxim.

Der Doktor brummte ärgerlich. »Führen Sie mich bitte zu der Patientin. Und regen Sie sich nicht auf! Ältere Damen neigen zu Stimmungsschwankungen. Es gibt heute bereits viele Mittel, mit denen wir helfen können, vom einfachen Baldrian bis …«

»Das mit der Tollwut meinen wir wörtlich«, warf ich ein.

»Tatsächlich?«, gab der Arzt misstrauisch zurück und wandte sich mir zu. »Und wie kommen Sie darauf?«

Einander ins Wort fallend, erzählten wir die Geschichte von Emmy.

Der Doktor schüttelte den Kopf. »Das klingt ja wie ein Schauermärchen! So etwas habe ich noch nie gehört! Welche Symptome haben Sie denn bei der Kranken beobachtet?«

»Sie hat Schaum vor dem Mund!«, rief Karina.

»Blutigen«, fügte ich hinzu.

»Und eine blaue Zunge!«, kreischte Rosa Konstantinowna.

»Sie wollte kein Wasser trinken!«, kam es jetzt wieder von Karina. »Ich sage zu ihr: ›Mama, nimm einen Schluck Mineralwasser!‹ Aber sie stößt das Glas förmlich weg! Sitzt nur da und schnappt nach Luft!«

Der Doktor sah uns alle der Reihe nach an.

»Und wie lange geht das schon?«

»Etwa vierzig Minuten!«, riefen wir im Chor.

»Also, wie Tollwut sieht mir das nicht aus. Führen Sie mich bitte zu der Patientin.«

Die Situation im Speisezimmer war etwas verändert. Galina Michailowna hatte die Kraft gefunden, sich auf die Couch zu legen. Sie hielt den Mund geschlossen, und ihr Gesicht sah fast aus wie immer, wenn man von der grünlich-bläulichen Hautfarbe absah. Der Arzt ging festen Schrittes auf sie zu und fragte mit geheuchelter Teilnahme: »Na, was tut uns denn weh?«

»Nichts«, antwortete Galina Michailowna matt.

»Hm, und vorher?«

»Auch nichts.«

»Tatsächlich?«, fragte der Arzt und zog die Brauen hoch. »Ihre Angehörigen behaupten ...«

»Mir hat nichts weh getan. Wir haben uns hingesetzt, um Tee zu trinken. Da habe ich ein Stück Konfekt aus der Schale genommen und gegessen. Davon ist mir roter Schaum aus dem Mund getreten, und auf der Zunge hat es gebrannt. Das Konfekt schmeckte so merkwürdig ...« Die Anwesenden starrten Galina Michailowna verständnislos an.

»Es schmeckte sehr sauer, als ob man auf eine unreife Zitrone beißt«, erklärte die alte Dame. »Ich habe mich richtig erschrocken!«

»Und warum wolltest du kein Wasser trinken?«, murmelte Karina.

»Ich?«

»Ja, du.«

»Ich soll mich geweigert haben, Wasser zu trinken? Eine ganze Flasche habe ich ausgetrunken.«

»Gut, gut«, warf der Arzt ein. »Gibt es ein Papierchen von dem Konfekt?«

»Es muss da irgendwo auf dem Tisch liegen.«

Während ich das Bonbonpapier suchte, maß der Arzt Galina Michailownas Blutdruck. Alle standen im engen Kreis um die Couch herum. Das bunte Stückchen Papier lag neben einer Tasse, die noch zur Hälfte mit erkaltetem Tee gefüllt war. Ich nahm es und schaute es genauer an. Auf grünem Hintergrund war dort eine schrecklich verzerrte Fratze aufgedruckt, die eine violette Zunge herausstreckte. Der Grafiker hatte sich große Mühe gegeben, darzustellen, welche »Freuden« denjenigen erwarteten, der es wagte, das Konfekt zu essen. Dem Kopf auf dem Papier standen die Haare zu Berge, die Augen waren ihm aus den Höhlen getreten und von der Zunge tropfte blutroter Schaum. Über dem Ganzen prangte in goldenen Buchstaben das Wort »Uups«.

Ich ließ das corpus delicti unauffällig in meiner Tasche verschwinden, nahm aus der Schale ein Trüffelkonfekt, wickelte es aus und hielt dem Arzt das Papierchen hin.

»Das ist es.«

Der drehte es hin und her. »Ich sehe nichts Auffälliges.«

»Geben Sie mal her«, sagte Maxim mit Nachdruck. »Tatsächlich, ganz normales Bonbonpapier.«

»Ich kann nur eines annehmen«, sagte der Arzt nun. »Es muss eine allergische Reaktion gewesen sein. Etwas anderes kommt nicht in Frage. Epilepsie können wir ausschließen, denn diese Anfälle laufen ganz anders ab ... Mit Ihrem Blutdruck könnten Sie in den Weltraum fliegen, und auch Ihr Herz ist in ausgezeichneter Verfassung.«

»Tatsächlich?!«, rief da Rosa Konstantinowna aus, die spürte, dass jetzt der Moment für ihren großen Auftritt gekommen war. »Ich habe so mitgelitten, das Ganze hat mich so aufgeregt und erschreckt, dass mein Blutdruck ... Bitte, Herr Doktor, geben Sie mir Papasol und ein Glas Wasser, schnell!«

»Na, mal ruhig«, sagte der Arzt. »Ich laufe Ihnen ja nicht weg. Wir messen erst einmal Ihren Blutdruck.«

Rosa Konstantinowna ließ sich auf die zweite Couch fallen, nachdem sie mit einer kurzen Bewegung das Kissen unter Galina Michailownas Kopf fortgerissen hatte, und streckte alle viere von sich. Wo sie jetzt lag, war sie von mindestens sechs Kissen umgeben, aber sie musste unbedingt das haben, das Karinas Mutter benutzt hatte.

»110 zu 70«, verkündete der Arzt zufrieden. »Ein wunderbarer Wert für Ihr Alter, von Hochdruck keine Spur, und schlucken müssen Sie auch nichts.«

»O je!«, jammerte Rosa Konstantinowna weiter. »Mir wird so schwindlig, wieder dieses Herzflimmern!«

Der geplagte Arzt setzte das Stethoskop auf ihre Brust und hörte sie ab.

»Ihr Herz schlägt in normalem Rhythmus, und auch die Töne sind gut zu hören.«

»Aber der Kopf wird mir gleich zerspringen, oh, ich sterbe …«

Der Doktor schwankte einen Augenblick und fasste dann einen Entschluss. »Ich gebe Ihnen eine Spritze.«

Das war nun Galina Michailowna zu viel, die sich auf ihrer Couch vergessen und verlassen vorkam. Jetzt heulte sie wieder auf: »Meine Zunge fühlt sich an wie Sandpapier! Gleich falle ich ins Koma! Ich kriege Diabetes …«

»Oh, mein Kopf …«

»Mir ist so trocken im Mund! Mir wird schwarz vor Augen …«

»Die Beine werden mir schwach …«

»Und meine Hände sind schon ganz kalt …«

Der arme Äskulap wusste nicht, was er zuerst tun sollte. Aber Karina, der nun endlich klar wurde, was da ablief, sagte plötzlich im Befehlston: »Mama, hör auf mit dem Theater! Du hättest keine Schokolade essen sollen! Was wolltest du mit dem Trüffelkonfekt? Du magst es doch gar nicht!«

»Ich hatte eben Lust darauf!«, antwortete die Mutter wie ein eigensinniges kleines Mädchen. »Ich habe es noch nie probiert. Aber dann …«

»Du nimmst jetzt ein Schlafmittel und legst dich ins Bett.«

»Man soll nie essen, was dem Organismus zuwider ist«, verkündete Maxim ungefragt. »Ich kann zum Beispiel Bier nicht ausstehen. In der Sauna haben mich Kumpel überredet, unbedingt eins zu trinken. Ich habe mich breitschlagen lassen. War mir schleeecht! Schaum kam mir allerdings nicht aus dem Mund.«

»Ich sterbe!«, meldete sich erneut Rosa Konstantinowna. »Ich fühle, mein Ende ist nahe! Ich möchte euch meinen Letzten Willen kundtun. Karina, setz dich zu mir.«

Die tat, wie ihr geheißen. Mit königlicher Geste nahm die Schwiegermutter die schweren Ohrgehänge mit den großen glitzernden Steinen ab und reichte sie Karina.

»Du bekommst das Teuerste, was ich besitze. Gleb hat sie mir in Leningrad gekauft. Da gab es in den fünfziger Jahren solche Secondhand-Geschäfte, einfach ...«

»Ich glaube, mit mir ist es auch gleich aus!«, kam es von der anderen Couch.

Karina wollte zu ihrer Mutter stürzen, aber die Schwiegermutter umkrampfte ihr Handgelenk mit festem Griff.

»Gleb ist in ein Antiquitätengeschäft gegangen ...«

»Ich kriege keine Luft, macht die Fenster auf!«

»Trage sie und denke an mich. Ich bin nicht so wie andere! Noch am Rande des Grabes denke ich nicht an mich, sondern nur an meine Lieben und gebe ihnen, was ich habe!«

»Wollen Sie damit andeuten, dass ich meiner Tochter nichts hinterlasse?«, rief Galina Michailowna wütend und setze sich ruckartig auf.

»Wo denken Sie hin, meine Teure«, parierte Rosa Konstantinowna und saß jetzt ebenfalls kerzengerade. »Ich will doch nur, dass meine Angehörigen versorgt sind, wenn ich von dieser Welt scheide. Wenn Karina diese herrlichen Brillanten in der seltenen, antiken Fassung verkauft, ist sie damit auf Jahre hinaus abgesichert.«

»Alles, was ich habe, ist meine Wohnung! Und die bekommt meine Tochter!«

»Ein elendes Zimmerchen im Parterre irgendwo am Stadtrand«, sagte Rosa Konstantinowna leise vor sich hin, aber so, dass es alle hörten. »Dafür kriegt man ein paar Kopeken! Aber Karina ist an ein Leben in Wohlstand gewöhnt.«

Galina Michailowna lief puterrot an. »Wollen Sie jetzt auch noch behaupten, meine Tochter sei eine verwöhnte Nichtstuerin?«

»Um Gottes willen, ich stelle nur Tatsachen fest. Karina hat bei Jefim ein sorgenfreies Leben gehabt. Aber jetzt, da mein unglücklicher Sohn so tragisch aus dem Leben geschieden ist«, Rosa Konstantinowna ließ einen tiefen Schluchzer hören, »wo soll sie denn jetzt hin? Vielleicht arbeiten gehen? Aber unsere Karina kann doch nichts!«

Galina Michailowna blieb der Mund offen stehen.

»Nein, nein«, beteuerte Rosa Konstantinowna und machte eine abwehrende Handbewegung, »das werfe ich dem armen Kind nicht vor! Es ist doch nicht ihre Schuld, dass die Eltern ihr keine ordentliche Ausbildung ermöglicht haben. Einen Kursus in Maschineschreiben! Wie weit kommt man denn damit! Außerdem hat Karina in den letzten Jahren die Maschine nicht angerührt und sich nur um ihren Mann gekümmert. Ich habe Jefim auf die Journalistikfakultät der Moskauer Universität geschickt, eine hoch angesehene Bildungsstätte. Ich hatte ja auch einen wohlhabenden Ehemann, der für sowjetische Verhältnisse ein sehr seriöses Gehalt nach Hause brachte! Sie dagegen ...«

»Was, ich?«

»Also, meine Liebe! Das weiß doch jeder, dass Karinas Vater ein Saufbold war. Ein Glück, dass er sich nicht auch noch Ihre Wohnung durch die Kehle gejagt hat. Entschuldigen Sie schon, ich kenne mich in diesen Schlafstädten nicht so aus, wie hieß noch mal die Gegend, wo Sie Ihren Wohnraum haben?«

»Beskudnikowo«, antwortete Galina Michailowna ahnungslos.

»Wie? Paskudnikowo, Stadt der Nichtskönner? Was für ein Name! Den sollten Sie ändern lassen!«

»Beskudnikowo!«, blaffte Galina Michailowna böse und demonstrierte beträchtliche Stimmkraft, »ein angesehener, mit allem ausgestatteter, ökologisch sauberer Bezirk!«

»Da hab ich mich wohl verhört«, sagte Rosa Konstantinowna kopfschüttelnd. »Wenn man sein ganzes Leben in der Nähe des Kremls verbracht hat, dann kennt man die Peripherie eben nicht so gut. Wie dem auch sei, was Karina für Ihre Wohnung erstehen kann, reicht ihr höchstens einen Monat, meine Ohrgehänge dagegen …«

Jetzt sprang Galina Michailowna leichtfüßig auf, lief zur Tür und erklärte: »Karina, hier wird deine Mutter heruntergemacht. Wir verlassen sofort dieses Haus!«

»Entschuldige schon, Mama«, antwortete Karina erschöpft, »ich denke, du solltet dich hinlegen und dich etwas ausruhen. Es ist sehr drückend hier, gleich wird es ein Gewitter geben.«

»O je!«, gackerte da Rosa Konstantinowna wieder los und schlug die Hände über dem Kopf zusammen. »Ach, wie schade, dass Sie mich so falsch verstanden haben! Ich wollte doch nur Karina etwas Gutes tun, ach, ist mir schlecht, ach, Wasser …! «

Rosa Konstantinowna verdrehte die Augen und ließ sich auf die Couch zurückfallen. Der Doktor, dem dicke Schweißperlen auf der Stirn standen, beugte sich über sie. Galina Michailowna stand einsam und allein an der Tür und biss sich auf die Lippen. Diese Runde hatte sie mit Bravour verloren.

16. Kapitel

Als am Abend endlich alle Hausbewohner in ihren Zimmern verschwunden waren, schlüpfte ich zu Tina hinein. Die lag auf ihrem Bett, blätterte in einer bunten Zeitschrift und schaute zugleich im Fernsehen eine Sendung, die keinesfalls für Kinder gedacht war. Über den Bildschirm tanzten nackte Körper, und auch die Sprache war mehr als eindeutig. Auf ihrem Nachttisch sah ich einen ganzen Berg leer gegessener Eisbecher.

Ich holte das Bonbonpapier aus der Tasche. »Das hat aber gut geschmeckt!«

»Au weia!«, rief Tina und fuhr hoch.

»Du hast es erwischt? Entschuldige, Tanja, das war für Angelika gedacht! Die stopft doch Pralinen ohne Ende in sich hinein. Wenn die Schale morgens gefüllt wird, ist sie nach einer Stunde leer. Und sie wird kein bisschen dick davon.«

»Galina Michailowna hat das Konfekt gegessen! Ich konnte gerade noch das Papierchen beiseiteschaffen, sonst hätten Karina und Maxim dich umgebracht.«

»Danke«, sagte Tina froh. »So was aber auch, die Alte isst doch sonst kein Konfekt. Es hat bestimmt toll ausgesehen, was?«

»Toller ging's nicht! Wir haben den Rettungswagen rufen müssen!«

Tina kicherte. »Galina Michailowna kann ich nicht leiden. Neulich hat sie zu mir ins Zimmer geschaut und gezischt: ›Weißt du, warum Gott dich gestraft hat? Weil du Haufen von Spielzeug hast. So viel Geld zum Fenster hinausgeworfen!‹ Ich habe gar nicht verstanden, was sie damit sagen wollte.«

»Vergiss es.«

»Gestern wollte ich mir ein Brot mit Kaviar machen, da hat sie mir die Dose weggenommen und geknurrt: ›Das ist nichts für dich, du hast noch keine einzige Kopeke verdient!‹«

»Mach dir nichts draus!«

»Trotzdem schade, dass das *Ekelkonfekt* nicht Angelika erwischt hat.«

»Was für eins?«

»So heißt das Ding! Sieht aus wie eine ganz gewöhnliche Trüffelpraline, aber wenn man es in den Mund steckt, schmeckt es quieksauer, und dann kommt gleich der Schaum. Angelika hätte es schlucken sollen, die kann ich nicht leiden.«

»Warum nicht?«

»Ein blödes Weib!«

»Was hat sie dir denn getan?«, fragte ich verwundert. »Die sitzt den ganzen Tag und paukt. Das stört doch niemanden.«

»Sie ist eine Lügnerin!«

»Ja? Was hat sie denn gelogen?«

Tina zuckte die Achseln. »Sie behauptet ständig, sie hätte niemanden in Moskau. Aber jeden Abend geht sie in das Gästezimmer ganz hinten im Korridor und telefoniert mit irgendeinem Robert. Das muss ein ganz tolles Geheimnis sein, denn sie spricht nie vom Apparat im Vestibül oder im Salon. Wahrscheinlich fürchtet sie, jemand könnte sie hören. Das Gästezimmer liegt perfekt, die daneben sind alle leer.«

»Und wie hast du es mitgekriegt?«

Tina lächelte verschwörerisch. »Ganz einfach. Ich bin in das leere Nebenzimmer geschlüpft. Beide haben ein gemeinsames Bad mit einer ganz dünnen Tür. Von dort kann man jedes Wort hören. Ein Gesäusel und ein Getue ist das mit diesem Robert! Einfach lächerlich!«

»Andere heimlich zu belauschen ist aber nicht gerade die feine Art.«

Tina prustete empört. «Na und? Wir spielen Detektiv. Jeder hat sein eigenes Beobachtungsobjekt. Ich spioniere Angelika nach, Kira Maxim und Lisa Karina. Wer die meisten Geheimnisse rauskriegt, hat gewonnen!«

»Na, was für schrecklichen Geheimnissen seid ihr denn bisher auf die Spur gekommen?«

»Erzählst du es auch niemandem?«, fragte Tina stirnrunzelnd.

»Ich bin doch keine Klatschbase.«

»Stimmt«, gab Tina zu. »Du bist klasse, Lisa und Kira sind richtig zu beneiden. Also, hör zu. Karina und Maxim haben eine Affäre miteinander.«

»Was du nicht sagst!« Ich spielte die Ahnungslose.

Tina lachte befriedigt auf. »Siehst du, das ist so ein Geheimnis. Sie treffen sich heimlich in der Nacht. Lisa hat sie dabei gefilmt!«

»Wie hat sie denn das fertiggebracht?«

Jetzt sprudelte es nur so aus Tina heraus. »Ich habe eine ganze Ausrüstung für Geheimagenten! Ein Nachtsichtglas, eine Infrarotkamera, mit der man auch im Dunkeln ohne Blitz fotografieren kann, und eine ›Wanze‹, zum Abhören. Die ist allerdings neulich kaputtgegangen, da hört man es nur noch rauschen.«

»Wo hast du denn das alles her?«

»Das hat mir Roman vor zwei Jahren zum Geburtstag geschenkt. Erinnerst du dich an ihn? Roman Milowidow, Papas Partner. Das ist ein Set in einem Koffer mit der Aufschrift *Detektei*.«

Da konnte ich nur mit dem Kopf schütteln. Was man sich für Kinder jetzt so alles ausdachte! Als ich klein war, war das Höchste für Jungen eine Laubsäge oder ein Brenner, um Muster auf Holz aufzutragen. Mädchen bekamen einen Lötkolben oder ein Malbuch.

»Maxim hat aus Papas Schreibtisch Geld genommen«, teilte Tina weiter mit. »Er weiß also, wo Papa den Schlüssel verwahrt hatte. Er hat die Schublade aufgeschlossen, sich eins gepfiffen und alles eingesteckt. Kira weiß nicht, wie viel es war, aber es sah nach viel aus. Es war ein dickes Päckchen Dollarscheine.«

»Wie ist Lisa Maxim und Karina denn auf die Schliche gekommen?«

»Sie hat sie in Papas Arbeitszimmer zusammen gesehen. Sie ist auf den Baum vor dem Fenster geklettert und hat sie, hinter Blättern versteckt, durchs Fenster aufgenommen, wie Robbin es immer gemacht hat.«

»Welcher Robbin?!«

»Na, Robbin Brack, der kleine Detektiv. Soll ich dir ein paar Bücher über ihn geben? Ich habe vierzig Stück! Die sind toll! *Robbin kämpft gegen Al Capone, Robbin rettet die Bank* oder *Robbin, der Held*.«

»Danke, kein Bedarf. Was habt ihr denn noch herausbekommen, außer dass Maxim ein Dieb und Karina eine Ehebrecherin ist?«

»Wie hast du sie genannt?«

»Wenn Mann und Frau einander betrügen, dann nennt man das unter gebildeten Menschen Ehebruch.«

»Ach, so! Gestern hat sie mit ihrer Freundin am Telefon getratscht. Sogar geheult hat sie! ›Warum passiert das gerade mir? Wofür? Als Mann war Jefim eine Null, aber er hat mir ein sorgenfreies Leben ermöglicht … Jetzt bin ich ganz allein mit diesen zwei alten Kröten. Herr im Himmel, kannst du die beiden Schachteln nicht zu dir nehmen? Die haben doch lange genug gelebt!‹«

Ich starrte Tina an. Diese Karina! Schien Mutter und Schwiegermutter ja heiß zu lieben!

»Und was habt ihr noch herausbekommen?«

»Mehr haben Lisa und Kira mir nicht erzählt«, sagte Tina ärgerlich. »Ich schreibe jede Beobachtung auf. Schließlich will ich gewinnen. Aber die auch.«

»Wo hast du denn deine Notizen?«

»Na, hier!«, rief Tina und wedelte mit einem dicken Heft.

»Kann ich die mal sehen?«

»Du bist ja eine ganz Schlaue! Schaust nach, wie viel Material ich schon habe, und erzählst es dann Lisa und Kira, damit die noch mehr sammeln!«

»Was denkst du denn von mir? Niemals mache ich das! Weißt du eigentlich, womit ich mich beschäftige?«

»Du spielst Harfe, das ist sicher sehr schwer.«

»Überhaupt nicht, meine Musikerlaufbahn ist schon lange zu Ende. Jetzt bin ich Abteilungsleiterin in der Privatdetektei *Sherlock*.«

»Du schwindelst mir was vor!«

»Ich soll verrecken, wenn das nicht stimmt!« Ich wollte so reden wie die jungen Leute.

»Ich glaub es trotzdem nicht!«

Mir blieb nichts weiter übrig, ich musste den Dienstausweis aus meinem Zimmer holen.

»Ist ja krass!«, rief Tina aus. »Das hätte ich dir nie zugetraut! Warum haben mir Lisa und Kira nichts davon erzählt?«

»Die nehmen mich nicht ernst. Sie denken, ich treibe irgendwelchen Unsinn. Der Prophet gilt nichts im eigenen Land. Kennst du diese Redensart?«

»Nie gehört.«

»Ist auch nicht wichtig. Ich bin gerade an einem sehr wichtigen Fall dran.«

»Was ist es denn?«

»Entschuldige, Dienstgeheimnis. Aber du könntest mir dabei helfen. Lisa und Kira kann ich um so etwas nicht bitten. Die sind dafür zu kindisch, aber du …«

»Ich bin zuverlässig«, flüsterte Tina begeistert, »klug und geschickt. Sag, was soll ich tun?«

»Für den Anfang möchte ich gern die Notizen von deinen Beobachtungen sehen.«

»Hier, nimm!« Tina hielt mir das Heft hin.

Ich ging auf mein Zimmer und schloss mich ein. Lisa und Kira hatten die Gewohnheit, bei mir einzudringen, ohne anzuklopfen. Ich wollte aber auf keinen Fall, dass sie dieses »Material« zu Gesicht bekamen.

Ich weiß nicht, wie Berichte aussehen, die echte Detektive vorlegen, aber Tina hatte ein regelrechtes Tagebuch geführt.

»Montag, 9.00 Uhr. Angelika hat in ihrem Zimmer gefrühstückt – zwei Tassen Kaffee, Toast und Süßigkeiten. Um 9.30 Uhr saß sie am Fenster. Um 9.40 Uhr legte sie sich mit einem Buch auf die Couch.«

Tina schien in diesen Tagen weder geschlafen noch gegessen, sondern rund um die Uhr Angelika beobachtet zu haben. Dabei konnte sie nichts Strafbares feststellen. Bei Angelika glich ein Tag dem anderen. Ihre Hauptbeschäftigungen waren Lesen, Baden, Schreiben und Fernsehen. Ständig hockte sie in ihrem Zimmer. Nach unten kam sie nur zum Abendbrot, und auch das nicht jeden Tag. Aber jeden Abend rief sie diesen geheimnisvollen Robert an. Sicher war das ihr Geliebter. Ich konnte nichts weiter daran finden, dass ein junges Mädchen einen Kavalier hatte. Mich wunderte nur eines: Warum sprach sie mit ihm immer erst um ein, zwei Uhr nachts, und das aus einem Zimmer, das ihr absolut sicher erschien. Sie hatte ja keine Ahnung, dass die Kinder, die alle kleine Sherlock Holmes sein wollten, ihre langen Unterhaltungen mithörten.

Anfangs fiel mir gar nichts Interessantes auf. »Ich liebe dich«, »Wann können wir uns endlich wieder treffen?«, »Ich will nicht mehr getrennt von dir sein« usw. usf. Mir kam es schon merkwürdig vor, weshalb sie aus diesem Liebesgeflüster ein solches Geheimnis machte. Derartige Gespräche hätte sie in aller Ruhe auch von ihrem Zimmer führen können. Aber nein! Niemand sollte etwas davon wissen.

Ich blätterte eine weitere Seite um. Jetzt wurde es schon spannender. Der Tag, an dem Gleb Larionow starb. Angelika bleibt bei ihrer Gewohnheit. Gegen halb zwei Uhr nachts ruft sie Robert an. Anfangs die üblichen Liebesschwüre. Dann sagt Angelika: »Gleb ist ermordet worden. Gott sei Dank! Lange hätte ich nicht mehr mit dieser Angst leben können. Ich konnte ihm ja kaum unter die Augen treten. Immer habe ich befürchtet, dass er merkt, was hier gespielt wird. Aber nun hat sich die Sache geklärt. Friede seiner Asche. Wir müssen nur noch ein kleines bisschen Geduld haben. In einem halben Jahr wird das Erbe aufgeteilt, nicht wahr? Wir dürfen die Zeit nicht verpassen, denn Anwärter gibt es viele.«

Noch interessanter war das Gespräch in der Nacht, als alle Hausbewohner, erschüttert von Jefims Tod, völlig erschöpft zu Bett gegangen und in tiefen Schlaf gefallen waren.

»Hallo«, flüstert Angelika.

Dieses Mal legt sie ohne Umschweife sofort los: »Zwei zu Null für uns! Jefim ist tot. Hurra! Die Reihen lichten sich. Es bleiben nur noch wenige – Karina, Tina und Rosa Konstantinowna. Ach, und noch dieser Penner Maxim, aber der ist kein direkter Verwandter. Wenn die anderen tot sind, hat auch er keine Chance. Ein Neffe ist schließlich keine Enkelin! Da gehen meine Rechte vor!«

In den folgenden Tagen das übliche Gesäusel mit ihrem Kerl, aber dann folgt die Nachricht: »Rosa Konstantinowna jammert ohne Ende über ihren Blutdruck. Einen Herzinfarkt muss sie kriegen! Irgendwie klappt das nicht richtig, erhöhe die Dosis! Ein Schlaganfall! Das wäre für sie die natürlichste Variante!«

Ich legte das Tagebuch zur Seite. So war das also! Die stille, bescheidene, fleißige Angelika verfolgte einen heimtückischen Plan. Wahrscheinlich stammte der von diesem Robert, aber der Ideengeber war nicht wichtig. Angelika wusste natürlich, dass sie in dem Testament nicht erwähnt war. Warum wohl hatte Gleb es nicht umgeschrieben, als seine Enkelin auftauchte? Wollte er erst mehr über diese neue Verwandte erfahren, bevor er Wohltaten verschenkte? Dazu kam er nicht mehr. Nun war das junge Ding entschlossen, sein Schicksal selbst in die Hände zu nehmen. Wie raffiniert das alles ausgedacht war! Kein Ermittler würde sie verdächtigen, aus Habgier gehandelt zu haben, denn offiziell war sie von ihrem Großvater nicht bedacht worden. Sollten aber die im Letzten Willen des Erblassers erwähnten Personen, weshalb auch immer, aus dem Leben scheiden, wem fiel dann das Vermögen zu? Natürlich der nächsten Anverwandten, und das war Angelika. Das bedeutete, sie und der unbekannte Robert waren Mörder, und Tina, Rosa Konstantinowna samt Karina schwebten in höchster Gefahr. Was sollte ich tun?

Ich lief im Zimmer auf und ab. Tinas Notizen der Miliz übergeben? Sie waren kein Dokument. Angelika konnte mit Leichtigkeit alles bestreiten. Sie konnte behaupten, Tina hätte sich das ausgedacht. Das Mädchen liebte Streiche, ihr würde keiner glauben. Was konnte ich tun, um die beiden Frauen und das Kind zu schützen?

Es kostete mich ungeheure Anstrengungen, mich wieder zu konzentrieren. Wenn man sich an das Gespräch hielt, dann hatten Robert und Angelika als Nächste Rosa Konstantinowna ins Visier genommen. Das Mörderpaar ging offenbar methodisch und schrittweise vor. Es versuchte nicht, alle gleichzeitig aus dem Weg zu räumen. Kein Tod sollte verdächtig erscheinen. Bei Gleb Larionow war ihnen eine Panne unterlaufen. Wenngleich ... Nein, auch das hatten sie geradezu professionell gelöst. Denn der ganze Verdacht war auf Rada gefallen. Angelika musste also ihren Großvater kaltblütig umgelegt haben. Dann kam Jefim an die Reihe. Angelika hatte irgendwo einen an Tollwut erkrankten Hund aufgetrieben und ohne Skrupel vor unser Tor gesetzt. Sie wusste genau, dass weder Lisa, noch Tina oder Kira ein hungriges Tier von der Schwelle weisen würden. Wie aber hatte sie es fertiggebracht, dass Emmy ausgerechnet Jefim an die Gurgel ging? Ob das Ganze nur ein Zufall gewesen war? Angelika hatte einfach damit gerechnet, dass der Hund früher oder später jemanden anfiel – ganz gleich ob Jefim, Maxim oder Rosa Konstantinowna. Bei dem Gedanken überlief es mich kalt. Es hätten ja auch

Lisa oder Kira sein können! War das ein Miststück! Und jetzt sollte die unglückliche alte Frau an die Reihe kommen. Sie redete zwar, dass einem der Kopf weh tat, war dreist und egoistisch, aber dafür brachte man doch niemanden um!

Die Lage war klar. Ich musste handeln. Leise schlich ich auf den Korridor hinaus. Das ganze Haus schlief friedlich. Nicht einmal meine Möpsinnen reagierten, als ich das Zimmer verließ. Drei Uhr nachts, die Stunde, in der die meisten Menschen auf die Welt kommen sollen. Und viele, wie meine Freundin Katja immer sagt, von dieser Welt Abschied nehmen.

Auf Zehenspitzen ging ich die Treppe hinunter zu dem hübschen geschnitzten Holzschränkchen, das neben der Garderobe hängt. Dort wurden Ersatzschlüssel für alle Zimmer aufbewahrt.

Mit mehreren Schlüsseln in der Hand schlich ich wieder nach oben und drückte sachte die Klinke an der Zimmertür von Rosa Konstantinowna herab. Hoffentlich hatte sie nicht abgeschlossen. Aber die Tür öffnete sich leicht und quietschte nicht. Vom Bett her hörte ich leises Schnarchen. Der Schlüssel steckte von innen im Schloss. Ich zog ihn heraus, steckte ihn von außen wieder hinein und verschloss die Tür. Nun konnte Rosa Konstantinowna ihr Zimmer zwar nicht verlassen, aber auch niemand bei ihr eindringen. Ich wusste, dass sie erst gegen ein Uhr mittags aufstand. Angelika dagegen erhielt bereits um acht Uhr morgens ihr Frühstück. Ich hatte also genügend Zeit, um durchzuführen, was ich mir ausgedacht hatte. Rosa Konstantinowna würde gar nicht merken, dass man sie eingeschlossen hatte. Und Angelika konnte ihr nichts tun, denn der Schlüssel lag in meiner Tasche. Ich musste nur noch herausfinden, welches der Ersatzschlüssel zu ihrer Tür war, dann konnte ich die übrigen wieder an ihren Platz hängen.

17. Kapitel

Am nächsten Morgen Punkt acht Uhr klopfte ich leise an Angelikas Tür.

»Wer ist da?«, erklang es von drinnen.

»Darf ich eintreten, meine Liebe?«

Die Tür ging auf, und Angelika machte große Augen.

»Tanja, Sie? Ist schon wieder etwas passiert?«

»Entschuldige, meine Liebe, ich möchte mir ein Handy kaufen, ein sehr nützliches Ding, nicht wahr?«

»Ja«, antwortete Angelika höflich. »Eine großartige Erfindung, jeder hat doch so einen Apparat.«

»Ich wollte dich um Rat fragen, was man da bedenken muss. Immerhin ist es mein erstes.«

»Fragen Sie doch am besten den Verkäufer«, antwortete Angelika. »Wie soll ich Ihnen dabei helfen?«

»Darf ich reinkommen?«

»Ja, natürlich«, sagte das Mädchen und trat zur Seite.

Ich schlüpfte in das Zimmer, in dem eine mustergültige Ordnung herrschte. Auf dem Schreibtisch lagen Stapel von Büchern, das Bett war gemacht und abgedeckt, nirgends lagen Sachen oder Kosmetik herum. So sieht ein Raum aus, in dem man in den nächsten Minuten Gäste empfangen will. In einer solchen Umgebung zu leben wirkte auf mich geradezu unnatürlich. Wie korrekt musste man sein, um jedes Ding immer wieder an seinen Platz zu legen? So etwas brachte nur ein Pedant fertig.

»Ach, meine Liebe«, flötete ich, so süß ich konnte, »darf ich dein Mobiltelefon einmal sehen?«

Angelika nahm das winzige Gerät von ihrem Nachttisch und hielt es mir hin.

»Das ist ein *Siemens*.«

»Und, bist du zufrieden?«

»Ich finde es sehr gut. Es ist klein und hat doch eine Menge Funktionen.«

»Welche denn zum Beispiel?«

Angelika zählte höflich auf: »Uhr, Rechner, Telefonbuch, Internetzugang, Mailbox, Nummernanzeiger …«

»Was ist denn das?«, unterbrach ich sie.

»Na, wenn Sie jemand anruft, dann drücken Sie hier, und Sie können seine Telefonnummer sehen. Sehr praktisch. Wenn Sie nicht mit ihm reden wollen, müssen Sie nicht abnehmen.«

»Das ist ja super!«

»Und noch eine sehr praktische Sache«, sagte Angelika, die sich allmählich für das Thema erwärmte. »Sie drücken zum Beispiel die Zahl Eins, und der Apparat wählt von selbst die Nummer, die unter dieser Zahl gespeichert ist.«

»Darf ich mal sehen?«, bat ich.

»Bitte«, sagte Angelika und hielt mir ihr Handy hin.

Da klopfte es an der Tür. Sina brachte das Frühstück.

»Verzeihen Sie, Angelika, ich glaube, Sie hatten gestern gesagt, dass Sie sich den Kakao selbst machen wollen?«

»In der Tat«, brummte die sehr unfreundlich. »Ich kann dieses Instant-Zeug nicht ausstehen, hat weder Geruch noch Geschmack. Ich nehme nur Kakao aus der Packung mit dem goldenen Etikett. Der Koch hat es gestern Abend probiert, aber nicht hingekriegt. Heute mache ich ihn mir selber. Ich will richtigen Kakao, nicht diesen Ersatz.«

Sina antwortete ruhig: »Ich habe Ihnen in der Küche alles auf den Tisch gestellt – Milch, Zucker und Kakaopulver.«

»Ist gut«, gab Angelika zurück, »ich komme.«

»Kann ich derweil hier sitzen bleiben und mir den Apparat noch ein bisschen ansehen?«, fragte ich.

»Natürlich«, antwortete Angelika. »Ich bin gleich wieder da. Der Kakao muss nur zwei Minuten aufkochen.«

Mit den letzten Worten flatterte das junge Ding zur Tür hinaus, gefolgt von Sina, der das dienstliche Lächeln auf den Lippen eingefroren war.

Rasch nahm ich ein Blatt Papier und einen Stift vom

Schreibtisch. Das *Siemens* kenne ich in- und auswendig, denn Katja hat das Gleiche. Ich wollte doch sehen, was ich in Angelikas Telefonbuch fand. Wenn sie diesen Robert, wie Tina beobachtet hatte, jeden Tag anrief, dann war seine Nummer auf jeden Fall dort gespeichert.

Ich brauchte nicht lange zu suchen. Es gab nur eine Nummer ohne Namen. Ich notierte sie rasch und steckte den Zettel in die Tasche. Nun konnte ich nur hoffen, dass ich ins Schwarze getroffen hatte. Anderenfalls wusste ich nicht, wie ich Robert finden sollte.

Eine halbe Stunde später – ich hatte noch jede Menge Fragen zu dem Handy gestellt – erlöste ich Angelika von meiner Anwesenheit, ging in den Salon hinunter und wählte Roberts Nummer. Im Haus herrschte nach wie vor Totenstille. Es war zwar schon neun Uhr morgens, aber ans Aufstehen dachte niemand. Die Kinder genossen die Tage, da sie nicht zur Schule mussten, und die alten Damen waren ausgesprochene Schlafmützen, die man erst zum Mittagessen zu Gesicht bekam. Galina Michailowna begründete das mit der Behauptung, ihre kranke Leber müsse morgens fasten, und Rosa Konstantinowna sagte regelmäßig bei der Suppe: »Ach, mein Herz! Ich habe die ganze Nacht kein Auge zugetan! Erst um acht Uhr morgens bin ich ein wenig eingenickt …«

Dabei weiß ich genau, dass beide die ganze Nacht ohne Pause an der hervorragenden orthopädischen Matratze gehorcht haben. Beide schnarchen laut genug, was von einem gesunden, tiefen Schlaf zeugt.

Davon hatte ich mich soeben überzeugt, als ich an Rosa Konstantinownas Tür vorüberging.

Auch dieser Robert schien ein Langschläfer zu sein, denn er reagierte auf meinen frühen Anruf nicht. Ich wollte gerade auflegen, da knackte es im Hörer und eine Stimme sagte: »Hallo, dies ist der Apparat von Robert Aster. Wenn Sie mir etwas mitzuteilen haben, dann sprechen Sie bitte nach dem Signalton. Wenn Sie einen Termin bei mir wünschen, dann erwarte ich Sie im Behandlungszentrum an Werktagen von neun bis neunzehn Uhr, Sokolow-Boulevard 4, Zimmer 19.«

Es folgte der Signalton. Ich legte rasch auf und lief zu meinem Wägelchen, um im Autoatlas die mir unbekannte Straße ausfindig zu machen.

Als ich bei der Auffahrt vom Moskauer Außenring auf die Minsker Chaussee erneut in einen Stau geriet, musterte ich aus Langerweile die Fahrzeuge, die mit mir zusammen im Schritttempo vorwärtskrochen. Es waren fast durchweg prächtige ausländische Limousinen mit geschlossenen Scheiben. Die hatten alle Klimaanlagen und brauchten nicht zu schwitzen wie ich. Bei mir dagegen waren alle Fenster heruntergekurbelt, was mir jedoch nur heiße Luft und Auspuffgase einbrachte. Der Temperaturanzeiger wanderte gerade ins rote Feld. Ich überlegte, was da zu tun war, als auch schon unter meiner Kühlerhaube Wolken von Rauch oder Dampf hervorquollen und der Motor ausging. Ich sprang auf die glühend heiße Straße hinaus. Das Wetter war zum Verrücktwerden. Um halb zehn Uhr morgens hatten wir schon 30 Grad. Über der Megapolis in der Ferne lag eine graublaue Dunstglocke. Die Luft war zum Schneiden dick. Mein dünner Trägerrock klebte mir am Körper. Es war, als säße ich in einer überheizten Sauna.

Die Fahrer hinter mir, gereizt von Stau und Hitze, hupten und versuchten, meine Klapperkiste zu umfahren. Zu allem Unglück stand ich zufällig auch noch in der äußerst linken Spur, wo sich die schnellsten Renner bewegen. Die mussten nun nach rechts ausweichen, wo keiner ihnen eine Lücke frei machen wollte. Es erhob sich ein fürchterliches Geschrei. »Nimm deine Hutschachtel weg, Weibsbild!«, »Was stehst du denn da rum?«, »Wer nicht fahren kann, soll zu Hause bleiben!«, waren noch die schmeichelhaftesten Rufe. Mir stiegen Tränen in die Augen.

Zugegeben, ich habe den kleinsten und noch dazu ältesten Lada, den man sich denken kann, die anderen dagegen fahren Jeeps, Mercedes und Volvo. Was kann ich dafür, dass ich nicht das Geld für einen solchen chromglänzenden Schlitten habe? Und was sollte das Geschrei? Noch dazu bei einer Frau! Die Brüllaffen waren ausschließlich Männer. Was sollte ich bloß machen? Bis zum Ende des Jahrhunderts hier herumstehen? Da hielt eine winzige *Oka* neben mir. Am Steuer saß eine Frau meines Alters, krebsrot von der Hitze. Ich atmete erleichtert auf. Ein billiges Auto und eine Fahrerin – vielleicht sagte die mir, was ich tun sollte. »Was stehst du hier rum?«, rief sie mir zu.

»Mein Kühlwasser kocht! Können Sie mir nicht …«

»Von solchen Missgeburten wie du kommen die Staus auf den Straßen!«, blaffte das Weib und gab Gas.

Aus irgendeinem Grunde traf mich diese Beschimpfung besonders hart. Ich stützte meine Ellenbogen auf den Kotflügel und heulte aus vollem Halse los.

»He, du«, erklang es da von links.

Ich hob den Kopf. Auf der Gegenfahrbahn hielt ein schwarzglänzendes Luxusgefährt. Aus dem Fenster schaute ein etwa fünfzigjähriger Mann, genauso elegant wie sein Wagen.

»Willst du die trockene Straße sprengen?«

Jetzt wurde ich richtig wütend. Dem war ich doch nun wirklich nicht im Wege!

»Hast du keine Augen im Kopf? Das Kühlwasser kocht!«

»Mach die Motorhaube auf.«

»Wie geht denn das?«

Der Mann schaute amüsiert.

»Das weißt du nicht?«

»Ich weiß zwar, dass sie aufgeht, aber nicht, wie. Ich kann nur fahren.«

Er lachte laut auf und vollzog plötzlich ein ganz unwahrscheinliches Manöver. In Verletzung aller Verkehrsregeln fuhr er über die doppelt durchgezogene Mittellinie, wodurch er auf meine Spur geriet. Dann scherte er scharf nach rechts aus. Die Fahrer, die sich dort bewegten und bisher nur Schimpfkanonaden von sich gegeben hatten, ließen ohne Widerspruch eine Lücke. Der große Wagen drängte sich bis zum rechten Rand durch und blieb dort stehen. Der Mann stieg aus und kam zu mir – ein großer schlanker Kerl in weißen Leinenhosen und ärmellosem Shirt.

»Rück mal ein bisschen zur Seite«, sagte er, öffnete die Motorhaube und erklärte: »Der Patient ist wohl mehr tot als lebendig. Los, du links und ich rechts, wir schieben dieses Wunder der Autoindustrie von der Straße.«

»Die lassen uns doch nie durch!«

»Das werden wir ja sehen!«, erklärte der gute Samariter und schwenkte die Arme.

»He, stopp, stopp, die Karre muss von der Straße!«

Es war unglaublich. Der Strom der Fahrzeuge stoppte. Alle warteten geduldig, bis wir den kleinen Lada an den rechten Straßenrand befördert hatten.

»Kannst du im Schlepp fahren?«, fragte mein Helfer.

»Weiß ich nicht, habe ich noch nicht probiert.« Jetzt lachte der Mann aus vollem Halse. »Na, du bist mir ja eine! Wie in dem Witz: ›Können Sie Harfe spielen?‹ – ›Weiß ich nicht, habe ich noch nicht probiert.‹«

»Auf der Harfe spiele ich Ihnen, was Sie wollen, sogar den *Säbeltanz*. Das klingt zwar etwas merkwürdig, aber es geht. Ich habe am Konservatorium studiert, und ausgerechnet Harfe«, erklärte ich mit Würde.

»Soso, im Schlepp zu fahren ist auch nicht so schwer, Hauptsache, du fährst mir nicht hinten rein.«

»Wollen sie das Seil selber ziehen?«

»Warum ich?«, fragte der Kerl verdutzt. »Wie kommst du denn darauf?«

»Na, weil Sie gesagt haben: ›Fahr mir nicht hinten rein!‹«

Der Mann musste schon wieder lachen. »Du bist einfach unbezahlbar! Los, setz dich ans Steuer! Hier in der Nähe ist eine Werkstatt.«

Er stieg in seine Luxuskarosse, die zog an, und zehn Minuten später standen wir tatsächlich vor einem eisernen Tor, auf dem ein großes Schild verkündete: »Autoreparatur – rund um die Uhr«. Ein Monteur trat heraus und wischte sich seine Hände an etwas ab, das einmal ein Handtuch gewesen sein musste. Als er meinen Begleiter erblickte, ließ er den Lappen fallen.

»Konstantin Michailowitsch!«

»Kriegst du diesen Todeskandidaten noch mal repariert?«

»Für Sie immer!«

»Nimm ihn dir zur Brust! Und du steig in meinen Wagen, ich bring dich zum Kutusow-Prospekt.«

Fünf Minuten später bat ich: »Lassen Sie mich hier raus? Ich nehme die Metro.«

»Wie du willst.«

Ich zückte mein Portemonnaie. »Was schulde ich Ihnen?«

Der Mann brummte nur: »Wie heißt du denn?«

»Tanja.«

»Und ich bin Konstantin. Du willst mich also bezahlen? Glaubst wohl, du hast mehr Geld als ich?«

Ich musterte sein elegantes Outfit, bemerkte erst jetzt die schwere goldene Uhr und den Ring mit einem funkelnden Stein. Daher antwortete ich: »Wahrscheinlich nicht.«

»Dann, mach's gut. Hier hast du meine Visitenkarte. Vielleicht kannst du sie mal brauchen. Gib mir für alle Fälle auch deine Telefonnummer.«

Ich diktierte ihm die Nummer in Aljabjewo. Dann fragte ich: »Sie haben mir einfach so geholfen. Sicher hatten Sie Besseres vor. Warum?«

»Das kann dir doch gleich sein«, meinte Konstantin. »Du hast mir gefallen. Bei dir stehen die Männer sicher Schlange.«

»Nein«, antwortete ich verblüfft schon beim Aussteigen, »das ist bisher noch keinem eingefallen.«

»Mir schon!«, rief Konstantin und ließ seinen Wagen mit Leichtigkeit in den Strom der Fahrzeuge auf dem Prospekt gleiten.

Nachdenklich trottete ich zur Metrostation Kiewskaja. Wieso eigentlich nicht? Ich sah doch immer noch ganz gut aus, hatte Figur bewahrt ... Zwar war die erste Jugendblüte lange vorüber ... Na und? Wer sagte denn, dass Männern nur Achtzehnjährige gefielen? Konstantin war sicher schon über fünfzig. Da fand er eben Damen meines Alters interessant. Vielleicht kam ich ihm geradezu jung vor. Außerdem hatte ich eine gerade Nase, große Augen mit dichten dunklen Wimpern! Mehr als dreißig gab man mir an diesem Tag gewiss nicht!

Soeben ging ich am Schaufenster einer eleganten Boutique vorbei. Ich blieb stehen und betrachtete mein Spiegelbild. Ein Wesen mit einem Gesicht, rot wie eine Tomate, blickte mir entgegen. Das nicht besonders dichte helle Haar stand nach allen Seiten ab, die Wangen waren mit grauschwärzlichen Flecken bedeckt, auf Kinn und Hals war etwas Rotes verschmiert, mein Trägerrock war völlig zerknüllt, als hätten sich unsere Hunde damit vergnügt, und zu alledem klaffte etwas unterhalb der Taille sogar ein Loch, nicht allzu groß, aber sichtbar. Eine Sekunde lang glaubte ich, das sei ein völlig fremdes Weib, bis mir aufging: Diese Vogelscheuche war ich.

Völlig durcheinander rannte ich ins nächste McDonalds und suchte die Toilette auf. Die schwarzen und roten Flecken waren Wimperntusche und Rouge, die sich von der Hitze völlig aufgelöst hatten. Im Moment erinnerte meine Visage wohl eher an das Geschmiere eines Malers der Avantgarde. Nachdem ich mir das Gesicht gewaschen, die Haare in Form gebracht und mich wieder etwas zurecht gemacht hatte, setzte ich, tief verwirrt, meinen Weg fort.

Meine überirdische Schönheit konnte es also nicht gewesen sein, die Konstantin so attraktiv gefunden hatte. Aber was dann? Sah man mir etwa von weitem an, dass ich über ungewöhnlich viel Geist und Fantasie verfügte?

18. Kapitel

Am Haus Nr. 4 verkündete ein Schild: Psychologische Beratungsstelle. Ich stieß die Tür auf und stand in einem düsteren, kühlen Vestibül. Am Ende eines breiten Korridors erblickte ich etwas wie eine Anmeldung. Dort saß eine junge Frau mit wunderbar dichtem rotblondem Haar.

»Wo finde ich Robert Aster?«, fragte ich.

»Zimmer 12«, antwortete die junge Dame. »Sind Sie zum ersten Mal hier?«

»Ja.«

»Dann füllen Sie bitte diese Karte aus.«

Ich beantwortete die einfachen Fragen, zahlte 300 Rubel und machte mich auf die Suche nach Zimmer 12. Es lag ganz am Ende des Korridors. An der Tür prangte die Aufschrift: Hypnose-Sitzung, bitte nicht stören. Ich klopfte vorsichtig.

»Herein!«, sagte eine dumpfe Stimme.

Erst als ich über die Schwelle trat, schoss mir die Frage durch den Kopf, was ich diesem Robert eigentlich sagen wollte. Wie sollte ich den Sinn meines Besuches erklären?

Der Raum wirkte sehr gemütlich. Er war ziemlich groß und quadratisch. Man fühlte sich überhaupt nicht wie beim Arzt, sondern eher wie in einem Wohnzimmer. Eine breite Couch, tiefe Sessel mit Kissen, ein Zeitungstischchen, ein Bücherregal und ein aufgeräumter Schreibtisch. Darauf ein Namensschild: Hypno-Therapeut Robert Aster, und darunter: Dr. der Psychologie. Der junge Mann mit dem zerzausten roten Haar am Schreibtisch hob den Kopf. Unwillkürlich musste ich lächeln. Der Siebenundzwanzigjährige – so alt schätzte ich ihn – sah urkomisch aus. Mit seiner Wuschelfrisur erinnerte er an den jungen Pierre Richard, den berühmten französischen Komiker, der so herrlich Idioten und Pechvögel spielt.

»Ach, wie bin ich froh!«, rief Robert und sprang auf. »Wie lange habe ich auf Sie gewartet!«

»Auf mich?«

»Ja, auf Sie!«

»Aber wir kennen uns doch gar nicht«, sagte ich verblüfft.

»Das macht überhaupt nichts, das wird sich gleich ändern! Nehmen Sie bitte hier im Sessel Platz. Was ist Ihr Problem? Oder soll ich raten, was Sie zu mir führt?«

»Meinetwegen, raten Sie«, sagte ich schicksalsergeben. Gedanken lesen konnte der Kerl bestimmt nicht. Der wollte nur eine Patientin beeindrucken.

»Einen Moment«, murmelte der Bursche. Dann stellte er etwas auf den Tisch, das an einen vorsintflutlichen Rundfunkempfänger erinnerte, schaltete es ein, starrte auf die blinkenden Lämpchen und verkündete: »Oh, ich sehe, das Problem liegt in Ihnen selbst. Ihr Mann will nicht mehr mit Ihnen zusammenleben. Sie verurteilen das, aber Sie tun ihm Unrecht.«

»Wieso?« Ich ließ mich auf das Spiel ein.

»Wenn man eine Situation nicht ändern kann, muss man sich selbst ändern.«

»Und Sie glauben wirklich, dass das in meinem Alter noch möglich ist?«

»Natürlich!«, rief Robert begeistert aus. »Ihnen ist mit Hypnose zu helfen! Wollen wir einen Versuch wagen?«

»Jetzt gleich?«, fragte ich erschrocken. Ehrlich gesagt, habe ich kein besonderes Vertrauen zu all diesen Wahrsagern, Parapsychologen und Hypnotiseuren.

»Wenn Sie dazu bereit sind«, antwortete Robert.

»Aber ich habe nicht viel Zeit.«

»Das geht ganz schnell, es ist ja nur ein Versuch.«

»Allerdings ...«

»Kommen Sie bitte hier herüber.«

»Aber ...«

»Machen Sie schon!«

Ich ließ mich in einen anderen Sessel gleiten.

»Ausgezeichnet«, bemerkte Robert. »Jetzt wird Ihnen warm, warm, immer wärmer. Spüren Sie die Wärme in Ihren Armen?«

Ich nickte. Bei über dreißig Grad im Schatten war mir in diesem Raum mit den verschlossenen Fenstern und ohne Klimaanlage ohnehin glühend heiß.

»Hervorragend«, sagte der Hypno-Therapeut, der nun offenbar Geschmack an der Sache fand. »Die Lider werden Ihnen schwer, Ihre Beine sind wie Stein, Sie werden schläfrig, schläfriger und schläfriger. Sie schlafen ein ... Schlafen Sie schon?«

Ich gab mir Mühe, gleichmäßig zu atmen. Ich konnte doch einen Menschen nicht enttäuschen, der sich solche Mühe gab. Er tat mir einfach leid. Nach Schlafen war mir gar nicht zumute. Robert seufzte hörbar und sagte dann: »Und jetzt ruhen Sie im Wald, die Vögel singen, eine leichte Brise streicht über Ihr Gesicht, sie fühlen sich rundherum wohl.«

Ich beobachtete ihn durch die halb geschlossenen Augenlider. Er stand auf, drehte an einem Knopf, Vogelgezwitscher und Waldesrauschen ertönten. Irgendwo musste ein Band laufen. Bei den Trillern einer Nachtigall befahl ich mir, ruhig zu bleiben. Ehrlich gesagt, gelang mir das nur mit Mühe. Anfangs kitzelte es in der Nase, dann taten mir Genick und Rücken weh ... Um dieses unangenehme Gefühl loszuwerden, bewegte ich mich ein wenig in dem Sessel.

»Sie schlafen«, kam es sofort von dem Hypno-Therapeuten.

Ich musste also in der unbequemen Stellung verharren, wobei ich Freud, Jung und Adler gleichzeitig verfluchte. Aus Langerweile suchte ich mir weitere Väter von Psychologie und Psychoanalyse ins Gedächtnis zu rufen, aber über Fromm kam ich nicht hinaus. Es war entsetzlich schwül im Zimmer, und mein Hirn scheute jede Anstrengung. Endlich erbarmte sich Robert seines Opfers und gab den Befehl: »Jetzt erwachen Sie langsam wieder. Wenn ich ›drei‹ sage, öffnen Sie die Augen. Eins, zwei ...«

Ich spielte gewissenhaft das »Erwachen« aus dem Reich des Unterbewussten.

»Na, wie war's?«, fragte mich der Bursche. »Fühlen Sie sich besser?«

»Ja.«

»Spüren Sie körperliche Leichtigkeit, gute Stimmung, Freude, und einen klaren Kopf?«, rief Robert begeistert.

Ich nickte wie ein chinesischer Buddha. Wie bestellt, tat mir schon seit dem Morgen die linke Kopfhälfte weh, hatte ich Beine wie Blei und ziemlich miese Stimmung. Die drückende Hitze machte mich schläfrig, das Hirn schien mir geschwollen und aktionsunfähig. Schlaff hing ich in meinem Sessel, während Robert, der vor Tatendrang glühte, etwas über meine erste Behandlung notierte. Mit äußerster Anstrengung schleppte ich mich schließlich in den Korridor hinaus. Dort war es etwas kühler. Bei der Anmeldung ließ ich mich auf einen Stuhl fallen. Das rothaarige Mädchen schwatzte mit jemandem am Telefon. Langsam begann mein Hirn wieder zu denken. Die verdammte Schwüle hatte mir den letzten Nerv geraubt. Weshalb war ich überhaupt in dieses Behandlungszimmer gegangen? Was hatte ich dort erfahren? Meine eigene Dummheit verfluchend, hörte ich mechanisch mit, was die Rothaarige in den Hörer sprach.

»Wie gern würde ich jetzt ein Käffchen trinken und ein Eis essen gehen. Aber Knete gibt's erst morgen. Ich hab nur noch einen Zehner in der Tasche. Nichts zu machen. Also, Sweta, bis dann.«

Sie legte auf, ließ einen Seufzer hören und wandte sich mir zu. »Möchten Sie von jemand anderem behandelt werden? Wir haben hier noch mehrere Psychologen, Neuropathologen und auch einen Psychiater.«

»Ich will nur ein wenig zu mir kommen, das stört Sie doch hoffentlich nicht?«

»I wo, bleiben Sie nur sitzen. Das macht die Hitze, nicht wahr?«

»Gibt's denn hier nicht irgendwo ein nettes Café, wo man ein Eis essen kann?«

»Gleich gegenüber an der Ecke! Die machen sehr gutes Eis, und teuer ist es auch nicht«, sagte die Kleine lebhaft.

»Haben Sie Lust mitzukommen?«

»Ins Café?«, wunderte sich die Angestellte.

»Warum nicht? Im Moment ist keiner hier, und diese Hitze!«

Die Angesprochene rückte einen Stapel Akten zurecht und sagte dann bedauernd: »Entschuldigen Sie, dafür fehlt mir leider das Geld.«

»Ich lade Sie ein! Wir lassen uns ein paar Kügelchen schmecken und schwatzen ein wenig. Allein ist es doch langweilig für mich.«

»Na gut«, willigte die Rothaarige ein. »Gehen wir. Bei diesem Wetter sitzen die Leute sowieso zu Hause. Sie waren bisher die einzige Patientin.«

Als wir es uns an einem hübschen Tischchen bequem gemacht hatten, stellten wir uns erst einmal vor. Das Mädchen hieß Vera und war eine richtige Plaudertasche.

»Wie sind Sie denn an diesen Robert geraten?«, fragte sie und drückte das Löffelchen in eine gelbe Eiskugel.

»Eine Freundin hat ihn mir empfohlen.«

»Auf die sollten Sie nicht mehr hören.« Vera kicherte. »Robert ist das Letzte, was wir haben! Zu ihm geht keiner, und wenn, dann einmal und nicht wieder.«

»Warum denn das?«

»Weil er ein Nichtskönner ist und ein Angeber dazu!«, brummte Vera abfällig.

»Das müssen Sie mir genauer erklären.«

»Er hat keine Ahnung, spielt sich aber als großer Fachmann auf.«

»Na, immerhin steht auf seinem Schild, dass er Doktor der Psychologie ist.«

Vera musste lachen. «Ja, ja! Unser Doktor!«

»Stimmt es denn nicht?«

»Doch, den Titel hat er tatsächlich. Aber der ist keinen Pfifferling wert.«

»Wie denn das?«

»Wissen Sie, wer seine Schwiegermutter ist?«

»Nein, woher soll ich das wissen?«

»Sofja Rasuwajewa!«, erklärte Vera und fragte bedeutungsvoll: »Verstehen Sie jetzt?«

»Entschuldigen Sie, nein.«

»Ja, wie auch!«, murmelte meine Tischnachbarin. »Sofja Rasuwajewa war Akademiemitglied und Direktorin eines Instituts, eine sehr geachtete Persönlichkeit. Sie hat Robert alles hinten und vorn reingesteckt, obwohl sie hätte wissen müssen, was er für ein Typ ist. Der hat doch weder Grips noch Talent, aber die Ambitionen … Er hat es fertiggebracht und zu anderen Mitarbeitern im Hause gesagt: ›Ich bin ein Genie, aber ihr …‹ Haben Sie den Apparat auf seinem Schreibtisch gesehen? Der so aussieht wie Omas Radio?«

»Ja, er hat ihn sogar benutzt.«

Vor Lachen hätte sich Vera fast verschluckt.

»Ein ›Verstärker psycho-emotionaler Energien‹!«

»Was soll denn das sein?«, fragte ich verblüfft.

Vera war jetzt voll in Fahrt. »Das Ding ist zum Totlachen, der reine Zirkus! Unser Robertchen behauptet, er habe die seltene Gabe, auf Menschen einzuwirken! Er hält sich für Freud, Carl Rogers und Virginia Satir in einer Person. Den Apparat hat er selber zusammengebastelt. Er meint, wenn er ihn einschaltet, werden die ›Bioströme des Gehirns‹ auf das Zehnfache verstärkt. Alle lachen darüber, aber der Kerl meint das ernst! Neulich ist mit dem Apparat ein tolles Ding passiert! Willst du mal richtig ablachen? Pass auf, ich erzähl's dir.«

»Sei so nett«, rief ich erfreut und bestellte eine zweite Portion Eis.

»Na, dann hör zu. Die Sache ist wirklich zum Piepen!«

Den Apparat hatte Robert vor zwei Jahren konstruiert, als er noch Aspirant war. Er brachte ihn in die Beratungsstelle geschleppt und zeigte ihn den Kollegen. Die wollten sich das Verhältnis zur allmächtigen Sofja Rasuwajewa nicht verderben und waren deshalb bisher milde mit Robert Aster umgegangen. Sie hielten ihn für ziemlich verrückt, ließen ihn aber in Ruhe, weil sie zu Recht davon ausgingen, dass seine Schwiegermutter es jedem heimzahlen würde, der sich über ihren Protegé lustig machte. Als aber Robert den Apparat aufstellte, einschaltete und im Ernst von der Verstärkung emotionaler Energie zu schwafeln begann, brachen alle in homerisches Gelächter aus. Da tauchte wie auf Bestellung eine Maus in dem Raum auf.

»Hier!«, schrie der aufs höchste empörte Robert, jetzt werde ich es Ihnen beweisen: Stirb, du Nager!«

Das Tierchen zuckte zusammen, wand sich in Krämpfen und war tot. Die Anwesenden schauten verdutzt drein, dann aber begriff Goscha Krasnow, was geschehen war. Im Labor wurden Gifte an Mäusen getestet. Offenbar hatte sich eines der Opfer den passenden Moment ausgesucht, um vor Publikum feierlich aus dem Leben zu scheiden. An der Sache war also nichts Mystisches. Doch nach diesem

Zwischenfall hielt sich Robert erst recht für einen allmächtigen Beherrscher der »Energie«.

»Aber wieso sieht das Akademiemitglied nicht, wer ihr Schwiegersohn ist?«, fragte ich verwundert. »Oder ist sie selber nicht besonders intelligent?«

Vera ließ ihr Löffelchen nachdenklich in das rasch tauende Eis sinken. »Sofja durchschaute das Spiel natürlich, denn sie war eine kluge Frau. Sie hat das für ihr geliebtes Töchterchen getan, aber man soll ja über Tote nichts Schlechtes sagen.«

»Sprechen Sie von Sofja Rasuwajewa?«

»Nein, von Anastasia.«

»Und wer ist das?«

»Na, ihre Tochter. Wir haben zusammen studiert. Ich bin übrigens Studentin im fünften Studienjahr. Da ich noch keinen Abschluss habe, jobbe ich in der Anmeldung. Aber sobald ich fertig bin, werde ich auch in einem Behandlungszimmer sitzen. Und ich kann den Menschen bestimmt besser helfen als dieser Robert, obwohl ich keine Dissertation geschrieben habe.«

»Warum sprechen Sie von Asters Frau in der Vergangenheit?«, fragte ich.

Vera verstummte für einen Augenblick.

»Sie lebt nicht mehr.«

Jetzt erwachte mein Jagdinstinkt.

»Sie ist gestorben? So jung? Hat man sie umgebracht?«

»Hm«, kam es von Vera. »Man kann schon sagen, dass Robert ihr das Leben genommen hat.«

Ich starrte sie fassungslos an. Das erzählte sie einfach so!

»Wollen Sie mehr über die beiden wissen?«, fragte Vera aufgeregt. »Das ist eine Geschichte – wie im Roman!«

Ich winkte die Kellnerin herbei, bestellte zwei weitere Eisbecher, Kaffee, Zigaretten und spitzte die Ohren.

Anastasia war Sofja Rasuwajewas einzige und heiß geliebte Tochter. Die Professorin war nie verheiratet gewesen, und es hieß, sie habe nicht einmal eine Liebesaffäre gehabt. Die jungen Aspirantinnen meinten ernsthaft, ihre Vorgesetzte sei eine alte Jungfer im direkten Sinne des Wortes. So war es eine echte Sensation, als Sofja mit dreiundvierzig Jahren noch ein Kind bekam.

Das kleine Wesen veränderte alles. Mit der als hart, ja erbarmungslos geltenden Sofja, die für ihre kategorischen Aussagen und vernichtende Kritik bekannt war, ging eine wundersame Wandlung vor sich. Hatten vor Anastasias Geburt die Studenten gezittert, wenn die Dame die Prüfung abnahm, hatten die Aspiranten alle Hoffnung fahren lassen, wenn bei der Verteidigung ihrer Dissertation eine Hand ohne Schmuck und Maniküre nach oben schoss, weil ein vernichtendes Urteil zu erwarten war, so war Sofja Rasuwajewa nun mit einem Mal die Toleranz und Freundlichkeit selbst.

Der kleinen Anastasia wurde jeder Wunsch erfüllt. Sofja galt als ehrliche und sehr prinzipienfeste Professorin. Bestechungsversuche von Studenten und Eltern prallten an ihr ab. Ihr Outfit schien zu allen Jahreszeiten dasselbe Kostüm zu sein. Im Winter trug sie Jacke, im Sommer Rock und Bluse. Ihre Frisur war ein straffer Dutt, und für Kosmetik hatte sie nur Verachtung übrig. Als allerdings in dem Institut, wo Sofja ihr Leben lang gearbeitet hatte, Anastasia auftauchte, war sofort klar, wem all ihre Sorge galt.

Bereits vor der Aufnahmeprüfung suchte die Mutter, die für ihre gnadenlosen Urteile bekannt war, jedes Mitglied der Prüfungskommission einzeln auf und flehte, ihre Tochter nicht durchfallen zu lassen. Das hatte sie gar nicht nötig. Anastasia war gut vorbereitet und nahm die Hürde ohne jede Mühe. Auch sonst fehlte es dem Mädchen an nichts. Röcke, Hosen, Blusen und Kleider wechselte sie täglich. Ihre Kommilitoninnen fingen einmal an zu zählen, wie viel Paar Schuhe sie besitzen mochte, gaben es aber bald wieder auf. Kosmetik, Mobiltelefon, Schmuck – alles vom Feinsten. Sie fuhr sogar einen eigenen Lada. Sofja dagegen nahm die Metro. Und sie gab jeder Laune ihrer Tochter nach.

Schon im ersten Studienjahr verliebte sich Anastasia in Robert. Sie verfiel ihm mit Haut und Haaren. Vielleicht, weil er ihr keinerlei Beachtung schenkte. Der Junge aus der Provinz hatte sich in den Kopf gesetzt, den Zuzug für Moskau zu bekommen. Außerdem strebte er eine Aspirantur an. Als Anastasia das zweite Studienjahr begann, vollendete Robert das fünfte. Was tat das Mädchen nicht alles, um den Kerl auf sich aufmerksam zu machen! Aber der merkte einfach nichts. Und je größer seine Gleichgültigkeit, desto stärker Anastasias Verliebtheit. Denn sie war es gewohnt, alles zu bekommen, was sie wollte. Nur eben Robert nicht. Hier war selbst Sofja machtlos. Aber nicht lange. Ihr gelang es schließlich, der vergötterten Tochter auch noch den Mann anzuschleppen, nach dem sie sich so sehnte. Denn Robert bestand die Aufnahmeprüfung für die Aspirantur nicht.

Keiner weiß, wie Robert und Anastasia wirklich zusammenkamen, jedenfalls trug das Mädchen bereits im Herbst darauf einen breiten Ehering, und Robert wurde Aspirant. Das hatte Sofja erreicht. Mehr noch, der frischgebackene Schwiegersohn schrieb seine Dissertation binnen eines Jahres, reichte sie vorfristig ein und nahm alle Hürden des Wissenschaftlichen Rates und der zuständigen Kommission des Ministeriums. Böse Zungen behaupteten, Sofja hätte die bemerkenswerte Arbeit selber verfasst. Gegen das Gerede der Leute war auch sie machtlos. Sie brachte ihren Schwiegersohn in der Beratungsstelle unter. Nach einer Schamfrist hätte Robert sicher auch noch eine Habilitationsschrift eingereicht, aber dazu kam es nicht mehr, denn als Anastasia das dritte Studienjahr beendete, starb ihre Mutter. Bald wurde klar, dass es nun mit ihrem Wohlstand zu Ende ging. Zuerst trug sie immer öfter dieselben Kleider, dann aß sie nicht mehr im Restaurant zu Mittag, sondern in der Kantine, das Handy verschwand, die Zahl der Ringe und Armbänder schrumpfte zusehends. Vor allem aber wurde sie nicht mehr als feste Anwärterin für eine Aspirantur angesehen. Unverändert in ihrem Leben blieb lediglich die Liebe zu Robert, die geradezu pathologische Züge annahm.

»Er ist ein Genie!«, schwärmte Anastasia ihren Freundinnen vor. »Er verfügt über eine psychische Energie, die Außerordentliches zu vollbringen vermag. Der Wunderheiler Kaschpirowski ist ein Nichts gegen Robert! In der Beratungsstelle erhält er stets die schwierigsten Fälle!«

Die Studentinnen schüttelten nur die Köpfe und machten sich über sie lustig. Sie war offensichtlich blind vor Liebe, da sie nicht merkte, was für einen Idioten sie geheiratet hatte.

Von ihrem früheren Luxus war Anastasia allein der Lada geblieben. Am Wochenende fuhren die Eheleute gern damit hinaus ins Grüne. Im Juni des Vorjahres passierte es dann. Auf der Minsker Chaussee bei Kilometer 8 verlor Robert die Kontrolle über den Wagen und streifte die Leitplanke zur Gegenfahrbahn. In Panik riss er das Steuer nach rechts herum. Was weiter geschah, ist ihm kaum ernsthaft vorzuwerfen. Bestimmte Handlungen vollzieht der Mensch ganz automatisch. Nicht umsonst gilt der Beifahrersitz als der Platz des Todeskandidaten. Um sich selbst zu retten, opfert der Fahrzeugführer unwillkürlich seinen Mitfahrer. So geschah es auch bei Robert. Anastasia war sofort tot.

Der Unfall passierte am späten Abend. Eine ganze Stunde lang versuchte der verzweifelte Robert, einen der vorüberfahrenden Wagen zu stoppen. Aber keiner hielt an. Schließlich stieß eine Streife der Verkehrspolizei zufällig auf sie. Da war Anastasia nicht mehr zu helfen.

19. Kapitel

Nach dem Abschied von Vera, die als Dank für Kaffee und Eis allen Klatsch über Robert Aster ausgeplaudert hatte, ließ ich mich auf einer Bank nieder. Das fügte sich ja alles wunderbar zusammen. Ich hatte die Mörderin gefunden. Es war Angelika, aber hinter ihr stand Robert. Er war inzwischen mittellos. Die Schwiegermutter, die ihm alle Wege gebahnt hatte, war gestorben und seine Frau bei einem Unfall ums Leben gekommen … Er selbst verdiente wahrscheinlich nur Kopeken. Bei den letzten Löffeln Eis hatte Vera mitgeteilt, dass man Robert nur noch aus Mitleid in der Beratungsstelle halte. Patienten habe er keine, und das Gerede von seinem Genie gehe den Kollegen so auf die Nerven, dass man ihn wohl bald hinauswerfen werde.

Nun versuchte Robert offenbar an Gleb Larionows Geld zu kommen. Sicher hatte er den Plan ausgeheckt. Angelika traute ich das nicht zu. Sie war nur sein williges Werkzeug. Jetzt blieb mir nicht mehr viel zu tun. Ich brauchte noch ein paar Indizien, sonst würde mir keiner glauben. Voller Tatendrang sprang ich auf und stieß mir dabei den Kopf an einem Ast, der über der Bank hing.

Und wenn Robert und Angelika diesen Plan nun schon lange verfolgten? Wo hatten sie sich eigentlich kennengelernt? Doch das war ohne Bedeutung – ob auf der Straße oder in einem Café … So war das also! Der unerwartete Gedanke brachte mich ins Schwitzen wie eine Maus, wenn sie die Katze sieht. Aber haben die kleinen Nager überhaupt Schweißdrüsen? So musste es gewesen sein! Wenn ich Vera glauben durfte, dann hatte Robert Anastasia nicht wirklich geliebt, sondern sie eher nur benutzt. Schließlich wollte er unbedingt den Doktortitel haben und sich in Moskau niederlassen. Als Sofja tot war, wurde ihm seine Frau mehr und mehr zur Last.

Diese Ehe brachte ihm keine Vorteile mehr, im Gegenteil, Robert hatte jetzt eine verwöhnte Frau am Hals, die er unterhalten sollte. Da lief ihm Angelika über den Weg, die Enkelin eines reichen Großvaters. Sofort war Robert klar, wie er mit einem Schlag alle seine Probleme lösen konnte. Angelika verliebte sich in ihn. Was sie an ihm fesselte, begriff ich nicht, denn an dem Kerl war nun wirklich nichts dran. Ich wühlte in meiner Handtasche und holte die Zigaretten hervor. Vielleicht hatte er ihr mit wichtiger Miene von der Verstärkung der psychischen Energie gefaselt und nebenbei fallenlassen, dass er den Doktorgrad besaß. Viel brauchte es sicher nicht, um ein Mädchen aus der Provinz zu beeindrucken, das sich gerade vom Rockzipfel der Großmutter gelöst hatte.

Robert entschloss sich also, die Frau loszuwerden, die ihm nichts mehr nützte. Um seinen Plan auszuführen, opferte er sogar das Auto.

Ich sprang auf und machte mich auf den Weg zu Wolodjas Büro. In meinem Kopf nahm ein Plan Gestalt an. Bestimmt hatte Robert Angelika verschwiegen, wie er sich Anastasias entledigt hatte. Er wollte sie ja nicht erschrecken. Vielleicht hatte er ihr erzählt, dass seine Frau bei einem Autounfall ums Leben gekommen war, und damit sogar noch Angelikas Mitleid geweckt. Und wenn wir russischen Frauen erst einmal mitfühlen, dann lieben wir auch bald. Das war meine Chance! Ich musste Angelika die Augen über ihren Kavalier öffnen. Ihr würde klar werden, in welch großer Gefahr sie selber schwebte. Zuerst würden sie gemeinsam alle beseitigen, die ihnen im Wege standen, um an das Vermögen zu gelangen, dann würde Robert Angelika heiraten und sie einige Zeit später ebenfalls ins Jenseits befördern. Zurück bliebe ein trostloser Witwer mit den Taschen voller Geld.

Angelika musste die Wahrheit erfahren. Ich wollte sie dazu bewegen, ein umfassendes Geständnis abzulegen. Damit konnte sie ihre Schuld mindern.

Auf dem Bahnsteig der Metro wäre ich beinahe mit einer schwitzenden Dicken zusammengeprallt. Angelika würde mir nicht glauben. Ich musste ihr also überzeugend beweisen, das Anastasias Tod kein Unfall war. Nur dann würde sie sich bereitfinden, bei der Miliz auszusagen. Und Rada käme frei.

Die Leute auf dem Bahnsteig schoben und drängelten. Ich war ganz durcheinander. Wohin wollte ich eigentlich fahren? Wenn in Wolodjas Büro, dann nach links. Wenn nicht, nach rechts. Schließlich kam ich doch noch zu einem Entschluss und drängte mich in den zum Bersten gefüllten Wagen.

Die brütende Hitze, die so unerwartet über Moskau gekommen war, zeigte ihre Wirkung. Die Leute liefen fast nackt herum, ob Männer oder Frauen. Trotzdem waren alle puterrot im Gesicht und klatschnass. Viele fächelten sich mit einer Zeitung Kühlung zu. Die Luft, die durch die geöffneten Fenster hereinströmte, brachte keine Erleichterung. Es war, als blase ein Wüstenwind herein. Ich hatte Glück und fand einen Sitzplatz. Neben mir saß eine Frau mit einem etwa fünfjährigen Jungen. Der fand keine Ruhe. Zuerst rutschte er nur auf dem Sitz herum, dann stellte er sich darauf und schlug mit den Handflächen gegen die Fensterscheibe. Schließlich setzte er sich wieder hin und begann mit den Füßen zu baumeln, die in schmutzigen Sandalen steckten. Vor dem Sitz des Jungen standen zwei Personen. Ein junges Mädchen in langem weißem Rock und ein Kerl in lederner Hose und Weste mit dicken metallenen Nieten darauf. Dazu trug er ein am Hinterkopf geknotetes Kopftuch, offenbar ein Rocker. Ich konnte meine Blicke gar nicht von ihm wenden. Der junge Mann bearbeitete mit den Kiefern einen Kaugummi. Die gleichgültige, schläfrige Miene erinnerte mich an einen Ochsen beim Wiederkäuen auf der Weide. Dass dem nicht heiß war! In dem Wagen mussten vierzig Grad sein, er aber war ganz in Leder und Stahl gehüllt.

Als der Junge mit seinen Beinen besonders heftig schlenkerte, hinterließ er auf dem Rock der jungen Frau einen schwarzen Fleck. Sie versuchte ein wenig zur Seite zu rücken, aber dafür war in dem voll besetzten Wagen kein Platz. Das Spiel gefiel dem Bürschchen, und beim zweiten Mal wischte er mit voller Absicht über den weißen Stoff. Zu dem Fleck kam ein dicker schwarzer Strich.

»Na, hören Sie mal!«, sagte das Mädchen empört, »kann der Junge die Beine nicht stillhalten?«

Die Mutter tat, als ginge sie das nichts an. Da stieß der kleine Kerl die junge Frau boshaft mit dem Fuß. Die ließ sich das nicht gefallen, packte das Bein des Jungen und rief: »Jetzt ist aber Schluss!«

»Was beschimpfst du meinen Jungen?«, kreischte da die Mutter auf.

Ich drückte mich fest an die Lehne. Nun ging es los. Wegen der Hitze waren aller Nerven zum Zerreißen gespannt, und nicht jeder besaß Takt und Höflichkeit genug, um sich zu beherrschen.

»Ihr Junge hat meinen Rock schmutzig gemacht!«

»Du meine Güte, er ist doch noch ein Kind.«

»Alt genug, um zu wissen, was er darf und was nicht.«

»Rühr meinen Sohn nicht an! Krieg erst mal selber Kinder! Die kannst du dann erziehen, du Nutte!«

»Selber Nutte!«

»Ich bin verheiratet und habe einen Sohn, nicht so eine Herumtreiberin!«

Da er die Mutter auf seiner Seite wusste, wischte der Junge noch einmal seine Sandale an dem weißen Rock ab. Jetzt gab ihm das Mädchen einen Klaps auf das Bein. Der Kleine jaulte beleidigt auf.

»Ach, mein Kleiner«, heulte die Mutter, »dieses Weibsstück hat es gewagt, dich anzurühren! Das ist ja das Letzte!«

»Blöde Gans!«

»Mein Junge«, verkündete die Frau stolz, »wird nach einem japanischen System erzogen!«

»Was soll denn das sein?«, fragte eine alte Frau, die den Streit bisher schweigend verfolgt hatte.

»Die Japse wissen, wie man das macht«, erklärte die Mutter wichtig, »bis zu sieben Jahren verbieten sie ihren Kindern überhaupt nichts.«

»Wie soll das gehen?«, meinte die alte Frau kopfschüttelnd. »Später werden Sie mit dem dann überhaupt nicht mehr fertig!«

»Halt den Mund, alte Schachtel, dich hat keiner gefragt!«

Der Junge stieß wieder mit dem Fuß nach dem Rock der jungen Frau.

»Jetzt hör endlich auf!«, rief die und heulte fast.

Die Mutter küsste ihr Söhnchen auf den Kopf.

»Hör nicht auf die, Schurik, die ist dumm. Wenn sie Angst hat, sich schmutzig zu machen, dann soll sie doch ein Taxi nehmen.«

Schurik war sofort wieder obenauf und schlenkerte weiter mit den Beinen. Unerwartet tat da der Rocker seinen Mund auf. Er holte den Kaugummi heraus, drehte ihn ein wenig zwischen den Fingern und klebte ihn dann ... der Mutter des Jungen mitten auf die Stirn.

Im Wagen war es sofort mucksmäuschenstill. Der Mutter traten die Augen aus den Höhlen, sie wollte gerade eine Schimpfkanonade loslassen, da donnerte der Kerl in Leder, dass es im ganzen Wagen zu hören war: »Hör mal, Mamascha, ich bin gestern siebzehn geworden!«

»Glückwunsch«, antwortete das Weib verdattert und versuchte gar nicht erst, den Kaugummi abzunehmen.

»Ich scheiß auf deinen Glückwunsch! Dass du es weißt, ich habe Gras geraucht, Haschisch inhaliert, Ecstasy probiert und Schwänze gelutscht! Jetzt fehlt mir nur noch Heroin! Zum Lernen hab ich keine Lust. Ich saufe alles, was brennt, und bumse alles, was sich bewegt. Klar?«

»Und warum sagen Sie mir das alles?«, fragte die Mutter völlig entgeistert.

»Weil ich auch nach einem japanischen System erzogen worden bin! Bis sieben Jahre durfte ich alles«, erklärte der junge Mann und drängte sich zum Ausgang.

Donnerndes Gelächter schallte durch den ganzen Wagen. Die Leute wieherten und fielen fast übereinander. Die Frau aber saß konsterniert da, der Mund stand ihr offen, und auf ihrer Stirn klebte immer noch der rosafarbene Kaugummi.

Wolodja kam zum Pförtnerhaus und knurrte mich an: »Was willst du?«

Ich sah, dass er schwere Lederschuhe trug, und fragte: »Ist dir nicht zu warm? Schlüpf in Sandalen, so laufen jetzt alle rum.«

»Du wirst mich noch in Shorts ins Büro schicken!«, antwortete der Major ärgerlich. »Da möchte ich meine Vorgesetzten mal hören. Also, weshalb bist du hier? Wenn du mir nur eine andere Kleiderordnung vorschlagen willst, dann danke für dein Mitgefühl.«

»Reg dich doch nicht auf«, sagte ich lächelnd. »Ich muss etwas mit dir besprechen.«

»Was denn?«

»Kannst du eine Anfrage an euer Archiv richten?«

Wolodjas Miene verfinsterte sich. »Wonach soll ich denn fragen?«

»Vor einem Jahr hat es auf der Minsker Chaussee unweit von Moskau einen Autounfall gegeben. Am Steuer saß ein gewisser Robert Aster, neben ihm seine Frau Anastasia. Die kam dabei ums Leben. Die Sache wurde rasch abgeschlossen, niemand warf Aster etwas vor, man betrachtete das Ganze als einen Unglücksfall.«

»Und was willst du jetzt?«

»Ich möchte gern die Akten einsehen.«

»Wozu denn das?«

»Ich brauche es für einen bestimmten Fall.«

»Das geht nicht!«

»Wolodja!«

»Lass mich in Ruhe, Tanja!«, warf mir der Major hin und drehte sich um.

Ich sagte nichts und wartete darauf, dass er sich noch einmal umdrehte. Und tatsächlich wandte der Major den Kopf. Ich zog einen Flunsch und tat, als würde ich gleich losheulen.

»Hör auf damit!«, zischte Wolodja und kam zurück. »Mach mir hier keine Szene!«

Ich zückte ein Taschentuch aus meiner Handtasche, rieb damit an meinen völlig trockenen Augen herum und jammerte ziemlich laut: »Du liebst mich nicht mehr!«

Die junge Frau im Pförtnerhäuschen beobachtete uns mit großem Interesse. Wolodja lief rot an.

»Hör auf, sonst denkt sie noch, du bist meine Geliebte, die mich hier zur Rede stellen will.«

»Soll sie doch!«

»Mach, dass du wegkommst!«

»So einer bist du also! So sehr hast du mich schon über, dass du Angst hast, man könnte uns für ein Paar halten! Schämst du dich etwa für mich?«

Ich rieb mir weiter die Augen.

»Also gut«, lenkte der Major ein. »Ich mach's. Aber du verschwindest sofort von hier. Wie sagtest du? Robert Aster und im vergangenen Jahr?«

Ich nahm das Taschentuch vom Gesicht.

»Ja.«

Der Major lief davon. Zufrieden steckte ich das zerknüllte Taschentuch wieder ein. Ein Glück, dass Wolodja keine Frau weinen sehen konnte.

Die große Uhr in der Pförtnerloge zeigte fünf Uhr nachmittags. Ich trat auf die Straße hinaus, ging bis zum

Boulevard und setzte mich auf eine Bank. Vera hatte erzählt, sie studiere in dem Institut, das auch Anastasia besucht hatte. Auf meine Bitte hatte sie mir sogar Namen und Adresse der Lehranstalt auf eine Serviette geschrieben. Jetzt war Juni, Prüfungszeit. Vielleicht traf ich dort jemanden an, der Anastasia gut gekannt hatte.

Das Institut musste ganz in der Nähe sein. Ich brauchte nur ein Stück den Boulevard hinunterzulaufen und dann durch ein paar Gässchen und Moskauer Hinterhöfe zu schlüpfen. Zwanzig Minuten später stand ich vor einem großen Gebäude mit einem Säulenportal im Stil der dreißiger Jahre. »Sowjetischen Klassizismus« hatte diese Architektur mein scharfzüngiger Papa genannt. Manchmal aber auch hinzugefügt: »eine barbarische Pracht«.

Das Gebäude war offenbar als Tempel der Wissenschaft errichtet worden, denn das Giebeldreieck über den Säulen schmückten Bücher, Hefte und quadratische Professorenhüte aus Gips. Die Wände waren mit Reliefs verziert, auf denen pausbäckige Mädchen mit Aktentaschen und stramme junge Männer mit zusammengerollten Zeichnungen unter dem Arm vorwärtsmarschierten, sicher in die lichte Zukunft. Die hätten sich gewiss nicht vorstellen können, wie radikal sich das Sowjetland verändern und wie ihre Lehranstalt einmal von den Nachkommen genannt werden würde. Jetzt prangte an der Tür ein blank geputztes Messingschild mit der Aufschrift »Moskauer Akademische Universität für Geschichte, Philosophie, Psychologie und Management«. Ich schüttelte den Kopf. Wie dieser Ort wohl vor der Perestroika geheißen hatte? Bestimmt war es irgendein zweitklassiges Etablissement gewesen, wohin sich die Abiturienten nicht gerade drängten. Aber jetzt konnte jeder, dem es einfiel, seine Einrichtung »Universität« oder »Akademie« nennen. Von einer Akademischen Universität hatte ich allerdings noch nie gehört. Wahrscheinlich ging man hier gleich als Korrespondierendes

Mitglied der Akademie der Wissenschaften ab. Drinnen war es angenehm kühl. Ich stieg die einstmals prachtvolle, heute aber arg bröckelnde Freitreppe hinauf und stieß sofort auf einen riesigen Prüfungsplan. Das vierte Studienjahr hatte die Examen gerade hinter sich gebracht. Vor Enttäuschung stampfte ich mit dem Fuß auf. Das war aber ärgerlich! Ich hatte so gehofft, jemanden aus Anastasias Gruppe hier zu treffen. Da fiel mein Blick auf eine kleine Bekanntmachung: Wiederholungsprüfung Psychologie viertes Studienjahr am 20. Juni, 18.00 Uhr, Raum 64, Dozent Lasarew.

20. Kapitel

Ich lief durch die Korridore, um den genannten Raum zu finden. Vor einer hohen weißen Tür drängten sich mehrere Studenten.

»Kommt ihr alle zur Nachprüfung?«, fragte ich ein schlankes Mädchen, das trotz der Hitze einen Jeansanzug trug.

Die Angesprochene war offenbar ganz durcheinander. Ihr Gesicht glühte, auf der Oberlippe glänzten Schweißtröpfchen, und unter den Achseln zeigen sich große dunkle Flecke.

»Ja«, sagte sie und nickte.

»Wieso seid ihr so viele? Ist das ein so schwieriges Fach?«

»Lasarew ist ein gemeiner Hund«, flüsterte die Studentin. »Er hat fast das ganze Studienjahr durchfallen lassen! Nur zwei Zweien und ein paar Dreien hat er vergeben, alle andern müssen wiederholen. Und jetzt geht es schon wieder los. Mascha war gerade drin. Nun sitzt sie dort am Fenster und heult.«

Ich schaute in die gewiesene Richtung. Auf dem Fensterbett hockte eine hübsche Kleine und wischte sich die Augen. Sie hatte einen auffallend dicken Bauch.

»Nicht einmal sie hat er verschont«, seufzte die Studentin in den Jeans, »obwohl sie schwanger ist. Ein richtiger Dobermann-Pinscher!«

Ich musste lachen. »Na, das ist wohl nicht der passende Vergleich. Ein Pinscher ist so ein niedliches Ding, nicht größer als eine Katze. Ein Dobermann ist allerdings ein riesiges Vieh. Aber euer Lasarew scheint mir eher einem Pitbull zu gleichen.«

»Äußerlich bestimmt nicht!«, widersprach die Studentin.

Da ging die Tür auf, und ein mickriges Männlein, kleiner als ich, schaute heraus. An dem kahlen Kopf mit scharfgeschnittenem Profil saßen riesige gelbliche Ohren, blaugraue Äuglein funkelten böse unter gerunzelten Brauen hervor, und ein magerer Hals reckte sich aus dem viel zu großen Kragen eines nicht gerade frischen Hemdes. Offenbar hatte der kleine Kerl Schwierigkeiten, passende Kleidung zu finden. Wahrscheinlich musste er sein Leben lang Kindersachen tragen.

»Wenn ich noch einen mit einem Spickzettel erwische«, gab der Mann im Taschenformat mit kreischender Stimme von sich, »dann schmeiß ich euch alle raus und ihr könnt im Herbst wiederkommen!«

Prompt klappte die Tür wieder zu.

»Wirklich ein Dobermann-Pinscher«, sagte ich grinsend. »Wenn der ein Pitbull ist, dann bin ich Claudia Schiffer.«

Da wurde mein Gegenüber plötzlich blass.

»Um Gottes willen, gleich falle ich in Ohnmacht!«

Ich erschrak, stützte sie ein wenig und sagte: »Bleib ganz ruhig und atme tief durch. Warum hast du dich auch so unmöglich angezogen? Alle laufen in Röckchen und Blüschen herum. Jeans sind doch nichts für dieses Wetter!«

»Die haben Geheimtaschen für die Spickzettel«, flüsterte der Prüfling.

»Ach so! Und wenn er nun etwas merkt?«

»Das kann passieren, aber anders schaffe ich es nicht. Lasarew ist doch zu gemein!«

»Hör mal«, sage ich leise, »bei uns im Konservatorium hatten wir auch so einen Kerl, Wenzemirow hieß der. Immer wieder ließ er einen durchfallen. Nur Xenia Litwinowa bekam stets ohne Stress eine Eins. Wir konnten uns nicht erklären, wie sie das machte. Erst mehrere Jahre nach dem Studium hat sie es uns erzählt.«

Wenzemirow gab jeden Herbst zu Beginn des neuen Studienjahres eine kleine methodische Broschüre heraus. Darin waren für die Studenten die Themen des ganzen Jahres mit der von ihm empfohlenen Literatur aufgelistet. Nicht gerade eine »wissenschaftliche« Arbeit, aber der Mann war auf sein »Werk« stolz wie ein Spanier. Vor der Prüfung erstand die durchtriebene Xenia zwei dieser Heftchen. Als sie dann Wenzemirow gegenübersaß, ließ sie, noch bevor sie ihre Frage zog, schüchtern hören: »Albert Grigorjewitsch, ob Sie mir vielleicht einen Gefallen ...«

»Und das wäre?«, blaffte der stets übel gelaunte Professor.

»Eine Freundin von mir studiert am Leningrader Konservatorium. Dort ist Ihr Buch einfach nicht zu kriegen, weil sich alle darum reißen. Es gilt als das beste Lehrmaterial weit und breit. Ob Sie mir für sie ein Exemplar signieren könnten? Sie würde sich riesig freuen, eins mit dem Autogramm des berühmten Professors Wenzemirow zu besitzen.«

Total verblüfft, signierte der Professor das Heftchen sofort. Kaum hatte er das getan, da hielt Xenia das zweite Exemplar hin und stammelte: »Und dieses bitte für mich ...«

»Bei Wenzemirow war ihr fortan eine Eins garantiert! Es ist zum Totlachen, aber sie hat denselben Trick bei zwei

Zwischen- und drei Hauptprüfungen immer wieder angewandt, und stets hat es funktioniert.«

»Von unserem Giftzwerg gibt's solche Dinger auch«, sagte die Studentin nachdenklich und wühlte in ihrer Tasche. »Da ist es, nur ziemlich bekleckert.«

»Das macht doch nichts! Es kann sogar von Vorteil sein. Du sagst, du arbeitest damit von morgens bis abends.«

»Aber wo kriege ich jetzt ein zweites her?«, fragte das Mädchen und schaute sich aufgeregt um.

Da ging die Tür auf, und das nächste Opfer wankte schluchzend heraus. Von drinnen rief es scharf: »Filimonowa!«

»Ach du mein Gott«, stammelte die Kleine in den Jeans. »Das bin ich! Nelli, gib schnell das Ding her!«

Sie riss der unglücklichen Kommilitonin das ebenso speckige Heftchen aus der Hand und lief in den Prüfungsraum. Ich lachte mir eins ins Fäustchen. Ich musste dringend etwas trinken.

»Gibt es hier nicht irgendwo einen Imbissraum?«, fragte ich einen jungen Mann, der in einem Lehrbuch blätterte.

»Die letzte Tür ganz am Ende des Korridors«, kam die Antwort.

Ich ging in die gewiesene Richtung. Der Imbissstand hatte nur Sprite. Mögen mir die Liebhaber dieses Getränks verzeihen, aber ich mag es überhaupt nicht. Als Hausfrau habe ich damit allerdings gute Erfahrungen gemacht. Ist Ihr Wasserkessel innen auch immer so verkalkt? Vergessen Sie die teuren Entkalker! Nehmen Sie einfach eine Flache Sprite und kippen das Zeug hinein. Lassen sie es eine halbe Stunde stehen und danach zehn Minuten lang kochen. Ihr Wasserkessel wird innen wie neu. Er darf nur nicht aus glänzendem Metall sein. Das wird von Sprite angefressen. Aber für Emaille, Plastik und Glas ist das Zeug einfach Spitze. Eine meiner Freundinnen behauptet, man könnte damit auch sanitäre Anlagen putzen, viel besser als mit einem teurem Gel. Ich selber habe das noch nicht ausprobiert. Cola oder Fanta eignen sich für diesen Zweck überhaupt nicht. Zwar beseitigen sie den Kalk, aber im Unterschied zu Sprite hinterlassen sie hässliche braune oder orangefarbene Flecken, die man nicht mehr wegbekommt.

»Ach, hier sind Sie«, hörte ich es hinter mir sagen.

Ich drehte mich um. Auf der Schwelle stand – total verschwitzt und überglücklich – das Mädchen in den Jeans.

»Hier, schauen Sie mal!«, rief sie begeistert. »Eine Eins hat er mir gegeben! Die einzige im ganzen Studienjahr! Wie schade, dass ich Sie so spät getroffen habe! Trotzdem vielen Dank. Meinen Sie, bei anderen Professoren funktioniert das auch?«

»Schaden kann es bestimmt nicht«, sagte ich lächelnd.

»Was suchst du eigentlich hier?«, fragte das Mädchen jetzt und ging zum Du über.

»Ich hatte Durst, aber hier gibt es nur lauwarme Sprite. Die kriege ich nicht einmal eisgekühlt herunter.«

»Komm«, sagte die Studentin. »Im Keller gibt's ein Privatcafé, das ist jetzt in. Hierher kommt keiner mehr.«

Wir liefen die Treppe hinunter. In dem ehemaligen Keller hatte man so etwas wie ein gemütliches Restaurant eingerichtet.

»Setz dich hin und mucks dich nicht«, sagte das Mädchen im Befehlston. »Auf Studentenausweis gibt's hier 50 Prozent Rabatt. Ich heiße übrigens Larissa.«

Alle meine Versuche, ihr etwas für Kaffee und Kuchen zuzustecken, wehrte Larissa kategorisch ab.

»Das wäre ja noch schöner! Du hast mich gerettet. Lasarew hat bisher nur ein einziges Mal eine Eins vergeben.«

»Und wer war der Glückliche? Ein neuer Lomonossow?«, fragte ich grinsend. »Kannte der sich so gut aus, dass nicht einmal Lasarew ihn hereinlegen konnte?«

»Ein Mädchen war das, Anastasia Rasuwajewa.«

Ich setzte die Tasse ab.

»Wer?«

»Anastasia Rasuwajewa. Ihre Mutter hat hier gearbeitet, mit der wollte sich Lasarew nicht anlegen.«

»Hast du sie gut gekannt?«

»Professor Rasuwajewa?«

»Nein, ihre Tochter.«

»Anastasia? Ein bisschen ... Solche wie die sind nicht meine Freundinnen«, teilte mir Larissa auf kindlich naive Art mit. »Die hat die Nase immer so hoch getragen. Aber sie tut mir leid. Vor einem Jahr ist sie bei einem Autounfall ums Leben gekommen. Da hatten wir auch gerade Prüfungen.«

»Das heißt, Anastasia hatte in der Fakultät keine Freunde?«

»Doch, doch! Zum Beispiel Nina Spiridonowa. Die beiden waren wie zwei Kletten. Nina hat manchmal sogar bei Anastasia übernachtet.«

»Das arme Mädchen«, seufzte ich gekünstelt, »war wahrscheinlich aus der Provinz und wollte in Moskau Karriere machen, eine Aspirantur beginnen. Dachte wohl, dass die Mutter der besten Freundin ihr helfen könnte. Und nun ist nichts daraus geworden.«

»Da liegst du völlig falsch!«, rief Larissa und lachte. »Nina ist älter als wir, so etwa vier Jahre. Ich bin sofort nach der Schule ans Institut gekommen, aber sie hat zuerst in einer Firma gearbeitet. So einer, die Leute in den Urlaub schickt. Dabei hat sie einen tollen reichen Kerl kennengelernt und gleich geheiratet. Die hat so viel Geld, wie du gar nicht willst, weil du dir solche Summen gar nicht vorstellen kannst. Nein, sie waren einfach Freundinnen, haben sich offenbar sympathisch gefunden.«

»Ist Nina hier?«

»I wo! Lasarew hat ihr gleich beim ersten Anlauf eine Zwei gegeben. Der weiß schon, mit wem er sich anlegt und mit wem nicht. Hätte er Nina durchfallen lassen, dann wäre am nächsten Tag ihr Mann hier gewesen und hätte unseren Pinscher unangespitzt in die Erde gerammt.«

»Hast du ihre Telefonnummer oder ihre Adresse?«

»Nein, wir sind doch nicht befreundet.«

»Wie kann ich die bekommen? Ich muss dringend mit Nina sprechen.«

»Wart einen Moment«, sagte Larissa und verschwand.

Nun saß ich ganz allein an meinem Tischchen. Aus Langerweile begann ich die Servietten zu kleinen Schiffchen zu falten. Als Larissa ganz außer Atem wieder auftauchte, hatte ich schon eine kleine Flottille fertig.

Sofort konnte ich Nina Spiridonowa nicht aufsuchen. Die Uhr zeigte schon fast acht. Bis ich in Krylatskoje war und ihr Haus gefunden hatte ... Zu der Zeit kam ihr toller Mann sicher gerade nach Hause, ließ sich auf die Couch plumpsen und sich aus dem Kühlschrank eine hübsch beschlagene Flasche Bier reichen. Da fehlte ich gerade mit meinen dummen Fragen. Nein, lieber wollte ich sie am Vormittag aufsuchen, wenn die Luft rein war. Jetzt aber musste ich nach Aljabjewo zurück.

Dort war es auch nicht kühler als in der Stadt. Schnaufend erreichte ich das Tor der Villa Larionow. Ich ging hinein und bekam einen riesigen Schreck. Vor der Freitreppe standen gleich zwei Rettungswagen. Hatte diese Schwüle Opfer gefordert?

Aus dem Salon drangen erregte Stimmen an mein Ohr. Schon das Vestibül sah merkwürdig aus. Wo sonst der Marmorfußboden vor Sauberkeit glänzte und überall Blumen in hohen Bodenvasen standen, lag jetzt eine ziemlich lädierte Tür, die man offenbar gewaltsam herausgerissen hatte, daneben allerlei Werkzeug – ein Beil, eine Brechstange und eine Eisensäge. Im Salon drängten sich die Hausbewohner um die Couch, auf der stöhnend Rosa Konstantinowna lag. Gleich vier Leute in weißen und hellblauen Kitteln machten sich an ihr zu schaffen.

»Was ist denn hier los?«, fragte ich Kira, der eine Emailleschüssel in der Hand hielt. Darin lagen mehrere leere Ampullen und benutzte Einwegspritzen. Mein Herz schlug wie wild. War es Angelika doch gelungen, an die alte Dame heranzukommen?!

Kira zupfte mich am Ärmel. Ich folgte ihm ins Vestibül hinaus.

»Ist das ein Zirkus hier!« Der Junge kicherte. »Zum Totlachen!«

»Was ist denn passiert?«

Jetzt lachte Kira laut auf. »Das kannst du dir nicht vorstellen!«

Mit Händen und Füßen gestikulierend, begann er seinen ausführlichen Bericht. Je länger ich ihm zuhörte, desto kleiner wurde ich. Das hatte ich nicht gewollt! Wie konnte ich nur vergessen, dass ich Rosa Konstantinowna zur Sicherheit in ihrem Zimmer eingeschlossen und beide Schlüssel in meine Tasche gesteckt hatte!

Gegen ein Uhr mittags wurde es im Zimmer von Jefims Mutter laut. Sina lief herzu.

»Machen Sie sofort auf!«, donnerte Rosa Konstantinowna. »Was sind denn das wieder für dumme Spielchen?«

»Haben Sie sich vielleicht von innen eingeschlossen?«, fragte das Zimmermädchen vorsichtig, nachdem es mehrmals an der Klinke gerüttelt hatte. »Sie müssen nur den Schlüssel umdrehen.«

»Einem Menschen mit einem todkranken Herzen«, brüllte Rosa Konstantinowna auf, dass die Gläser in den Vitrinen im Parterre leise klirrten, »einer Frau mit so schwacher Gesundheit wie ich fällt es nicht im Traum ein, sich schlafen zu legen und die Tür zu verschließen! Außerdem ist gar kein Schlüssel da!«

»Bitte schauen Sie genau nach«, sagte Sina schüchtern, »vielleicht ist er runtergefallen.«

»Schweinerei, verdammte!«, kreischte die Alte. »Das ist

ja nicht zu fassen! Hier liegt nichts herum! Machen Sie sofort auf!«

»Ja, ja«, rief das Zimmermädchen erschrocken, »ich muss nur rasch hinunterlaufen, dort gibt es einen Ersatzschlüssel.«

»Erklären Sie mir nicht, was zu tun ist, sondern tun Sie es!«

Sina rannte, so schnell sie konnte, zu dem bewussten Schränkchen. Dort hingen alle Schlüssel außer dem zum Zimmer von Jefims Mutter.

Völlig durcheinander stand Sina im Vestibül, während Rosa Konstantinowna in ihrem Zimmer heulte wie eine abgeschossene Rakete. »Aufmachen! Sofort! Hört mich denn keiner?«

Inzwischen hatten sich alle anwesenden Hausbewohner vor ihrer Tür versammelt. Karina versuchte die Lage unter Kontrolle zu bekommen.

»Bitte, beruhigen Sie sich, Rosa Konstantinowna, wir lassen uns etwas einfallen.«

»Ich muss etwas trinken! Hier ist kein Wasser!«

»Nehmen Sie doch welches aus dem Bad.«

»Vielleicht trinke ich noch aus dem Wasserhahn!«

»Ach, die arme zarte Rosa«, gackerte Galina Michailowna los. »Sie ist halt nicht wie ich. Wenn mich der Durst plagt, dann trinke ich mit Vergnügen Leitungswasser. Aber sie bringt das gleich um!«

»Ich muss jetzt etwas trinken!«, heulte Rosa Konstantinowna wieder auf. »Holt eine Flasche!«

»Unter der Tür kriegen wir die nicht durch«, bemerkte Lisa altklug.

»Wir können doch eine Klistierspritze füllen und damit durch das Schlüsselloch spritzen«, schlug Kira vor.

Tina gab ihm eine Kopfnuss und rief: »Da gibt es aber bessere Methoden, du Blödmann! Hol die Gartenleiter und klettere zu Rosa Konstantinownas Fenster hinauf. Dann kannst du ihr eine Flasche hineinreichen.«

»Über die Leiter könnte sie doch auch aussteigen!«, gab Angelika zu bedenken.

Im Nu kletterte Kira wie ein erfahrener Matrose zu Rosa Konstantinownas Fenster hinauf, übergab ihr eine Zweiliterflasche Mineralwasser und stellte ihr ohne jeden Hintergedanken die Frage: »Na, was ist, kommen Sie mit runter?«

»Wer? Ich?«, gab Rosa Konstantinowna zurück, der dieses Ansinnen fast die Sprache verschlug. »Wie kannst du es wagen, einer betagten Dame so etwas zuzumuten? Bring mir sofort Kaffee!«

Kira kletterte wieder herunter und verkündete: »Auf die Leiter traut sie sich nicht, aber Kaffee will sie haben.«

Fünf Minuten später war der Junge wieder oben und reichte der alten Frau einen großen Karton hinein. Darin lagen ein Wasserkocher, ein Päckchen Würfelzucker und eine Dose Nescafé. Das Gerät behielt Rosa Konstantinowna, aber Kaffee und Zucker warf sie aus dem Fenster.

»Das Zeug trinke ich nicht! Ich will richtigen Kaffee haben!«

Kira, der es inzwischen zu artistischer Kunstfertigkeit gebracht hatte, balancierte ein Tablett mit einer gefüllten Kaffeetasse hinauf. Aber auch damit konnte er es Rosa Konstantinowna nicht recht machen. Der Kaffee war inzwischen kalt, und die Sahne hatte man auch vergessen. Eine ganze Stunde lang sauste Kira nun wie ein Äffchen die Leiter hinauf und hinunter, versorgte Rosa Konstantinowna mit Käsetoast, Zeitungen, dem Fernsehprogramm, einem warmen Schal, den die Alte – Gott weiß warum – bei vierzig Grad unbedingt haben musste, Papier und Kugelschreiber, denn sie äußerte den Wunsch, ihr Testament zu schreiben. Dazu Valokordin, Aspirin, Binden, Watte, Analgin, die Zeitschrift *Schöner Wohnen*, eine Bibel, indischen Weihrauch …

Die Übrigen suchten im ganzen Haus nach den verschwundenen Schlüsseln. Die Zimmermädchen räumten die Zimmer nicht auf, der Koch kochte nicht, und der Gärtner ließ den Rasen ungeschnitten. Das gesamte Dienstpersonal, dazu Karina, Maxim, Nastja, Tina, Lisa und sogar Angelika wühlten die Zimmer durch. Allein Galina Michailowna beteiligte sich nicht an dem Gesellschaftsspiel *Such den Schlüssel.* Sie legte sich nieder und jammerte: »Gleich kriege ich einen Herzanfall! Das Schicksal der armen Rosa geht mir so nahe! Allein in einem Zimmer eingeschlossen! Eine schreckliche Prüfung!«

Schließlich wurde entschieden, die Tür aufzubrechen. Der Koch, der Gärtner und der Wachmann, der zu diesem Zweck sogar seinen Posten verließ, machten sich ans Werk. Aber Gleb Larionow war ein umsichtiger Hausherr gewesen. Alle Türen waren aus massiver Eiche gemacht. Außerdem hatten sie Stahlkanten und eine besondere Vorrichtung, die gewaltsames Aufbrechen verhindern sollte. Mehrere Stunden lang quälten sich die Männer mit ihr ab. Dann sahen sie ein, dass sie ohne Fachleute nichts ausrichten konnten. Die wurden herbeigerufen. Schließlich fiel das Hindernis. Drinnen stieß man auf Rosa Konstantinowna, der überhaupt nichts fehlte. Im Gegenteil, sie war hochzufrieden, dass sich alle Hausbewohner stundenlang nur mit ihrer Person beschäftigt hatten.

Vorsichtig führte man die Dame in den Salon, wo sie Galina Michailowna erblickte, die auf der Couch lag.

»Ach«, flüsterte Karinas Mutter, »jetzt, da mit Ihnen alles wieder in Ordnung ist, kann ich in Ruhe sterben!«

Konnte Rosa Konstantinowna der Rivalin einfach das Feld überlassen? Auf keinen Fall. Sofort fasste sie sich ans Herz und ließ sich auf die andere Liegestatt plumpsen, wobei sie beinahe die dort ahnungslos herumliegende Mulja erdrückt hätte. Natürlich wurde nach dem Notarzt gerufen. Inzwischen war in Vergessenheit geraten, dass man bereits vor einer halben Stunde für Galina Michailowna, die an einem Asthmaanfall, einem Nervenzusammenbruch und Krämpfen zur gleichen Zeit litt, einen Notruf abgesetzt hatte. Als der erste Rettungswagen eintraf, fiel Jefims Mutter »in Ohnmacht«. Nun war es an der zweiten Komödiantin, sich in Krämpfen zu winden. Zum Glück erschien gleich darauf die zweite Mannschaft, um das Bild zu vervollständigen.

Ein Arzt vom Kreiskrankenhaus wäre bald wieder verschwunden, aber die von den Privatdiensten wurden nach Zeit bezahlt und gingen bereitwillig an eine ausführliche »Behandlung« der beiden Patientinnen.

»Schau mal, was sie denen schon alles gespritzt haben«, meinte Kira.

Ich wühlte in den Ampullen, die in der Emailleschüssel lagen: ein Beruhigungsmittel, Analgin und noch ein paar harmlose Sachen, bei denen nichts passieren konnte.

»Kira!«, rief da Karina erbost. »Wo steckst du denn? Nimm die Hunde hier raus!«

Der Junge lief in den Salon zurück, ich hinterher. Ich kam gerade zum Höhepunkt der Szene zurecht.

Rosa Konstantinowna ruhte auf einem großen Berg Kissen.

»Einen Augenblick«, flüsterte sie theatralisch, »bevor ich diese Welt verlasse, will ich Karina noch das Wertvollste schenken, das ich besitze.«

Mit sichtbarer Mühe hob sie einen Arm und nahm ihre Ohrgehänge ab.

»Die sind für dich, meine Liebe!«

»Moment mal«, rief da Galina Michailowna mit schriller Stimme, »die haben Sie meiner Tochter doch schon mal geschenkt!«

»Tatsächlich?«, kam es von Rosa Konstantinowna gequält.

»Und wie sind sie zu Ihnen zurückgekommen?«, fragte Lisa ziemlich taktlos.

Rosa Konstantinowna warf ihr einen bösen Blick zu. »Ich bin ja nicht gestorben, da habe ich sie eben zurückgenommen.«

Lisa blieb der Mund offen stehen. Beinahe hätte sie gesagt: Geschenkt ist geschenkt! Aber ich gab ihr einen Stoß und sagte: »Lisa, bitte doch Sina, Tee für alle zu servieren. Die Ärzte haben bestimmt auch nichts dagegen.«

»Ja, natürlich«, rief Karina, froh, wenigstens für ein paar Minuten Mutter und Schwiegermuter entfliehen zu können. »Das ist eine sehr gute Idee, die hätte von mir sein können! Tee und Torte. Sina!!!«

Sofort war das Zimmermädchen zur Stelle.

»Tee!«, rief Karina im Befehlston.

»Verzeihen Sie bitte ...«

»Jetzt sag bloß, in diesem Haus gibt es nicht mal mehr Tee!«

»Doch, doch! Aber schauen Sie, was ich gefunden habe.« Und sie hielt ihr die offene Hand hin.

»Das sind die beiden Schlüssel zu Rosa Konstantinownas Zimmer«, sagte das Mädchen.

»Wo hast du denn die her?!«, riefen alle im Chor.

»Einen Moment«, sagte Sina und lief hinaus.

Gleich war sie wieder da und wies meine Handtasche vor. »Die hat neben der Tür auf einem Stuhl gelegen. Ich wollte sie aufhängen, aber sie war offen, und da ist alles herausgefallen. Als ich die Sachen wieder eingesammelt habe, lagen da die Schlüssel!«

»Wem gehört das Ding?«, fragte Rosa Konstantinowna in eisigem Ton.

Ihre blassen Augen flitzten von einem zum anderen. Karina und Nastja rutschten förmlich in sich zusammen, Angelika zog sich erschrocken in die Tiefe des Raumes zurück, Lisa und Tina fasten sich bei den Händen.

»Mir«, antwortete ich leise. So musste sich Jeanne d'Arc gefühlt haben, als sie den Scheiterhaufen bestieg.

Die französische Kriegsheldin war damals übrigens noch sehr jung. Ich bin wesentlich älter, aber das wollte ich jetzt nicht vertiefen.

»Also, meine Dame«, zischte Rosa Konstantinowna und starrte mich an, als wollte sie mich mit ihrem Blick durchbohren, »erzählen Sie uns, weshalb Ihnen eingefallen ist, eine arme alte Frau in ihrem Zimmer einzuschließen und die Schlüssel auch noch mitzunehmen. Reden Sie schon!«

Ich mobilisierte auf der Stelle alle meine schauspielerischen Fähigkeiten, sogar, was ich im Studium über das System Stanislawskis gelernt hatte, fiel mir wieder ein. So unschuldig ich konnte, zuckte ich die Achseln.

»So etwas wäre mir nie in den Sinn gekommen!«

»Aber die Schlüssel lagen in Ihrer Tasche!«, ließ sich jetzt Galina Michailowna hören, »nicht bei mir, nicht bei Karina, sondern bei Ihnen.«

»Na und? Als ich eben nach Hause kam, habe ich im Gras etwas glänzen sehen. Da lagen die Schlüssel, und ich habe sie aufgehoben. Aber als ich die Rettungswagen und die vielen Ärzte hier sah, bin ich so erschrocken! Wen hätte ich denn auch fragen sollen?« Die Miene der alten Frau entspannte sich.

»Die Schlüssel lagen im Gras?«, fragte Karina.

Ich nickte.

»Dann ist ja alles klar«, stellte Jefims Witwe seufzend fest.

»Was ist dir klar?«, fuhr ihre Schwiegermutter sie an.

»Gestern Abend haben wir noch Sachen zur Reinigung gegeben«, erläuterte Karina. »Ich selbst habe den Dienst angerufen. Wahrscheinlich steckten die Schlüssel in irgendeiner Tasche und sind dabei herausgefallen.«

Aus meiner Sicht hielt diese Version keiner Kritik stand. Die Reinigung verpackt die Sachen stets vorsichtig in Beutel. Außerdem war es sehr seltsam, dass beide Schlüssel zusammenlagen. Aber keiner der Anwesenden schien Lust zu haben, Karinas Version zu widersprechen. Erleichtert ließen sich alle zum Teetrinken nieder.

21. Kapitel

Die dankbare Larissa hatte Nina Spiridonowas Telefonnummer nicht herausbekommen können. Auf einem herausgerissenen karierten Heftblatt stand in unregelmäßiger Kinderschrift nur die Adresse: Krylatskije Cholmy 42.

Gerade noch rechtzeitig fiel mir ein, dass mein Auto in der Werkstatt war. Wohl oder übel musste ich den Vorortzug nehmen.

Gegen elf Uhr vormittags stand ich endlich vor dem gesuchten Haus. Ich konnte nur hoffen, dass Nina eine Langschläferin war. Auf die Klingel reagierte niemand, aber ich probierte es immer wieder. Schließlich bewegte sich hinter dem Spion ein leichter Schatten. Irgendwer musterte mich, hatte es aber nicht eilig, mir zu öffnen. Ich lächelte und winkte freundlich mit der Hand.

»Zu wem möchten Sie?«, ertönte es da aus dem Lautsprecher, der über mir an der Wand hing.

Ich holte meinen Dienstausweis hervor und hielt ihn aufgeklappt vor den Spion. Schlösser klickten, und eine hübsche junge Frau in einem halb durchsichtigen, sehr erotischen Kittelchen schaute aus der Tür.

»Sie haben unten gar nicht geklingelt«, sagte sie aufgebracht. »Wie sind Sie hier überhaupt hereingekommen?«

»Zusammen mit einem Hausbewohner«, erklärte ich.

»Und die Fahrstuhlführerin hat Sie durchgelassen?«

»Die habe ich nicht gesehen.«

»Das ist ja unerhört!«, rief Nina. »Die sollte man entlassen! Wofür bezahlen wir das viele Geld? Sind Sie von der Miliz? Was wollen Sie?«

»Nein, ich bin Privatdetektivin.«

»Was?« Nina riss ihre Augen auf, die blau waren wie die Seen Kareliens. »Was sind Sie?«

»Wenn ich einen Moment hereinkommen darf, erkläre ich es Ihnen.«

»Ich habe keine Zeit!«, schnarrte die unfreundliche Frau und wollte die Tür zuschlagen.

Aber ich hatte bereits den Fuß im Spalt.

»Es ist eine dringende Angelegenheit.«

Nina wütete weiter. »Ich habe Ihnen doch gesagt, ich habe keine Zeit!«

Da meldete sich die Wechselsprechanlage von der Haustür.

»O je!«, rief die Frau und rollte die Augen. »Wer ist denn das jetzt noch?«

»Ich«, kam es von unten, »mach auf, ich hab die Aktentasche vergessen!«

Nina erbleichte und lief, so schnell sie konnte, in die Wohnung zurück. Ich nutzte die Gelegenheit und folgte ihr auf dem Fuße. Drinnen bot sich mir ein beeindruckendes Bild. Auf dem Tisch im Wohnzimmer standen eine Flasche Champagner und zwei Gläser. Neben dem Aschenbecher lag eine Schachtel sehr teurer, aber auch sehr starker Zigaretten, Marke *Captain Black*. Die rauchen nur Männer. Neben einem Sessel stand einsam ein Paar Pantoffeln, etwa Größe 45. Der Tisch bog sich von den verschiedensten Delikatessen – Kaviar, Räucherwurst, Zunge in Gelee, Blätterteigpastetchen …

Ich gab mir Mühe, ernst zu bleiben. Die Situation war eindeutig. Der Mann war zur Arbeit, und die süße Nina hatte nichts Besseres zu tun, als ihren Liebhaber zu einem Frühstück zu zweit einzuladen. Aber wie in einem schlechten Witz hatte der Mann seinen Aktenkoffer vergessen.

Nun konnte sich Nina auf etwas gefasst machen, denn der Gatte würde mit einem Blick erfassen, was hier gerade lief.

»Was mache ich denn jetzt?«, stöhnte Nina und griff nach dem Champagner. Aber da erklang es auch schon aus dem Korridor: »Was treibst du hier?« Ins Zimmer trat ein Mann um die fünfzig mit Bäuchlein und beginnendem Haarausfall.

»Was soll das?«, fragte er noch einmal und starrte das Stilleben an.

Nina presste die Champagnerflasche an die Brust und wich zurück. Mit festem Griff entriss er sie ihr und betrachtete sie eingehend. »Nicht gerade billig …«

Da ich fürchtete, der Mann könnte seine treulose Gattin auf der Stelle erschlagen und mir damit eine wertvolle Zeugin rauben, beschloss ich, einzugreifen. Als ich in der Ecke ein Klavier erspähte, hatte ich sofort einen Einfall.

»Vielleicht sollten wir doch die Wahrheit sagen. Was meinen Sie, Nina?«

Die arme Nina, die nicht wusste, worauf ich hinauswollte, presste so stark ihre Fäustchen zusammen, dass die Knöchel weiß hervortraten.

»Wer sind Sie überhaupt?«, fragte der Mann mit hochrotem Kopf und wandte sich mir zu.

Ich lächelte, so liebenswürdig ich konnte. »Gestatten Sie, dass ich mich vorstelle – Tanja Romanowa, früher einmal Konzertharfenistin. Heute gebe ich nur noch Unterricht in Musik und Etikette.«

»Was reden Sie da?«, fragte der Mann begriffsstutzig.

Ich lächelte noch süßer.

»Etikette, das heißt, gute Sitten. Na, wie isst man zum Beispiel ein Hähnchen, mit den Fingern oder mit der Gabel?«

Verdutzt antwortete der Mann mechanisch: »Na, mit der Gabel.«

»Nein, mit den Fingern!«, erklärte ich kategorisch.

Nun dürfen Sie nicht glauben, dass ich tatsächlich etwas von Etikette verstehe. Und wie man ein Hähnchen auf die feine Art zu sich nimmt, weiß ich auch nicht. Aber ich musste Nina retten.

»Was soll das blöde Hähnchen?«, brüllte der Mann jetzt los und schwitzte heftig.

Ich seufzte tief auf. »Nina, wir müssen jetzt die Wahrheit sagen. Auch wenn aus der Überraschung nun nichts wird. Es ist zwar schade, kommt aber vor.«

Nun schien Nina langsam zu begreifen, dass ich ihr aus der Patsche helfen wollte. Heftig nickend stimmte sie zu. »Einverstanden, aber sagen Sie es ihm.«

Ich trat zum Klavier, öffnete den Deckel, legte professionell die Hände auf die Tasten und hämmerte kräftig los. Das erste Klavierkonzert von Tschaikowski. Wenn seine Eröffnungsakkorde erklingen, sehe ich vor meinem geistigen Auge immer das gleiche Bild: Es ist Vorfrühling, der riesige Fluss noch mit Eis bedeckt. Dann kracht und donnert es, die weiße Fläche zerspringt, dunkles Wasser dringt durch die Spalten und reißt schließlich alle Barrieren nieder. Es ist der Triumph des Lebens über den Tod, eine überwältigende, berauschende Musik …

Ich spielte etwa fünf Minuten lang und schloss dann akkurat den Deckel. Ich musste über mich selber staunen. Wie lange hatte ich kein Klavier mehr angerührt, aber meine Finger fanden ganz von selbst ihren Weg.

»Ich verstehe überhaupt nichts«, sagte der Mann verdattert. Seinen Ton hatte er schon einmal gemäßigt. Daher erklärte ich zuversichtlich: »Nina hat sich eine Überraschung für Sie ausgedacht. Sie haben doch bald Geburtstag?«

»In zehn Monaten.«

»Ja, das ist nicht viel Zeit.«

»Wofür?«

»Nina hat mich hergebeten, um ihr ein wenig Klavierspielen beizubringen.«

»Wozu denn das?«

»Sie wollte Sie überraschen. Sie denken doch, dass sie nicht spielen kann?«

»Nina ist als Kind in die Musikschule gegangen. Das hat sie mir selbst erzählt. Deshalb habe ich ihr ja das Klavier gekauft.«

Mich durchfuhr ein Schreck, aber ich ließ mir nichts anmerken.

»In die Musikschule! Du meine Güte! Was lernt man denn da? Ein paar Noten und Chorsingen! Aber doch nicht richtig spielen! Ich habe zwei Stunden gebraucht, um Nina den richtigen Anschlag beizubringen!«

»Aber wozu?«

»Sie sagte mir, sie möchte auf Ihrer Geburtstagsfeier die Gäste überraschen. Stellen Sie sich vor, Sie kommen im Smoking zur Tür herein, da sitzt Nina am Klavier in einem roten Kleid mit Schleife und spielt … Was – das bringe ich ihr noch bei. Alle ihre Freunde werden grün vor Neid. Was für eine Frau dieser Spiridonow hat! So schön, klug und begabt … Das sollte Ninas Geburtstagsgeschenk für Sie sein. Deshalb gebe ich ihr heimlich Stunden. Nun sind Sie heute zurückgekommen und haben die Überraschung verdorben.«

»Aber wozu der gedeckte Tisch und der Champagner?« Der Mann ließ nicht locker.

»Wie ich schon sagte, unterrichte ich Musik und Etikette. Deshalb der Tisch.«

»Das verstehe ich nicht.«

»Wirklich nicht? Also gut, schneiden Sie eine Scheibe Brot ab!«

Der Mann griff sich gehorsam das Brot. Ich klopfte ihm leicht auf die Hand.

»Das ist schon falsch.«

»Wieso?«

»Brot wird überhaupt nicht am Tisch vor den Gästen geschnitten. Das macht die Haushaltshilfe in der Küche und trägt es dann geschnitten auf.«

»Und wenn man keine Haushaltshilfe hat?«, fragte der Hausherr naiv.

»Dann müssen Sie es eben selber in der Küche schneiden und das Brot anschließend auftragen, verstanden? Mit meinem Unterricht will ich erreichen, dass solche Fehler vermieden werden. Wie soll man denn üben, wenn man keine Requisiten hat?«

»Und die Pantoffeln?«

»Das sind Sie!«

»Waaas?«

»Wir stellen die Pantoffeln immer dort hin, wo Sie sich gerade befinden. Nina wollte heute üben, wie man seinem Gatten ein Glas Champagner serviert.«

Der Mann schaute mich mehrere Sekunden lang prüfend an und sagte dann, offenbar milder gestimmt: »Also gut, Nina, entschuldige, dass ich hier so reingeplatzt bin. Mach, was du für richtig hältst. Ich fahre jetzt zur Arbeit.«

Kaum hatte er die Tür hinter sich geschlossen, da fiel mir Nina erleichtert um den Hals.

»Sie haben mich gerettet! Der hätte mich glatt umgebracht!«

Ich sagte ernst: »Das war ganz schön riskant von Ihnen. Wie ich sehe, ist Geld kein Problem für Sie. Dann mieten Sie doch eine Wohnung und feiern Ihre Orgie dort. Aber zu Hause? Nicht einmal ein Vogel beschmutzt das eigene Nest. Wo ist denn überhaupt Ihr Kavalier?«

»Im Schrank«, sagte Nina betreten und schluchzte auf. »Dort drüben.«

Jetzt musste ich lachen. »Das ist ja wie im Kino! Der Mann kommt zurück, und der Liebhaber versteckt sich im Schank. Lassen Sie ihn raus, der muss doch schon halb erstickt sein, der Arme!«

Nina lief zum Schrank und riss die Tür auf. Ich sah nur Kleider, Kostüme und Mäntel, akkurat an Bügeln aufgehängt. Dieser Spiridonow war wohl doch nicht so erfolgreich und wohlhabend, wenn es in seinem Hause nicht einmal eine Kleiderkammer gab, sondern der Kleiderschrank im Wohnzimmer untergebracht werden musste.

»Wladik, wo steckst du denn?«

»Hier«, piepste es leise.

»Komm raus.«

»Ist er weg?«

»Na, komm schon!«

Die Kleider raschelten, und heraus kroch ein Wesen, das sich bei genauerer Betrachtung als ein schlankes, zartes Männlein mit blassen Wangen, riesigen blauen Augen und blonden Löckchen herausstellte. Ein richtiger Lustknabe. Ich war verwundert. Ninas Gatte war zwar offenbar wesentlich älter als sie, aber ein richtiger Mann. Dieses Kerlchen jedoch wirkte wie eine Barbie-Puppe, die sich die Kleider von Ken übergestreift hatte.

»Ich wäre fast gestorben«, jammerte das Bürschchen. »Ich habe kaum Luft bekommen, und dieser Parfümgeruch …«

»Danke schön«, platzte ich heraus.

»Wofür denn?«

»Du hättest ja auch niesen können, und was dann? Aber wenn bei einem echten Kavalier der Ehemann der Dame seines Herzens zurückkommt, dann springt er aus dem Fenster.«

»Wir sind hier im siebenten Stock!«, rief das Kerlchen empört.

Ein Witz mit einem langen Bart fiel mir ein.

»Dich hat bekümmert, wie es deiner Geliebten danach ergeht? Du hast befürchtet, ihr Mann schaut aus dem Fenster und sieht dich dort unten auf der Straße liegen? Na, wenn du schon springst, dann musst du auch noch fortkriechen!« Dem Jungen fiel die Kinnlade herunter. Ich wandte mich wieder Nina zu.

»Nun, reden Sie jetzt mit mir?«

»Natürlich, natürlich«, sagte Nina eilfertig, »über alles, was Sie wollen. Und du, Wladik, verdufte, ich ruf dich an.«

Die dankbare Nina, die ihrer Retterin einen Gefallen tun wollte, erzählte mir über ihre Freundin alles, was sie wusste.

»Ich habe Anastasia sehr gemocht«, berichtete sie traurig. »Sie war meine einzige wahre Freundin.«

»Es heißt, ihre Mutter hat sie sehr verwöhnt ...«

»Jede Mutter lässt sich doch von ihrem Kind um den Finger wickeln«, sagte Nina nachdenklich. »Sofja Rasuwajewa war da keine Ausnahme. Sie hatte Freude daran, jeden Wunsch ihrer Tochter zu erfüllen. Aber Anastasia hatte keine ausgefallenen Wünsche, sie war bescheiden, sogar schüchtern.«

»Ihre Kommilitoninnen haben mir allerdings erzählt, sie sei ständig in neuem Outfit erschienen und habe eine ganze Sammlung Schuhe besessen.«

»Das war alles ihre Mutter!«, erklärte Nina. »Anastasia brauchte nur zu sagen: ›Was für ein hübsches Kostüm‹, und schon wurde es gekauft. Selbst wenn Anastasia das gar nicht so gemeint hatte. Sie hat oft versucht, ihrer Mutter das auszutreiben, aber vergebens. Davon wussten ihre Mitstudentinnen natürlich nichts. Nur mir gegenüber war sie ganz offen. Anastasia wollte sich ja mit den Mädchen aus ihrem Studienjahr anfreunden. Aber die haben sie nur ausgenutzt. ›Red doch mal mit deiner Mutter‹, hieß es immer, ›dass wir ordentliche Noten bekommen.‹«

Anastasia geriet in eine sehr unangenehme Lage. Einerseits schlug ihr die Mutter keinen Wunsch ab, andererseits war sie eine strenge Lehrerin, und Anastasia wollte ihr keine Schwierigkeiten machen. Sie lehnte ab. Die Mädchen waren beleidigt und tratschten überall herum, sie sei arrogant und hochnäsig. Da galt sie eben als unnahbar und wurde von niemandem mehr eingeladen. Sie tat, als sei ihr das egal. Ich weiß aber, wie sehr sie darunter gelitten und wie oft sie geweint hat. Dann ist sie ausgerechnet diesem Robert begegnet.«

»Hat sie ihn geliebt?«

»Bis zur Selbstaufgabe! Ich habe zum ersten Mal erlebt, wie eine normale, sehr kluge Frau so den Verstand verlieren kann. Sie himmelte ihn an. Dabei war er ein Nichts, kein Moskauer, kam irgendwoher aus Lettland und war nicht einmal sehr klug. Keiner mochte ihn.«

»Warum nicht?«

»Er war ein Streber und Denunziant und zeigte das auch noch ganz offen.«

»Wie denn das?«

Nina lächelte traurig. »Ganz einfach. Wenn eine Prüfungsarbeit geschrieben wurde und alle ihre Spickzettel zückten, stand Robert seelenruhig auf und sagte zur Aufsicht: ›Iwanow, Petrow und Sidorow schreiben ab.‹ Beim ersten Mal waren seine Kommilitonen schockiert und wollten ihm Prügel verpassen.«

»Warum hat er das getan?«

»Um sich bei den Lehrern einzuschleimen! Nach Lettland zurück wollte er auf keinen Fall, die Aspirantur war sein Traum. Da tat er eben, was er konnte. Aber es half alles nichts. Alle sahen ja, was für ein Idiot er war!«

»Und Anastasia?«

»Die leider nicht«, sagte Nina bedrückt. »Es war, als sei sie blind vor Liebe. Was Robert auch schwafelte, sie war begeistert und hielt ihn für den Klügsten von allen. Das glaubte er schließlich auch selbst. Einmal kam es zu einem Zwischenfall. Das war noch vor der Affäre mit Anastasia. Eine Studentin gab ihm öffentlich eine Ohrfeige. Das hatte folgenden Grund: Unser Robert war scharf darauf, eine Moskauerin zu heiraten, um in der Hauptstadt bleiben zu können. Aber es klappte nicht. Die Kandidatinnen wählte er nach dem Prinzip aus: ›Sag mir, wo dein Vater beschäftigt ist.‹ Eine in der Reihe war Lena Korolkowa. Im Institut glaubte man, ihre Eltern seien erfolgreiche Geschäftsleute. Robert zog jedoch Erkundigungen ein und fand heraus, dass das nicht stimmte. Sie hatte nur ihre Mutter, eine Erzieherin im Kindergarten. Daraufhin ließ er Lena sitzen. Aus Wut ohrfeigte die ihn öffentlich. So was kommt hin und wieder mal vor. Nur, am nächsten Tag fiel Lena hin und brach sich den rechten Arm – ein sehr komplizierter Bruch. Robert erklärte seelenruhig: ›Die wird niemanden mehr ohrfeigen. Ich habe sie bestraft!‹«

Als Nina das hörte, fragte sie verblüfft: »Wie hast du das gemacht? Du hast doch den ganzen Tag im Hörsaal gesessen. Lena hat die Vorlesung geschwänzt und ist vor der Metrostation hingefallen. Wie hast du sie da schubsen können?«

Robert schnaufte verächtlich: »Das verstehst du nicht.«

»Na, sag doch mal!«, beharrte die neugierige Nina. »Das klingt ja richtig interessant!«

»Ich habe einen Strahl meiner psychischen Energie auf sie gerichtet und ihr befohlen, hinzufallen«, erklärte Robert in vollem Ernst. »Ich bin genial! Ich besitze übersinnliche Kräfte von enormer Stärke! Wer sich gegen mich stellt, dem geht es schlecht!«

Nina konnte nur staunen. Dieser Robert war ja ein noch größerer Idiot, als sie gedacht hatte.

Aber Anastasia glaubte an die »Psychoenergie« ihres Angebeteten, der für sie etwas ganz Besonderes war.

»Robert zeigte erst Interesse für Anastasia, als ihm klar wurde, dass er keine Chance hatte, eine Aspirantur zu bekommen«, erklärte Nina. »Als er mitkriegte, wie sehr Anastasia in ihn verliebt war, beschloss er, meine törichte Freundin für sich einzuspannen.«

Die Rechnung ging auf. Robert Aster bekam alles, was er wollte – die Aspirantur, die Dissertation, das Wohnrecht in Moskau und eine gute Arbeitsstelle.

Anastasias Mutter hätte sich in Stücke gerissen, um auch noch Roberts Habilitation durchzusetzen, aber sie starb zu früh. Nun nützte ihm Anastasia nichts mehr. Das sagte er ihr offen ins Gesicht: »Entschuldige schon, meine Teure, ich liebe dich nicht mehr, die Blütenträume sind verwelkt.«

So leicht ließ sich Anastasia aber nicht abwimmeln. »Das macht nichts, mein Guter«, antwortete sie, »meine Liebe reicht für uns beide.«

Das junge Paar hatte bald Geldsorgen. Robert sah sich nicht wie andere Männer nach Nebenverdiensten um. Er wollte Wissenschaft treiben, baute irgendwelche kindischen Geräte. Anastasia, die noch keinen Abschluss besaß, konnte nur Kopeken beisteuern. Sie fing an, ihre Sachen und ihren Schmuck ins Pfandhaus zu bringen. Robert war's zufrieden, Hauptsache, für ihn änderte sich nichts. Das Einzige, was sie nicht antasten durfte, war das Auto. Robert fuhr damit jeden Tag zur Arbeit. Für die Metro war er sich zu schade.

»Am Ende hat er meine Freundin umgebracht«, erklärte Nina, und eine helle Träne rollte ihr über die Wange.

»Du glaubst, er hat den Unfall absichtlich herbeigeführt?«

Nina wischte sich mit dem Ärmel übers Gesicht.

»Das ist doch egal! Ob er es nun absichtlich getan hat oder nicht ... Ich denke, den Unfall hat er nicht inszeniert. Ich habe den Wagen gesehen. Der sah aus, wie durch den Fleischwolf gedreht! Wäre Anastasia allein damit gefahren, dann hätte er vielleicht an der Bremse manipuliert. Aber er saß ja selber drin. Nein, für seine Person ging der Kerl bestimmt kein Risiko ein. Als er aber sah, dass er auf die Leitplanke zuraste, hat er das Steuer herumgerissen, um sich zu retten. An Anastasia hat er einfach nicht gedacht. Und um meine Freundin war es geschehen! Jetzt lebt dieser rothaarige Schweinehund weiter, und von Anastasia ist nur ein Häufchen Asche übrig geblieben. Bei der Trauerfeier musste der Sarg geschlossen bleiben, weil sie so entstellt war. Was war sie doch für eine Schönheit gewesen! Warten Sie, ich zeig es Ihnen.«

Leichtfüßig sprang Nina auf und holte ein Album herbei. Sie schlug es auf, blätterte ein wenig und wies dann mit dem Finger auf ein Foto.

»Das sind wir beide auf der Datsche.«

Als ich auf das Foto schaute, konnte ich nur mit Mühe einen Schrei unterdrücken. Auf dem Bildchen erblickte ich eine absolut frohe, glückliche und in der Tat höchst sympathische … Angelika.

22. Kapitel

Als ich nach Aljabjewo zurückfuhr, ging es in meinem Kopf völlig durcheinander. Ich konnte natürlich nicht ausschließen, dass Anastasia und Angelika Zwillinge waren, die sich glichen wie ein Ei dem anderen. Als Nina mir das Foto zeigte, hatte sie gefragt: »Ein schönes Kind, finden Sie nicht?«

Ich nickte wie benommen.

»Wir haben damals Schaschliks gegrillt«, erzählte sie. »Kaum hatte ich dieses Foto gemacht, da ließ sie sich einen heißen Spieß auf die Hand fallen. Sofort gab es eine große Blase. Mein Mann und ich waren sehr erschrocken, aber Anastasia lachte nur. ›Kleinigkeit‹, meinte sie, ›in zwei Tagen ist das wieder gut.‹ Sie war schon ein besonderes Wesen. Niemandem wollte sie Ungelegenheiten machen. Sie hatte sich verbrannt, und uns tröstete sie. Aber die Wunde heilte nicht mehr zu …«

»Wieso nicht?«

»Weil sie schon am nächsten Tag umgekommen ist«, antwortete Nina düster.

Beim Abendessen gingen die Zänkereien der beiden

alten Damen völlig an mir vorbei. Ich hatte nur Augen für Angelika. Irgendwann bat ich sie: »Angelika, sei so nett und reiche mir das Brot herüber.«

»Du isst doch gar keins!«, sagte Lisa erstaunt.

»Heute habe ich Appetit darauf.«

»Bitte schön«, sagte das Mädchen höflich und reichte mir das Körbchen.

Ich ließ meinen Blick wie zufällig über ihren Arm gleiten, der bis zur Schulter nackt war. Knapp über dem Handgelenk erblickte ich eine lange Narbe, wie sie eine schwere Verbrennung verursacht.

»He, Tanja«, stieß mich Lisa an, »wo bist du denn?«

»Was?«, fragte ich erschrocken zurück. »Entschuldige, du hast ganz recht.«

»Womit denn?«

»Na mit dem, was du gerade gesagt hast.«

Lisa zischte empört: »Ich habe gesagt, dass Wolodja hier war, aber du starrst nur Angelika an, drehst die Augen raus und murmelst etwas vor dich hin. Da kann man ja Angst kriegen!«

»Welcher Wolodja?«

»Du hast wohl zu lange in der Sonne gelegen?«, fragte Lisa jetzt besorgt. »Kostin, wer denn sonst!«

»Und was wollte er?«

»Er hat dir eine Mappe gebracht. Ich habe sie dir ins Zimmer gelegt.«

Ich vergaß meine gute Kinderstube, sprang auf und rannte zur Tür. Meine Tischgenossen sahen mir verständnislos nach.

Auf der Couch in meinem Zimmer fand ich einen dünnen Umschlag. Ich zog ein paar Bogen Papier heraus und sah, dass es Kopien von der Unfallakte waren.

Verdachtsmomente entdeckte ich dort leider nicht. Robert war stocknüchtern und das Auto technisch intakt gewesen. An jenem Tag hatte es geregnet. Der Fahrer hatte sich allerdings, wie die Miliz später feststellte, streng an die Verkehrsregeln gehalten. Zu dem Unfall kam es bei Kilometer 8 der Minsker Chaussee. Bei Kilometer 2 wird die Geschwindigkeit auf 60 Stundenkilometer begrenzt. Robert richtete sich danach und fuhr nicht schneller. So weit war alles in Ordnung. Aber bei Kilometer 8 platzte ihm vorn ein Reifen. Er verlor die Gewalt über den Wagen, und dann passierte es …

Ich klappte die Mappe zu. Offenbar war ihm nichts vorzuwerfen. Er war nüchtern gewesen und hatte sich an die Verkehrsregeln gehalten. Einfach ein unglücklicher Zufall, Schicksal, Karma … Ein Blatt lag noch einsam und verlassen auf der Couch. Ich hob es mechanisch auf. Es war ein Verzeichnis der Gegenstände, die man am Ort des Geschehens gefunden hatte: »eine Thermosflasche mit teeähnlichem Getränk, eine Kette aus goldähnlichem Metall«. Oh, diese Milizionäre! Hätten sie nicht einfach schreiben können – Tee, eine goldene Kette? »Eine weiße Damenhandtasche mit langem Tragriemen, darin ein Taschenspiegel, ein Pass auf den Namen Anastasia Rasuwajewa, ein Kamm aus Holz und ein Portemonnaie. Darin zwei Banknoten à 100 Rubel und Hartgeld im Werte von 20 Rubel. Ein Schminktäschchen …«

Die wachsamen Mitarbeiter der Spurensicherung hatten selbst dessen Inhalt beschrieben. Puder von der Farbe sonnengebräunter Haut, ein grellroter Lippenstift, grüner Lidschatten, ein Döschen Rouge der Farbe Ziegelrot, ein schwarzer Augenbrauenstift, schwarze Wimperntusche und eine winzige Tube Creme zur Entfernung von Härchen im Gesicht. Merkwürdig, Angelika war blond und blauäugig, aber was da in dem Täschchen lag, passte eindeutig zu einer Brünetten.

Ich benutze selten Make-up, aber wenn ich es tue, dann nehme ich ganz andere Farben. Zum Beispiel der Augenbrauenstift. Zu blondem Haar wirken schwarze Augenbrauen ausgesprochen vulgär. Daher wählen Blondinen in der Regel einen braunen oder grauen Stift. Dann der Lidschatten. Zu Blond passt kein Grün. Das sieht zu blauen Augen ausgesprochen hässlich aus. Damit die Himmelssterne noch klarer strahlen, nimmt man als Lidschatten Blau oder Grau ... Und nun der Lippenstift. Ein grelles Rot, dazu Ziegelrot für das Rouge und Puder von der Farbe gebräunter Haut benutzen rassige, schwarzhaarige Frauen. Zu zarter schneeweißer Haut passen rosa und perlmuttfarbene Töne.

Noch etwas machte mich stutzig: Seit ich in Larionows Haus untergekommen war, hatte ich Angelika noch nie bemalt wie eine Straßendirne angetroffen. Sie zog eindeutig helle, natürliche Farbtöne vor. Vielleicht war sie ja einmal so stark geschminkt herumgelaufen und hatte das nun satt. Aber das war nicht das einzig Merkwürdige. Wie war aus Anastasia Rasuwajewa Angelika geworden? Anastasia, die man in einem geschlossenen Sarg beerdigt hatte? Wo war die echte Enkelin Gleb Larionows geblieben? Hatte es sie überhaupt gegeben? Vielleicht war das Ganze ein genial eingefädelter Schwindel? Das konnte eigentlich nicht sein, denn Angelika hatte ja Briefe und Fotos vorweisen können.

Verwirrt starrte ich auf die Liste. Die kleine Tube mit der Creme für die Entfernung von Gesichtshaar fiel mir auf. Noch so ein Rätsel. Natürlich gibt es Frauen, denen auf der Oberlippe ein kleines Schnurrbärtchen wächst. Manche entfernen es nicht und halten es sogar für sexy. Aber auch das ist eher der dunkle, rassige Typ. Bei Blondinen kommt das höchst selten vor. Die Kosmetik hatte eindeutig einer Brünetten gehört. Aber sie war doch in Angelikas Tasche gewesen!

Ich konnte meinen Blick nicht von dem Blatt abwenden. Dann plötzlich klickte es in meinem Kopf, und es fiel mir wie Schuppen von den Augen.

Gegen zwölf Uhr nachts, als überall im Hause das Licht ausgegangen war, schlüpfte ich in das leere Gästezimmer, von wo nach Tinas Beobachtung Angelika ihre Telefongespräche führte. Ich kroch unter den Tisch und versteckte mich hinter der tief herabhängenden Tischdecke. Lange musste ich warten. Ich bekam kaum Luft und wäre mehrmals beinahe eingenickt. Gegen ein Uhr quietschte die Tür leise. Ich hörte leichte Schritte, das Telefon piepste und dann flüsterte jemand: »Ich bin's, mein Lieber. Wie geht es dir? Sie ist immer noch quicklebendig, es scheint nicht zu wirken. Du musst die Dosis erhöhen.«

Ich wagte nicht, mich zu rühren, und war ganz Ohr.

»Ach, mein Süßer«, jammerte Angelika, »ich sehne mich so nach dir! Können wir uns nicht morgen sehen? Wenigstens eine halbe Stunde! Ich halte es nicht mehr aus!«

Als ich dem Gestammel zuhörte, konnte ich mich nicht genug wundern, wie zärtlich dieses unfreundliche, kalt wirkende Mädchen sein konnte.

»Mein Sonnenschein«, säuselte sie, »ist ja gut, reg dich nicht auf! Keine Angst, hier schlafen alle. Bald sind wir wieder vereint, aber dann mit viel Geld! Ich küsse dich hundertmal auf die Nase, auf die Wange und, weißt du, wo noch?«

Sie lachte leise. »Also, bis dann, mein ärgerlicher Hase.«

Wieder die leichten Schritte. Angelika ging offenbar zur Tür.

»He, warte mal!«, sagte ich laut.

»Mama!«, kreischte das Mädchen auf. »Wer ist denn das?«

Ich kroch unter dem Tisch hervor.

»Guten Abend, oder soll ich sagen, Gute Nacht?«

Angelika wich zurück und ließ dabei das Handy fallen.

»Tanja? Was machen Sie denn hier?«

»Ich wollte wissen, worüber du mit diesem Robert so redest.«

Die sonst stets blassen Wangen flammten jetzt puterrot auf, dazu nach und nach auch Hals und Arme.

»Mit welchem Robert?«

»Robert Aster.«

Angelika schnappte nach Luft, wollte etwas sagen, aber ich fiel ihr barsch ins Wort: »Hör mal, es wäre dumm, es zu bestreiten, ich weiß ohnehin alles. Lass uns in dein Zimmer gehen und reden.«

Angelika stand einen Moment lang wie betäubt da. Dann nickte sie. Ohne ein weiteres Wort wechselten wir in ihr Zimmer. Ich ließ mich in einen Sessel fallen und stellte fest: »Den Plan hat Robert sich ausgedacht, stimmt's?«

»W-welcher Robert?«

»Mach dich nicht lächerlich! Du bist doch Anastasia Rasuwajewa!«

Angelika stand das Entsetzen ins Gesicht geschrieben.

»Das wissen Sie? Woher? Überhaupt – nein, ich bin natürlich Angelika.«

»Hör mal, lügen ist schon nicht gut. Aber Menschen umbringen ist ganz schlecht! Ebenso, der unschuldigen Rada alles in die Schuhe schieben!«

»Robert ist unschuldig!«, erklärte das Gänschen sofort, »das war ich … ich ganz allein!«

»Das glaube ich nicht. So etwas traue ich dir einfach nicht zu.«

»Aber wie sind Sie darauf gekommen?«, fragte sie erschüttert.

Ich zog das Blatt Papier hervor.

»Hier, lies.«

»Was ist das?«

»Die Aufstellung der Sachen, die in Robert Asters Wagen nach dem Unfall gefunden wurden. Fällt dir nichts auf?«

»Nein«, flüsterte Angelika.

»Die Bullen haben auch nichts gemerkt. Aber ich habe

mich gleich gewundert. Schau mal, alles, was in dem Kosmetiktäschchen liegt, passt zu einer schwarzhaarigen, dunkeläugigen Frau. Du aber bist blond und hast blaue Augen. Es kam mir merkwürdig vor. Zuerst habe ich gedacht, vielleicht ist noch eine weitere Frau im Auto gewesen, und die ist umgekommen. Aber dann verstehe ich nicht, wo Angelika mit Robert zusammengetroffen ist.«

Anastasia wich zurück, stieß ans Bett und plumpste darauf. Wahrscheinlich hatten ihr die Beine den Dienst versagt.

»Herr im Himmel, aber … was soll denn jetzt werden?«

»Hast du auf Gleb geschossen?«

»Sie sind ja wahnsinnig! Das hat Rada getan.«

»Sie war es nicht.«

»Doch!«

»Das heißt, du hast ihr die Pistole in das Geheimfach gelegt?«

»Nein, das war sie selbst.«

»Lüg nicht!«

»Doch, so war es!«

»Warum sollte Rada den Mann erschießen, den sie so geliebt hat?«

Plötzlich brach Anastasia in Tränen aus. Jetzt wirkte sie wie ein kleines Mädchen, das seine Mutter verloren hat und nun ganz allein ist.

»Das war der Verstärker.«

»Was redest du da?«

»Der Psychoenergie-Verstärker hat Rada dazu gezwungen. Sie hat es unter Hypnose getan. Deshalb erinnert sie sich nicht.«

»So ein Unsinn!«

»Nein, es ist die Wahrheit. Wir, das heißt, ich, also …«

Nun hatte sich Anastasia völlig verheddert. Sie schloss den Mund und sagte gar nichts mehr. Ich wartete ein paar Sekunden ab und nahm dann ihre Hand. Sie war trocken und heiß wie bei einer Schwerkranken, die hohes Fieber quält.

»Also«, erklärte ich, »willst du, dass morgen früh die Miliz vor deiner Tür steht?«

»Nein!«, rief Anastasia und sprang erschrocken auf. »Natürlich nicht!«

»Dann erzählst du mir jetzt alles schön der Reihe nach.«

Anastasia lief ein paarmal im Zimmer auf und ab. Schließlich fragte sie: »Und wenn ich ganz offen bin, kann ich morgen von hier fort?«

»Ich denke, ja«, versprach ich rasch. »Aber nur, wenn du alles sagst, klar?«

Anastasia nickte. »Hören Sie zu.«

23. Kapitel

Robert Asters Eltern waren mit Angelikas Großmutter befreundet. Sie wohnten auf einem Treppenabsatz und hielten gute Nachbarschaft. Sie borgten einander Salz, Zucker und kleine Geldsummen bis zum nächsten Gehalt. Angelika lief zu Robert, wenn sie ihre Hausaufgaben in Mathematik nicht lösen konnte, und der half der Kleinen. Dann ging Robert zum Studium nach Moskau, heiratete Anastasia und kam kaum noch nach Hause. Seine Mutter starb, als er im dritten Jahr studierte. Der Vater trauerte nicht lange, sondern heiratete deren Schwester, Roberts Tante. Der Junge verurteilte das nicht, ließ sich aber von nun an gar nicht mehr zu Hause blicken. Nur Anrufe kamen noch von Zeit zu Zeit. Man kannte zwar seine Telefonnummer und seine Adresse in Moskau, aber Robert lud seine Verwandten nie in die Hauptstadt ein. Einmal machte sich seine Stiefmutter am Telefon Luft: »Warum hast du uns noch nie eingeladen, um uns deiner neuen Verwandtschaft vorzustellen? Auch deine Frau hätten wir gern einmal kennengelernt.«

»Wir haben keine eigene Wohnung«, parierte der Junge. »Und meine Schwiegermutter ist nicht sehr gastfreundlich, sie mag keine Fremden.«

Die Tante schluckte die unverhüllte Absage und fragte nicht mehr.

Einmal klingelte bei Robert das Telefon.

»Entschuldige bitte«, sagte die Stimme einer alten Bekannten. Es war Christina, die Wohnungsnachbarin aus Riga. »Es ist mir fast unangenehm, dich zu fragen, aber ich kenne sonst niemanden in der Hauptstadt. Angelika fährt morgen nach Moskau. Ob du sie wohl am Bahnhof abholen könntest?«

»Kein Problem«, antwortete Robert und fragte verwundert zurück: »Was will sie denn hier?«

»Studieren.«

»So klein, wie sie ist?«, meinte Robert verwirrt.

Christina musste lachen. »Es ist viel Zeit vergangen, seit du sie das letzte Mal gesehen hast. Sei so nett und tu mir den Gefallen. Ich fürchte, dass sie sich in der großen Stadt nicht zurechtfindet. Keine Angst, für die Zeit der Aufnahmeprüfung kommt sie im Studentenwohnheim unter. Und dann will sie ja noch ihren Großvater ausfindig machen.«

»Was für einen Großvater?«, fragte Robert verständnislos.

»Das erzählt sie dir selber«, antwortete Christina lachend. »Notiere dir bitte die Nummer des Zuges und des Wagens.«

Auf Robert war Verlass. Außerdem hatte er weder mit Christina noch mit Angelika je Probleme gehabt. Deshalb holte er sie ab, brachte sie in sein Zimmer und sagte: »Du kannst hier wohnen, Platz ist genug.«

Angelika erzählte Anastasia und Robert vertrauensselig

alles über Gleb Larionow, zeigte ihnen die Dokumente und Fotos. Am nächsten Tag wollten sie alle drei nach Aljabjewo fahren. Sie stiegen in den Wagen und fuhren los. Am Kilometer 8 der Minsker Chaussee passierte es dann. Angelika, die vorn neben dem Fahrer saß, war sofort tot. Robert und Anastasia kamen ohne einen einzigen Kratzer davon. Zuerst waren beide starr vor Schreck, dann aber fragte Robert plötzlich: »Hast du deinen Pass bei dir?«

»Ja«, antwortete Anastasia schluchzend.

»Gib ihn mir.«

»Wozu?«

»Mach schnell, zum Erklären ist jetzt keine Zeit, gleich wird die Miliz hier sein!«

Anastasia gab ihm den Pass. Der steckte das weinrote Büchlein weg und befahl: »Und jetzt lauf nach Moskau zurück.«

»Was?«

»Zu Fuß, es ist nicht weit. Geh ins McDonalds, such dir eine ruhige Ecke und warte dort auf mich. Rühr dich aber nicht vom Fleck, bis ich da bin.«

»Soll ich nicht lieber nach Hause gehen?«, fragte Anastasia ängstlich.

»Zum McDonalds, habe ich gesagt!«, brüllte der Mann sie an. »Los, weg von hier!«

So musste die arme Anastasia mutterseelenallein auf der Chaussee nach Moskau tippeln. Schließlich erreichte sie den Autobus, fuhr bis zu McDonalds und setzte sich an ein Tischchen neben der Tür zur Küche. Sie musste sehr lange warten. Endlich erschien Robert. Er kippte ein riesiges Glas Coca-Cola in sich hinein, stellte die kleine Reisetasche ab, mit der Angelika in Moskau angekommen war, und sagte müde: »Jetzt hör mir gut zu.«

Anastasia, von dem langen Weg und dem endlosen Warten völlig erschöpft, sah ihren Mann unverwandt an.

»Es ist jetzt acht Uhr abends«, sagte er.

»Schon so spät?!«, rief sie erschrocken. »Wir sind um zehn Uhr morgens von zu Hause abgefahren!«

»Halt die Klappe!«, herrschte der sonst so höfliche Robert sie an.

Je länger er redete, desto unheimlicher wurde es Anastasia. Es war ein verrückter, fast absurder Plan.

»Wir sind beide bettelarm«, erklärte er seiner Frau. »Was besitzen wir denn? Eine Wohnung, die seit Urzeiten nicht renoviert wurde. Du, meine Liebe, bist es gewohnt, dich fein zu kleiden und gut zu essen. Ich stelle zwar keine großen Ansprüche an das Leben, aber auch ich brauche Geld, um einen neuen, noch wirksameren Verstärker zu bauen. Und wenn wir Kinder bekommen, was machen wir dann? Jede Kopeke dreimal umdrehen? Das Schicksal hat uns heute eine Chance in den Schoß geworfen. Wir müssen sie nur ergreifen.«

Er hielt seiner Frau einen Pass hin. Als Anastasia ihn aufschlug, blickte ihr Angelika entgegen.

»Wer ist das?«, fragte sie stumpfsinnig.

»Du«, antwortete ihr Robert mit fester Stimme und erklärte ihr, was er sich ausgedacht hatte. Anastasia sollte zu Gleb Larionow fahren und sich dort als seine unerwartet wieder aufgetauchte Enkelin vorstellen.

»Und wozu?«, fragte das Mädchen erschrocken.

»Sei nicht so blöd!«, brauste Robert auf. »Der Kerl ist stinkreich! Seine Imbissstuben stehen an jeder Ecke! Du lebst eine Weile in seinem Haus und machst dich bei allen lieb Kind. Nach einem Jahr teilst du ihnen mit, dass du dich in mich verliebt hast und wir heiraten wollen. Großväterchen wird seiner Enkelin schon helfen. Er kauft dir eine Wohnung, einen Wagen und gibt dir Geld.«

»Und wenn er mich gleich wieder rauswirft?«

»Er wirft dich nicht raus«, erklärte Robert überzeugt.

»Aber wenn er dahinterkommt, wer ich wirklich bin?«

»Wie soll er das machen?«

»Wir sehen uns doch überhaupt nicht ähnlich! Ich bin blond, und Angelika ist brünett.«

»Das ist doch egal!«, behauptete Robert. »Er hat sie nie im Leben gesehen und hat kein Foto von ihr. Er hat doch noch nicht einmal gewusst, dass es sie überhaupt gibt!«

»Und wenn die Großmuter Angelika besuchen will?«

»Dazu wird es nicht kommen«, erklärte Robert kategorisch. »Erst heute Morgen hat meine Tante angerufen und mir mitgeteilt, dass Christina einen Herzanfall hatte. Ich soll es aber ihrer Enkelin nicht sagen, damit die keinen Schreck bekommt und vielleicht noch durch die Prüfung fällt. Mach dir nicht so viele Gedanken, wir haben sowieso keine andere Wahl.«

»Wieso nicht?«, fragte Anastasia verwundert.

»Weil du tot bist.«

»Wie das?!«, rief das Mädchen erschrocken.

»Du hast bei dem Unfall auf dem Beifahrersitz gesessen und bist dabei umgekommen. Die Milizionäre haben das in einem Protokoll festgehalten und deinen Pass eingezogen. Angelikas Tasche und ihre Dokumente habe ich verschwinden lassen. Es wusste doch niemand, dass sie bei uns war!«

»Aber ich studiere noch! Soll ich jetzt im Institut unter falschem Namen auftauchen?«

»Da gehst du überhaupt nicht mehr hin«, erklärte ihr der Gatte. »Du bist eine Leiche, die muss nicht zur Vorlesung. Später lässt du dich mit Angelikas Papieren woanders einschreiben, und Schluss.«

»Ich bin älter als sie«, stammelte Anastasia.

»Unsinn, das merkt keiner.«

»Und ihr Foto im Pass?«

»Das übernehme ich«, teilte ihr Robert mit. »Jetzt lass uns fahren.«

»Wohin?« Anastasia war starr vor Angst. »Zu diesem Larionow? Das kann ich nicht. Ich habe solche Angst!«

»Wir fahren zu dem Motel an der Minsker Chaussee. Dort übernachtest du erst einmal.«

»Warum nicht zu Hause?«

»Bist du denn ganz verblödet?!«, blaffte ihr Mann sie an.

Da wurde Anastasia endlich klar: Robert hatte einen teuflischen Plan erdacht, den er nun rücksichtslos durchzog. Er war jetzt Witwer. Anastasia Rasuwajewa würde er in Kürze begraben, und sie musste unter der Maske einer anderen ein ganz neues Leben beginnen.

In dem Motel schlief sie, für sich selbst unerwartet, tief und fest. Am nächsten Morgen kam ihr alles gar nicht mehr so tragisch vor. Anastasia sah sogar einen Silberstreif am Horizont. Ihr kluger, umsichtiger Robert hatte wie immer recht. Das Schicksal gewährte ihnen in der Tat eine wunderbare Chance, und es wäre geradezu eine Sünde gewesen, sie nicht zu nutzen. Der einzige Haken an der Sache war, dass sie und Robert nun getrennt leben und ihr Verhältnis verheimlichen mussten. Aber das war ja nicht für immer. Schon nach ein paar Monaten sollte Anastasia Robert »kennenlernen«, und sie würden heiraten. Das hatte doch was! Wer wurde schon zweimal mit demselben Mann getraut?

Gegen Abend brachte Robert Angelikas Pass, in dem jetzt Anastasias Foto prangte. Sie nahm ihren neuen Ausweis und stürzte sich in das Abenteuer.

Wider Erwarten ging ihr alles leicht von der Hand. Als Gleb Larionow die Dokumente, die Fotos und Briefe in der Hand hielt, glaubte er dem Mädchen aufs Wort und nahm sie in seinem Hause auf. Er rief Christina an und sprach lange mit der Frau, die er einmal geliebt hatte. Die war bei dem Herzanfall nur knapp dem Tod entronnen, aber ihre Stimme war unverkennbar. Larionow wurde von Erinnerungen überwältigt. Beim Anblick eines allein gelassenen Hundes konnten ihm die Tränen kommen. Anastasia erinnerte ihn geradezu unheimlich an die junge Christina.

Genau so blond und blauäugig war die gewesen. Angelika dagegen hatte ihrem Vater ähnlich gesehen, sie war eine dunkelhäutige Brünette. Aber Gleb hatte seine echte Enkelin ja nie zu Gesicht bekommen. Anastasia hatte einfach Glück. Christina hätte die Enkelin ja auch ans Telefon rufen können. Sofort wäre der Betrug aufgeflogen.

Aber Larionow sprach mit seiner alten Liebe zu später Stunde, weit nach Mitternacht, und Christina, die davon ausging, dass Angelika schon schlief, wollte sie nicht stören. Das Schicksal schien auf Anastasias Seite zu stehen.

Roberts Plan ging in allen Punkten auf. Anastasia schrieb sich im ersten Studienjahr eines angesehenen Institutes ein und nahm das Studium auf. Mit ihrem Mann traf sie sich jetzt nur noch heimlich in versteckten Cafés. Vor allem fürchteten beide, gemeinsamen Bekannten zu begegnen.

»Lauf nicht zu viel in der Stadt herum!«, trichterte Robert seiner Frau ein. »Wenn wir wieder heiraten, verkaufe ich unsere Wohnung, und wir suchen uns eine neue in einem ganz anderen Bezirk, wo uns niemand kennt. Vielleicht nimmt dein Großvater ja auch mich bei sich auf. Dann wären wir alle Sorgen los.«

Solche Reden mochte Anastasia gar nicht. Erstens gehörte die Wohnung nicht Robert, sondern ihr. Zweitens wurde ihr bald klar, dass ihr Mann gar nicht daran dachte, seinen Lebensunterhalt selbst zu verdienen, sondern davon träumte, sich von einem Reicheren aushalten zu lassen. Dabei stopfte Gleb der »Enkelin« mit Vergnügen Dollars in die Taschen und sagte dazu: »Gib sie ruhig aus, mein Kind. Genier dich nicht, für wen soll ich sie denn stapeln?«

Natürlich reichte sie das meiste an Robert weiter.

Irgendwann im Winter entschloss sich Anastasia, Gleb zu erzählen, dass sie sich verliebt hatte. Sie glaubte einen günstigen Moment dafür gefunden zu haben. Zum Jahresende eröffnete der »Großvater« zwei neue Cafés. Das

Geschäft boomte, das Geld strömte, und Gleb Larionow war in Hochstimmung.

Anastasia klopfte an der Tür der Bibliothek und steckte den Kopf durch den Spalt, ohne eine Antwort abzuwarten. »Großvater« telefonierte gerade. Mit einem Lächeln hieß er das Mädchen im Sessel Platz nehmen. Anastasia setzte sich und wartete, bis er geendet hatte.

»In Ordnung«, sagte Gleb und nickte. »Also: Vater, Mutter, deren Schwester, zwei Brüder, Tante und ein behinderter Onkel. Etwas viel Verwandtschaft. Die wollen alle essen und trinken. Das soll kein Vorwurf an dich sein. Mach's gut, geh wieder an deine Arbeit.«

Als Gleb aufgelegt hatte, seufzte er tief auf. »Entschuldige, mein Kind, Maxim hat eine neue Braut. Da erkundige ich mich natürlich nach der Familie. Ich habe meine Jungs auf sie angesetzt.«

»Wozu denn das?«, fragte Angelika erschrocken.

»Was bleibt mir denn weiter übrig? Was glaubst du, wer sich alles in Larionows Familie drängen will! Aber ich kann doch nicht jeden mit offenen Armen empfangen! Es hat sich herausgestellt, dass das Mädchen aus einer sehr armen Familie stammt und eine ganze Horde kranker Verwandter hat. Ich muss nun herausfinden, ob sie sich ehrlich in meinen Neffen verliebt hat oder ob es ihr nur darum geht, ihre materielle Lage zu verbessern.«

»Und das machst du bei allen so?«

Gleb nickte.

»Ich will verhindern, dass sich Menschen an uns heranmachen, mit denen ich nichts zu tun haben will. Du kannst sicher sein, wenn du einmal heiraten willst, bekomme ich alles über deinen Bräutigam heraus. Und wenn es irgendwo einen dunklen Fleck gibt, dann kommt er nicht über meine Schwelle. Aber was hast du denn auf dem Herzen?«

Angelika sagte rasch: »Ich habe in der Passage einen Nerzmantel gesehen, so ein schönes Stück!«

Ihr war klar geworden, dass sie ihrem »Großvater« auf keinen Fall von Robert erzählen durfte. Der würde den Anwärter sofort unter die Lupe nehmen, von dessen Autounfall und der verstorbenen Frau erfahren und vielleicht sogar deren Fotos ausfindig machen. Nein, da täuschte sie lieber den Wunsch nach einem Pelzmantel vor. Gleb Larionow, der daran gewöhnt war, dass die Hausbewohner ihn ständig um Geld angingen, wunderte sich kein bisschen.

»Natürlich, meine Kleine«, antwortete er. »Aber nimm keinen kurzen, sondern einen, der bis zum Boden reicht.«

Nun besaß Anastasia noch einen Pelzmantel und hatte zugleich ein großes Problem. Wie sollte es mit Robert weitergehen? Der nahm die Sache gelassen. Als Anastasia ihn in der folgenden Nacht aus dem Gästezimmer anrief und schluchzend von Larionows Gewohnheit berichtete, alle Bewerber durchleuchten zu lassen, antwortete er ungerührt: »Na und?«

»Was heißt hier, na und?«, empörte sich Anastasia. »Wie sollen wir denn je wieder zusammenkommen?«

»Das hat doch keine Eile!«, brummte Robert. »Geht's dir schlecht bei ihm? Du studierst in einem hervorragenden Institut, und man erfüllt dir jeden Wunsch. Dein ›Großväterchen‹ hat ein weiches Herz, sieh, wie viel Geld er dir gibt. Es läuft doch alles wie geschmiert. Wir dürfen nichts erzwingen. Jetzt warten wir erst einmal ab, und in einem halben Jahr sehen wir weiter.«

Darauf sagte Anastasia nichts mehr, verabschiedete sich zärtlich wie immer von ihrem Mann und ging auf ihr Zimmer. Dort aber wurde sie regelrecht hysterisch. Nachdem sie sich gründlich ausgeheult hatte, beruhigte sie sich ein wenig und zündete sich eine Zigarette an. Robert hatte leicht reden von ihrem süßen Leben im Schoße der Familie! Noch nie hatte sie sich bei ihm beklagt, wie sehr sie fürchtete, entlarvt zu werden. Sie half sich damit, dass sie den anderen so selten wie möglich unter die Augen kam.

Dabei wusste sie, dass Rada, Karina, Tina und Maxim sie für arrogant hielten, aber daran war nichts zu ändern. Ein Glück, dass sich Christina von dem Herzanfall nicht mehr erholte. Sie kränkelte noch einen Monat vor sich hin und starb. Sie liebte ihre Enkelin Angelika über alles. Daher war ihre letzte Bitte, dem Mädchen ihren Tod erst mitzuteilen, wenn man sie bereits unter die Erde gebracht hatte. Sie wollte nicht, dass Angelika in Moskau alles stehen und liegen ließ und nach Riga kam. Bislang hatte Anastasia also immer wieder Glück, aber die Angst saß tief in ihr. Einmal in der Metro hatte jemand von hinten seine Hand auf ihre Schulter gelegt und gerufen: »He, wo kommst du denn her? Das ist ja ein Ding!«

Halb tot vor Schreck wandte Anastasia sich um. Vor ihr stand ein Mädchen, das sie nicht kannte. Der Schreck saß so tief, dass sie kein Wort herausbrachte und ihr Gegenüber nur anstarrte. Das Mädchen wich ängstlich zurück. »Entschuldige, ein Irrtum. Ich dachte, du seist eine Freundin, die seit langem im Ausland lebt. Daher war ich so verwundert.«

»Kein Problem«, flüsterte Anastasia, die glaubte, das Herz müsste ihr aus der Brust springen. »Das soll vorkommen.«

All das musste Robert nicht durchmachen. Er lebte als freier Mann, nahm das Geld von seiner Frau und ließ es sich wohl sein. Anastasia ging davon aus, dass sie wieder heiraten würden. Gleb würde ihnen ein schönes Haus kaufen und gute Jobs besorgen. Sie würde Aljabjewo verlassen, könnte endlich wieder frei atmen und müsste nicht bei jeder Gelegenheit zusammenfahren. Schließlich liebte sie Robert. Dieses Telefonverhältnis hatte sie gründlich satt! Sie wollte endlich einmal mit ihrem Mann allein zusammen sein, nicht nur in einem Café, sondern in den eigenen vier Wänden hinter einer fest verschlossenen Tür. Und da war noch etwas.

Anastasia, die krampfhaft die trockene Musterstudentin spielte, fühlte sich immer mehr zu Gleb, Rada und Tina hingezogen. Mit jedem Tag fiel es ihr schwerer, den »Großvater« zu betrügen. Wie gern hätte sie mit Rada und Tina über deren Streiche gelacht. Wer weiß, wie diese immer komplizierter werdende Geschichte geendet hätte, wäre Gleb Larionow nicht plötzlich verstorben.

»Moment mal!« Hart unterbrach ich Anastasias Bericht. »Was heißt hier – verstorben? Du hast ihn umgebracht!«

»Ich?«, fragte Anastasia erschrocken. »Wie kommst du denn darauf? Bist du nicht ganz bei Trost? Weshalb sollte ich so etwas tun?«

»Um an dein Erbe zu gelangen«, antwortete ich schwunglos, denn in diesem Moment hatte ich begriffen, dass Anastasia zwar eine gewissenlose Lügnerin war, die unter fremdem Namen auftrat, aber mehr nicht.

Die gestikulierte aufgeregt. »Was soll dieser Unsinn? Denk doch mal nach! Ich komme in seinem Testament überhaupt nicht vor! Ich werde bettelarm von hier fortgehen. Rada wird für Glebs Enkelin nichts übrighaben. Wir sind keine Freundinnen geworden. Sie mag mich nicht und wird mich bei der nächsten Gelegenheit hinauswerfen. Es ist doch nur ein Missverständnis, dass ich noch hier bin. Karina hat Jefims Tod noch nicht verdaut, deswegen hat sie mir den Koffer bisher nicht vor die Tür gestellt.«

»Karina ist nicht so, wie du denkst«, widersprach ich. »Sie wirft keine Waise hinaus. Willst du etwa behaupten, dass du auch mit Jefims Tod nichts zu tun hast?«

Mit zitternden Fingern versuchte Anastasia eine Zigarette aus der Schachtel zu fischen.

»Ihm hat doch der Hund die Kehle durchgebissen!«

Ich seufzte tief auf. Damit hatte sie offenbar wirklich nichts zu tun.

»Hör mal, du Schöne, was wolltet ihr denn mit Rosa Konstantinowna anstellen? Welche Dosis soll Robert erhöhen? Wollt ihr die alte Frau vergiften? Versuche aber nicht, dich herauszureden. Ich habe genau gehört, was du gesagt hast.«

Anastasia wurde leichenblass, ihr Blick irrte unstet hin und her.

»Das war, also …«

»Na, was?«

»Versteh doch, als Gleb umgebracht und Rada in Untersuchungshaft genommen wurde, ist Robert zu einem Anwalt gegangen. Der hat ihm erklärt, dass in diesem Falle das vorherige Testament in Kraft tritt. Danach kann ich als Enkelin vor Gericht einen kleinen Teil des Vermögens für mich einfordern.«

»Klar, und weiter?«

»Dann starb Jefim. Da haben wir gedacht …« Anastasia verstummte und drückte ihre Zigarette konzentriert im Aschenbecher aus.

»Rede ruhig weiter«, drängte ich sie.

»Wenn alle Erben sterben, dann fällt das Geld mir zu«, presste Anastasia schließlich hervor. »Wer ist denn noch übrig? Karina, Maxim, Tina und Rosa Konstantinowna. Selbst wenn der eine oder andere am Leben bleibt, würde ich mehr bekommen. Wir haben überlegt und sind zu dem Schluss gelangt, dass Rosa Konstantinowna schon sehr alt ist, lange genug gelebt hat und außerdem allen auf die Nerven geht. Und wem ist Karina eigentlich von Nutzen? Was will sie noch auf dieser Welt? Kinder hat sie keine, und auch sonst …«

Ich schaute in dieses angenehme, sogar schöne Gesicht. Kaum zu glauben, dass sie mir vor einigen Minuten noch leid getan hatte. Jetzt aber war mein Mitgefühl gründlich verflogen. Zwar hatte sie niemanden umgebracht, aber sie war drauf und dran gewesen, es zu tun!!!

»Da ist nur ein winziges Detail, das alles ändern kann«, sagte ich zu der verhinderten Lady Macbeth. »Wenn nun

Rada wieder herauskommt? Dann wird es nichts mit dem Geld, du kleine Erbschleicherin!«

»Das wird nicht geschehen«, sagte Anastasia überzeugt. »Rada hat Gleb getötet. Wer soll es denn sonst gewesen sein? Die Erbschleicherin bin nicht ich, sondern sie! Die wollte sich doch alles unter den Nagel reißen!«

»Und womit setzt ihr nun der armen alten Frau zu?« Ich ging wieder zum Angriff über. »Mit Strychnin? Tust du ihr das in den Kaffee?«

»Das mache nicht ich«, versicherte mir Anastasia weinerlich, »nicht ich.«

»Wer denn dann?«

»Robert.«

»Also, nun denk mal nicht, dass du nur Idioten um dich hast! Hier kommt keine Maus ungesehen durch, der Wachmann starrt den ganzen Tag auf seinen Monitor. Oder kann dein Robert vielleicht als Schmetterling hier hereinflattern?«

Jetzt wurde es Anastasia zu viel. »Was die Anwesenheit Fremder betrifft, so hast du nicht recht. In der Nacht, als Gleb ermordet wurde, war Olga, Tinas Mutter, hier.«

»Du lügst!«

»Tot umfallen will ich, wenn ich lüge!«

»Woher weißt du das?«

»Ich hab sie mit eigenen Augen gesehen.«

»Wann?«

»Gegen ein Uhr nachts bin ich in die Küche hinuntergegangen.«

»Was wolltest du dort?«

»Ich konnte nicht schlafen. Ich wollte mir etwas warme Milch holen, die wirkt beruhigend auf mich. Als ich zur Treppe kam, sah ich, dass unten das Licht anging, aber nicht der große Leuchter, sondern die kleine Wandlampe.«

Vorsichtig lugte Anastasia hinunter und sah, wie Gleb Olga einließ. Anastasia kehrte rasch wieder um, weil sie dem »Großvater« nicht unter die Augen kommen wollte. Wenn er sich mit seiner Ex-Geliebten zu so später Stunde traf, dann lag ihm offenbar daran, dass niemand etwas davon mitbekam.

»Am Morgen war sie dann spurlos verschwunden«, berichtete Anastasia.

»Warum hast du der Miliz nichts davon gesagt?«

»Mich hat keiner gefragt.« Da hatte sie recht. Die Ermittler hatten zu diesem Thema nur mit den Wachleuten gesprochen. Aber weshalb hatte der geschwiegen, der sie hereinließ? Das war interessant.

»Und warum hast du von dir aus Olgas Besuch nicht erwähnt?«

Nach kurzem Zögern antwortete Anastasia leise. »Robert hat es mir verboten.«

Klar, der wollte Olga wohl später erpressen. Er hatte begriffen, dass bei dem Fernsehstar auch Geld zu holen war.

»Also, was mischst du der alten Frau ins Essen?«

»Das tut Robert.«

»Ach, hör doch auf!«

»Es ist die Wahrheit! Soll ich darauf vielleicht einen heiligen Eid leisten?«, ratterte Anastasia los. »Robert schaltet seinen Psychoenergie-Verstärker ein und befiehlt Rosa Konstantinownas Herz, stehenzubleiben. Dafür muss er nicht hier am Ort sein. Die Psychoenergie verbreitet sich frei im Raum. Hindernisse halten sie nicht auf, nicht einmal stählerne Wände. Wichtig ist nur, dass die Person in dem betreffenden Augenblick nicht mit verschränkten Armen oder gekreuzten Beinen dasitzt.«

»Warum denn das?«, entfuhr es mir.

»Damit verschließt sie ihr Feld«, erklärte Anastasia in vollem Ernst. »Von Robert weiß ich, dass ich an öffentlichen Orten, zum Beispiel in der Metro, stets Arme und Beine kreuzen muss, dann kann kein Vampir mir etwas anhaben. Das tue ich inzwischen auch. Robert hat recht, früher bin ich in der Metro immer sehr schnell müde geworden. Jetzt passiert mir das überhaupt nicht mehr. Wahrscheinlich hat man mir früher Energie abgezogen. Weißt du, wie viele Energiesauger sich in öffentlichen Verkehrsmitteln herumtreiben? Aber Rosa Konstantinowna scheint astral sehr gut geschützt zu sein. Bisher hat Robert bei ihr nichts erreicht. Zwar ist ihr schon einige Male schlecht geworden, aber sie hat sich immer rasch wieder erholt. Robert meint, sein jetziger Verstärker sei zu schwach. Er muss einen stärkeren bauen, um allmächtig zu werden.«

So faselte sie noch lange von den ätherischen und mentalen Feldern des Menschen, von den »Korridoren des Todes« und den Dämonen des Jenseits ... Ich brauchte eine Weile, bis ich begriff, dass Anastasia sich nicht verstellte, sondern diesen Unsinn wirklich glaubte. Sie war überzeugt, dass man Rosa Konstantinowna mit Hilfe von Roberts »Psychoenergie-Verstärker« ins Jenseits befördern konnte.

»Nun reicht's!«, rief ich und schlug mit der flachen Hand auf den Tisch.

Erschrocken hielt Anastasia in ihrem Redefluss inne.

»Jetzt hör mir mal genau zu!«, befahl ich ihr.

24. Kapitel

Erschöpft von dem langen Gespräch mit Anastasia, ließ ich mich in mein Bett fallen und war im Handumdrehen fest eingeschlafen. Zum ersten Mal seit langer Zeit schlug ich die Augen erst um halb zwei Uhr mittags wieder auf. Ich wusch mir rasch das Gesicht mit kaltem Wasser und kam gerade noch zum Mittagessen zurecht. Am Tisch saßen Karina und die Kinder.

»Bist du krank?«, fragte Karina.

»Nein, wieso?«

»Wir haben uns schon Sorgen gemacht, weil du überhaupt nicht aufwachen wolltest«, gab sie zur Antwort.

»Bei der Schwüle gestern Abend habe ich lange nicht einschlafen können.«

»Heute ist es auch nicht besser. Wir haben schon wieder fünfunddreißig Grad im Schatten«, klagte Karina. »Man kommt sich vor, als wäre man in Afrika, in Tansania oder Ägypten, keine Ahnung, wo es heißer ist.«

In Geografie bin ich auch nicht besonders stark, daher ging ich auf das Thema nicht ein, sondern fragte, was mich interessierte: »Wo ist Angelika?«

Karina sah mich bedeutungsvoll an. »Das wirst du nicht glauben!«

»Ist etwas passiert?«

»Heute Morgen noch vor neun ist sie in meinem Zimmer aufgetaucht!«, rief Karina aufgeregt. »Kommt rein und sagt: ›Entschuldige, ich gehe fort von hier.‹ Ich war fassungslos. ›Wohin? Und warum? Hat dir jemand etwas zuleide getan?‹, habe ich gefragt. ›Nimm es nicht persönlich, wenn die zwei Alten dummes Zeug daherplappern. Du siehst ja selbst, die können auch mich nicht leiden.‹

›Nein‹, antwortete Angelika ungerührt, ›ich habe mich bei euch sehr wohl gefühlt. Aber ich habe einen Mann kennengelernt und mich in ihn verliebt. Zu ihm fahre ich jetzt. Ich werde immer mal wieder anrufen und euch natürlich auch besuchen. Aber da Gleb nicht mehr ist, möchte ich euch nicht weiter auf der Tasche liegen.‹«

Karina wollte sie zurückhalten, doch Anastasia ließ sich nicht überreden. Sie wollte nicht einmal einen Wagen haben, sondern ging zu Fuß fort, in jeder Hand einen schweren Koffer.

»Was wohl in sie gefahren ist?«, schloss Karina verwundert.

Angelika hatte Wort gehalten. In der Nacht waren wir

übereingekommen, dass sie unter einem Vorwand das Haus der Larionows verlassen und so viel an Kleidern, Schmuck und allem, was sie »verdient« hatte, mitnehmen sollte, wie sie tragen konnte.

»Aber wo soll ich denn hin?«, hatte sie mich verzweifelt gefragt. »Ich kann doch nicht in unsere Wohnung und zu Robert zurück! Offiziell bin ich doch tot!«

Doch mein Mitleid mit dieser Betrügerin und Mörderin war dahin. Ja, eine Mörderin war sie! Denn Anastasia hatte ehrlich geglaubt, Robert könne mit seinem »Psychoenergie-Verstärker« die bedauernswerte Rosa Konstantinowna umbringen. Ohne jeden Skrupel hatte sie erklärt, die alte Frau habe lange genug gelebt und sollte nun in die Grube fahren. Daher zuckte ich auf ihr Jammern nur die Achseln. »Das ist nicht mein Problem. Wenn du morgen früh nicht weg bist, sage ich allen die Wahrheit.«

Um das Thema zu wechseln, fragte ich Karina: »Und wo ist die ältere Generation abgeblieben?«

Wieder zeigte sich Karina geradezu erschüttert. »Du wirst es nicht glauben! Beide sitzen in ihren Zimmern und sind still wie die Mäuschen. Sie verlangen nichts von mir, rufen nicht nach mir und machen kein Theater. Es ist wie ein Wunder. Vor allem: Sie wollen ihre Zimmer nicht verlassen!«

Kira kicherte leise in sich hinein. Da fuhr Lisa ihn an: »Sitz still und iss, was zappelst du dauernd herum?«

Ganz gegen seine Gewohnheit hielt der Junge an sich und antwortete nicht wie sonst: Rutsch mir doch …! Ich weiß selber, was ich zu tun habe!

Nein, er senkte den Blick und schob ein Stück Schmorgurke auf die Gabel. Dabei benutzte er nicht, wie sonst, die Finger, sondern ein Messer. Der akkurate Umgang mit dem Besteck verwunderte mich noch mehr. Kira hat sonst keine Hemmungen, einen Teller abzulecken, auf dem nur ein bisschen Soße zurückgeblieben ist. Ein Messer benutzt er selten, eigentlich nur, wenn er Eindruck machen will. Das verhieß nichts Gutes. Ich wartete ab, bis die Kinder ihr Eis gegessen hatten, und sagte dann: »Kira, kommst du bitte mit auf mein Zimmer?«

»Gerne«, antwortete der Junge, was mir nun überhaupt nicht gefiel.

Normalerweise reagiert er auf solche Aufforderungen mit Gegenfragen der Art: Warum? Muss es gleich sein? Vielleicht in einer Stunde? Dass er diesmal keinerlei Widerstand leistete, machte mich noch misstrauischer.

In mein Zimmer schlich Kira wie ein geprügelter Hund.

»Kannst du mir vielleicht sagen, was mit den beiden alten Damen los ist?«, fragte ich in strengem Ton.

»Was soll denn mit ihnen los sein?«, murmelte Kira in seinen Bart.

»Sie haben sich zum Mittagessen nicht sehen lassen.«

»Das ist doch wunderbar«, sagte Kira giftig. »So konnten wir wenigstens in Ruhe essen. Die mit ihren ewigen Streitereien gehen mir so auf die Ketten ...«

»Verstehe«, sagte ich und nickte. »Und, was habt ihr mit ihnen angestellt?«

»Das war ich!«, erklärte Kira nun mit Nachdruck. »Ich habe mir das ausgedacht und es auch durchgezogen. Die Mädchen haben damit nichts zu tun. Wenn du es wissen willst: Sie haben mich sogar angemeckert. Aber ich hab auch nicht gedacht, dass die Alten so einen Schreck kriegen!«

»Jetzt mal schön der Reihe nach!«, warf ich ein. »Und bitte zur Sache!«

»Also gut«, hub Kira an. »Du hast gut reden, läufst den ganzen Tag draußen herum und tauchst erst abends hier auf. Aber wir haben sie den ganzen Tag auf dem Hals! Übrigens verdrücken sich auch Maxim und Karina immer öfter. Er geht in sein Büro; aber was sie macht, weiß keiner. Pünktlich um 13.00 Uhr steigt sie ins Auto und ist um 18.00 Uhr wieder da.«

Das wunderte mich. Ich hatte gedacht, Karina verbringe den ganzen Tag in Aljabjewo. Was sie wohl mit solcher Regelmäßigkeit zu erledigen hatte? Sie war nirgendwo angestellt. Um diese interessante Frage wollte ich mich später kümmern. Zu Kira aber sagte ich: »Was ist dabei? Erwachsene haben halt dieses und jenes zu erledigen.«

»Nichts dagegen«, sagte Kira ärgerlich. »Aber diese zwei alten Psychopathinnen, diese halb verrückten Schachteln ...«

»Kira! Redet man so über Erwachsene?«

Der Junge musste lachen. »Nach deiner Logik, Tanja, wäre nichts dabei, wenn ich Lisa und Tina so nennen würde?«

»Nein, so meine ich das nicht. Man sagt so etwas nicht über andere Menschen. Wenn meine Mutter das von mir gehört hätte, wäre eine harte Strafe fällig gewesen.«

»Deine Mutter«, äffte mich Kira nach, »wäre tot umgefallen, wenn sie auch nur eine Folge von Beavis und Butthead gesehen hätte. Die harmlosen Simpsons hätten ihr glatt einen Herzinfarkt beschert. Und wenn die gehört hätte, was die Jungs von der zehnten Klasse auf dem Schulhof von sich geben! Du hast als Kind in der Steinzeit gelebt, wo es noch keinen Computer, ja nicht einmal einen Fernseher gab. Natürlich wart ihr anders.«

Mir blieb die Spucke weg.

»Flegeleien waren zu keiner Zeit etwas Schönes, das zum Ersten. Und ich lebe noch – das zum Zweiten. Fernsehen hat es in meiner Kindheit durchaus gegeben, wie auch elektrischen Strom, das Radio, die Kanalisation und warmes Wasser aus der Leitung. Gagarin ist schon 1961 in den Weltraum geflogen – das zum Dritten!«

»Ist ja gut, sei doch nicht gleich beleidigt«, meinte Kira und lächelte mich an. »Aber wir sind anders, das musst du doch zugeben.«

»Tue ich ja, nur Gemeinheiten ...«

»Tanja«, sagte Kira gedehnt und blinzelte mir verschwörerisch zu, »wir sind hier beide allein, und niemand kann uns hören. Sag doch mal ehrlich: Das sind doch zwei alte, garstige, widerwärtige Kröten! Mach mir nichts vor, das denkst du doch auch!«

So war es immer. Wollte ich schon mal die Erzieherin spielen, dann trieben mich die Kinder bald in die Enge.

»Sollen sie Kröten sein«, lenkte ich ein, »und ziemlich böse dazu, aber was man wirklich von anderen Menschen hält, spricht man nicht so gedankenlos aus. Zudem sind sie älter als du!«

»Okay«, sagte Kira friedfertig. »Dann sind sie eben uralte Kröten. Aber was das Alter betrifft – das sehe ich nicht ein! Ein Schwein bleibt ein Schwein! Zuerst ist es ein Ferkel und später ein altes Grunztier. Warum soll ich einen Menschen nur dafür achten, dass er fünfmal so lang auf der Welt ist wie ich? Wenn einer etwas geleistet hat, zum Beispiel Professor geworden ist, dann, ja! Aber die? Da bin ich ja klüger! Schau, ich spreche Englisch, kann mit dem Computer umgehen, kann Auto fahren. Und was können die? Den ganzen Tag herumnörgeln: ›Kira, iss nicht drei Brötchen auf einmal!‹ Und wenn ich frage, warum? ›Weil sich das nicht schickt.‹ Auch eine Erklärung!«

Kira setzte sich neben mich auf die Bettkante und machte sich mal so richtig Luft. Ich hörte ihm mit gemischten Gefühlen zu. Ihm und Lisa hatte nämlich bisher niemand eine Erziehung angedeihen lassen, wie die alte Generation sie verstand. Meine Kindheit zum Beispiel war von dem Wörtchen »nicht« bestimmt. Zieh das nicht an, geh dort nicht hin, streune nicht draußen herum, nimm dies nicht, iss jenes nicht, schminke dich nicht, trage keinen Minirock, gehe nicht spät schlafen, widersprich den Erwachsenen nicht, interessiere dich nicht für Jungen, kichere nicht ohne Grund, schrei nicht herum … Die Liste kann beliebig verlängert werden. Meine Mutter war fest entschlossen, ihre Tochter zu einem positiven Glied der Gesellschaft zu erziehen. Sie meinte es nur gut mit mir.

Auch Katja und ich wollen, dass die Kinder sich gut entwickeln, daher sind Lisa und Kira während des Schuljahres ständig beschäftigt. Nach dem Unterricht gehen sie zu Kursen in Englisch, Schwimmen oder Karate. Aber ständig an ihnen herumzunörgeln, dafür haben wir weder die Zeit noch die Kraft. Wir machen ihnen keine Vorschriften, was sie anziehen sollen, verstecken Zigaretten und Alkohol nicht vor ihnen und lassen alle Kosmetik frei im Bad herumliegen. Niemand fällt in Ohnmacht, wenn wir sie mit einem Pornoheft oder Spielkarten erwischen. Schimpfen wir mit ihnen, dann tun sie es heimlich, und wir wissen gar nicht mehr, was in ihren Köpfen vorgeht. Verbotene Früchte sind süß. Vor einem Jahr hatte ich Kira auf dem Hof mit einer Zigarette erwischt. Er wollte sie verstecken, aber es war zu spät.

»Was rauchst du denn?«, fragte ich sachlich.

Kira wies mir eine Schachtel der billigsten Sorte vor.

»Nimm die nicht«, brummte ich. »Das Zeug kratzt ja fürchterlich. Warum rauchst du nicht die *Parlament*, die in Katjas Zimmer auf dem Regal liegen?«

Fortan zückte Kira mehrfach demonstrativ in der Wohnung eine Zigarette. Als niemand reagierte, ließ er es nach einer Weile von selbst sein. Was war schon spannend daran, den stinkenden Rauch zu inhalieren, wenn es weder Katja, noch mich, den älteren Bruder oder dessen Frau interessierte? Wären wir über ihn hergefallen, dann hätte er sich schon aus jugendlichem Widerspruchsgeist zu den Kerlen gestellt, die in dunklen Ecken pafften.

Angesichts dessen war Kira den »Erziehungsmethoden« der beiden alten Frauen schutzlos ausgeliefert. Ich hatte in meiner Kindheit gelernt, wie man den größten Teil der Ermahnungen der Erwachsenen an sich abprallen ließ. Kira hatte diese Erfahrung nicht. Deshalb gingen ihm die beiden Alten so mächtig auf die Nerven.

Rosa Konstantinowna hatte es vor allem auf sein Outfit abgesehen. Immer wieder ermahnte sie den Jungen, passende Hosen zu tragen statt in endlos weiten Cargos herumzulaufen, das schwarze T-Shirt abzulegen, weil diese Farbe nur für Beerdigungen passte, nicht in seine Turnschuhe zu schlüpfen, weil man davon angeblich Schweißfüße bekam.

»Nimm doch die Sandalen, mein Junge«, mahnte Karinas Schwiegermutter jedes Mal, wenn sie Kira begegnete. »Man trägt weiße Söckchen und Sommerschuhe. Und nimm endlich dieses hässliche Ding vom Kopf. Wie kann man nur dauernd in dieser Sackleinwand herumlaufen! Soll ich dir ein hübsches Sommerhütchen kaufen?«

Ich konnte mir vorstellen, wie sehr sich Kira zusammenreißen musste, um die alte Frau nicht anzubrüllen: Das ist keine Sackleinwand, sondern ein geiles Basecap, das einen Haufen Geld gekostet hat!

Galina Michailowna nörgelte auch an den Kindern herum, aber auf andere Weise. Sie war vor allem um deren Gesundheit besorgt.

»Trink keine Coca-Cola, mein Kleiner«, stöhnte sie. »Die verdammten Amerikaner haben sie extra angeschleppt, um das russische Volk zu vergiften! Iss überhaupt keine importierten Sachen! Jetzt im Sommer ist Schmorkürbis am besten, der belastet den Magen nicht, man kann gut schlafen, hat keine Probleme mit der Leber und keine Blähungen!«

Aber Kiras in der Entwicklung begriffener Organismus verlangt nach Fleisch. Magenschmerzen kennt der Junge nicht, und wo seine Leber liegt, hat ihm auch noch keine Sorgen bereitet. Als Galina Michailowna beim Mittagessen Sina mit den Bouletten in die Küche zurückschickte und meinte, man solle bei dieser Hitze den Organismus nicht mit Gebratenem belasten, war es Kira endgültig zu viel. Er sann auf Rache.

Aus Tinas Trickkiste ließ er sich einen besonders schönen Aufkleber geben und erschien damit zur nachmittäglichen Teestunde. Galina Michailowna, die ihn um sein schmackhaftes Mittagessen gebracht hatte, vertilgte gerade ein riesiges Stück Torte mit Schlagsahne. Unsere beiden Damen verlangen zwar von anderen, ihren Appetit zu zügeln. Wenn sie aber etwas gerne essen, dann greifen sie ordentlich zu.

Kira nahm zwischen den beiden Frauen Platz, hörte sich deren übliche Ratschläge an und sagte dann: »Heute mag ich keine Torte, nur heißen Tee. Ich zittere so!«

»Bestimmt hast du dich erkältet«, plapperte Galina Michailowna besorgt. »Was hab ich dir gesagt? Iss kein Eis, und schon gar kein importiertes! Die mischen extra was rein, damit die Leute ständig …«

»Und abends läufst du immer in Shorts herum!«, fügte Rosa Konstantinowna hinzu.

»Ach, sehen Sie nur, was mir passiert ist«, sagte Kira mit schmerzerfüllter Miene.

Vor Schreck ließ Galina Michailowna ein Stückchen Torte auf den Teppich fallen.

»Um Gottes willen!«, schrie Rosa Konstantinowna auf. »Wir müssen sofort einen Arzt rufen!«

Auf Kiras Arm prangte eine absolut echt wirkende offene Wunde, in der noch dazu grüner Eiter schwamm. Ein schrecklicher Anblick.

»Ich brauch keinen Arzt«, flüsterte der Junge matt, wobei er sich nur mit Mühe das Lachen verbeißen konnte, »das habe ich schon lange.«

»Aber heute Morgen war es noch nicht da!«, flüsterte Galina Michailowna entsetzt.

Kira nickte. »Das stimmt, sie geht plötzlich auf, und das tut so weh!«

»Was ist es denn?«, fragte Karinas Mutter mit bebender Stimme.

»Hautfraß«, verkündete der freche Kerl mit unschuldigem Augenaufschlag. »Meine Mutter ist Ärztin. Sie hat in Afrika gearbeitet; dort hat sie sich ihn geholt. Die Krankheit ist furchtbar ansteckend. Sie wird durch Tröpfcheninfektion übertragen wie die Pest. Wenn die Wunde sich öffnet, ist es am gefährlichsten. Dann fliegen die Bazillen nur so nach allen Seiten. Bis jetzt weiß man noch nicht, wie man die Krankheit behandeln soll. So muss ich mich eben damit herumquälen. Die Wunde geht jeden Monat wieder auf.«

Er nieste ein paarmal geräuschvoll und schickte auch noch einen Hustenanfall hinterher.

So schnell hatte man die beiden alten Frauen noch nie laufen sehen. Sie wollten das Speisezimmer so rasch verlassen, dass sie an der Tür beinahe zusammengestoßen wären. Kira stopfte in aller Ruhe drei Stück Torte in sich hinein, genoss das Alleinsein und schaltete den Fernseher an. Über den Monitor hüpfte Homer Simpson, und niemand keifte: Mach sofort diesen Unsinn aus, wir wollen die Nachrichten sehen!

Aber Kira hatte nicht erwartet, dass sein dummer Streich so erfolgreich sein würde. Die erschreckten Alten verbarrikadierten sich in ihren Zimmern und wollten nicht mehr herauskommen. Sie aßen nichts und hatten auch sonst keine Wünsche.

»Wahrscheinlich haben sie Angst«, sagte Kira kichernd, »dass ich auf Geschirr und Besteck geniest habe. Das macht gar nichts. Es ist sogar gut für sie, da können sie ein bisschen abnehmen.«

Ich erklärte schicksalsergeben: »Nun muss ich wohl geraderücken, was du angerichtet hast. Und du gibst mir dein Ehrenwort, dass du sie nicht wieder so erschreckst.«

»Sage aber bitte nicht, dass ich sie für dumm verkauft habe!«, bat mich Kira erschrocken. »Die bringen mich um!«

»Versprochen«, gab ich zurück und ging zu den alten Damen hinauf. Ich wollte ihnen erzählen, dass ich gerade die Laboranalysen erhalten hätte. Es handle sich nicht um den Hautfraß, sondern der Junge habe eine ganz gewöhnliche, nicht ansteckende Allergie. Der Arzt habe ihm eine Ernährung mit viel Fleisch, Chips, Nüssen, Speiseeis und Würstchen verschrieben. Kürbis und Weißkohl dürfe er nur in geringen Mengen zu sich nehmen.

25. Kapitel

Um Mitternacht klopfte ich sachte am Wachhäuschen beim Tor. Kolja öffnete die Tür.

»Tatjana Andrejewna, ist etwas passiert?«

»Nein, nein, ich kann einfach nicht schlafen.«

»Haben Sie's gut«, erwiderte Kolja. »Mir fallen dauernd die Augen zu, aber ich muss wach bleiben.«

»So ist es im Leben«, sagte ich lachend. »Wenn ich nachts ein Tor bewachen müsste, wäre ich sicher auch müde. Wie lange geht denn Ihre Schicht? Wann löst Serjosha Sie ab?«

»Wir wechseln alle vierundzwanzig Stunden«, erklärte mir Kolja.

»Da ist ja an Privatleben kaum zu denken.«

»Dafür verdient man gut.«

»Das stimmt«, bestätigte ich. »Aber Geld hat man eigentlich nie genug. Und einfach ist es bestimmt auch nicht, ständig so dazusitzen und auf den Monitor zu starren.«

»Es ist stinklangweilig, wenn ich ehrlich sein soll«, bekannte Kolja. »Aber was soll ich sonst machen? Ich habe keine Ausbildung, da bleibt mir nur ein Marktstand oder der Wachdienst. Ich bin einmal Leistungssportler gewesen, habe militärischen Fünfkampf betrieben. Habe sogar Medaillen erkämpft. Ich beherrsche Karate, und schießen kann ich auch gut. Ich bin auf eine Sportschule gegangen. Wissen Sie, was man uns dort beigebracht hat? Neben acht Stunden Training am Tag nur Russisch und Mathematik. Wichtig waren die sportlichen Leistungen. Eine Drei in den theoretischen Fächern bekam man immer.«

»Und an dir kommt hier keiner vorbei?«

»Keiner«, erklärte Kolja selbstbewusst. »Nicht mal eine Maus.«

»Na, hier am Tor vielleicht, aber über den Zaun?«

»Das schafft man auch nicht«, erklärte der Wachmann. »Die Umzäunung ist komplett an die Alarmanlage angeschlossen. Wenn sich nur jemand dagegenlehnt oder versucht, sich daran hochzuziehen, heult die Sirene auf, und die Kameraüberwachung sagt mir, was los ist.«

Er drückte auf einen Knopf, und vor meinen Augen flammte ein weiterer Monitor auf, der den Zaun zeigte.

»Das leuchtet ein«, sagte ich. »Serjosha ist genauso wachsam?«

»Selbstverständlich«, behauptete Kolja.

»Und ihr verlasst nie euren Posten?«

»Nur, um zur Toilette zu gehen.«

»Na bitte! In dieser Zeit …«

Kolja schüttelte den Kopf. »Sehen Sie mal!«

Er erhob sich und öffnete eine kleine Tür, die mir bisher gar nicht aufgefallen war. Eine blitzsaubere Toilette und ein Handwaschbecken kamen zum Vorschein.

»Gehen Sie rein und schauen Sie auf die Wand dort.«

Ich tat, wie mir geheißen. Durch den Spiegel im Raum des Wachmanns konnte ich beide Monitore sehen.

»Schlau ausgedacht«, sagte Kolja zufrieden. »Von dieser Seite kann man sich selber beschauen, und von der andren ist das Glas durchsichtig. Die ganze Sicherheitsanlage ist von Fachleuten konzipiert und aufgebaut worden. Die haben alles bedacht. Sie können ruhig schlafen und brauchen sich keine Sorgen zu machen.«

»An dem Tag, als Gleb Larionow umgebracht wurde, wer hatte da Dienst?«

»Ich.« Kolja seufzte schwer. »Die Milizionäre haben mich schon ausgefragt, ob damals ein Fremder auf dem Gelände gewesen sein könnte. Auch ihnen habe ich die ganze Sicherheitsanlage erklären müssen.«

»Sag mal, mein Freund«, fragte ich hinterhältig, »wie ist dann in jener Nacht Olga, Tinas Mutter, hier hereingekommen?«

Vor Schreck verschluckte Kolja sich. Ich wartete ab, bis der Hustenanfall vorüber war, und fragte weiter: »Du kennst sie doch? Hast sie hier sicher öfter gesehen. Olga – die schöne Frau, die im Fernsehen auftritt.«

»Na klar«, gab der Wachmann zu, der sich wieder unter Kontrolle hatte. »Das ist aber ein Irrtum. Es war niemand hier.«

»Mich brauchst du nicht anzuschwindeln. Ich habe sie mit eigenen Augen gesehen. Mich interessiert nur, warum du das der Miliz nicht gesagt hast.«

Koljas Blick irrte über mein Gesicht.

»Schweigen bringt dir nichts«, sagte ich achselzuckend. »Wenn ich Karina davon erzähle, wirst du sofort entlassen. Übrigens –hier ist mein Ausweis.«

Kolja warf einen Blick auf die weinrote Klappkarte.

»Weißt du«, fuhr ich im Plauderton fort, »als Privatdetektivin kann ich ein Geheimnis für mich behalten. Ich möchte nur, dass du mir sagst, ob du Olga hereingelassen hast. Das bleibt unter uns. Wenn du weiter schweigst, dann kostet es mich gar nichts, zu den Ermittlern an der Petrowka zu gehen und ihnen zu sagen, was ich weiß. Dann geht's dir schlecht.«

Kolja schluckte heftig. »Ich bin mir keiner Schuld bewusst.«

»Wirklich?«

»In dieser Nacht hat Gleb Lukitsch mich angerufen und

mir befohlen: ›Lass Olga herein, sie wird gleich da sein.‹ Das habe ich getan. Ich habe nur eine Anordnung ausgeführt.«

»Um welche Zeit war das?«

»Gegen halb zwei Uhr nachts. Alle im Haus haben schon lange geschlafen. Sie ist übrigens nicht zum ersten Mal um diese Zeit hier aufgekreuzt. Sie hatte etwas mit Gleb Lukitsch zu besprechen.«

»Warum so spät?«

Kolja zuckte die Schultern. »Ich habe das Tor zu öffnen und zu schließen, nicht solche Fragen zu stellen.«

»Wann ist die Dame denn wieder gegangen?«

Der Wachmann überlegte. »So gegen vier Uhr morgens. Es war noch dunkel. Sie kam aus der Haustür geschossen, sprang in ihren Wagen, und los! Hätte beinahe das Tor gestreift. Ich hatte den Eindruck, dass sie stinksauer war. Wahrscheinlich hatten sie sich gestritten.«

Ich blickte den Mann schweigend an. Das war ja interessant! Olga verließ das Grundstück im Morgengrauen, als alle noch schliefen, und später fand ich Gleb ermordet vor. Sehr verdächtig. Als ich mir vorzustellen versuchte, was für eine Persönlichkeit der Mörder sein könnte, hatte ich Olga völlig ausgeklammert. Denn erstens kam sie in Glebs Testament nicht vor, und zweitens war sie, wie ich bisher angenommen hatte, zur Zeit des Verbrechens nicht anwesend. Nun aber zeigte sich, dass die Dame Larionow wahrscheinlich als Letzte lebend gesehen hatte. Und auch bei dem Testament hatte ich danebengegriffen. Sie war darin nicht erwähnt, aber Tina, der ein hübsches Stück von dem Kuchen zufiel. Und das Mädchen liebte seine Mutter, die sie hier abgeladen hatte, offenbar immer noch.

»Warum hast du der Miliz nicht die Wahrheit gesagt«, fragte ich leise.

Kolja antwortete nicht.

»Was hat dir Olga für dein Schweigen geboten?«

Der Wachmann schaute mich entgeistert an. »Woher wissen Sie …?«

Weil ich ständig Kriminalromane lese und weil man es dir an der Nasenspitze ansieht! Aber laut sagte ich etwas anderes.

»Ist dir immer noch nicht klar, dass ich dich durchschaut habe?«

Kolja lief puterrot an. »Also, eigentlich …«

»Wie viel?«

»Sie hat mir nicht direkt Geld gegeben, oder doch Geld, aber nicht ihr eigenes …«

Jetzt hatte er sich verheddert und sagte gar nichts mehr.

»Du musst reden«, ermunterte ich ihn, »wenn du nicht entlassen und dem Ermittler vorgeführt werden willst. Der kann dich wegen Falschaussage vor Gericht bringen.«

Da endlich sprudelte die Wahrheit aus Kolja hervor.

Gleb hatte ihm befohlen, Olga einzulassen. Der Wachmann tat, wie ihm geheißen. Gegen vier Uhr morgens kam Olga aus dem Haus gerannt, als seien Furien hinter ihr her. Früh am Morgen, die Miliz war noch nicht eingetroffen, rief sie Kolja im Wachhäuschen an und fragte ohne Umschweife: »Willst du dir 50000 Dollar verdienen?«

Kolja blieb fast die Luft weg. Er kannte Olga, hatte aber bisher keinerlei außerdienstliche Beziehungen zu dem Fernsehstar gehabt.

»Wer wird da schon nein sagen?«, antwortete er vorsichtig.

»Wann wirst du abgelöst?«, erkundigte sich die Dame nüchtern.

»Unser Dienst beginnt und endet jeweils um zwölf Uhr mittags.«

»Soso. Dann bist du heute Abend um sechs am Fernsehzentrum in Ostankino und gehst dort zu Eingang Nr. 17. Beim Pförtner wirst du erwartet. Und bring deinen Pass mit.«

»Was soll ich denn beim Fernsehen?«, fragte Kolja, der gar nichts begriff.

Olga schnaufte ärgerlich. »Da kriegst du deine 50000.«

Der Wachmann war völlig verwirrt. Einen Moment lang glaubte er sogar, Olga sei nicht ganz richtig im Kopf.

»Es ist eine kleine Bedingung dabei«, fuhr die Dame inzwischen ungerührt fort.

»Was für eine Bedingung?«, fragte der Mann argwöhnisch.

»Du darfst niemandem sagen, dass ich heute Nacht bei Gleb war. Versprichst du mir das? Die 50000 sind dein Schweigegeld. Nicht schlecht, was?«

Die Bitte überraschte Kolja nicht sonderlich. Er wusste, dass man in seinem Gewerbe verschwiegen zu sein hatte. Geldleute behielten keinen Chauffeur, der überall herumerzählte, wohin sein Chef fuhr und für wie lange, oder ein Zimmermädchen, das mit ihren Freundinnen über die Bettwäsche ihres Arbeitgebers tratschte. Olga war auch früher schon nachts bei Larionow gewesen. Kolja hatte sich nicht sonderlich dafür interessiert, weshalb der sich mit ihr zu einer Zeit traf, da das ganze Haus schlief. Vielleicht war es eine Bettgeschichte? Die ging ihn nichts an. Einmal hatte sein Arbeitgeber ihm zugeraunt: »Sag Rada nichts von Olgas Besuchen, die macht mir sonst die Hölle heiß.«

Kolja nickte, und die Sache war für ihn erledigt. Jetzt aber bot man ihm plötzlich für sein Schweigen 50000 an! Dollars! Zuerst dachte der Wachmann, das sei wieder so ein dummer Streich. Dann fuhr die Miliz vor, und wenig später schaute einer der Beamten bei ihm herein. Da fiel es ihm wie Schuppen von den Augen. Olga fürchtete, ebenfalls von den Ermittlern befragt zu werden.

Punkt 18.00 Uhr war er in Ostankino. Ein hübsches junges Ding in Jeans und rotem Top führte ihn durch endlose Korridore und ließ ihn schließlich in einer Künstlergarderobe Platz nehmen. Der Bursche wusste gar nicht, wie ihm geschah. Er wurde gepudert, schön gemacht und ins Studio geführt. Jetzt erst begriff Kolja, dass er in Olgas Live-Show eine Rolle zu spielen hatte.

Wie wir wissen, konnte man nicht voraussehen, wie diese verlief. Alles hing von der Moderatorin ab. Am Ende gewann Kolja den Hauptpreis, der, wie Sie sich denken können, 50000 Dollar betrug. Netto gab es nicht ganz so viel, denn der Gewinn musste versteuert werden, aber es blieb trotzdem eine sehr ansehnliche Summe.

»Das war vielleicht raffiniert eingefädelt!«, sagte der Wachmann bewundernd. »Sie hat mir Schweigegeld gegeben, aber auch wieder nicht! Denn einen Gewinn kriegt jeder Sieger in ihrer Show, da gibt es nichts zu deuteln. Sie hat mich auch nicht aus der eigenen Tasche bezahlt, sondern Geld des Fernsehens verwendet. So eine Frau kannst du mit der Lupe suchen! Wo andere Männer die nur auftreiben? So eine hätte ich auch gern!«

Ich griff nach meinen Zigaretten. Der arme Kolja! Mit dieser Dame wäre er wohl nicht fertig geworden. Die hätte ihn mit Haut und Haar verschlungen und nicht einmal seine Schuhe ausgespuckt.

»Ist dir eigentlich klar, dass du faktisch eine Mörderin deckst?«

Kolja schüttelte energisch den Kopf. »Sie hat ihn nicht umgebracht.«

»Wie kannst du dir so sicher sein?«

»So schwach und zart wie die ist! Eine Mörderin sieht anders aus!«, sagte Kolja leidenschaftlich.

Diesen Gesichtspunkt sollte man Wolodja Kostin für seine Ermittlungen empfehlen. Sieht nicht aus wie eine Mörderin! Schwach und zart! Wie viel Kraft brauchte man wohl, um aus einer winzigen Pistole zu feuern? Sie hatte Gleb nicht erdrosselt und auch nicht aus dem Fenster geworfen. Wie leicht hätte es die Miliz, könnte man einen

Betrüger, einen Dieb oder einen Killer immer am Äußeren erkennen. Zu Olga hatte ich eine andere Meinung.

»Also gut«, sagte ich und klopfte dem Wachmann auf die Schulter. »Mach deine Arbeit. Ich kann dich zwar nicht bezahlen, aber es ist nur in deinem Interesse, wenn du unser Gespräch für dich behältst.«

»Ich bin nicht schwatzhaft«, brummte Kolja. »Wem soll ich es denn auch erzählen?«

Nachdenklich verließ ich das Wachhäuschen. Nicht schwatzhaft? Mir hatte er alles gestanden. Ich brauchte ihm nur ein wenig Angst einzujagen. Nein, auf den Mann war kein Verlass.

Am Morgen nach dem Frühstück stieß ich einen tiefen Seufzer aus und wies mit dem Finger auf den Fernsehapparat, wo gerade die Show *Meine Familie* lief.

»Wie kommt man eigentlich in eine solche Sendung?«

»Ganz einfach«, antwortete Tina. »Meine Mama hat es mir erklärt. Am Ende wird im Abspann immer eine Telefonnummer eingeblendet. Dort muss man anrufen, Angaben zur Person machen, und dann wird man eingeladen.«

»Einfach so?«

»Ja. Viele wandern von einer Sendung zur anderen. Da gibt es richtige Studio-Profis. Aber beim Fernsehen mag man die nicht«, erläuterte Tina. »Man will nicht immer dieselben Gesichter sehen.«

»Klar. Und wie wird man Mitspieler?«

»Auf die gleiche Weise. Man ruft an, wird zu einem Gespräch eingeladen, und dann muss man halt warten.«

»Wie lange?«

»Das hängt von der Einschaltquote der Sendung ab. Wenn sie so beliebt ist wie die meiner Mama, braucht man mindestens ein halbes Jahr, bis man Zuschauer wird.«

»Das ist aber schade!«, ließ ich fallen.

»Wieso?«, fragte Tina erstaunt.

»Mein Urlaub ist bald zu Ende, ich muss wieder arbeiten. Dabei wäre ich so gerne einmal in so einem Studio gewesen! Das muss doch wahnsinnig interessant sein!«

»Warum hast du das nicht schon früher gesagt, Tanja?«, rief Tina. »Ich rufe sofort meine Mama an!«

Sie sprang auf und stürzte zum Telefon, wobei sie wie immer eine Bodenvase umriss.

»Wir wollen auch ins Fernsehen!«, kam es augenblicklich von Kira und Lisa.

Ich schwieg betreten. Ich hatte überhaupt nicht bedacht, dass die Kinder sich ein solches Abenteurer nicht entgehen lassen würden. Aber die konnte ich da gar nicht gebrauchen!

Tina war schon wieder zurück.

»Willst du heute hin?«

»Ja!«, riefen wir alle drei im Chor.

»Euch nehmen sie nicht«, sagte Tina.

»Warum nicht?« Kira und Lisa fielen aus allen Wolken.

»Mama mag es nicht, wenn Personen unter zwanzig im Saal sitzen«, erklärte Tina.

»Das ist doch Diskriminierung!« Kira heulte auf.

»Genozid!«, fiel Lisa ein.

»Seid nicht traurig«, sagte Tina. »Für euch frage ich meine Mama noch einmal! Wollt ihr zu einer Krimi-Show gehen?«

»Na klar!«, riefen die beiden begeistert.

»Einen Moment«, sagte Tina, rannte die nächste Vase um und war schon wieder weg.

Kurz vor 18.00 Uhr ging ich das langgestreckte graue Gebäude entlang und suchte Eingang Nr. 17. Ich erwartete etwas Besonderes – eine elegante Eichentür mit Klinke aus Bronze, Marmorwände in der Eingangshalle, teure Möbel … Vor langer Zeit hatte ich einmal die Zentrale der Sberbank betreten dürfen. Den Eindruck werde ich mein Lebtag nicht vergessen. Als ich den Metalldetektor passiert hatte, wagte ich kaum, meine Füße auf den spiegelblanken Fußboden zu setzen.

Aber Aufgang Nr. 17 wirkte irgendwie ärmlich. Dagegen war selbst das Vestibül der Schule, in die Kira und Lisa gingen, vornehm zu nennen. Ich hätte nicht gedacht, dass das Haus des Zentralen Fernsehens einen so schäbigen Eindruck machte. Vor allem drinnen erinnerte es an eine Kreispoliklinik oder eine Provinzbehörde. Nie wäre ich darauf gekommen, dass hier die Stars von Showbusiness, Politik und Literatur ein und aus gingen. Die Angestellten liefen herum wie überall – in Jeans, T-Shirts und Trägerröcken. Ich hatte Menschen in Designerkleidung und handgenähten Schuhen erwartet, aber die meisten hier kamen daher wie ich selbst. Ob das an dem heißen Wetter lag? Vielleicht sah man ja hier im Winter Zobel- und Nerzpelze mit Knöpfen aus echten Steinen!

Im Studio ging es ziemlich eng zu. Eine weitere Enttäuschung, die mich in der Annahme bestärkte, dass beim Fernsehen sowieso alles Betrug war. Ich hatte mir Olgas Show mehrmals zu Hause auf der Couch angesehen und geglaubt, das Publikum sei riesengroß. Wenn die Kamera über den Saal schwenkte, hatte man den Eindruck, da säßen mindestens fünfhundert Leute, wenn nicht noch mehr. Jetzt aber führte man mich in einen bescheidenen Raum mit einem runden Podium und drei Bankreihen, die im Halbkreis wie in einem Amphitheater angeordnet waren. Ich zählte höchstens vierzig Zuschauer. Ich ließ mich in der ersten Reihe nieder und schaute mich um. Plötzlich tauchte von irgendwoher eine junge Frau von etwa fünfundzwanzig Jahren auf und rief laut: »Ruhe, bitte! Für alle noch einmal zur Erinnerung: Das ist eine Live-Sendung, keine Aufzeichnung. Nehmen Sie die Kaugummis aus dem Mund. Wir bitten Sie sehr, nicht ins Taschentuch zu schnauben, nicht zu husten, zu niesen, keine Grimassen zu schneiden und nicht in der Nase zu bohren. Die Kameras sind überall, eine befindet sich sogar über Ihren Köpfen. Wenn Sie groß ins Bild kommen, dann winken sie nicht und werfen keine Kusshändchen. Sitzen Sie ruhig und denken Sie immer daran, es wird alles live gesendet. Nur für Werbung wird kurz unterbrochen. Alles klar?«

Das Publikum signalisierte Zustimmung.

»Wunderbar«, fasste die junge Frau zusammen. »Jetzt der nächste Schritt. Sie erhalten Stifte und Papier. Dies ist eine Spielshow nach dem Prinzip Frage und Antwort. Sie haben die Aufgabe, sich neue Fragen für weitere Sendungen auszudenken. Wer einen besonders originellen Einfall hat, kann Mitspieler werden. Verstanden? Die Zettel legen sie bitte in diesen Kasten dort, und vergessen Sie nicht, Namen und Telefonnummer anzugeben.«

Die Leute stürzten sich auf Stifte und Papier. Auch ich nahm mir das Nötige und schrieb: »Was bringt eine junge, attraktive Frau, einen Fernsehstar, dazu, nachts voller Angst aus einer Villa auf dem Lande zu laufen? Warum zahlt sie einem Wachmann 50000 Dollar Schweigegeld?«

Die Angaben zu meiner Person ließ ich weg. Ich faltete meinen Zettel zusammen und warf ihn zu den anderen in den Kasten. Den holte ein junger Mann ab. Gleich darauf wurden die Scheinwerfer eingeschaltet, Musik ertönte, und Olga trat auf. Sie sah toll aus. Niemand würde darauf kommen, dass sie bereits eine habwüchsige Tochter hatte. Sie musste in den Zwanzigern sein. Vielleicht hatte sie schon ein Vierteljahrhundert hinter sich, aber mehr bestimmt nicht. Wespentaille, die Frisur – der letzte Schrei, kein Fältchen im Gesicht und ein kesser Blick.

Die Show lief nach dem bekannten Schema ab. Ich saß still da und hing meinen Gedanken nach. Was da auf der Bühne passierte, interessierte mich überhaupt nicht. Wenn das Publikum lachte, verzog auch ich ein wenig den Mund, wenn geklatscht wurde, tat ich mit. Endlich hatte der Stumpfsinn ein Ende.

»Sitzenbleiben!«, rief die junge Frau. »Ich verkünde jetzt

die Ergebnisse des Wettbewerbs um die Themen der nächsten Sendungen! Ljudmila Nalaikina! Sind Sie da?«

»Hier!«, rief eine füllige Dame und erhob sich.

»Gehen Sie bitte in unser Büro zu Sergej Tolkunow.«

Jubelnd hüpfte die Dicke in den Korridor hinaus.

»Ich habe hier noch einen Zettel ohne Namen, auf dem es um eine junge Frau und Geld geht. Wir haben nicht ganz verstanden, was die Frage soll. Wer hat das geschrieben?«

Ich hob die Hand. Die junge Frau sah mich prüfend an. »Kommen Sie bitte zu mir.«

Ich stieg auf die Bühne hinauf. »Gehen Sie bitte zu der Tür dort zwischen den Sesseln«, sagte sie.

Ich trabte in die angegebene Richtung. Nach dem hell erleuchteten Studio kamen mir die Diensträume grau und düster vor. Mehrmals über Kabel stolpernd, erreichte ich die Tür und klopfte an.

»Herein«, kam es von drinnen.

26. Kapitel

Olga saß an einem Tisch, auf dem sich Döschen, Flakons und Fläschchen drängten. Als ich eintrat, legte sie einen Wattebausch aus der Hand. Sie sah ganz merkwürdig aus. Die rechte Gesichtshälfte, von der sie die Schminke bereits abgewischt hatte, gehörte einer Frau, die ihre Jugendblüte bereits hinter sich hatte. Die linke wirkte auf den ersten Blick ohne Fehl und Tadel. Aber beim näheren Hinschauen sah man die dicke Schicht Schminke, die darauf lag.

»Du hast also diesen blöden Zettel geschrieben?«, fragte Olga scharf.

Unbeeindruckt ließ ich mich auf einem Stuhl an der Wand nieder, schlug ein Bein über das andere und öffnete meine Handtasche. Auf eine Unverschämtheit muss man mit einer Unverschämtheit antworten. Olga war es gewohnt, zu tun, was sie wollte, wie in ihrer Show, wo alle sie fürchteten. Bei mir aber hatte sie sich geirrt. Hier war es genau umgekehrt: Sie sollte mich fürchten lernen.

Ich nahm in aller Ruhe ein Päckchen Zigaretten aus der Tasche, zündete mir eine an, blies der Dame den Rauch ins Gesicht und fragte von oben herab: »Na und? Wieso blöd? Auf dem Zettel steht die Wahrheit!«

Man musste es Olga lassen: Sie zuckte mit keiner Wimper. Sie hatte sich schon wieder dem Spiegel zugewandt und reinigte erst einmal gründlich ihr ganzes Gesicht. Dann drehte sie sich zu mir um.

»Wie viel willst du für dein Schweigen? Es gibt zwei Möglichkeiten. In der morgigen Show ist der Preis ein Auto, allerdings nichts Besonderes, nur ein Lada 6. Aber in einer Woche gibt es eine Einzimmerwohnung. Was hättest du lieber?«

Ich blickte in ihr Gesicht, das ohne Schminke erschreckend alt wirkte. Viele kleine Fältchen liefen von den Augen zu den Schläfen. Krähenfüße können einem Gesicht einen gütigen Ausdruck verleihen, aber Olga wirkte böse. Die tiefen Furchen, die von den Nasenflügeln zu den Mundwinkeln liefen, erinnerten mich an meine Möpsinnen. Doch den Vergleich fand ich gar nicht gut. Möpse sind lieb und haben Charme. Die Frau dagegen, die hier vor mir saß, erinnerte eher an die Schneekönigin. Schön und böse wie die musste sie sein.

»Du hast einen Fehler gemacht«, sagte ich und lachte kalt.

»Was meinst du damit?«, fragte die Fernsehdiva ungerührt.

»Du hättest mir kein Schweigegeld anbieten sollen. Jetzt bin ich überzeugt, dass du Gleb Larionow umgebracht hast.«

»Hast du sie nicht mehr alle?«, fragte Olga. »Ich soll Larionow getötet haben? Dümmer geht's nicht! Woher kenne ich dich nur? Dein Gesicht kommt mir irgendwie bekannt vor. Warst du mal in meiner Show?«

»Sehe ich so blöd aus? Wie eine, die für Geld nach deiner Pfeife tanzt?«

Die Moderatorin zischte böse: »Oh, wie stolz wir sind! Jeder ist käuflich! Es kommt nur auf die Summe an. Der eine rennt für 1000 Dollar nackt über die Twerskaja. Ein anderer ist auch für eine Million nicht dazu zu bewegen. Aber vertraue meiner Erfahrung, für zwei Millionen ändert er seine Meinung. Also, was ist dein Preis?«

»Ich bin keine Erpresserin!«

»Ach so? Wer hätte das gedacht! Und womit handelst du? Mit Horoskopen?«

Ich zückte meinen Dienstausweis. Olga warf einen flüchtigen Blick darauf. Sofort veränderte sich ihre Miene. Sie lächelte dünn.

»Sie sind von der Miliz?«

Überrascht, dass Madame auch höflich sein konnte, grinste ich höhnisch.

»Du musst hier nicht die Nette spielen. Mit den Ordnungshütern habe ich nichts zu tun, ich bin Privatdetektivin.«

Jetzt war die Dame ernstlich erstaunt.

»Was?«

»Privatdetektivin! Sag bloß nicht, du hörst zum ersten Mal, dass es so etwas gibt.«

»Klar habe ich von bezahlten Schnüfflern schon gehört!« Olga hatte zu ihrer Arroganz zurückgefunden. »Ich dachte nur nicht, dass die so aussehen und so gebaut sind wie du.«

»Na, du bist auch nicht gerade Julia Roberts«, gab ich zurück, »und hüpfst noch vor der Kamera herum.«

»Diese Julia Roberts hat ein Maul wie ein Haifisch«, giftete Olga, »die sieht doch schrecklich aus, ein reines Kunstprodukt. Für das Geld macht man auch aus einem Esel einen Alain Delon!«

Ich nickte. »Gut beobachtet.«

Olga hatte nicht erwartet, dass ich ihr zustimmen würde. Sie stockte einen Moment, was ich nutzte, um meinerseits zu fragen: »Was hat dir der arme Gleb nur getan? Er hat dir Geld zugesteckt und zieht deine Tochter groß. Und das ist dein Dank? Ein Schuss mitten ins Gesicht ...«

»Red keinen Quatsch!«, blaffte jetzt Olga. »Ich hab ihn nicht angerührt!«

»Entschuldige schon, das glaube ich dir nicht.«

»Und warum nicht?«, fragte die Diva achselzuckend und begann ihre blutroten künstlichen Fingernägel abzunehmen.

So war das Fernsehen. Nicht einmal die Nägel waren hier echt, alles falsch.

»Wenn du ihn nicht umgebracht hast, dann bist du zumindest die Letzte gewesen, die den Unglücklichen lebend gesehen hat. Warum hast du den Wachmann zum Schweigen verpflichtet und ihm so viel Geld gezahlt?«

Olga starrte mich zornig an. »Geh doch zum Teufel, du Westentaschenkommissarin!«

»Nur zusammen mit dir«, erwiderte ich lächelnd. »Ich weiß nämlich den Weg zur Hölle nicht, aber du scheinst ja dort Stammgast zu sein.«

Olga lief rot an. »Ich rufe jetzt die Wache und lasse dich rauswerfen.«

»Die Mühe kannst du dir sparen. Ich geh schon von allein.« Mit diesen Worten wandte ich mich zur Tür.

»He!«, rief da Olga, »weshalb bist du überhaupt gekommen?« Jetzt wirkte sie verunsichert.

»Um einen Blick auf dich zu werfen.«

»Und – gefalle ich dir?«

»Nicht sehr. Ich mag keine Frauen, die die Väter ihrer Kinder umbringen.«

»Das ist doch unerhört!«, kreischte Olga auf. »Du bleibst hier!«

»Entschuldige, ich bin in Eile.«

»Wohin soll es denn gehen?«

»Zuerst rufe ich die Miliz an. Und dann stelle ich mich selber neben den Ausgang, damit du nicht abhaust.«

»Idiotin!«, schrie die Moderatorin. »Blöde Kuh!«

»An der Petrowka wirst du nicht mehr so herumschreien«, sagte ich mit Nachdruck. »Da bringt man dich schnell zur Räson, und dein Fernsehen hilft dir dann auch nichts mehr. In der Zelle geht das weiter! Dabei hat man es in der Untersuchungshaft noch gut, nur, dort bleibt man nicht lange. Die stecken dich in irgendein Loch, und da wird es lustig! Vierzig Weiber in einer Zelle für zehn und Ratten so groß wie Katzen …«

»Hör endlich auf!«, rief Olga stirnrunzelnd. »Ich habe Gleb nichts getan.«

»Nicht einmal, als ihr zusammen ins Bett gestiegen seid?«

Unerwartet für mich musste Olga lachen. »Jetzt weiß ich, wo ich dich gesehen habe! Bei der Testamentseröffnung in Glebs Haus!«

»Richtig. Ich habe den Auftrag, Rada rehabilitieren zu helfen.«

»Von wem?«

»Geschäftsgeheimnis.«

Olga lachte wieder. »Hör mal, ich glaube, wir könnten Freundinnen sein. Zwei starke, selbstständige Frauen, die wissen, was sie wollen, und sich positiv von der Menge unterscheiden, die nur aus rückgratlosen Weicheiern besteht.«

»Was hat dir Larionow getan?«

»Ich habe ihn nicht umgebracht!«

»Du hast einen verhängnisvollen Fehler gemacht, meine Teure.«

»Welchen denn?«

»Eine winzige Kleinigkeit, aber sie wird dich die Freiheit kosten.«

»Wovon redest du?«

»Du hast den Wachmann doch am frühen Morgen angerufen, nicht wahr?«

»Ja, und?«

»Kolja kann sich gut daran erinnern, dass es gegen acht Uhr war.«

»Ja, verdammt noch mal! Was ist denn dabei? Um neun muss ich im Studio sein. Glaubst du, eine Show ist nur das, was man auf der Bühne sieht? Einfach rausgehen und eine dicke Lippe riskieren? Nein, meine Liebe, dahinter steckt viel Vorbereitungsarbeit.«

»Das interessiert mich nicht. Mir geht es um etwas anderes. Du gibst also zu, dass du um acht angerufen hast?«

»Dieser dämliche Wachmann!«, rief Olga wütend aus. »Ja, um acht.«

»Das ist es, was mich stutzig macht«, erklärte ich triumphierend.

»Wieso?«

»Weil ich selbst die Leiche gefunden habe. Aber das war um zehn Uhr vormittags! Bis dahin hatte niemand eine Ahnung, dass der Hausherr tot war. Der Aufruhr im Haus begann also erst zwei Stunden nach deinem Anruf. Jetzt erklär mir mal, woher du es früher gewusst hast?«

Olga verstummte für einen Moment, dann aber lachte sie laut los.

»Oje, ich kann nicht mehr! Und das ist alles, womit du meine Beteiligung an dem Mord beweisen willst? Da hätte ich dir mehr zugetraut. Tina hat es mir gesagt. Sie hat mich um sieben Uhr morgens angerufen und in den Hörer geheult: »Mama, Rada hat Papa umgebracht!«

»Was?«, fragte ich entgeistert und ließ mich auf einen Stuhl fallen. »Was hast du gesagt?«

»Hörst du schwer?«, gab Olga grinsend zurück. »Nimm mal die Bohnen aus den Ohren!«

»Tina hat dich angerufen?!«

»Ja. Was ist denn dabei?«

Ich starrte zum Fenster hinaus. Daran war in der Tat nichts Besonderes, wenn man davon absah, dass die Kleine mich gegen zehn lächelnd in das Arbeitszimmer ihres Vaters geschickt hatte, um nachzuschauen, ob er noch wütend war oder nicht. Vielleicht log Olga?

»Warum sollte dich Tina so früh am Morgen anrufen?«

»Sie war zu Tode erschrocken, und ich bin ihre Mutter.«

»Gut, dass dir das manchmal noch einfällt!«

Jetzt hieb Olga mit der Faust auf den Schminktisch. Die Döschen schepperten kläglich, ein offenes Fläschchen mit Nagellackentferner fiel zu Boden, und im ganzen Raum roch es nach Aceton.

»Wie kannst du es wagen, mit mir in diesem Ton zu reden?«, schrie Olga aufgebracht.

Nun musste ich zum Angriff übergehen. »Sage ich etwa nicht die Wahrheit? Deine Tochter lebt in Aljabjewo, wo du dich kaum sehen lässt, du mustergültige Mutter! Dein Kind kann dich nur auf dem Bildschirm bewundern. Ich glaube einfach nicht, dass sie sich in diesem Moment bei dir ausheulen wollte! Sie ist nicht daran gewöhnt, bei ihrer Mutter Zuflucht zu suchen. Dein Kind, dem es äußerlich gut zu gehen scheint, ist in Wirklichkeit eine arme Waise! Ich glaube dir kein Wort!«

Unerwartet für mich hob Olga das heruntergefallene Fläschchen wieder auf, schraubte es ordentlich zu und sagte dann leise: »Was weißt du überhaupt von mir?«

»Also«, stammelte ich verdutzt, »ehrlich gesagt, nicht gerade viel.«

»Aber fällst hier Urteile! Tina und ich stehen uns sehr nahe. Wir treffen uns in der Regel zweimal die Woche.«

»Aber in Aljabjewo habe ich dich kaum zu Gesicht bekommen.«

»Dort war ich auch nicht, jedenfalls nicht am Tage. Über den Sommer sind wir in der Tat länger getrennt, weil sie immerzu auf der Datsche hockt. Aber im Winter, im Frühjahr und Herbst hole ich sie oft von der Schule ab, und wir essen dann zusammen zu Mittag oder zu Abend.«

»Und warum nimmst du Tina nicht zu dir?«

»Gleb hätte sie mir nicht gegeben«, sagte Olga mit einem Seufzer. »Er war der Meinung, ich könnte dem Kind nicht das nötige Lebensniveau bieten. Das war die Bedingung des Vertrages.«

»Welchen Vertrages?«

Olga zeigte ein trauriges Lächeln. »Jetzt muss ich dir wohl mein ganzes Leben erzählen. Dann wirst du begreifen, dass ich mit Glebs Tod nichts zu tun haben kann.

27. Kapitel

Olgas Geschichte fand ich gar nicht neu. Ein ehrgeiziges Mädchen aus bettelarmer Familie wollte Fernsehstar werden. Die Standardsituation für die meisten Melodramen aus Hollywood. Andererseits haben tatsächlich viele von denen, die heute Millionen für einen Film bekommen, als Pizzafahrer, Zimmermädchen oder Fensterputzer angefangen. Und zwar nicht nur im Westen! Die allseits beliebte Sängerin Tatjana Bulanowa ist als Garderobiere gestartet. Die bei pubertierenden Mädchen so beliebten Boy Groups bestehen fast alle aus Jungen, die früher Autos betankt oder gewaschen haben. Das Schicksal hat ihnen eine Chance geboten, sie haben sie beim Schopfe gepackt und sind zu den Höhen des Showbiz aufgestiegen. Die meisten dieser Glückspilze hatten nie eine künstlerische Ausbildung. Damit haben sie meist erst angefangen, als sie schon berühmt waren. Vorher hatten sie keine Zeit zum Lernen, sondern mussten sich irgendwie durchboxen.

Olga wollte unbedingt Fernsehmoderatorin werden. In

ihrer Familie, wo Vater und Mutter an der Flasche hingen, war für nichts Geld da. Aber dem Mädchen gelang es, die Zehnklassenschule abzuschließen. Danach bewarb sie sich gleich an zwei Hochschulen: der Journalistikfakultät der Moskauer Universität, die in einer besonderen Abteilung Fernsehjournalisten ausbildet, und beim Staatlichen Institut für Filmkunst. Wenn ich kein Journalistendiplom bekomme, so dachte das naive Mädchen, dann werde ich Schauspielerin. Ruhm und Geld winken auch da.

Sie schaffte beide Aufnahmeprüfungen nicht. Beim Filminstitut kam sie nicht einmal in die zweite Runde, und an der Moskauer Universität wurde ihr Aufsatz schlecht benotet. Als sie ihren Namen unter den Durchgefallenen sah, weinte Olga bittere Tränen. Neben ihr fuhr eine Leidensgefährtin mit dem Finger über die endlosen Namenreihen. Sie war kräftig gebaut und hatte den Kopf voller Kräusellocken.

»Was heulst du?«, fragte sie Olga. Ihr Akzent verriet, dass sie aus der Ukraine stammte.

»Ich hab's nicht geschafft«, sagte Olga schluchzend.

»Hier kommen nur Leute mit Beziehungen rein«, tröstete sie die Leidensgenossin. »Töchter von reichen Vätern oder von Promis bei Film und Fernsehen. Unsereins hat da keine Chance.«

»Meinst du?«

»Das weiß doch jeder«, knurrte die andere. »Wer nicht zahlen kann, wird aussortiert.«

Olga starrte sie entgeistert an. Dass die Prüfungsergebnisse getürkt sein könnten, war ihr nicht in den Sinn gekommen.

»Wie naiv bist du denn?«, höhnte die Ukrainerin. »In deinem Alter sollte man die Illusionen schon abgelegt haben.«

Olga atmete tief durch. Sie wusste noch nicht, dass ein Leben voller enttäuschter Illusionen sie erwartete.

»Was soll's«, sagte die Dicke, »ich muss los.«

»Wohin?«

»Bestimmt nicht nach Hause zurück!«, erklärte die Ukrainerin fest. »Zum Glück haben mir gute Menschen einen Tipp gegeben, wie es gehen kann. Die Lehrstühle an der Journalistikfakultät haben Angestellte. Das sind Mädchen für alles, die von jedem rumgeschubst werden. Die Bezahlung ist miserabel, aber darum geht es nicht. Um solche Stellen bewerben sich Anwärterinnen, die durch die Prüfung gefallen sind. Weißt du, warum?«

»Nein, woher?«, sagte Olga, die sich immer noch nicht beruhigt hatte.

»Hast du aber eine lange Leitung!«, rief die Provinzlerin und grinste. »Die machen für Kopeken den Rücken krumm und kratzen sich bei allen ein. Dafür kriegen sie im Jahr darauf ohne Probleme den Studentenausweis – wenn nicht fürs Direktstudium, dann wenigstens fürs Abendstudium.«

»Wie denn das?«, fragte Olga verwundert.

»Kommst du von den Tschuktschen, oder was?«, fragte die Dicke belustigt. »Man gehört einfach dazu, lernt alle Dozenten kennen, verstehst du? Mach, dass du hinkommst, zum Anfang des Studienjahres brauchen sie immer welche!«

Olga tat gehorsam, was die Ukrainerin ihr geraten hatte. Sie zog ein Glückslos. Das Mädchen aus der Provinz wurde abgelehnt, aber sie nahm man, weil sie in Moskau wohnte. Nach einem halben Jahr harter Arbeit an einem Lehrstuhl kungelte dessen Leiter, dem das tüchtige, flinke Mädchen gefiel, mit einem Bekannten, und Olga wurde beim Zentralen Fernsehen angestellt. Als Assistentin des Verwaltungsdirektors, so nannte sich ihre neue Stellung.

Vor Glück auf Wolke Nummer Sieben, ging sie an die Arbeit. Ihr Traum hatte sich erfüllt. Sie war beim Fernsehen.

Nur Wochen später dämmerte ihr, dass der Weg auf den Bildschirm lang und dornenreich war. In der Regel führte er durch das Bett der Vorgesetzten. Sie musste sich Härte und Skrupellosigkeit zulegen, den Einsatz der Ellenbogen gegen Rivalinnen lernen, dabei alle Rücksicht fallenlassen und mit Brachialgewalt dem Ziel zustreben. Vor allem aber galt es, von früh bis spät zu arbeiten, nicht an Sonn- und Feiertage zu denken, nicht zu jammern und zu klagen, sondern wie ein Pferd im Joch von Sonnenaufgang bis Sonnenuntergang seine Spur zu ziehen und dabei stets hellwach zu sein, um die entscheidende Chance nicht zu verpassen.

Olga glaubte fest daran, dass auch ihre Stunde schlagen würde. Hatte nicht Arina Slepkowa, der neue Star am Fernsehhimmel, noch vor einigen Monaten im Studio den Kaffee serviert? Und wie hatte sie es geschafft? Sie war einfach zur richtigen Zeit am richtigen Ort. Die Sprecherin, die den Wetterbericht live vortragen und dabei vor der Wetterkarte mit dem Zeigestock hantieren sollte, fiel fünf Minuten vor der Sendung in Ohnmacht. Der Regisseur war in Panik. Da sah er die hübsche Arina.

»Pudert der sofort das Schnäuzchen und ab vor die Kamera!«, brüllte der Mann in seiner Not.

Wie viele solcher Zufälle sind in Büchern beschrieben und in Filmen verewigt worden!

Die Jahre vergingen. Fortuna ließ sich bei Olga Zeit. Inzwischen hatte sie das Abschlussdiplom der Journalistikfakultät in der Tasche und war eine geschätzte Mitarbeiterin in der Verwaltung des Fernsehens. Der Bildschirm aber blieb ein ferner Traum. Erst als sie dreiundzwanzig war, lächelte ihr das Schicksal. Gleb Larionow war Gast im Studio. Olga wusste sofort: Der Mann hatte Geld. Als Gleb sie daher nach der Sendung einlud, seinen Erfolg zu feiern, sagte sie nicht nein.

Eine Affäre entspann sich. Der Kavalier verheimlichte ihr nicht, dass er verheiratet war. Olga war das egal. Heiraten wollte sie Larionow nicht. Er sollte ihr bei der Karriere helfen. Gleb enttäuschte sie nicht. Zunächst wurde auch sie Wetterfee, und als ein Jahr später eine neue Show starten sollte, bewarb sie sich für die Rolle der Moderatorin. Endlich schien das Glück ihr hold zu sein. Aber wie sagt doch das Sprichwort? Wer mit den Hunden schläft, darf die Flöhe nicht fürchten.

Als die neue Sendung auf Touren kam, erfuhr Olga, dass sie schwanger war. Sie verlor nicht den Kopf, sondern ging zum Gynäkologen. Ein Kind konnte Olga nicht gebrauchen. Sie stand ganz am Anfang ihrer Karriere. Sollte sie die wegen eines sabbernden Wesens, das in die Windeln machte, schon wieder aufgeben? Aber doch nicht sie.

Stellen Sie sich ihr Entsetzen vor, als der Arzt ihr sagte: »Sie sind in der 20. Woche.«

»Was?«, schrie Olga auf. »Sind Sie wahnsinnig?« Der Arzt zuckte die Achseln. »Kein Zweifel, soll ich es Ihnen im Ultraschallbild zeigen?«

»Aber mir ist noch nie übel gewesen!«

»Gratuliere, Sie scheinen eine Schwangerschaft gut zu vertragen.«

»Meine Tage sind doch erst einen Monat überfällig!«

»Auch das soll vorkommen. Sie müssen überhaupt nicht wegbleiben.«

»Und sehen Sie einen Bauch?«

»Sie haben eine Querlage. Wir werden Sie mit Kaiserschnitt entbinden müssen. Da muss man nicht viel sehen. Aber Sie haben insgesamt an Gewicht zugelegt.«

Da wusste Olga nichts mehr zu sagen. In den letzten zwei Monaten hatte sie sich schon eine Diät verordnet, weil sie aus unerfindlichem Grunde zunahm. Aber es hatte nichts genützt. Dass sie schwanger sein könnte, war ihr überhaupt nicht in den Sinn gekommen.

Sofort sprach sie mit Gleb über ihr Problem.

»Bring das Kind zur Welt«, erklärte er kategorisch. »Ich sorge für euch.«

Olga arbeitete tapfer bis zum letzten Tag, stets bemüht, ihren Zustand vor den Kollegen zu verbergen. Erst dann ging sie in die Klinik. Bereits vier Tage nach dem Kaiserschnitt erschien sie, blass und mit noch nicht völlig verheilter Wunde, wieder beim Fernsehen. Das Baby wurde von einer Kinderfrau betreut. Die Karriere wollte Olga nicht riskieren. Ihre Show, die anfangs nicht sonderlich beliebt war und in den ersten zwei Jahren einmal monatlich gesendet wurde, erfreute sich wachsender Zuschauergunst. Die Quote stieg, und Olga machte eine steile Karriere. Sie kam spätnachts nach Hause, und nicht immer schaute sie noch ins Kinderzimmer hinein. Dafür blieb einfach keine Zeit. Das Mädchen war versorgt, und das genügte ihr. Allerdings wechselten die Kinderfrauen wie die Steinchen im Kaleidoskop. Die eine war unehrlich, die zweite schlampig, die dritte eine Nervensäge, die vierte eine Baptistin … Etwas besser wurde die Sache erst, als Tina mit drei Jahren in den Kindergarten kam. Der war privat geführt, entsprechend gut und betreute die Kinder rund um die Uhr.

Als Glebs zweite Frau gestorben war, fragte der seine Geliebte: »Wenn ich es richtig sehe, hältst du nicht viel vom Familienleben?«

»Nein!«, sagte Olga erschrocken. »Ich bin doch mit meiner Show verheiratet!«

Larionow knurrte etwas und ehelichte bald darauf Rada. Olga war darüber sehr froh. Das intime Verhältnis zu Gleb hatte sich ohnehin abgekühlt, dafür waren sie jetzt gute Partner. Dann nahm Larionow Tina zu sich. Olga hatte nichts dagegen einzuwenden. Das Mädchen war ihr im Weg. Das änderte sich, als Tina in die zweite Klasse kam. In jenem Sommer fuhr Olga zum ersten Mal mit ihrem Kind in den Urlaub und erlag, für sie selbst unerwartet, deren kindlichem Charme. Die Kleine, die ihre Mutter faktisch nicht kannte, bewunderte sie, liebte ihre Show und hatte alles gesammelt, was die Zeitungen über sie druckten.

Als sie wieder in Moskau waren, rief Olga Larionow an und erklärte: »Ich nehme Tina zu mir.«

»Denkst du, ich gebe sie her?«

»Sie ist meine Tochter!«

»Ach, jetzt fällt dir das ein? Das kannst du vergessen!«

»Ich nehme Tina zu mir!!!«

»Ich will davon nichts mehr hören!«, brüllte Gleb Larionow sie an. »Ein Kind ist kein Spielzeug, das man sich nimmt, wenn man Lust darauf hat, und wegwirft, wenn die Lust vergeht! Soll sie wieder ihre Tage mit einer Kinderfrau verbringen? Das lasse ich nicht zu. Wenn du das machst, bin ich die längste Zeit Sponsor deiner Show gewesen!«

Das war für Olga ein harter Schlag. Sie überlegte kurz und sagte dann: »Entschuldige, es war eine dumme Idee.«

»So gefällst du mir schon viel besser«, sagte Larionow friedlich.

Seitdem trafen sich Mutter und Tochter auf neutralem Boden. Die Fernsehdiva kam ins College und holte das Mädchen zum Essen ab. Gleb wusste von diesen »Ausflügen«, sagte aber nichts. An den Wochenenden war Tina stets zu Hause. In Larionows Wohnung ließ sich Olga nicht sehen. Dann schlug der Geschäftsmann seiner Ex-Geliebten einen Deal vor. Sie sollte ihre Treffen mit Tina auf zwei im Monat beschränken, dafür wollte er ihre Show weiter sponsern. Wenn sie ihre Tochter aber weiterhin fast jeden Tag sah, dann gab es für ihre Show keine Kopeke mehr. Was blieb Olga für eine Wahl? Seit Kindertagen hatte sie Fernsehstar werden wollen. Nun, da das Ziel erreicht war, kämpfte sie darum, an der Spitze zu bleiben. Olga wusste genau: Wenn sie auch nur für kurze Zeit vom Bildschirm verschwand, war ihre Karriere zu Ende.

Daher ging sie auf Glebs Bedingung ein. Zuvor sprach sie aber mit Tina ausführlich darüber. Die sagte traurig: »Ich verstehe ja, Mama, dass du ohne deine Arbeit nicht leben kannst. Dann treffen wir uns eben nur noch zweimal im Monat. Aber telefonieren können wir doch weiter miteinander ...«

Olga verstummte, suchte auf dem Schminktisch ihre Zigaretten, stieß eine graublaue Rauchwolke aus und erklärte mit Nachdruck: »Verstehst du jetzt, dass ich gar kein Interesse daran haben kann, Larionow umzubringen?«

»Entschuldige, nein!«, entgegnete ich in scharfem Ton.

Da nahm Olga ein Blatt Papier vom Fensterbrett und sagte: »Lies das.«

»Angesichts des starken Rückgangs der Quote, der Stornierung von Werbeaufträgen und der Tatsache, dass die Show bereits seit über zehn Jahren im Programm ist ... – Was bedeutet das?«

Die Diva lächelte müde. »Das Todesurteil für meine Show. Sie wird eingestellt. Larionow war noch nicht unter der Erde, da haben meine Vorgesetzten schon begriffen, dass ich keinen reichen Sponsor mehr habe, und streichen meine Show aus dem Programm. Fünf Folgen werden noch gesendet, weil sie bereits vorfinanziert sind, aber dann ist Schluss. Finita la commedia!«

»Das tut mir aufrichtig leid.«

»Das muss es nicht.« Olga winkte ab. »Meine Leitung hat noch keine Ahnung, was für eine Gemeinheit ich für sie vorbereitet habe. Ich wechsle in Kürze zu einem anderen Sender. Die geben mir ein traumhaftes Projekt. Ein neuer Sponsor ist auch schon gefunden.«

In dem Raum wurde es still. Sie hatte einen neuen Sponsor gefunden! Mit anderen Worten, einen neuen Liebhaber.

»Aber eins musst du mir noch sagen: Warum hast du Larionow immer nachts besucht?«

Olga lachte. »Wir haben über Geschäfte gesprochen.«

»Aber warum zu so später Stunde?«

»Gleb wollte nicht, das Tina mich sieht. Er war der Meinung, dass das unsere Tochter durcheinanderbringt. Auch Rada passte es überhaupt nicht. Sie mag mich nicht, genauer gesagt, sie kann mich auf den Tod nicht leiden, weil ich so viele Jahre Glebs Geliebte war. Und er hasste hysterische Szenen.«

»Aber ihr hättet euch doch auch in einem Klub treffen können!«

Olgas Miene verfinsterte sich. »Mein Gesicht ist viel zu bekannt. Die Presse hätte sich sofort auf uns gestürzt. Außerdem war nur sehr wenigen bekannt, dass Gleb meine Show sponsert, genauer gesagt, nur zwei Personen. Es wurde zwar viel vermutet und getratscht, aber Genaues wusste niemand. Hätte man uns öfter zusammen gesehen, dann hätten wir nur noch mehr Anlass für Tratsch geboten.«

»Dass dir Gesellschaftsklatsch etwas ausmacht, hätte ich nun gar nicht gedacht.«

»Mir ist es auch wirklich schnuppe, was andere über mich reden«, sagte Olga mit einem Grinsen. »Ich kenne das alles. Dass ich mich ›hochgeschlafen‹ habe, dass mein Talent nicht reicht und meine Schönheit auch nicht, dass ich ein vulgäres Weib bin, das über Leichen geht, das niemand mag … Mich ficht das alles nicht an. Aber ich wollte Gleb da nicht hineinziehen.«

»Wieso nicht? Es hätte dir doch nur genützt, die anderen wissen zu lassen, welche Protektion du hattest!«

Olga trommelte mit den Fingern nervös auf ein Cremedöschen.

»Also gut. Jetzt, da Gleb tot ist, kann ich es ja sagen. Die Show war von Anfang bis Ende seine Idee. Moderatoren geben sich in der Regel die größte Mühe, sympathisch zu erscheinen, das Publikum für sich zu gewinnen. Jakubowitsch oder auch die Menschowa arbeiten zum Beispiel so. Ein süßes Lächeln, ein netter Blick, und schon ist man der beste Freund, der zu Hilfe eilt, wenn es im Leben einmal eng wird. Nach dieser Regel gehen alle vor. Gleb dachte genau anders herum. Auf der Bühne bin ich eine echte

Schlange, die mit den Leuten macht, was sie will. Vielleicht war dieses Format ja deshalb so erfolgreich. Was meinst du, warum er sich das ausgedacht hat?«

»Tja«, meinte ich ratlos, »vielleicht, weil er dir helfen wollte.«

Olga lachte laut auf.

»I wo! Gleb jongliert mit gewaltigen Summen. Er hat eine starke Konkurrenz, überall schießen heutzutage Cafés wie Pilze aus dem Boden. Weißt du, wie viele Hürden man nehmen muss, um die Genehmigung für die Eröffnung eines neuen Restaurants zu erhalten? Welche Schmiergelder da über den Tisch gehen? Die Konkurrenz schläft natürlich nicht. Wenn sie etwas mitbekommt, dann folgt sofort eine Anzeige. Und nach unserem Recht machen sich beide schuldig – der gibt und der nimmt. Ganz am Anfang hat sich Gleb, dem noch die Erfahrung fehlte, erwischen lassen. Ich glaube, er hat einem Hygieneinspektor einen Umschlag zugesteckt, und schon waren die Jungs in Zivil da. Wie viele Nerven hat er gelassen, um sich wieder herauszuwinden! Da hatte er die Idee mit der Show.«

»Was hat die denn mit der Bestechung von Beamten zu tun?«, fragte ich einfältig.

»Eine ganze Menge«, erklärte Olga. »Wem er etwas zukommen lassen wollte, der wurde Mitspieler in meiner Show. Die Preise stammen stets von einem Sponsor. Und du kannst mir glauben, die richtigen Leute haben fette Preise gewonnen – eine Wohnung, ein Auto, einen Haufen Geld. Die Idee ist raffiniert, da kommt keiner ran. Ich frage die Mitspieler zum Beispiel nie, wo sie arbeiten. Ich brauche nur den Namen. Weiter will ich nichts wissen.

Das war ein Teil des Deals. Wir wollten nicht, dass unnötige Fragen auftauchen, warum zum Beispiel einmal ein Mann aus dem Bürgermeisteramt, dann wieder einer von der Zollkontrolle und danach ein Hygieneinspektor glücklicher Sieger war. Gleb hatte all das genau bedacht. Was ist schon dabei, wenn einer es in die Show schafft? Am Ende wird immer unsere Telefonnummer eingeblendet, und jeder kann bei uns anrufen. So ein teurer Preis! Da hat er halt Glück gehabt! Das hat bis jetzt immer funktioniert. Diejenigen, die auf diese Weise geschmiert wurden, waren hochzufrieden. Sie hatten ihr Geld, waren sogar im Fernsehen gewesen, und keiner konnte ihnen etwas anhaben. Das findet man nicht so schnell wieder. Drei Fliegen mit einer Klappe!«

Olga verstummte. Mir hatte es die Sprache verschlagen. Ich war immer davon ausgegangen, dass beim Fernsehen betrogen wurde, aber so etwas!

»Verstehst du jetzt, dass Glebs Tod mir überhaupt keinen Vorteil bringt? In seinem Testament hat er mich nicht bedacht. Weißt du übrigens, was in dem Umschlag war, den mir der Anwalt überreicht hat?«, fragte Olga.

»Nein, woher denn?«, brummte ich.

»Ein Scheck, um Tinas College für dieses Jahr zu bezahlen. Dazu eine Kreditkarte mit einer Summe für ihre Ausbildung. Davon kann ich nichts abheben, sondern nur an Lehranstalten überweisen. Das ist alles. Nein, Entschuldigung, ein Zettel lag dabei. Darauf stand: ›Wenn du das liest, weile ich nicht mehr unter den Lebenden. Wir beide sind quitt, nun musst du sehen, wie du allein weiterkommst.‹ Toll, was? Das hat mir Gleb Larionows Tod gebracht. Nur Nachteile.«

»Wenn du unschuldig bist, warum hast du dann dem Wachmann so viel Geld bezahlt? Wovor hast du Angst?«

Seelenruhig antwortete Olga: »Die Verhandlungen über meinen Wechsel zu einem anderen Sender laufen schon lange. Aber ich habe immer abgelehnt, weil mir klar war, dass die Show ohne mich nicht weitergeht. Gleb hätte das sicher nicht zugelassen und mir Steine in den Weg gelegt. Als Tina an jenem Morgen heulend anrief, wusste ich sofort: Das ist das Ende der Show! Meine Geldquelle war versiegt. Ich musste auf die Vorschläge der anderen Seite eingehen. Nun stell dir vor, wenn es in dem Augenblick, da ich mit dem neuen Arbeitgeber zum Abschluss kommen wollte, einen Skandal gegeben hätte. Für die Boulevardpresse wäre das ein Geschenk gewesen: ›Berühmte Fernsehmoderatorin unter Mordverdacht!‹ – ›Schönheit erschoss Ex-Liebhaber‹. Alle hätten sich sofort von mir abgewendet. Beim Fernsehen geht es zwar sehr locker zu, aber nach außen wird Moral geheuchelt. Ein Skandal wäre das Schlimmste gewesen. Ich musste ihn für sein Schweigen bezahlen. Es war ja nicht mein Geld. Ich habe es ihm leichten Herzens gegeben.«

28. Kapitel

Nach Aljabjewo kam ich mit einem Brummschädel zurück. Sofort suchte ich nach Tina. Aber trotz der späten Stunde – mein Wecker zeigte fast elf Uhr abends – schienen die Kinder nicht zu Hause zu sein. Auch ihre Fahrräder waren nirgendwo zu sehen.

»Wissen Sie nicht, wo die Kinder sind?«, fragte ich Rosa Konstantinowna.

Die presste pikiert die Lippen zusammen. »Keine Ahnung, aber meinetwegen können sie wegbleiben. Von dem Lärm, den sie machen, kriegt man ja Kopfschmerzen.«

»Kira sagte, sie seien bei irgendeinem Redkin, dessen Enkel Geburtstag hat«, kam es von Karina.

Ich wählte sofort die Nummer des Generals, und bald hatte ich Makar Redkins Stimme im Hörer. Aber vor dröhnender Rockmusik und Partygeräuschen war die kaum zu verstehen.

»Der Ortsvorsteher von Aljabjewo am Apparat. Ach, du bist das! Keine Sorge, die Kinder sind bei uns. Hier geht's hoch her! Leg dich ruhig schlafen, ich liefere sie dann persönlich bei euch ab.«

»Tanja«, fragte mich da Rosa Konstantinowna, die sah, dass ich nicht mehr telefonierte: »Haben Sie etwas dagegen, wenn ich jetzt ins Bad gehe?«

Bäder gibt es in Gleb Larionows Haus die Menge. Jedes Familienmitglied hat sein eigenes. Gäste aber müssen sich zu zweit ein Bad teilen, das jeweils zwischen den Zimmern liegt. Es kann von jeder Seite aus betreten werden. Wenn man drin ist, schiebt man einfach an beiden Türen den Riegel vor und kann sich dann in Ruhe dem Nötigen widmen. Man hat nur in Kauf zu nehmen, dass sich Kosmetik und Handtücher einer weiteren Person darin befinden.

Ich teilte mir das Bad mit Rosa Konstantinowna. Gegen sie persönlich hatte ich nichts, sie war sehr ordentlich und hatte auch nicht die schlechte Gewohnheit, stundenlang in der Wanne zu liegen. Das einzige Problem: Rosa Konstantinowna vergaß ständig, den Riegel vor meine Tür zu legen, wenn sie das Bad benutzte. Einmal war ich schon auf sie gestoßen, als sie gemütlich in der Wanne saß. Die alte Dame fand überhaupt nichts dabei. So launisch sie sonst sein konnte, gab sie sich in diesem Falle erstaunlich gelassen. Als ich auf der Schwelle stand, legte Rosa Konstantinowna den Badeschwamm beiseite und fragte freundlich: »Musst du Pipi machen? Du brauchst dich nicht zu genieren, mich stört das nicht. Und wenn du willst, kneife ich die Augen zu.«

Ich musste lachen. Seitdem riss ich die Tür nicht auf, sondern öffnete sie zuerst nur einen Spaltbreit, um zu prüfen, ob die Luft rein war.

Ich ging auf mein Zimmer, legte mich auf die Couch und wollte noch etwas lesen. Aber die Zeilen tanzten vor meinen Augen, und ich konnte mich nicht konzentrieren.

»Tanja«, ertönte da eine schwache Stimme aus dem Bad.

Ich öffnete die Tür.

»Haben Sie gerufen, Rosa Konstantinowna?«

»Ja, kommen Sie bitte mal her zu mir.«

Ich näherte mich der geschlossenen Duschkabine.

»Was gibt's?«

Die Schiebetür öffnete sich, und ihr hochrotes Gesicht kam zum Vorschein.

»Ach, meine Liebe, ich bin hier in einer dummen Lage ... Eigentlich bade ich immer in der Wanne, weil mir das viel angenehmer ist. Aber heute hat mich der Teufel geritten, und ich habe geduscht.«

Ich schaute sie verständnislos an.

»Tjaaa«, sagte Rosa Konstantinowna gedehnt, »reingekommen bin ich, wenn auch mit etwas Mühe, aber jetzt komme ich nicht wieder raus!«

»Wieso denn nicht?«, fragte ich verwundert.

»Ach, reichen Sie mir doch bitte ein Handtuch, mir ist kalt. Ich weiß auch nicht, wieso! Herein ging es, aber hinaus nicht.«

»Wollen wir es noch einmal probieren?«

Rosa Konstantinowna suchte sich durch die Öffnung zu zwängen, aber vergeblich. Ich konnte mir überhaupt nicht vorstellen, wie sie es in die Kabine geschafft hatte.

»Was mache ich denn jetzt?« Die alte Frau war den Tränen nahe.

»He, Tanja«, klang es da aus meinem Zimmer. »Wo bist du denn?«

»Um Gottes willen«, schrie da Karinas Schwiegermutter auf. »Diese widerwärtigen Kinder! Entschuldigung, ich wollte sagen, die Kinderchen, sie sind zurück! Lassen Sie sie bloß nicht hier herein!«

Aber Kira, Lisa und Tina standen schon in der Tür.

»Was ist denn hier los?«, riefen sie im Chor.

»Rosa Konstantinowna kommt nicht aus der Duschkabine heraus!«

Einen Moment schwiegen alle drei verblüfft. Dann hagelte es gute Ratschläge:

»Seifen Sie sich richtig ein, dann ziehen wir Sie raus!«

»Aber da muss ich ja das Handtuch abnehmen!«

»Na und?«, fragte Kira. »Ich kann ja die Augen zukneifen, und vor den Mädchen müssen Sie sich doch nicht genieren, das sind auch Frauen.«

Gehorsam griff Rosa Konstantinowna nach der Flasche mit dem Duschgel. Aber auch von Kopf bis Fuß in Schaum gehüllt, brachten wir sie nicht aus der Kabine heraus.

»Wie sind Sie da eigentlich hineingekommen?«, fragte Kira.

»Da konnte ich beide Flügel der Schiebetür bewegen, aber jetzt geht nur noch eine!«, jammerte die alte Frau.

Nun versuchten die Kinder mit aller Kraft, die klemmende Tür zu lösen. Aber Gleb hatte in jeder Hinsicht nur das Feinste vom Feinsten einbauen lassen. Der Rahmen der Duschkabine war aus Edelstahl gemacht. Der hätte glatt eine Atombombenexplosion ausgehalten. Die Tür saß fest und bewegte sich keinen Millimeter.

»Wir holen Kissen und Decke her«, schlug Tina vor.

»Wozu denn das?«, fragte ich erstaunt.

»Sie muss halt diese Nacht da drin schlafen«, meinte das Mädchen. »Morgen früh ist sie etwas dünner und kommt durch den Spalt.«

»Wie Pooh der Bär zu Gast bei den Kaninchen!«, kicherte Lisa.

»Hört auf mit dem Blödsinn«, fuhr ich sie an. »Denkt lieber nach, wie wir der Armen helfen können!«

Jetzt fing Rosa Konstantinowna an zu jammern: »Diese Schande! Wenn Galina Michailowna das erfährt, die macht sich über mich lustig! Das überlebe ich nicht!«

»Ich hab's!!!«, brüllte da Kira. »Ich weiß, was wir machen! Einen Moment, ich bin gleich wieder da. Lisa, Tina, los, kommt!«

Und weg waren sie. Rosa Konstantinowna vergoss bittere Tränen, ich trat neben der Duschkabine sinnlos von einem Bein aufs andere und suchte sie zu beruhigen. »Machen Sie sich keine Sorgen, das kriegen wir schon wieder hin …«

»O je, o je, o je«, klagte die alte Dame, »noch nie war ich in einer derartigen Lage, glauben Sie mir, noch nie!«

Mit viel Geräusch schleppten da Kira und Tina die große Klappleiter aus der Bibliothek herbei.

»Das ist es!«, rief der Junge schnaufend.

»Was ist das?«, fragte ich verständnislos.

»Na, eine Leiter.«

»Und wozu?«

»Siehst du dort unter der Decke das große Oberlicht? Da geht sie bestimmt durch.«

»Was, die Leiter?«

»Nein, Rosa Konstantinowna.«

Ich runzelte die Stirn. Der Rahmen schien auf den ersten Blick für die beleibte Rosa groß genug.

»Und was soll sie dort?«

»Sie klettert aufs Dach hinaus!«

»Aber dies ist ein dreistöckiges Haus!«

»Ganz ruhig«, rief Kira. »Ich habe alles bedacht. Lisa stellt von der anderen Seite die Gartenleiter an!«

»Um nichts in der Welt!«, erklärte die alte Frau. »Da habt ihr euch ja was Schönes ausgedacht! Ihr habt schon mal versucht, mich zu so einem Schritt zu verleiten!«

»Dann müssen Sie eben in der Duschkabine übernachten«, erklärte Tina und seufzte. »Als Sie das letzte Mal eingeschlossen waren, saßen Sie in einem Zimmer!«

»Und morgen kommt dann der Handwerker, der die Kabine mit großem Getöse öffnen wird«, fiel Kira ein. »Galina Michailowna kriegt das natürlich sofort mit. Stellen Sie sich vor, wie sie hier im Badezimmer herumtanzt und jammert: ›Ach, ach, die arme Rosa, ach, wie leid sie mir tut!‹«

Das führte bei Rosa Konstantinowna offenbar einen Sinneswandel herbei. Aber ein bisschen wehrte sie sich immer noch.

»Und wenn sie sieht, wie ich die Leiter heruntersteige?«

»Das kann sie gar nicht«, sagte Tina beruhigend. »Ihr Fenster geht zur anderen Seite hinaus. Auf dieser sind nur die von Tanja, Kira, Lisa und Ihnen.«

»Na, gut«, murmelte Rosa vor sich hin. »Und ihr garantiert mir, dass mich wirklich niemand sieht?«

»Dafür wette ich meinen Kopf!«, rief Kira großmütig.

»Und ihr erzählt es auch niemandem?«

»Wir schweigen wie die Partisanen!«, riefen wir alle im Chor.

»Na schön«, sagte die alte Dame schicksalsergeben. »Ich sehe, ich habe keine andere Wahl. Aber wie soll ich da hinauf und draußen wieder hinunterkommen?«

»Nichts leichter als das«, rief Kira großspurig. »Auf dieser Seite hilft Ihnen Tanja, und ich steige vor Ihnen aufs Dach und sichere Sie beim Abstieg. Sie brauchen keine Angst zu haben, das schafft jedes Kind.«

Rosa Konstantinowna überlegte noch einen Moment und sagte dann, schon wieder ganz aufgeräumt: »Na gut, dann bringt mir mein Kleid!«

»Sie wollen im Kleid die Leiter rauf und runter steigen?«, fragte Kira verwundert. »Das ist doch total unbequem!«

»Na, soll ich es vielleicht nackend machen?«, blaffte jetzt Rosa Konstantinowna wütend.

»Ich hole Ihnen eine Hose!«, schlug ich vor. »Wo haben Sie sie denn?«

»Ich trage keine Männerkleidung«, antwortete die Großmutter würdevoll.

»Dann eben in BH und Schlüpfer!«, empfahl Tina. »Es sieht Sie doch keiner. Draußen ist es dunkel.«

»Und Kira?«, fragte sie vorwurfsvoll.

»Meinen Sie, ich habe noch keine nackte Frau gesehen?«,

rief der empört. »Im Kleid sollten Sie es gar nicht erst probieren. Sie verheddern sich und stürzen ab!«

»Also gut«, lenkte Rosa Konstantinowna nun ein. »Aber erst mal geht ihr alle raus! Ich muss mich anziehen.«

Zehn Minuten später zeigte sie sich uns in ihrer ganzen Schönheit. Nie hätte ich gedacht, dass in unserer Zeit noch jemand solche rosa Schlüpfer fast bis zum Knie und einen BH aus Atlasseide beinahe bis zur Taille trug.

»Ein toller Anblick!«, murmelte Kira, biss sich auf die Lippe und verschwand.

Auch Tina und Lisa mussten sehr an sich halten, um nicht laut loszulachen. Sie stellten von innen die Leiter an. Rosa Konstantinowna machte sich auf den Weg nach oben und murmelte dabei: »Ich komme mir vor wie Maria Stuart, die aus dem Kerker flieht.«

Ich wollte schon sagen, dass man der unglücklichen Schottin am Ende den Kopf abgeschlagen hatte, aber das behielt ich für mich. Rosa Konstantinowna schob sich durch die Fensteröffnung und gelangte irgendwie zu der Gartenleiter, wo sie Kira erwartete. Da aber machte sie noch einmal Schwierigkeiten.

»Ich habe solche Angst!«

»Keine Sorge, das Schlimmste ist doch schon überstanden!«, rief ich. »Jetzt sind es nur noch ein paar Stufen.«

»Ich fürchte mich so!«

»Ich steige als Erster ab, und dann Sie!« Kira sprach ihr Mut zu. »Wenn Sie abrutschen, fange ich Sie auf.«

»Ich habe trotzdem Angst!«

»Und ich komme nach Ihnen«, sagte ich, »wir steigen zu dritt hinunter.«

»Na, meinetwegen«, flüsterte die alte Frau. »Mein Gott, was ihr mir hier zumutet!«

Langsam stiegen wir nach unten. Plötzlich packte mich Rosa Konstantinowna mit festem Griff beim Knöchel.

»Ist Ihnen nicht gut?«, fragte ich erschrocken.

»Nein, ich muss dir was erzählen!«

»Das machen wir gleich, wenn wir wieder festen Boden unter den Füßen haben.«

»Nein, jetzt. 1959, als Gleb und ich …«

»Steigen Sie weiter!«

»Ich kann nicht gleichzeitig klettern und reden.«

»Dann klettern Sie!!!«

»Nein, hör nur zu. Wir haben zusammen das Schloss Tauras besucht. War das schön!«

»Rosa Kontantinowna!«, zischte ich, »Sie stehen hier in Unterwäsche auf einer Leiter an einer Hauswand in Höhe der zweiten Etage. Das ist vielleicht nicht der rechte Ort, um in Erinnerungen zu schwelgen! Steigen Sie nach unten!!!«

Jetzt gehorchte die alte Frau, brummte aber bis nach unten immer wieder vor sich hin: »Kein Respekt! Einem alten Menschen so den Mund zu verbieten!«

Schließlich landeten wir in einem Blumenbeet. Rosa Konstantinowna schaute nach oben.

»Um Gottes willen! Von dort bin ich heruntergeklettert?!«

Sie schwankte. Kira und ich stützten sie.

»Nun ist es doch geschafft!«

»Stimmt!«, sagte sie mit schwacher Stimme. »Gott sei Dank!«

Im Gänsemarsch trabten wir zur Haustür. Da tauchte plötzlich vor uns … Galina Michailowna auf. Die unglückselige Rosa Konstantinowna wich zurück. Den Kindern blieb der Mund offen stehen.

»Was suchen Sie denn nachts im Garten?«, fragte ich, baff wie ich war, in ziemlich schroffem Ton.

»Es ist so schwül«, antwortete Karinas Mutter, »da wollte ich mir ein wenig Bewegung verschaffen. Mein Gott, Rosa! Sie? In diesem Aufzug? Wie ist das möglich?«

Es wurde ganz still. Dann hatte Kira den rettenden Einfall. »Wir haben Karten gespielt, und wer verloren hat, musste ein Kleidungsstück abgeben. Da hat es eben Rosa Konstantinowna getroffen.«

»Was sagst du da?!«, fragte Galina Michailowna ungläubig. »Karten habt ihr gespielt? Um Kleidungsstücke?«

Jetzt lief Rosa Konstantinowna zu Hochform auf.

»Was ist denn dabei?«, fragte sie mit hoch erhobenem Kopf. »Habe ich nicht das Recht, mich auch mal ein bisschen zu amüsieren?«

»Natürlich, natürlich«, sagte Galina Michailowna verdattert. »Aber so etwas ... Daran hätte ich mich ja nie beteiligt!«

Rosa Konstantinowna maß ihre Rivalin mit einem vernichtenden Blick und verkündete: »Bei Ihrem Alter kann ich das gut verstehen. Aber so weit ist es bei mir ja glücklicherweise noch nicht!«

Nachdem sie diesen Pfeil abgeschossen hatte, schritt sie hoheitsvoll zur Haustür. Mir schien, die alte Dame trage nicht Büstenhalter und Schlüpfer, sondern eine prächtige Robe mit einer langen Schleppe.

29. Kapitel

Um halb zwei in der Nacht trat ich in Tinas Zimmer.

»Schläfst du?«

»Eigentlich, ja«, kam vom Bett her eine verschlafene Stimme. »Was ist denn los?«

»Steh auf und setz dich zu mir.«

Tina kroch unter ihrer Decke hervor und gähnte laut.

»Was willst du?«

»Woher hast du erfahren, dass dein Vater tot ist?«

Tina schaute mich überrascht an. »Na ... du hast ja laut genug geschrien.«

»Lüg nicht!«

»Ich sage immer die Wahrheit!«

»Aber jetzt nicht!«

»Was willst du von mir, Tanja?«

»Ich möchte wissen, was du wolltest, Tina! Als du mich zu deinem Vater geschickt hast, um nachzusehen, ob er noch böse ist, obwohl du genau wusstest, dass er schon tot war.«

»Was soll das heißen?«

»Das weißt du genau!«

»Aber ich ...«

»Lüg nicht!«

»Also ...«

»Tina, deine Mutter hat mir gesagt, du hättest sie um acht Uhr morgens in Tränen aufgelöst angerufen und ihr mitgeteilt, dass dein Vater tot ist. Stimmt das?«

Das Mädchen nickte.

»Warum hast du mich dann in sein Zimmer geschickt?«

»Wir wollten ...«

»Wer ist ›wir‹?«

»Ich und Rada«, flüsterte Tina.

»Rada?!«

»Ja«, hauchte Tina und brach in Tränen aus.

Ich wartete ab, bis sie sich etwas beruhigt hatte.

»Was hat Rada damit zu tun?«

»Wir wollten uns wieder mal einen Scherz erlauben! Aber wer konnte denn wissen, dass es so ausgeht ... Ich verstehe überhaupt nichts mehr ... Lass mich in Ruhe! Geh weg! Geh weg!!!«

»Hör auf zu schreien und erklär mir jetzt sofort, was du und Rada euch ausgedacht habt!«, rief ich, packte das Mädchen bei den Schultern und schüttelte es so heftig, dass seine Zähne aufeinanderschlugen.

»Lass mich los!«, bat Tina leise und fing wieder an zu weinen.

Jetzt tat sie mir leid.

»Schon gut, beruhige dich.«

Plötzlich fiel mir Tina um den Hals, barg ihren Kopf an meiner Brust und stammelte: »Ich hab solche Angst! Ich bin so müde! Wir wollten das nicht.« Es klang dumpf, als spreche sie in ein Kissen.

»Jetzt erzählst du mir alles«, sagte ich ruhig. Du weißt doch, ich lasse dich nicht in der Patsche sitzen.«

Tina schluchzte noch einmal tief auf und begann dann zu reden. An jenem Morgen wollten Rada und sie sich wieder einmal einen Spaß machen. Sie wussten, dass Gleb Punkt halb acht in sein Arbeitszimmer ging, um die Papiere für den Tag und Geld aus dem Safe in seine Aktentasche zu legen. Bevor er eintrat, versteckten sie sich unter seinem Schreibtisch. Rada hatte eine Pistole bei sich, ein hübsches Spielzeug mit Perlmuttgriff, das einer echten täuschend ähnlich sah, aber nur Farbbeutel verschoss. Tina hatte sie in dem Geschäft gekauft, wo sie auch alle ihre anderen Scherzartikel erwarb.

Die abgedrehten Weibsbilder, anders konnte ich sie nicht nennen, hatten vor, wenn Gleb den Safe öffnete, in schwarzen Anzügen und Masken mit dem Ruf unter dem Schreibtisch hervorzuspringen: »Das Geld auf den Tisch! Das ist ein Überfall!« Dann wollten sie aus der Pistole einen roten Farbbeutel auf ihn abschießen. Etwas Dümmeres konnte man sich wohl kaum ausdenken. Aber hatten Tina und Rada nicht schon viele dumme Scherze gemacht? All die Gummipuppen, vorgetäuschten Selbstmorde, die pupsenden Stuhlkissen, die Zuckerdose, aus der ein Teufelchen fuhr … Die Pistole mit den Farbbeuteln und der ganze »Überfall« passten in diese Serie. Die beiden hatten sich sogar den Wecker gestellt, um ja nicht die Zeit zu verpassen.

Zur gewohnten Stunde trat Gleb Larionow seelenruhig in sein Arbeitszimmer und öffnete den Safe. Mit lautem

Geschrei sprangen die zwei »Angreiferinnen« aus ihrem Versteck hervor. Larionow bekam zuerst einen Schreck, begriff aber bald, worum es sich handelte, und nahm es den beiden nicht übel. Er konnte Rada nicht böse sein und behandelte ihre kindlichen Einfälle mit Nachsicht. Außerdem war ihm unangenehm, dass er seine Familie am Abend zuvor ohne wirklichen Grund so angefahren hatte. Wie sich später herausstellte, war die Gummipuppe von allein ins Wasser gerutscht, und ich hatte alle durcheinandergebracht, weil ich behauptete, das sei Rada. Gleb, der an diesem Morgen in bester Laune war, machte das Spiel mit. Er ließ sich in den Sessel fallen, hob die Hände und sagte: »Schont mein Leben, ich flehe euch an, ihr bekommt alles, was ihr wollt!«

»So ist es gut!«, kreischte Rada und feuerte die Pistole auf ihren Mann ab.

Sie traf ihn am Kopf. Der flog merkwürdig zur Seite, und sein Gesicht war im Augenblick eine einzige blutige Masse. Rada erstarrte vor Schreck. Tina fiel bei dem Anblick fast in Ohnmacht. Beiden war sofort klar, dass ein furchtbares Unglück geschehen sein musste. Das »Bömbchen« mit Farbe, dieses harmlose Ding, hinterlässt auf der Kleidung nur einen Fleck, nicht größer als eine Zigarettenschachtel. Es tritt eine kleine Menge Farbe aus. Selbst ein Treffer am Kopf richtet keinen wirklichen Schaden an. Die Kapsel ist weich und kann höchstens einen blauen Fleck verursachen. Aber Gleb war tot, das sahen sie sofort. Das Blut lief und lief, auf dem Fußboden bildete sich eine Pfütze. Es wollte einfach nicht aufhören …

Rada stürzte zu ihrem Mann, aber dem war nicht mehr zu helfen. Was die beiden in diesem Augenblick durchlebten, ist mit Worten nicht zu beschreiben. Sie schleppten sich zu Radas Zimmer. Rada hielt immer noch die Pistole in der Hand. Wie seltsam das klingen mag, aber als Erste fasste sich Tina. Sie wusste nun, dass Rada kein Spielzeug, sondern eine mit scharfer Munition geladene Waffe in der Hand hielt.

»Wo hast du das Ding her?«, fuhr sie Rada an.

Die stammelte: »Ich habe es gestern Abend hier auf den Tisch gelegt. Bevor ich ins Bett ging, habe ich alles vorbereitet, damit ich früh nicht lange suchen muss. Ich habe sie noch mit dem Farbbeutel geladen. Das habe ich dir doch erzählt, als wir geprobt haben!«

Tina schüttelte langsam den Kopf. »Aber das ist eine echte Pistole, genauso eine, wie Papa sie dir gekauft hat. Wo ist denn die?«

Rada lief zum Fensterbrett und öffnete das Geheimfach. »Sie ist nicht mehr da!«

Tina, die für ihr Leben gern Detektiv spielte, murmelte: »Wo kann sie nur hingekommen sein?«

»Ich weiß nicht«, murmelte Rada erschüttert.

»Aber ich!«, flüsterte Tina. »Du hast damit gerade Papa erschossen!«

Rada ließ sich aufs Bett fallen und heulte laut auf. Auch Tina begann zu weinen. Jetzt erst wurde ihnen richtig klar, was geschehen war. Kalte Angst stieg in ihnen auf. Die beiden trockneten ihre Tränen und überlegten, was zu tun sei. Gleb Larionow war tot, und sie hatten ihn ermordet. Aber ohne es zu wollen! Und bislang begriffen sie nicht, wie aus einem harmlosen Spielzeug eine scharfe Waffe hatte werden können. Es dauerte eine Weile, bis Tina der Einfall kam.

Irgendwer, ein Unbekannter, musste mitbekommen haben, was sie und Rada an diesem Morgen vorhatten. Er hatte die Pistole ausgetauscht.

»Wir haben uns sogar vorzustellen versucht, wo diese Person gestanden haben muss, als wir die Sache besprachen«, murmelte Tina.

»Wo denn?«, fragte ich.

»In Papas Bibliothek.«

»Wie kommst du denn darauf?«

»Rada und ich waren in ihrem Wohnzimmer«, berichtete Tina, »und haben die Kostüme mit den Masken anprobiert. Das Zimmer liegt neben Papas Bibliothek, genauer gesagt, neben der Toilette zwischen Radas Zimmer und der Bibliothek.«

»Dort ist eine Toilette?«, fragte ich verwundert. »Das habe ich gar nicht gewusst.«

Tina nickte.

»Ein winziges Kämmerchen, in dem man sich kaum drehen kann. Der Architekt hatte sich bei der Projektierung ein wenig vertan. Ein kleines Eckchen blieb übrig. Da sagte Papa: ›Macht nichts, da bauen wir noch ein Klo ein.‹ Dort muss jemand gesessen und mitgehört haben! Und noch etwas weiß ich genau! Es ist ein Hausbewohner! Erstens, weil so spät abends keine Fremden mehr im Haus waren. Wir haben extra gewartet, bis alle schlafen gegangen sind, erst dann bin ich auf Zehenspitzen zu Rada geschlichen. Wir haben die Vorhänge vor den Fenstern fest zugezogen und nur eine kleine Lampe eingeschaltet. Wir wollten nicht, dass jemand das Licht sieht! Es sollte ein großes Geheimnis sein. Und von der Toilette wissen auch nur die, die schon lange hier wohnen!«

Als sie begriffen hatten, dass sie einem raffinierten Plan zum Opfer gefallen waren, beschlossen die unglücklichen Kinder – zwischen Rada und Tina war nach Alter und Reife kein so großer Unterschied –, die Spuren des Verbrechens zu verwischen. Als Erstes legten sie die Pistole in das Geheimfach zurück.

»Warum habt ihr die Waffe nicht wenigstens sorgfältig abgewischt?«

»Das haben wir vergessen!«, sagte Tina und schluchzte wieder. »Außerdem meinte Rada, dass von dem Geheimfach außer ihr und Gleb niemand weiß.«

»Habt ihr denn keine Angst gehabt, dass die Miliz es finden könnte?«

»An eine Hausdurchsuchung haben wir doch nicht gedacht!«

Ich griff mir an den Kopf. Offenbar hatten sie an überhaupt nichts gedacht. Als die Pistole, wie sie glaubten, an einem sicheren Ort versteckt war, rissen sie sich die Sachen vom Leib und stopften sie in den Beutel mit der Schmutzwäsche. Ihnen fiel nicht auf, dass winzige Blutspritzer auf den Saum der Hosenbeine von Radas Jeans gelangt waren. Dann taten sie, als hätten sie die ganze Nacht fest geschlafen.

»Und warum hast du mich zu deinem Vater hineingeschickt?«, fragte ich böse.

»Irgendwer musste ihn doch finden!«, antwortete Tina dumpf. »Die Zeit verging, und niemand betrat das Arbeitszimmer. Auch ich wäre nicht hineingegangen, weil ich wusste, dass Papa es nicht mochte, wenn man es ungerufen tat. Nur Rada und ich durften hinein, wenn er uns rief. Geschäftspartner empfing er stets in der Bibliothek. Weißt du, womit er das erklärt hat? ›Das Arbeitszimmer gehört zu meiner Privatsphäre wie das Schlafzimmer, da haben Fremde nichts zu suchen. Salon und Speisezimmer verleiten zum Essen und Trinken. Da ist die Bibliothek für Gespräche genau das Richtige!‹ Aber irgendwann musste die Familie doch erfahren, dass er tot war! Und ich konnte die Vorstellung einfach nicht länger ertragen, dass er immer noch dort saß, so voller Blut!«

»Zuvor hast du mir auch noch dieses blöde Vampirgebiss gezeigt!«

»Ich wollte nicht, das du Verdacht schöpfst!«, bekannte Tina.

»Und warum habt ihr bei der Miliz nicht die Wahrheit gesagt?«

»Wir haben solche Angst gehabt«, jammerte Tina. »Wer hätte uns denn geglaubt? Sie mussten ja denken, Rada hätte Papa absichtlich umgebracht. Vor allem, als das Testament verlesen wurde. Papa hat ihr doch seinen ganzen Besitz vermacht!«

»Aber du hast ja auch noch den Mund gehalten, als Rada verhaftet wurde!«

Tina schwieg verlegen. Dann presste sie heraus: »Als sie sie weggebracht haben, hat sie mir zugeraunt: ›Behalt alles für dich, Tina. Es reicht, wenn ich dafür büßen muss. Sie sollen dir nicht auch noch das Leben verderben. Ich liebe dich.‹«

»Und was hast du gemacht?«

Tina ließ den Kopf hängen und sagte kein Wort mehr. Das brachte mich in Rage.

»Na, du bist mir vielleicht eine! Wenn du aussagst, ändert sich für Rada alles! Wie konntest du das nur für dich behalten?«

»Uns hätte doch keiner geglaubt«, wiederholte das Mädchen hoffnungslos.

»Bei der Miliz gibt es auch kluge Leute!«

»Sie hätten uns nicht geglaubt!«

»Du hörst dich an wie eine gesprungene Schallplatte! Du hast Rada im Stich gelassen, du hast …«

»Das stimmt nicht!«, rief Tina aufgebracht. »Ich habe sie nicht im Stich gelassen! Ich wollte ihr sogar helfen, dass du es nur weißt!«

»Das ist ja interessant! Wie denn?«

»Ich suche den wahren Mörder!«, rief Tina. »Wenn ich ihn finde, dann liefere ich ihn der Miliz aus! Ich beobachte alle im Haus!«

»Nicht so laut!«, sagte ich. »Hast du denn völlig den Verstand verloren?«

Wieder rollten Tränen über Tinas Wangen.

»Außer mir hilft Rada doch keiner.«

»Ich suche auch nach dem Mörder«, teilte ich ihr mit. »Und einiges habe ich schon herausbekommen.«

»Was denn?«, fragte Tina und fuhr hoch.

»Sag erst einmal, was du inzwischen weißt«, antwortete ich mit einer Gegenfrage.

Tina war einverstanden.

»Von jetzt an arbeiten wir zusammen«, verkündete ich.

»Als Erstes gehe ich davon aus, dass weder Lisa, noch Kira oder du die Pistole ausgetauscht haben.«

»Eine tolle Beobachtung«, bemerkte ich abfällig.

»Auch Rosa Konstantinowna und Galina Michailowna scheiden aus.«

»Die waren damals noch gar nicht hier.«

»Stimmt, Papa konnte beide nicht leiden. Als er noch lebte, trauten sie sich nicht her. Bleibt Jefim.«

»Der ist tot.«

»Aber er hat die Pistole austauschen können«, bemerkte Tina zutreffend. »Die Verdächtigen sind also Jefim, Maxim, Karina und Nastja. Die vier, weiter keiner. Nastja habe ich dann auch ausgeschlossen.«

»Weshalb?«

Tina winkte ab. »Maxim wechselt seine Geliebten doch wie die Hemden.«

»Aber Nastja hat er seine Verlobte genannt.«

Jetzt lächelte Tina zum ersten Mal wieder. »Das hat nichts zu bedeuten. Auch eine Verlobte hält sich bei ihm nicht länger als zwei Wochen. Du siehst ja, die ist schon weg, hat sich still und leise verdrückt, von niemandem verabschiedet. Mit ihr ist Maxim fertig.«

»Und Angelika?«

»Die ist auch nicht mehr da!«

»Aber auch sie hätte die Pistole austauschen können«, sagte ich herausfordernd.

»Das traue ich ihr nicht zu. Für Angelika ist es nach Papas Tod nur schlechter geworden. Sie bekommt kein Geld mehr. Wer bezahlt jetzt ihr Studium?«

Ich trommelte mit den Fingern auf die Tischplatte. So ähnlich hatte ich auch gedacht.

»Und was sind nun deine Schlussfolgerungen?«

Tina seufzte tief auf. »Wenn ich ehrlich sein soll, bin ich noch nicht weit gekommen. Karina hat Jefim mit Maxim betrogen. Außerdem ist sie jeden Tag außer Haus. Anfangs habe ich etwas Schlimmes angenommen, aber dann habe ich es herausgekriegt. Rate mal, wo sie ihre Zeit verbringt!«

»Keine Ahnung.«

»Sie fährt in den Wellness-Salon *Nathalie*. Dort geht sie in die Sauna, lässt sich massieren und sitzt dann ewig im Vestibül vor dem Fernseher herum. Die beiden Alten gehen ihr auf die Nerven, da verdrückt sie sich eben. Völlig uninteressant.«

»Und Maxim?«

Tina zuckte die Achseln. »Er pendelt nur zwischen Aljabjewo und seinem Büro hin und her, wandelt nicht auf Abwegen. Willst du meine Meinung wissen?«

»Natürlich.«

»Er scheidet auch aus.«

»Warum?«

»Papa hat ihn in sein Geschäft geholt, aber nicht als Kompagnon, sondern nur als Angestellten. Erinnerst du dich an Papas Teilhaber Roman Milowidow?«

Ich nickte.

»Der hat schon vor Papas Tod mehrfach geschimpft: ›Dein Maxim ist eine Null, er bringt uns überhaupt nichts!‹ Papa hat dann geantwortet: ›Er ist mein Verwandter, ich muss ihm helfen. Er lernt es schon noch.‹ Ich denke, dass Roman Maxim jetzt loswerden will. Er wird ihn nicht gleich entlassen, aber irgendwann geschieht es. Maxim nützt Papas Tod ebenfalls nichts.«

Ich schaute Tina verwirrt an. Das Mädchen war mir ein Rätsel. Manchmal benahm sie sich wie ein fünfjähriges Kind, dann wieder urteilte sie wie eine reife Frau.

»Maxim wusste, wenn Papa einmal nicht mehr war, würde er nicht in Aljabjewo bleiben können. Jefim konnte ihn auf den Tod nicht ausstehen, nannte ihn einen Schmarotzer und Blutsauger. Maxim zahlte in gleicher Münze zurück: ›Ach, unser Zeitungsmagnat! Wie hoch war noch mal die Auflage deines Blättchens? Zwanzig Exemplare? Oder dreißig?‹ Wenn Jefim nicht gestorben wäre, hätte er Maxim auf jeden Fall zum Teufel gejagt. Sie hassten sich. Jefim konnte seinem Cousin nicht verzeihen, dass er auf Papas Kosten lebte. Du kannst dir nicht vorstellen, welche Wortgefechte sie sich hier beim Essen geliefert haben. Papa hat sie einmal alle beide rausgeschmissen. Er hat ihre Koffer auf den Hof geworfen und so gebrüllt, dass im Vestibül eine Scheibe gesprungen ist. Später hat er sich dann wieder beruhigt. So war Papa, wenn er sich ärgerte. Zuerst hätte er einen am liebsten erschlagen, und dann kam er mit Geschenken. Seitdem haben sich Jefim und Maxim zurückgehalten und nicht miteinander gestritten, wenn andere dabei waren. Aber allein sind sie manchmal aufeinander losgegangen! Einen Tag vor Papas Tod war ich in der Bibliothek, nicht im ersten Stock, sondern unten, wo die Krimis und die anderen Romane stehen. Als ich hereinkam, hatte Maxim Jefim gerade am Schlafittchen gepackt und zischte ihm zu: ›Ich weiß genau, dass du Julia vergiftet hast!‹«

»Welche Julia?«, fragte ich verwirrt.

Tina schnaufte ärgerlich. »Du weißt sicher, dass Maxim ein Hundenarr ist.«

»Das ist nicht zu übersehen. Er spielt immerzu mit meinen Möpsen.«

»Genau. Im Winter hat er einen Welpen mitgebracht, Julia, eine Spaniel-Hündin. Er hat sie rührend umsorgt, sie war sein Ein und Alles. Dann ging Julia ein. Der Tierarzt sagte, sie hätte Rattengift gefressen. Das war im Keller ausgelegt, weil der Gärtner dort die widerlichen Tierchen gesehen hatte. Maxim trauerte lange und war immer der Meinung, das hätte Jefim getan. Mein Bruder konnte Tiere nicht leiden.«

»Aber ihr habt doch Charly.«

»Das ist Papas Labrador. Jefim hat natürlich so getan, als hätte er ihn gern. In Wirklichkeit war er ihm zuwider.«

»Übertreibst du jetzt nicht ein bisschen!«

»Kein Stück! Wenn er Charly mal streicheln musste, hat er sich danach sofort die Hände gewaschen!«

Ich schüttelte den Kopf. Wer Tiere liebte, tat das wirklich nicht. Solche Menschen empfinden keine Abneigung gegen ihre Lieblinge, nicht einmal, wenn sie zu ihnen ins Bett kriechen. Zwar verwies ich zur Zeit meine Möpsinnen regelmäßig auf die Couch, aber nur deswegen, weil ich sie bei der Hitze im Bett nicht ertragen konnte. Immerhin haben Hunde eine normale Körpertemperatur von 38 Grad. Im Winter dagegen kriechen sie immer zu mir unter die Decke.

»Verstehst du jetzt, dass es mit Maxims süßem Leben nach Papas Tod aus gewesen wäre?«, fragte Tina. »Jefim hätte ihn auf jeden Fall von hier vertrieben.«

»Dazu ist es nicht gekommen, weil er zuvor getötet wurde«, sagte ich und vollendete ihren Gedanken.

Tina nickte.

»Maxim wusste ja nicht, dass wir die tollwütige Emmy im Hause hatten.«

Ich blickte zum Fenster hinaus.

»Sei so lieb, Tina, und erinnere dich genau daran, was du deiner Mutter gesagt hast, als du mit ihr an jenem Morgen sprachst. Und warum du das getan hast. Du hattest Rada doch versprochen, alles für dich zu behalten.«

Tina schluckte krampfhaft.

»Ich hatte solche Angst! Deswegen habe ich angerufen. Aber Einzelheiten habe ich ihr nicht gesagt. Nur geheult und hervorgestoßen: ›Mama, man hat Papa umgebracht, er ist tot.‹«

»Und nichts weiter?«

»Kein Wort mehr. Rada und ich wollten, dass niemand außer uns die Wahrheit erfährt.«

Und wieder vergoss sie bittere Tränen.

30. Kapitel

Der nächste Morgen begann mit einer Überraschung. Beim Frühstück waren unerwartet alle beisammen: die Kinder, die alten Damen, Karina und Maxim. Anfangs wurde friedlich Kaffee, Kakao und Tee ausgeschenkt. Dann wollte Galina Michailowna wieder einmal pädagogische Wachsamkeit demonstrieren und sagte: »Kira, leg sofort die Räucherwurst zurück.«

»Warum?«, fragte der Junge unwillig.

Schon ritt Galina Michailowna ihr Steckenpferd. »Die ist doch abscheulich. Totes Tier.«

»Und Sie«, warf Lisa vorlaut ein, »essen wohl nur lebendiges?«

Ich trat ihr unter dem Tisch auf den Fuß.

»Ich nehme überhaupt nichts Derartiges zu mir«, verkündete Karinas Mutter und lief rot an. »Das empfehle ich auch keinem anderen. Schließlich gibt es Brot, Kartoffeln, Brei …«

Da griff Rosa Konstantinowna ein. »Aber liebe Galina …«

Ich blickte mitleidig auf Kira. Der hatte sich in einen Jeansanzug mit unzähligen Taschen und Täschchen geworfen. Draußen war es kühler geworden, und der Junge wollte den Mädchen gefallen. Gleich würden sich die alten Harpyien wieder auf ihn stürzen. Die eine würde ihn über gesunde Ernährung belehren und die andere an seiner Kleidung herumnörgeln.

Aber Rosa Konstantinowna überraschte uns alle.

»Liebe Galina, wir leben doch in einer Demokratie. Die kommunistische Vergangenheit, da wir uns alle einheitlich ernährt und gekleidet haben, ist vorbei. In Ihrem Alter empfiehlt es sich tatsächlich nicht, Fleisch, Fettes oder Süßes zu sich zu nehmen. Auch zu einem Minirock oder einer Lederhose rate ich Ihnen nicht. Aber Kira befindet sich in dem glücklichen Lebensabschnitt, da solche Verbote noch nicht gelten. Wenn er in Hosen aus Segeltuch herumlaufen und schwitzen will, dann soll er es tun. Hat er Appetit auf Wurst? Iss, mein Engel, und hör nicht auf andere! So etwas Köstliches wie Grießbrei mit Wasser gekocht bleibt dir immer noch, der läuft dir nicht weg!«

Mit diesen Worten schob Rosa Konstantinowna Kira den Teller mit der Räucherwurst zu. »Lass es dir schmecken!«

Galina Michailowna, die von ihrer Altersgenossin einen derartigen Verrat nicht erwartet hatte, verschluckte sich am Kaffee und hustete heftig. Rosa Konstantinowna sagte so leise, dass es nur ich und Kira hören konnten: »Dein Anzug sieht furchtbar aus, so laufen nur Bauarbeiter herum. Aber ich sehe ein, eine ältere Dame, die in Unterwäsche über Leitern klettert, hat das moralische Recht verwirkt, über andere zu urteilen, nicht wahr?« Dabei kicherte sie fröhlich. Mir blieb der Mund offen stehen. Die Alte hatte ja Humor! Vor Menschen, die über sich selber lachen können, habe ich Respekt.

Kaum hatte ich das Speisezimmer verlassen, kam Sina auf mich zu.

»Tatjana Andrejewna, gehört das Ihnen?«

Ich drehte das kleine Ding in den Händen, das aussah wie eine Fernbedienung für ein Fernsehgerät. Es hatte aber nur zwei Knöpfe, einen grünen und einen roten.

»Was ist denn das?«

»Ich weiß nicht«, gab Sina achselzuckend zurück. »Ich habe auf dem Korridor Staub gesaugt, oben im zweiten Stock, wo die Marmorfigur in der Ecke steht. Die ist so groß und schwer, dass ich sie nur einmal monatlich zur Seite rücke. Dahinter lag das Ding. Es sieht aus wie eine Fernbedienung.«

»Aber wofür?«

»Kira hat doch in seinem Zimmer funkgesteuertes Spielzeug! Erinnern Sie sich? Gleb Larionow hat es ihm geschenkt. Ein Feuerwehrauto und einen Rettungswagen. Vielleicht gehört es dazu.«

»Das kann sein!«, sagte ich lächelnd. »Ich nehme es an mich und gebe es dem vergesslichen Kerl!«

Da klingelte das Telefon im Vestibül.

Sina nahm den Hörer ab.

»Hallo, wen möchten Sie? Einen Moment.« Das ist für Sie, Tatjana Andrejewna.

Aus dem Hörer tönte eine völlig unbekannte Männerstimme.

»Tanja?«

»Am Apparat.«

»Erkennst du mich nicht?«

»Entschuldigung, nein.«

Der Mann lachte. »Das hätte ich mir denken können. Hier ist Konstantin Michailowitsch.«

Ich stutzte.

»Verzeihung, wer?«

Der Kerl lachte wieder.

»So ist das also! Aus den Augen, aus dem Sinn! Und ich Esel habe mir Hoffnungen gemacht. Holst du denn deinen Wagen aus der Werkstatt überhaupt nicht ab? Er ist lange fertig! Der Monteur ruft dauernd bei euch an, aber du bist nie zu Hause.«

»Konstantin!«, rief ich erfreut, denn jetzt fiel mir ein, dass es der Mann war, der mir geholfen hatte, als mein Wägelchen übergekocht war.

»Ich grüße Sie!«

»Also, wann kommst du denn mal an der Werkstatt vorbei?«

»Sofort! Das heißt, die Zeit eingerechnet, bis ich mich fertig gemacht und hingefunden habe.«

»Dann sehen wir uns wohl nicht mehr«, meinte der Samariter seufzend. »Ich fliege nach Petersburg. In einer Woche bin ich zurück. Dann verlange ich meine Belohnung.«

»Was für eine Belohnung?«, fragte ich erschrocken.

»Na, glaubst du, meine Hilfe war umsonst? Nein, meine Liebe, zumindest einmal musst du mich in ein Restaurant begleiten. Welche Küche magst du denn – japanische, chinesische oder italienische?«

»Alles, was gut schmeckt.«

»Sehr originell. Das heißt, ich kann selber entscheiden. Na, gut. Jetzt muss ich erst mal weg. Aber deinen Wagen hol bitte ab.«

Ich lief in mein Zimmer, griff meine Handtasche und rannte in Richtung Minsker Chaussee. Ich hoffte auf ein Schwarztaxi, denn mit öffentlichen Verkehrsmitteln kam ich nicht bis zu der Werkstatt.

Der Meister führte mich auf den Hof und wies mit dem Finger auf einen nagelneuen, blitzenden Lada.

»Bitte schön.«

»Was ist denn das?«, fragte ich verblüfft.

»Ihr Wagen.«

»Wo?«

»Na, direkt vor Ihrer Nase.«

»Das kann nicht sein!«

»Schauen Sie sich das Schild an.«

808 MA, das war wirklich meine Nummer! Aber was war mit dem Fahrzeug geschehen? Auf welche Weise hatte sich die alte Klapperkiste zu einer richtigen Schönheit gemausert? Sogar die Sitze schienen neu zu sein. Als könnte der Meister Gedanken lesen, erklärte er mir: »Konstantin Michailowitsch hat mich gebeten: ›Also, Petja, gib dir Mühe, als wäre es für dich selber.‹ Da habe ich eben aus der Leiche eine schöne Braut gemacht. Ich habe jedes Teil aufgearbeitet. Es ist faktisch ein neues Auto. Die Sitze habe ich ausgewechselt, statt einfacher die Antistress-Variante eingebaut, von Fahrwerk und Motor gar nicht zu reden. Der Wagen ist jetzt besser als einer vom Band, wo neuer-

dings die Hälfte kopierter Einzelteile drin steckt. Bei Ihnen aber habe ich nur Originalteile verwendet.

Mit dem können Sie glatt ein Autorennen fahren! Für Konstantin Michailowitsch mache ich alles! Mehr als für Vater und Mutter!«

Ich überschlug im Kopf, wie viel Geld ich dabeihatte. In meinem Portemonnaie steckten nur 1000 Rubel. Das reichte auf keinen Fall. Ich musste noch einmal nach Hause zurück. Was würde er wohl verlangen? Ich hatte gar keine Generalüberholung meines Wagens bestellt! Da hatte mir Konstantin ja was Schönes eingebrockt. Und ich konnte schlecht etwas dagegen sagen, denn er hatte es ja gut gemeint.

Um das unangenehme Gespräch über den Preis noch etwas hinauszuzögern, fragte ich: »Wieso sind Sie Konstantin Michailowitsch so dankbar? Was hat er denn für Sie getan?«

»Das wissen Sie nicht?«, fragte der Mann stirnrunzelnd.

»Nein.«

»Er hat mich vor dem Knast gerettet. Aus Unerfahrenheit war ich in eine dumme Geschichte hineingeraten, und mir drohte eine lange Strafe. Konstantin Michailowitsch hat mich herausgehauen. Er ist ein hervorragender Anwalt.«

Nun konnte ich der peinlichen Frage nicht länger ausweichen.

»Na dann, die Rechnung, bitte.«

»Die ist schon bezahlt.«

»Von wem?«

»Von Konstantin Michailowitsch.«

Das gefiel mir gar nicht. Was dachte der denn von mir? Hielt er mich für eine Bettlerin? Wer hatte ihn um Geld gebeten? Ich war doch nicht Olga! Ich brauchte keine Sponsoren.

Da rollte ein großer schwarzer Jeep auf den Hof. Aus

den geöffneten Fenstern hämmerte Rockmusik. Der Fahrer sprang heraus und brüllte: »He, Petja, wo hast du denn meine Dinger?«

»Sofort, Pawel Albertowitsch, sofort«, rief der Meister diensteifrig, »gehen Sie schon mal ins Büro.«

Der Mann spuckte aus und ging in die Werkstatt.

»Setzen Sie sich einen Moment in den Wagen und probieren Sie die Sitze aus«, schlug Petja vor. »Ich bin gleich wieder bei Ihnen.«

Schnell lief er seinem Kunden hinterher. Ich blieb zwischen dem Jeep und meinem blitzenden Wägelchen mutterseelenallein zurück. Die Musik war verstummt. Offenbar hatte der Fahrer das Gerät abgeschaltet. Ich besah mir das ausländische Gefährt. Es wirkte elegant, aber riesengroß! So ein Ding würde ich nie steuern können. Wenn es bei mir für ein Importauto reichte, dann wollte ich ein kleines, kompaktes Modell. Am besten gefiel mir der *Käfer* von Volkswagen, aber der war sündhaft teuer. Auch innen war der Jeep mit allen Schikanen ausgestattet. Was lag denn da auf dem Rücksitz? Meine Neugier war wieder einmal nicht zu bremsen. Ich schaute zum offenen Fenster des Jeeps hinein und erblickte ein kleines süßes Hündchen mit rotem Fell und spitzer Schnauze. Es glich der unglückseligen Emmy wie ein Ei dem anderen.

Ich seufzte auf. Die arme Emmy war sicher längst tot, wenn sie denen, die sie einfangen wollten, auch entkommen konnte. Tollwut ist eine schreckliche Krankheit, die kein Tier lange überlebt.

»Ach, Emmy«, sagte ich laut. »Wenn du wüsstest, was du angerichtet hast!«

Das Hündchen hob den Kopf und wedelte mit dem buschigen Schwanz, als hätte es mich verstanden.

»Heißt du auch Emmy?«, fragte ich verwundert.

Jetzt drückte das kleine Ding mit seinem ganzen Körper nur Freude aus, als wollte es mir sagen: Ja, ja, so heiße ich!

Ich schaute sie mir genauer an. Das konnte nicht sein! Emmy war tot. Andererseits war ich noch nie zwei Hunden begegnet, die sich so zum Verwechseln ähnlich sahen.

»Also gut, meine Liebe«, sagte ich freundlich, »möchtest du ein Bonbon?«

Das Tierchen belebte sich noch mehr. Die Kleine hatte offensichtlich genau verstanden, was ich ihr anbot.

»Warte einen Moment«, sagte ich und wühlte in meiner Hosentasche, wo ich ein Karamelbonbon vermutete. Dabei stießen meine Finger auf die kleine Steuerung für Kiras Spielsachen. Ich zog sie heraus. Die also hatte ich in der Tasche, und ich glaubte, dort lägen noch Bonbons.

Als das Hündchen das kleine Ding in meiner Hand erblickte, jaulte es auf. Es zog sich in die äußerste Ecke des Jeeps zurück und zitterte wie Espenlaub. Um die Kleine zu beruhigen, die vor irgendetwas Angst haben musste, sagte ich: »Keine Angst, meine Kleine, das ist doch nur ein Spielzeug. Wenn man auf den grünen Knopf drückt, dann fährt das Auto los, und mit dem roten kann man es wieder anhalten.«

Mein Finger drückte ganz von selbst auf das Knöpfchen in der Farbe frischen Salats. Da geschah etwas Unerwartetes. Der Hund hörte auf zu zittern. Er zog die Lefzen hoch und zeigte mir große, scharfe Zähne.

»R-r-r!«

»Was ist denn jetzt?«

»R-r-r!«

Ich wich zu meinem Lada zurück. Der Hund sprang zum offenen Fenster. Sein ganzer Körper drückte jetzt Wut und Hass aus. Schaum tropfte ihm aus dem Maul, die Ohren waren angelegt und das Fell stand ihm zu Berge. Da mir klar war, dass sich das kleine Ding im nächsten Moment auf mich stürzen würde, sprang ich in meinen Wagen und schlug die Tür zu. Das Hündchen flog förmlich aus dem Jeep heraus und raste um meinen Lada herum. Dabei zerkratzte es mit seinen Krallen den frischen Lack. Der kleine Kerl hätte mich am liebsten in Stücke gerissen, und ich wusste nicht, wie es zu diesem Wutanfall gekommen war. Da trat der Besitzer des Jeeps aus der Werkstatt. Ich hatte ja meine Fenster geschlossen und konnte nicht hören, was er sagte. Aber an seinem Gesichtsausdruck war abzulesen, dass er heftig schimpfte. Als er näher kam, zog er ein kleines Gerät aus der Tasche, das der Steuerung, die Kira verloren hatte, schrecklich ähnlich sah, und machte eine kurze Bewegung. Das Kratzen an meiner Karosse hörte auf.

Das Hündchen ließ sich auf dem Asphalt nieder und schnappte nach Luft. Seine Flanken flogen, und es wedelte müde mit dem Schwanz. Der Wutanfall schien vorüber. Ich stieg aus.

»Was ist denn mit Ihrem Hund los?«

»Das geht dich gar nichts an!«

»Aber er ist doch offenbar krank! War das vielleicht ein epileptischer Anfall?«

»Geh zum Teufel!«

Das grobe Schimpfwort überhörte ich. »Ich kann Ihnen eine gute Tierärztin empfehlen. Sie ist nicht teuer und macht auch Hausbesuche.«

»Bin selber Tierarzt!«

»Sie?! Und lassen Ihren Hund in diesem Zustand?«

Plötzlich packte der Kerl mich mit festem Griff beim Blusenkragen und zog mich dicht zu sich heran. Seine abstoßenden runden Augen in der Farbe eines bodenlosen Sumpfes kamen meinen gefährlich nahe. Der Geruch von teurem Kölnisch Wasser und Zigaretten schlug mir entgegen. Das Gesicht kam mir irgendwie bekannt vor.

»Lass meinen Hund in Ruhe, das rate ich dir! Mit dem mache ich, was ich will! Verschwinde, solange du noch heil und ganz bist!«

»Das hier ist nicht Ihre Werkstatt«, gab ich zurück und

versuchte mich seinem eisernen Griff zu entwinden. »Sie können mich hier nicht rauswerfen! Wie Sie mit einem Tier umgehen, ist eine Schande! Übrigens hat Ihr Hund meinen Wagen zerkratzt und dabei habe ich ihm gar nichts getan, sondern nur in Ihren Jeep geschaut.«

»Dieser Hund«, zischte der Kerl, »kann es auf den Tod nicht leiden, wenn blöde Weiber, die sich mit billigem Parfüm begossen haben, sich an meinem *Land Cruiser* zu schaffen machen, hast du verstanden, du blöde Gans?«

Das war mir dann doch zu viel. Mein Parfüm war in Ordnung, dieses pseudofranzösische Zeug nahm ich nie. Heute hatte ich mich mit *Tresor* von Lancôme besprüht, einem Geschenk von Katja.

»Ich rufe jetzt den Meister, der schaut sich die Karosse an, und dann bezahlst du mir den Schaden«, drohte ich. »Selber blöder Kerl! Wenn du noch nie gutes Parfüm gerochen hast, dann halt die Klappe!«

Der Mann presste die Lippen zusammen, seine Augen wurden noch dunkler und die Wangen aschfahl.

»Gleich gibt's eine Zugabe zu deinem Lack!«, versprach er und versetzte mir einen gewaltigen Stoß.

Wie eine Flaumfeder flog ich über den Hof und knallte mit dem Rücken gegen die Tür der Werkstatt. Dann sank ich zu Boden, und irgendetwas fiel mir auf den Kopf. Mir schwanden die Sinne, aber ich sah gerade noch, wie der Jeep zum Tor hinausraste. Die Zahl *777* prägte sich mir ein, dann wurde mir schwarz vor Augen.

Aus der Dunkelheit drang eine Stimme an mein Ohr: »Tatjana Andrejewna, können Sie mich hören?«

Mit großer Mühe hob ich die Lider und schaute in eine Glühbirne unter einem Plastikschirm. Sofort wurde mir übel, mein Kopf schmerzte zum Zerspringen.

»Wo bin ich?«

»In der Werkstatt«, antwortete Petja. »Der Arzt ist gleich da.«

»Was ist mit mir?«

»Als Sie dieser Kerl gestoßen hat, ist Ihnen der Feuerlöscher auf den Kopf gefallen. Ihnen ist sicher übel.«

»Sehr.«

»Das ist eine Gehirnerschütterung«, stellte Petja sachlich fest. »Ich sage Konstantin Michailowitsch Bescheid. Der wird sich den Kerl zur Brust nehmen. So ein Schweinehund! Der hat mir gleich nicht gefallen. Um den Wagen machen Sie sich mal keine Sorgen. Das kriegen wir wieder hin. Gleich ist der Arzt da und gibt Ihnen eine Spritze.«

Während er redete und redete, wurde mir noch schlechter. Es war, als arbeite in meinem Kopf eine glühende Kaffeemühle, in den Ohren sauste es, alles drehte sich um mich, Arme und Beine zitterten.

»Hier«, sagte Petja und hielt mir die Fernsteuerung hin. »Das ist Ihnen aus der Tasche gefallen, als Sie zu Boden gestürzt sind. Was ist das überhaupt?«

Plötzlich erhob sich in meinem armen, geschundenen Kopf ein wahrer Wirbelsturm. Emmy, die Fernsteuerung, der Hund, der sich auf mich stürzte, sein Herr, der damit klickte, der ermordete Jefim, die Marmorfigur im Korridor unseres Hauses …

»Petja«, flüsterte ich und versuchte gar nicht erst, mich aufzusetzen. »Ein Telefon, schnell!«

»Hier!« Der Automechaniker reichte mir erschrocken ein Handy.

Nur mit Mühe gelang es mir, die richtige Nummer zu wählen. Ich schickte ein heißes Dankgebet an den Erfinder des Mobiltelefons. So war Wolodja für mich immer erreichbar.

»Kostin am Apparat!«

»Wolodja«, krächzte ich, »lass sofort den Besitzer des *Land Cruiser* mit den letzten drei Zahlen 777 ermitteln! Die Buchstaben habe ich nicht sehen können. Den fährt der Mörder von Jefim Larionow! Mach schnell! Mir geht es schlecht …«

»Hallo, Tanja!«, hörte ich meinen Freund noch aufgeregt rufen. Aber kaum hatte ich Petja das Handy zurückgegeben, wurde mir wieder schwarz vor Augen.

31. Kapitel

Mein Schädel war offenbar wirklich sehr hart. Der Feuerlöscher hatte ihn nicht eingeschlagen, obwohl das durchaus möglich gewesen wäre. Aber auf meiner Stirn mussten vier Platzwunden genäht werden. Drei Tage lang durfte niemand zu mir. Schließlich drängte sich Wolodja mit einem Blumenstrauß und einer riesigen Tasche in das Zimmer, in dem ich in stolzer Einsamkeit lag.

»Wie geht es dir?«

»Gut, auch die Übelkeit ist verflogen. Ich hoffe, du hast mir neue Krimis mitgebracht?«

»Das hat der Arzt verboten.«

»Hier stirbt man ja vor Langerweile!«

»Ich habe drei Marininas und vier Poljakowas erstanden«, sagte da eine unbekannte Stimme.

Noch ein Mann war in mein Zimmer getreten, fast so groß wie Wolodja. In der Hand hielt er ein Bücherpaket.

»Lesen Sie, wenn es Ihnen Spaß macht!«

»Danke.«

Die Männer nahmen Platz. Keiner sagte ein Wort. Dann endlich ließ sich Wolodja hören: »Darf ich vorstellen – Wanja Kowrow, Ermittler.«

»Sehr angenehm«, sagte ich vorsichtig. »Ihren Namen habe ich schon gehört.«

Warum ihn wohl Wolodja angeschleppt hatte? Wollte er mich verhören? Da konnte ich immer an meinen Kopf fassen und über Schmerzen klagen. Dabei ging es mir gut, mir tat gar nichts mehr weh. Ich musste wohl ein Hirn aus Holz haben, wenn nicht einmal ein Feuerlöscher ihm etwas antun konnte. Nur einen Tag war mir übel gewesen, seitdem nicht mehr.

»Wanja ermittelt in Sachen Rada Larionowa«, sagte Wolodja.

Ich fuhr hoch und ergriff die Hand des Mannes.

»Sie ist unschuldig, ich weiß jetzt, wie es war!«

»Na, dann pack mal aus!«, sagten beide Männer im Chor.

Für den Anfang erzählte ich ihnen die Geschichte von Angelika, Robert und Anastasia. Wolodja und Wanja bemühten sich, einen gleichmütigen Eindruck zu machen, aber man sah, wie überrascht sie waren.

»Das wussten Sie bestimmt nicht!«, sagte ich am Schluss triumphierend.

Wolodja schwieg sich aus. Er mag es nicht, wenn ich ihm einmal eine Nasenlänge voraus bin. Wanja dagegen bekannte: »Ehrlich gesagt, nein. Aber was wissen Sie noch?«

Von dem Erfolg berauscht, berichtete ich von Radas und Tinas »Überfall«.

»Sie haben keine Schuld. Der Mann, der sich diesen schrecklichen Plan ausgedacht hat, hat die Pistolen vertauscht.«

»Ja«, sagte Wanja gedehnt, »daran haben wir auch schon gedacht!«

»Aber wussten Sie, dass Rada auf Gleb geschossen hat?«

»Ja.«

»Woher?«

»Im dritten Verhör hat sie es unter dem Druck der Indizien zugegeben. Sie konnte nicht mehr bestreiten, dass sie die Pistole in der Hand gehalten und den Abzug betätigt hat. Allerdings hat sie von Tina kein Wort gesagt. Nach ihrer Version hat sie sich den dummen Streich allein ausgedacht und ohne jede fremde Hilfe ausgeführt. Weißt du auch, wer das harmlose Spielzeug gegen die geladene Waffe ausgetauscht hat?«, fragte Wanja.

»Ich kann es mir denken.«

»Wer?«

»Olga.«

»Wie kommst du denn auf die?«, fragte jetzt Wolodja.

»Als Madame mir von Tinas Anruf berichtete, hat sie deren Worte folgendermaßen wiedergegeben: ›Meine Tochter rief in den Hörer: Mama, Rada hat Papa umgebracht!‹ Aber das entspricht nicht der Wahrheit. Tina hat nur gesagt, dass ihr Vater ermordet wurde. Woher wusste der Fernsehstar, dass man ihren Ex-Geliebten erschossen hatte? Er konnte vergiftet, in die Luft gejagt oder aufgehängt worden sein. Und wie kam sie darauf, dass ausgerechnet Rada geschossen hatte? Von Tina wusste sie es nicht.«

»Genau«, sagte Wolodja grinsend. »Mit solchen kleinen Unstimmigkeiten nagelt man Täter fest. Und warum sie Larionow umgebracht hat, weißt du das auch?«

»Ja«, sagte ich überzeugt. »Ein ganz vulgäres Motiv – Geld! Olga ist schlau und hat die Sache sauber hingekriegt.«

»Hier irrst du leider«, warf Wanja ein. »So ist es nicht gewesen. Erzählen wir ihr jetzt, wie es war? Wer fängt an?«

»Du zuerst«, brummte Wolodja. »Ich kann bei Tanjas Ermittlungen nicht ruhig bleiben!«

»Sei nicht so nervös«, meinte Wanja lächelnd. »Das ist doch toll! Sie weiß sogar den Namen des Täters!«

Sie flachsten noch ein bisschen herum, dann aber wurde der Ermittler ernst.

»Also, hör zu. Wir gehen noch einmal bis zu dem Tag, genauer gesagt, der Nacht zurück, als Gleb Larionow ermordet wurde. Es ist kurz nach ein Uhr. Gleb und Olga betreten leise die Bibliothek. Das Oberlicht schalten sie nicht ein, sondern begnügen sich mit einer Wandlampe und sprechen über ihre Geschäfte. Das dauert etwa zwei Stunden. Dann übergibt Larionow seiner früheren Geliebten eine recht große Summe, die Spende für die fünf nächsten Shows, und die Dame geht.«

»Nein, nein«, warf ich ein. »Während des Gesprächs musste Olga wahrscheinlich zur Toilette, trat in die winzige Kammer und hörte, wie Rada und Tina hinter der Tür ihren ›Raubüberfall‹ besprachen. Sofort hatte sie einen Plan. Sie wartete ab, bis alle schliefen, und tauschte dann die Pistole aus.«

»Und wo hat sie sich versteckt? Rada und Tina haben sich erst um halb fünf schlafen gelegt, so lange hat das bei den beiden Nachtschwärmerinnen gedauert.«

»Tja«, sagte ich unsicher, »das weiß ich nicht … Vielleicht in der Wäschekammer oder in einem leeren Gästezimmer?«

»Nein«, brummte Wanja, »entschuldige schon, aber bei dir passt etwas nicht zusammen.«

Olga ging nach drei aus dem Haus. Der Wachmann erinnerte sich gut, dass sie ziemlich aufgebracht war. Das ist verständlich. Sonst hat Larionow ihr immer das Geld für zehn Shows im Voraus gegeben. Diesmal war es nur für fünf. Der Wachmann sagte aus, dass die Moderatorin, als sie ihren Wagen aufschloss, geflucht hat: »Der geizige Bock! Erwartet, dass ich jedes Mal vor ihm auf die Knie falle! Es wird sich noch zeigen, wer wen mehr braucht!«

»Sie ist also vor halb vier abgefahren. Da probierten Rada und Tina noch ihre Masken«, stellte Wanja fest.

»Willst du damit sagen, dass nicht sie die Pistole ausgetauscht hat?«

»Exakt.«

»Olga hat mit dem Mord also nichts zu tun?«

»Überhaupt nichts!«

»Warum hat sie dann dem Wachmann für sein Schweigen 50 000 Dollar bezahlt?«

»Das hat sie dir doch schon erklärt. Sie wollte nicht, dass ihr Name in dem Augenblick in der Boulevardpresse auftaucht, als sie über eine neue Sendung verhandelte.«

»Und das war ihr eine so große Summe wert!«

»Sie hat es doch nicht aus der eigenen Tasche bezahlt. Die Preise in der Show finanziert der Sponsor.«

»Aber Tina hat ihrer Mutter nichts von Rada gesagt!«

Wanja schüttelte den Kopf.

»Das Mädchen stand unter Schock, sie hatte Schlimmes erlebt. Soeben war ihr Vater vor ihren Augen getötet worden. Sie fühlte sich schuldig. Sie wusste doch hinterher nicht mehr genau, was sie ins Telefon gerufen hat. Sie musste sich dringend jemandem mitteilen, da hat sie eben ihre Mutter angerufen. Aber Olga ist eine Rabenmutter. Sie hat zuerst an ihre Karriere gedacht. Daher telefonierte sie auch sofort mit dem Wachmann und versuchte ihn zum Schweigen zu verpflichten. Das war natürlich nicht besonders klug von ihr. Sie hätte die Wahrheit sagen sollen. Ja, ich war bei Larionow, habe mit ihm über Geschäfte gesprochen und bin wieder abgefahren. Aber Olga fürchtete, ihr Gesicht zu verlieren. Sie wollte nicht in die Presse kommen. Deshalb baute sie Kolja in ihre Sendung ein, wo der 50000 Dollar ›gewann‹. Sie ist eine berechnende Egoistin, eine ehrgeizige Karrieristin, der Ruhm und Geld wichtiger sind als alles andere auf der Welt, sie ist eine schlechte Mutter, aber keine Mörderin.«

»Wer war es dann?«, rief ich. »Wer?!!«

Wolodja grinste. »Das möchtest du gerne wissen, was?«

»Derjenige«, antwortete jetzt Wanja, »der in Larionows Bibliothek kam, nachdem er selbst und Olga gegangen waren.«

»Warum sollte jemand in der Nacht dorthin gehen?«, fragte ich empört.

»Um sich ein Buch zu holen«, erklärte Wanja seelenruhig.

»Da stehen doch bloß Kochbücher!«, protestierte ich. »Gleb hat endlose Bände über das Essen gesammelt, das war sein Hobby! Außerdem gibt es da noch dicke uralte Bände, die keiner mehr lesen mag, wie zum Beispiel die Erstausgabe von Radischtschews *Von Petersburg nach Moskau*. So etwas nimmt heute kein Mensch mehr in die Hand. Es ist langweilig und in alter Schrift gedruckt, die kaum noch jemand entziffern kann. Aber solche Bände gelten als sehr kostbar und sind daher sehr teuer.«

»Ein Dieb hat sich in die Bibliothek geschlichen«, erläuterte Wanja. »Einer, der ständig Geld brauchte, Glebs Raritäten klaute und unter der Hand verkaufte.«

»Maxim!!!«, rief ich.

»Warum gerade er?«

»Kira hat gesehen, wie er nach dem Tod seines Onkels aus dessen Schreibtisch ein Päckchen Dollars genommen und eingesteckt hat.«

»Nicht gerade eine edle Tat, aber Maxim war es auch nicht.«

»Also, wer dann? Sagt es doch endlich!«

»Karina.«

Vor Schreck fiel ich fast aus dem Bett.

»Karina?«

»Genau die.«

»Aber weshalb gerade sie? Warum?«

»Auch sie braucht Geld«, sagte Wanja. »Nach eigener Aussage liebte sie Jefim sehr, aber der hatte Probleme im Bett. Er rührte seine Frau ein halbes Jahr lang nicht an, doch Karina ist jung und hat viel Temperament. Sie brauchte Liebhaber.«

»Sie hat mit Maxim geschlafen!«

»Mit ihm auch. Außer ihm hatte sie noch einen Kerl an der Hand. Maxim war sozusagen der Mann für zu Hause. Der andere war fast noch ein Knabe. Karina steht auf junge Männer. Der Bursche war ein Gigolo, dem unsere treue

Ehefrau fortwährend Geschenke machen musste. Woher aber sollte sie das Geld nehmen? Gleb war nicht geizig. Er hielt die Schwiegertochter aus, ließ sie bei sich wohnen, essen und trinken, kaufte ihr Kleider und Geschenke, aber Bargeld gab es keins. Außerdem hatte Gleb seit der Heirat mit Rada für Jefim nicht mehr viel übrig. Er finanzierte zwar dessen Zeitung, aber das war es auch. Er hielt ein sterbendes Blatt am Leben, sorgte aber nicht für dessen Zukunft.«

Karina beginnt Rada zu hassen, die ebenfalls begreift, dass sie mit der Gattin ihres Stiefsohnes besser keine Spielchen treibt. So lebt Karina vor sich hin. Sie verachtet und hasst Rada, braucht aber ständig Geld für ihren Liebhaber. Da verfällt sie darauf, die Raritäten aus der Bibliothek ihres Schwiegervaters zu Geld zu machen. Ein schlechtes Gewissen hat sie deswegen nicht. Erstens ist Gleb kein wirklicher Bibliophiler, sondern benutzt die Bände lediglich als Geldanlage. Zweitens gilt die Mitnahme eines Buches nicht als Diebstahl. Drittens hält Karina Maß, nimmt nicht die wertvollsten Stücke, sondern stets nur Bände aus der zweiten Reihe. Bislang merkt das niemand.

Auch in dieser Nacht schleicht sich Karina in Glebs Bibliothek. Sie hat nur eine winzige Taschenlampe bei sich, die einen schwachen Lichtstrahl aussendet. Bei Tage wagt sie sich nicht in den ersten Stock, wo Gleb und Rada ihre Zimmer haben. Sie stiehlt nur bei Nacht, wenn sie sich überzeugt hat, dass alle schlafen.

Gerade hat sie einen Schrank geöffnet, da geht die Tür zur Bibliothek mit einem durchdringenden Knarren auf. Karina erschrickt fast zu Tode, schaltet die Taschenlampe aus und ist mit einem Sprung in der winzigen Toilette. Sie leidet Todesangst, denn, was tun, wenn das Gleb ist? Aber eine Minute später wird Karina klar, dass es nur ein Luftzug war. Doch da hört sie, wie Rada und Tina nebenan aufgeregt miteinander schwatzen.

Der Einfall kommt ihr sofort. Das ist eine hervorragende Gelegenheit. Schwiegervater und »Schwiegermutter« gleichzeitig loszuwerden! Sie wartet ab, bis Rada fest schläft, und schleicht sich dann in ihr Zimmer. Sie weiß, dass die junge Frau ihre Pistole in einem Fach unter dem Fensterbrett aufbewahrt.

Karina nimmt Radas echte Pistole und tauscht sie gegen das Spielzeug aus. Ihre Rechnung ist einfach. Rada, die sonst nie so früh aufsteht, wird um halb acht noch schläfrig sein und den Austausch nicht bemerken. Außerdem sehen sich die Pistolen sehr ähnlich. Zumindest dürfte sie eine Frau nicht unterscheiden können – beide sind klein, leicht, schwarz und haben einen Perlmuttgriff.

Karinas Rechnung ging auf. Rada sprang erst beim letzten Ton des Weckers aus dem Bett, streifte sich gähnend Jeans und T-Shirt über und setzte die Maske auf. Da klopfte auch schon Tina. »Mach schnell, Papa hat schon gefrühstückt.«

Rada griff eilig nach der »Schreckschusswaffe«, und die beiden Mädchen liefen kichernd in Glebs Arbeitszimmer.

Man muss sich Karinas Schock vorstellen, als sie erfuhr, dass das ersehnte Geld nun in noch weitere Ferne gerückt war. Keiner wusste doch, dass Gleb buchstäblich einen Tag vor seinem tragischen Ende ein neues Testament geschrieben hatte.

»Warum hat er das getan?«, murmelte ich.

Wanja musste lächeln. »Männer sind in der Mehrzahl Feiglinge, wenn sie das auch nicht gerne zugeben. Ich bin zum Beispiel in Ohnmacht gefallen, als mir der Schneidezahn plombiert wurde. Und wenn mir jemand sagt, dass ich operiert werden soll, dann kommt es mir vor, als stünde ich bereits mit einem Bein im Grab.«

»Vor dem Chirurgen hat jeder Angst«, warf Wolodja ein.

»Gleb Larionow hatte in der Taillengegend einen ziemlich großen Leberfleck«, fuhr Wanja fort. »Der störte ihn nicht weiter. Aber eine Woche vor seinem Tode hatte er eine sehr enge Hose getragen und den Leberfleck gereizt. Er blutete ein wenig und begann zu jucken. Gleb lief sofort zum Arzt. Der beruhigte ihn und meinte, der Leberfleck sei zwar gutartig, aber man sollte ihn besser entfernen. Der kalte, berechnende Geschäftsmann, der sich eine Zeitlang sogar mit Banditen eingelassen hatte, der zur Sowjetzeit, ich betone, zur Sowjetzeit, eine Million zusammenraffen konnte, machte sich fast in die Hose vor Angst wie ein kleines Kind.«

Der Familie sagte Gleb vorerst nichts. Rada wäre ihm nur auf die Nerven gegangen und hätte ihn ins Krankenhaus begleiten wollen. Gleb wünschte auf keinen Fall, dass seine Frau ihn schwach, hilflos und ängstlich sah. In der Klinik wollte er allein sein. Die Ärzte schlugen vor, den Leberfleck unter örtlicher Betäubung zu entfernen. Aber Larionow hatte Angst und verlangte eine Vollnarkose. Da zuckten die Mediziner nur mit den Schultern. Wer bezahlt, der bestellt auch die Musik – so ist das heutzutage. Einer warnte ihn aber: »Eine Vollnarkose ist stets eine große Belastung für den Organismus, dabei kann immer etwas …«

Damit jagte er Gleb einen noch größeren Schrecken ein. Aber Gleb fürchtete den Schmerz sehr. Er quälte sich noch einen Tag herum und entschied sich dann für die Operation. Für alle Fälle verfasste er ein neues Testament. Das alte lag schon lange bei seinem Anwalt. Seitdem hatte sich viel verändert. Jefim, Karina und Maxim gingen ihm zunehmend auf die Nerven. Die konnten und sollten sich ihren Lebensunterhalt selbst verdienen. Bei Rada und Tina war das etwas anderes. Ihnen vermachte er alles. Die Übrigen erhielten Kleinigkeiten, seine Enkelin Angelika eingeschlossen.

Als das Testament verlesen wurde, fiel Karina fast in Ohnmacht. Mit Gleb hätte sie sich noch einigen können, aber mit Rada?! Karina konnte ihre »Schwiegermutter«

nicht ausstehen, und der ging es mit ihr ähnlich. Jetzt aber sollte ihr gesamtes Wohlergehen von diesem Weib abhängen! Da hatte sich Karina den Trick mit der Pistole ganz umsonst ausgedacht! Aber sie gab sich noch nicht geschlagen. Von einer Telefonzelle rief sie den Ermittler an. Sie teilte ihm mit, die Mörderin sei Rada, und die Waffe liege in einem Geheimfach unter dem Fensterbrett in Frau Larionowas Zimmer. Das Geheimfach war im Hause übrigens allgemein bekannt. Bei einer so großen Familie war es schwer, Gewohnheiten zu verbergen und Geheimnisse zu haben. Tina und Rada dagegen glaubten, dass niemand diesen Ort kenne.

Aber nicht nur Karina litt schrecklich, als das Testament bekannt war. Noch einer erstarrte fast zu Eis, als er begriff, wie sehr sich sein Leben nun verändern würde. Es war Maxim. Während Jefim als Glebs leiblicher Sohn das Testament vor Gericht anfechten und versuchen konnte, wenigstens sein Pflichtteil einzuklagen, hatte er als Neffe diese Möglichkeit nicht. Das wusste er sofort. Allerdings hoffte Maxim, dass Rada ihn nicht im Stich lassen werde. Glebs Frau war zwar ein bisschen einfältig, aber nicht böse, und Maxim hatte nie wirklich Streit mit ihr gehabt. Ab und zu hatte er sogar bei ihren Streichen mitgemacht. Maxim fürchtete vor allem Jefim. Er wusste genau, dass sein Cousin ihn hasste und aus Aljabjewo vertreiben würde. Nach Hause zu seiner nörgelnden Mutter zurückkehren, das konnte und wollte er nicht. Maxim war verwirrt, deprimiert und ziemlich ratlos, was er tun sollte. Da wurde Rada verhaftet. Noch am Abend desselben Tages stieß er im Korridor auf Jefim. Der zischte ihn an: »Na, du Schmarotzer und Arschkriecher, es wird Zeit, dass du deine Sachen packst!«

»Hier hat immer noch Rada das Sagen«, gab Maxim zurück.

Jefim grinste hämisch. »Da irrst du dich. Rada ist eine

Mörderin, das heißt, das frühere Testament tritt in Kraft. Danach bin ich der Haupterbe.«

»Noch bist du es nicht«, erwiderte Maxim.

»Da scheiß ich drauf!«, blaffte Jefim. »Morgen will ich dich hier nicht mehr sehen!«

Maxim musste seinen Cousin anflehen, ihn wenigstens noch eine Woche in Aljabjewo zu dulden.

»Ach, geh doch zum Teufel!«, ließ Jefim fallen. »Nach dem Testament sollst du Vaters Wohnung kriegen? Dass du es nur weißt: Ich ziehe in dieser Sache vor Gericht. Seit wann hat ein Faulpelz und Nichtstuer wie du einen solchen Anspruch, wenn er nicht einmal ein direkter Verwandter ist?«

So weit hätte Jefim nicht gehen dürfen. Jetzt glaubte Glebs Neffe keine andere Wahl mehr zu haben, als Jefim umzubringen.

Wanja unterbrach seinen Bericht und zückte eine Zigarette. Da fiel ihm ein, dass er in einem Krankenzimmer saß. Enttäuscht steckte er die Schachtel wieder weg und fuhr fort: »Ich bin schon lange im Dienst, aber so etwas habe ich noch nicht erlebt.«

»Ich auch nicht«, stimmte ihm Wolodja zu. »Obwohl es genügend Killer gibt, die mit vorgetäuschten Unfällen arbeiten. Die lassen entweder einen Gasherd explodieren oder ein Elektrogerät Stromschläge austeilen. Das kommt immer wieder vor. Aber mit einem Hund …«

»Er hat also Emmy auf Jefim gehetzt?«, fragte ich leise. »Wie hat er das angestellt?«

»Darauf bist du nicht gekommen?«, fragte Wolodja erstaunt. »Warum hast du mir dann die Nummer des Jeeps durchgegeben, den angeblich der Killer fuhr?«

»Ich habe schon begriffen, dass die Steuerung, die Sina im Flur gefunden hatte, auf geheimnisvolle Weise Emmy aktiviert hat, aber ich wusste nicht, wie!«

Wanja griff wieder nach seinen Zigaretten.

»Geh doch ans Fenster und paff dort eine!«, schlug ich

vor. Erleichtert nahm der Ermittler das Angebot an. Dann fuhr er fort: »Maxim ist ein großer Hundenarr. Er wollte sogar einmal Tierarzt werden, aber seine Mutter erlaubte das nicht. Sie verlangte, der Junge solle einen ›anständigen‹ Beruf ergreifen. So ist aus Maxim ein sehr durchschnittlicher Ökonom geworden. Die Liebe zu den Tieren aber ist ihm geblieben.

Er besucht Ausstellungen, redet gern mit Hundekennern, hat Bekanntschaften mit den verschiedensten Leuten. Maxim ist nicht der ewig schlecht gelaunte Jefim, er ist ein netter, fröhlicher Bursche, der rasch Kontakt bekommt. Einer seiner Bekannten erzählte ihm von Emmy.«

Das Gespräch lag ein halbes Jahr zurück. Es entspann sich nach einer Hundeschau. Ein Bekannter, der Schäferhunde züchtete, hatte gerade mehrere Preise abgeräumt und war deshalb in Hochstimmung. Maxim und er fuhren in ein Restaurant, aßen und tranken. Der Barkeeper schaltete den Fernseher ein. In den Nachrichten gab es eine Meldung über einen Auftragsmord. Georgi, Maxims Bekannter, der schon eine Menge intus hatte, knurrte: »Das ist doch saublöd!«

»Wovon redest du?«, fragte Maxim.

»Na, einfach so in aller Öffentlichkeit auf einen zu ballern. Da weiß doch jeder, dass er ermordet werden soll. Das kann man wesentlich schlauer anstellen. Ihn in aller Stille vergiften oder etwas ganz anderes mit ihm machen!«

»Wenn er obduziert wird, kommt auch das raus«, widersprach Maxim.

»Nicht unbedingt«, lallte Georgi, dem die Zunge nicht mehr recht gehorchen wollte. »Man kann das so hinkriegen, dass keiner was beweisen kann!«

»Wie soll das gehen?«, fragte Maxim, der noch ein wenig nüchterner war.

Georgi stützte den Kopf schwer auf seine Fäuste und plapperte fremde Geheimnisse aus.

Er hatte einen Freund aus Kindertagen, der inzwischen Wissenschaftler war und an Hunden forschte. Für die Wissenschaft schnitt er die armen Tiere in Stücke.

»Du weißt doch« – Georgi kicherte –, »wie es den Wissenschaftlern jetzt geht. Die kriegen nur Kopeken bezahlt. Aber mein Freund Pawel fährt einen ausländischen Wagen und hat sich gerade eine Datsche gekauft.«

»Wo hat er denn das Geld her?«, fragte Maxim, der gern über fremde Vermögen redete.

Georgi wand sich ein wenig. »Pawel erzählt allen, seine Frau mache gute Geschäfte. Ich weiß aber, dass das Geld ganz woanders herkommt, und nicht zu knapp ... Hör zu! Pawel hat nicht umsonst sein ganzes Leben lang Hunde seziert. Er macht etwas, das nicht jeder fertigkriegt.«

Als Georgi geendet hatte, wusste Maxim nicht recht, was er von der Sache halten sollte. In seinem Suff hatte der Kumpel von Hunden gefaselt, denen man so etwas wie einen Chip ins Gehirn gepflanzt hatte.

»Stell dir vor«, flüsterte Georgi und hüllte Maxim in eine Wolke aus Schnapsdunst. »Pawel drückt auf die Fernsteuerung, und der Hund spielt im Augenblick verrückt, stürzt sich auf einen Menschen und versucht ihn in Stücke zu reißen. Kannst du dir denken, was passiert, wenn man den in ein Zimmer lässt, wo einer schläft? Der beißt dem glatt die Kehle durch, und niemand weiß, warum. Er hatte halt die Tollwut! So ein Tierchen ist sehr teuer, aber es gibt Leute, die sind bereit, dafür zu zahlen.«

Maxim schüttelte ungläubig den Kopf und bestellte seinem Freund einen starken Kaffee.

»Trink das, du weißt ja nicht, was du redest.«

Ganz glaubte er Georgis Geschichte nicht. Als er noch Veterinärmedizin studieren wollte, hatte er viel über Biologie und Zoologie gelesen. Maxim wusste, dass man schon lange mit den Hirnen von Tieren experimentierte, dass Wissenschaftler Hunde künstlich in Schlaf versetzen oder aufwecken und ihnen das Hungergefühl nehmen konnten. Es war durchaus vorstellbar, dass jemand das »Aggressionszentrum« gefunden hatte. Aber das Geschwätz des betrunkenen Freundes vergaß er bald.

Es fiel ihm erst wieder ein, als er darüber nachsann, wie er Jefim aus dem Weg räumen konnte. Maxim lud Georgi in ein Café ein und bat ihn ohne Umschweife: »Ich möchte, dass du mich mit deinem Freund bekannt machst, der diese Hundemonster züchtet.«

Als Georgi bei seinen Worten zusammenfuhr, war Maxim klar, dass es solche Tiere tatsächlich gab. Er musste Georgi lange bearbeiten, bis der, seinen Suff verfluchend, Maxim mit Pawel zusammenbrachte. Der Wissenschaftler stellte Bedingungen. Wenn der Hund nach dem Einsatz umkam, dann wurde das wesentlich teurer, als wenn Pawel ihn zurückerhielt. Der Preis war astronomisch, aber Maxim war bereit, ihn zu bezahlen. Dann ging es um die Einzelheiten.

»Wie kann ich ihn einfangen, um ihn zurückzuschaffen?«

Pawel brummte nur. »Das ist nicht mein Problem. Wenn der Hund eingeht, zahlst du den doppelten Preis.«

»Und wie schmuggle ich ihn ins Haus? Man darf ihn doch nicht mit mir in Zusammenhang bringen!«

Pawel zuckte nur die Achseln. »Meine Hunde sind dressiert und gehorchen aufs Wort. Habt ihr jemanden im Haus, der sehr tierlieb ist?«

»Da gibt es so ein dummes Ding«, sagte Maxim erfreut, »eine geradezu psychopathische Hundenärrin!«

»Wen kann er damit gemeint haben?«, fragte ich verwundert.

»Kannst du dir das nicht denken, meine Teure?«, sagte Wolodja und grinste.

Ich schwieg gekränkt. Wieso psychopathisch? Ich habe einfach Tiere gern!

»Ich teile Maxims Meinung natürlich nicht«, sagte Wanja rasch, »ich habe nur seine Worte wiedergegeben. Ich habe selber zwei kleine Bologneser zu Hause!«

Das wunderte mich nun sehr. Bologneser! Nie hätte ich gedacht, dass ein junger Mann sich solche Schoßhündchen anschafft. Das starke Geschlecht hatte es doch mehr mit Rottweilern, Staffordshires oder Bulldoggen …

»Maxim erhält Emmy«, fuhr Wanja fort, »und geht an die Umsetzung seines Planes, den er in allen Einzelheiten durchdacht hat. In einer verschlossenen Tasche bringt er Emmy ins Haus. Der kluge, abgerichtete Hund gibt keinen Laut von sich. Dann geht Maxim auf den Balkon seines Zimmers und beobachtet mit dem Fernglas die Zufahrt zu der Villa. Larionows Haus ist das letzte des Ortes. Gäste erscheinen dort selten und so gut wie nie ohne Einladung. Alle Familienmitglieder außer Tina fahren ausländische Luxuswagen. Als daher in der Ferne ein klappriger alter Lada auftaucht, ist Maxim sicher, dass es Tanja ist, die Frau, die er für eine psychopathische Hundenärrin hält.«

Wanja schwieg einen Augenblick und sagte dann mit einem milden Lächeln zu mir: »Entschuldige, aber Wolodja hat gesagt, dass du nicht besonders gut Auto fährst.«

»Na und?«, empörte ich mich, »man kann schließlich nicht in allem Spitze sein! Dafür kann ich hervorragend kochen, bestens bügeln, wenn ich das auch gar nicht mag, bin ungewöhnlich klug und sehr charmant.«

»Natürlich, natürlich«, sagte Wanja und nickte heftig. »Ich wollte dir nicht zu nahe treten, muss hier nur einfügen, dass du langsam und vorsichtig fährst, eine sehr lobenswerte Eigenschaft. Maxim weiß das und hat daher die Zeit, hinunterzulaufen und Emmy unbemerkt vor das Tor zu setzen. Der dressierte Hund erhält den entsprechenden Befehl und täuscht dir eine Verletzung vor. Du nimmst dir das ›arme, kranke‹ Tierchen sofort zur Brust und entfaltest hektische Aktivität: Du rufst die Tierärztin herbei, badest Emmy, fütterst sie und schickst die Kinder los, die überall im Ort Zettel aufhängen.

Nachts, als alle schlafen, öffnet Maxim vorsichtig die Tür zu Jefims Zimmer und bringt Emmy hinein. Er setzt sie direkt auf die Brust seines Cousins, der in tiefem Schlaf liegt, und betätigt die Steuerung. Das Risiko ist gering. Karinas Bett steht in einem anderen Raum, die Eheleute haben getrennte Schlafzimmer.

Emmy bekommt ihren Anfall und stürzt sich auf den schlafenden Jefim. Maxim verlässt rasch das Zimmer und kehrt in seines zurück. Das alles geschieht bei absoluter Dunkelheit. Daher bemerkt er nicht, wie die Steuerung ihm aus der Hosentasche rutscht und hinter die Figur rollt, die im Korridor steht. Das Haus ist voll von diesen Vasen und Skulpturen verschiedenster Art an den unwahrscheinlichsten Stellen.

Am Morgen wird es laut im Haus. Maxim springt auf und läuft hinunter. Er muss Emmy ›abschalten‹, denn in diesem Zustand ist sie gefährlich. Aber die Steuerung ist weg.

Maxim ruft Pawel an und fragt: ›Was soll ich machen? Ich habe keinen Einfluss mehr auf Emmy!‹

Pawel flucht grässlich, bringt aber Maxim rasch ein Ersatzgerät.«

»Jetzt weiß ich es wieder«, schrie ich auf, »wo ich den Kerl im Jeep gesehen habe! Er kam zu unserem Tor gefahren, als wir versuchten, Emmy einzufangen. Maxim hat noch gesagt: ›Geht alle wieder rein, der Hund ist gefährlich, ich versuche es allein. Ein Freund von mir ist gerade gekommen. Das mache ich lieber mit ihm.‹ Und ich habe ihn noch bewundert für seinen Mut und seine Selbstlosigkeit.«

»Da hast du dich geirrt«, sagte Wanja. »Er hat nun wieder eine Steuerung in der Tasche und kann die aufgeregte Familie als Augenzeugen nicht gebrauchen. Es gelingt ihm auch, sie loszuwerden. Nun hält er die Steuerung in alle Richtungen und betätigt sie immerfort. Nach fünf Minuten hört er ein leises Winseln. Maxim geht dem Geräusch nach und findet die völlig entkräftete Emmy. Der Rest ist einfach. Er nimmt das Tier auf und gibt es Pawel zurück. Das war's schon. An dem Tag, als du in der Werkstatt zufällig auf Pawel gestoßen bist, war er gerade unterwegs zu einem neuen Kunden. Daher wurde er fuchsteufelswild, als er sah, dass es einem fremden Weib gelungen war, seinen Hund auf unbegreifliche Weise in ›Kampfstimmung‹ zu versetzen. Danach ist Emmy stets völlig entkräftet. Pawel weiß, wenn er sie ohne mindestens 24 Stunden Erholung ein zweites Mal ›aktiviert‹, kann es sein, dass sie nicht in die nötige Form kommt. Der Kunde aber wartete, und er hatte bereits bezahlt. Daher sein auf den ersten Blick unerklärlich brutales Verhalten. Er ist ein wohlhabender Mann und hätte sich mit einer Entschuldigung und einem Lächeln aus der Situation herauswinden sollen. Vielleicht mit einem Spruch wie: ›Na so was, bei der Hitze ist mein Hund total ausgeflippt. Bitte, nehmen Sie das für den zerkratzten Wagen.‹ Aber Pawel war nervös und wurde daher gegen die neugierige Frau handgreiflich.«

»Aber dein Kopf, Tanja«, warf Wolodja ein, »muss ja aus reinem Edelstahl sein! Nicht einmal der Feuerlöscher konnte ihm etwas anhaben.«

»Hör auf!«, fuhr ihn Wanja unerwartet an. »Das kann schließlich jedem passieren.«

»Übrigens« – Wolodja war nicht zu bremsen – »der Feuerlöscher hat eine Delle!«

Wanja beschloss, den übermütigen Major zu ignorieren, und fragte: »Ist jetzt alles klar?«

Ich nickte nachdenklich. »Im Großen und Ganzen schon. Das Zimmermädchen Asja Lomakina hat Jefim für seine Falschaussage bezahlt. Er wollte unbedingt, dass die Schuld an Rada hängenbleibt.«

»Ich weiß«, sagte Wanja und nickte. »Wir haben das Mädchen gefunden.«

»Wo?«, entfuhr es mir. »Und wie? Mich hat sie mit irgendeinem Falomejewo reingelegt.«

»Asja ist schon eine ganz Schlaue«, sagte der Ermittler grinsend. »Aber alle verkauften Wohnungen werden registriert. In Marjino ist sie uns ins Netz gegangen.«

»Diese Lügnerin!«

Wanja musste lachen.

»Die hat dich ganz schön an der Nase herumgeführt.«

»Und was geschieht jetzt mit Rada?«

»Sie ist wieder zu Hause. Sie wollte dich gleich besuchen, als wir ihr erzählt haben, welch stürmische Aktivitäten du entfaltet hast, um sie uns aus den Fängen zu reißen. Aber der Arzt hat sie nicht zu dir gelassen. Auch wir haben uns sehr anstrengen müssen, um eine Besuchserlaubnis zu erhalten. Er sagt, du seist noch sehr schwach. Was macht denn dein Kopf, tut er noch weh?«

»Kein Stück«, erwiderte ich gut gelaunt, »und übel ist mir auch nicht mehr!«

»Sag ich doch, ein natürlicher Stahlhelm«, warf Wolodja ein und prustete los, »dazu ist sie stur wie ein Nashorn. Mit der darfst du dich nicht anlegen! Die greift immer direkt an, auch gegen jeden gesunden Menschenverstand!«

Das war mir nun doch zu viel.

»Wenn ich nicht so eine wäre, dann säßest du heute noch im Gefängnis! Wer hat dich dort rausgeholt, na?«

Jetzt sagte Wolodja gar nichts mehr. Ich nahm Wanja die Zigaretten aus der Hand.

»Gib mir auch eine!«

»Darfst du denn?«

»Mir doch egal, wo ist das Feuerzeug? Rada wird sich jetzt wohl mit ihrer Mutter aussöhnen … Eines wundert mich allerdings …«

»Was denn?«, fragte Wanja neugierig.

»Anastasia-Angelika hat mir erzählt, Gleb hätte die Gewohnheit gehabt, alle Bräute Maxims sorgfältig überprüfen zu lassen. Er wollte nicht, dass jemand in seine Familie eindringt, der es nicht wert ist. Warum hat er das bei Rada nicht getan?«

Wanja musste lächeln. »Er wusste über ihre wahren Familienverhältnisse genauestens Bescheid. In dem Safe, den nur er öffnen konnte, haben wir mehrere Berichte von Leuten gefunden, die Radas Hintergrund recherchiert haben. Die Situation kam ihm zupass, so, wie sie war. Wenn seine Frau sich als Waise ausgab, weil sie mit ihren Eltern nichts zu tun haben wollte, hatte er eine Sorge weniger. Er sehnte sich durchaus nicht danach, eine hysterische Dame wie Tamara zur Schwiegermutter zu bekommen. Außerdem wollte er seiner geliebten Frau keine Lüge vorwerfen, deshalb behielt er das Ganze für sich.«

Für einen Moment war es still im Raum. Im Nebenzimmer hörte man den Fernseher dudeln.

»Ach je«, rief Wanja plötzlich aus, »so was Dummes! Ich habe dir doch eine Bonbonniere mitgebracht! Die liegt jetzt draußen im Wagen. Wolodja, sei ein Kumpel und hol sie mir schnell!«

»Warum denn ich?«, fragte der Major entrüstet. »Was man nicht im Kopf hat, muss man in den Beinen haben.«

»Deine Kiste geht so schlecht auf«, nörgelte Wanja. »Da brauche ich zwei Stunden! Sei ein Kumpel!«

»Na gut«, lenkte Wolodja ein. »Sonst machst du mir am Ende noch was kaputt!«

Er ging. Wanja schwieg einen Moment und fragte dann: »Du nimmst mir doch nicht übel, dass ich das mit der ›psychopathischen Hundenärrin‹ gesagt habe?«

Ich zuckte gleichmütig die Schultern. »Ich bin nicht bei jedem Wort beleidigt. Schließlich habe ich auch das mit dem ›natürlichen Stahlhelm‹ geschluckt.«

»Das hat Wolodja gesagt«, stellte Wanja fest. »Für mich

bist du eine kluge, schöne und sehr attraktive Frau. Übrigens wirst du bald entlassen.«

»Klar, umsonst behalten die keinen hier.«

»Gehen wir mal zusammen einen Kaffee trinken?«

Ich nickte. Deshalb also hatte er Wolodja aus dem Zimmer geschickt. Ein Rendezvous wollte er mit mir verabreden. Nun hatte ich schon zwei Bewerber zu meinen Füßen – zuerst Konstantin Michailowitsch und jetzt Wanja ... Ich kam mir vor wie Messalina, besser gesagt, Kleopatra oder gar die Schöne Helena ...

»Im Auto liegen keine Pralinen«, teilte Wolodja mit. »Bist du sicher, dass du sie hineingelegt hast?«

Wanja zwinkerte mir zu. »Tatsächlich? Am Ende habe ich sie auf meinem Schreibtisch liegenlassen. Da muss ich wohl Tanja noch einmal besuchen, damit sie nicht alt werden.«

Eine Woche verging. Ich wurde aus dem Krankenhaus entlassen. Am Freitagabend tauchte Wolodja Kostin bei uns auf.

»Wie du das alles so toll herausgefunden hast«, rief ihm Lisa zu, »wir hätten da nie durchgeblickt!«

»Na, ganz so ist es nicht«, warf ich empört ein. »Ich war fast am Ziel! Noch ein paar Tage, und ich hätte den Täter geschnappt!«

»Ach, Tanja«, sagte Wolodja mit einem Seufzer. »Ich rate dir gut: Geh zu einem Schneiderkurs.«

»Warum denn das?«

»Es ist so ein tolles Hobby für eine Frau! Du kannst dir selbst und deinen Freundinnen Röcke und Blusen nähen. Das ist schön, ungefährlich und man bekommt viel Beifall dafür«, erklärte Wolodja mit todernster Miene.

»Nichts für mich!«, widersprach ich. »Wenn ich einen Knopf annähen soll, verfitzt sich sofort der Faden.«

»Aber irgendeine Begabung musst du doch haben«, brummte der Major. »Muss es denn unbedingt die Privatdetektivin sein? Werde doch lieber Modedesignerin!«

»Vielleicht hat er recht«, meldete sich unerwartet Lisa. »Das wäre doch geil! Wir könnten auf Modenschauen gehen und deine Kollektionen bewundern!«

Sie hatte noch gar nicht mitbekommen, wie sehr Wolodja sich über mich lustig machte. Davon wurde ich nur noch wütender.

»Na, vielen Dank auch! Ich kann durchaus selber herausfinden, was für mich das Beste ist. Ich hasse es, zuzuschneiden, zu nähen und zu stricken! Was ich da zusammenschustern könnte, wäre ja doch nur ein Feigenblatt.«

»Ein Designer-Feigenblatt!«, rief Wolodja und lachte. »Das wäre toll! Stellt euch das Ding vor, mit Bändern, Schleifchen und Troddeln geschmückt und in der Mitte von Tanja krumm und schief angenähte Knöpfe. Du solltest es wirklich versuchen! Ein Designer-Feigenblatt! Das wär's doch!«

Mir blieb vor Wut die Spucke weg. Von wegen Designer-Feigenblatt! Na warte, Wolodja, dir zeig ich's noch!

Epilog

Rada erbte Gleb Larionows ganzes Vermögen. Als sie es hatte, ging sie mit Tina und Charly aus Aljabjewo fort. Wohin, weiß ich nicht. Beim Abschied umarmte mich die Witwe Larionowa und sagte mir ins Ohr: »Du bist jetzt meine beste Freundin!« Aber ihre neue Adresse hat sie mir nicht verraten.

Ich könnte sie natürlich suchen, aber, ehrlich gesagt, will ich das nicht. Und auch für Rada wird es besser sein, nicht ständig durch meine Anwesenheit daran erinnert zu werden, dass sie ihren Mann umgebracht hat, auch wenn sie es gar nicht wollte. Ich weiß nicht einmal, ob sich Rada mit ihrer Mutter ausgesöhnt hat.

Ende September war unser neues Haus fertig. Roman Milowidow übergab mir alle Papiere, die es als unser Eigentum ausweisen, und die Schlüssel. Die Zimmer hatte ein Innenarchitekt eingerichtet, und uns wurde leicht schwindlig von all dem Leder, der Bronze und dem Blattgold. Aber wir werden uns schon daran gewöhnen. Wenn uns auch das alte Haus mit seinen bunt zusammengewürfelten Möbeln, den knarrenden Betten und den Schränken mit den schlecht schließenden Türen besser gefallen hat.

Karina sitzt in Untersuchungshaft und wartet auf ihren Prozess. Galina Michailowna wird nun die Liebe zu ihr mit Taten beweisen müssen. Es ist eine Sache, in einem luxuriösen Salon auf der Couch zu liegen und zu säuseln: »Ach, mein Töchterchen, ich küsse dich. Ach, Sina, bringen Sie doch den Kaffee.« Oder mit einer schweren Tasche vor dem Schalter Schlange zu stehen, wo etwas zu essen für die Häftlinge abgegeben wird. Dann folgen die langen Jahre der Lagerhaft, die schiefen Blicke der Nachbarn, das Getratsche hinter dem Rücken ... Galina Michailowna wird es nicht leicht haben, weder moralisch noch materiell, denn eine Gefangene zu unterhalten ist eine teure Angelegenheit. Ich bin mir nicht sicher, ob die verwöhnte, launische und egoistische alte Dame diese Prüfung bestehen wird.

Auch Maxim und Pawel warten auf ihren Prozess. Was aus Rosa Konstantinowna wurde, ist mir nicht bekannt.

Die in Robert so heiß verliebte Anastasia ist in der großen Stadt Moskau untergetaucht. Robert hat das verarmte Wesen ohne reichen »Großvater« bestimmt nicht zum zweiten Mal geheiratet. Sicher ist er auf der Suche nach einer Dame, die ihm den Bau eines noch größeren »Psychoenergie-Verstärkers« finanzieren kann. Anfangs wollte Wolodja Kostin gegen das Pärchen ein Verfahren wegen Betrug eröffnen, aber das habe ich ihm ausgeredet. Gleb Larionow ist tot, und Anastasia hat von selbst das Weite gesucht. Larionows Verwandten hat sie nichts weggenommen. Nur die Geschenke ihres »Großvaters« sind ihr geblieben. Nun muss sie selber mit ihrem Leben zurechtkommen. Vor allem wird sie es unter falschem Namen fortsetzen müssen. Ich wusste nicht recht, was ich für sie empfand – Mitleid, Abscheu oder Entrüstung?

»Vielleicht hast du recht«, sagte Wolodja. »Das Leben ist ihre härteste Strafe. Und mit den Morden haben sie nichts zu tun. Wozu sich weiter mit ihnen abgeben? Es gibt Wichtigeres zu tun.«

Olga moderiert jetzt im Fernsehen eine andere Show. Wenn jemand gut aus der Sache herausgekommen ist, dann sie. Ihre Sendung hat sofort wieder höchste Quoten eingefahren, so dass sie sich vor den Angeboten der Werbeindustrie kaum retten kann.

Das Haus der Larionows in Aljabjewo steht leer und verlassen da. Wahrscheinlich wird es verkauft. Von Emmys weiterem Schicksal habe ich nichts gehört. Ich will auch nicht danach fragen. Jeder weiß, wie sehr ich Tiere liebe, aber ich fürchte, dass ich sie am Ende noch zu mir nehmen soll. Einerseits ist sie ein süßer und kluger Hund. Sie trägt keine Schuld daran, was Menschen mit ihr gemacht haben. Andererseits halte ich sie mir lieber vom Leibe.

In unserem Leben hat sich kaum etwas verändert. Katja, Serjosha und Julia sind von ihren Dienstreisen zurück. Wir haben unsere gründlich renovierte Stadtwohnung wieder in Besitz genommen. Der Sommer ist zu Ende, der Herbst hat angefangen. Die Kinder gehen wieder zur Schule, es regnet viel, und manchmal spürt man morgens schon einen Hauch des kommenden Winters.

Den Kaffee mit Wanja habe ich erst Anfang Oktober getrunken. Früher kamen wir einfach nicht zusammen. Er war sehr beschäftigt, und auch ich habe nicht mehr Freizeit in Hülle und Fülle. Aber am Ende trafen wir uns doch noch in einem netten und nicht sehr lauten Café namens *Mocca*.

Als wir uns gesetzt hatten, fragte Wanja: »Fleisch oder Fisch?«

Zehn Minuten lang berieten wir, was wir essen wollten, dann kamen wir ins Erzählen. Plötzlich sagte mein Kavalier: »Ich geh mir kurz mal die Hände waschen.« Und weg war er.

Als ich so allein dasaß, schaute ich mir die Gäste an. Das *Mocca* war voll, die Tische standen dicht gedrängt, Rauchschwaden stiegen zur Decke auf, im Hintergrund dudelte Musik. Dann wurde offenbar die CD gewechselt, denn der Geräuschpegel ging merklich zurück. In der Stille hörte ich jemanden wütend zischen: »Du Schwein, dich umzubringen ist noch viel zu wenig! Ich hasse dich! Verrecken sollst du! Das ist für dich!«

Ein leises Klicken ertönte, wie wenn eine Pistole mit Schalldämpfer abgeschossen wird, und dann klirrte es. Ich fuhr herum. Der Mann am Nebentisch lag mit dem Gesicht auf dem Teller, und unter seinem Kopf bildete sich langsam eine dunkelrote Pfütze. Eine ziemlich füllige Blondine mit knallblauer Handtasche am Arm lief eilig zum Ausgang. Die gerade wieder einsetzende Musik übertönend, schrie ich auf: »Bleib stehen! Haltet sie fest, sie ist eine Mörderin! Schnell, schnell!«

Im Saal gab es Tumult. Die Sicherheitsleute, die an der Tür standen, packten die Blondine. Die kreischte wie wild. Die Musik verstummte ganz, und die Gäste liefen zusammen, um zu sehen, was passiert war.

»Ruft sofort die Miliz!«, schrie ich, so laut ich konnte, »und einen Rettungswagen, los, macht schon!«

Die Kellner liefen ratlos hin und her, denn sie befürchteten, ein Teil der Gäste könnte das Durcheinander benutzen und sich davonmachen, ohne zu bezahlen. Die Blondine wütete wie eine Katze, der man den Schwanz in der Tür eingeklemmt hat.

»Lasst mich los, ihr Misthunde, ihr blöden Hammel!«

Da erschien Wanja auf der Bildfläche, erfasste sofort, was geschehen war, zückte seinen Dienstausweis und schnarrte: »Ruhe hier! Ich bin von der Miliz!«

Sofort wurde es still im Raum. Selbst die Blondine hörte auf zu kreischen und trat den Sicherheitsleuten nur noch mit ihren spitzen Absätzen auf die Füße.

»Was ist passiert?«, fragte Wanja finster. »Was schreist du so, als hätte man dir was getan?«, fragte er in meine Richtung. Ich wies mit dem Finger auf unseren Nachbartisch.

»Sie hat ihn umgebracht, ich habe selbst gehört, wie …«

»Du blöde Gans, du Idiotin!«, hub die Blondine wieder an.

»Ruhe hier!«, blaffte Wanja.

Dann geschah etwas Unerwartetes. Der Kopf der »Leiche« hob sich, ließ einen lauten Rülpser hören und fiel wieder auf die Tischplatte.

»Der lebt doch noch«, raunte die Menge.

»Na klar!«, kreischte die Blondine auf. »Er hätte noch viel mehr verdient, der Schweinehund! Lädt mich ein und kommt schon besoffen hier an! Pichelt weiter und wird sternhagelblau! Ich hab ihm eine reingehauen, da ist er mit der Schnauze in den Teller gefallen!«

»Und das Blut?«, stammelte ich.

Die Sicherheitsleute, die sahen, dass nichts Schlimmes passiert war, ließen die Blondine los.

»Vielleicht hat er eine Flasche Rotwein umgestoßen«, meinte einer der beiden, »aber Sie haben gleich Zeter und Mordio geschrien!« Die Blondine stieß einen Laut aus, als sei neben uns ein Düsenjäger gestartet. Sie griff sich einen Bierseidel vom nächsten Tisch und schleuderte ihn in meine Richtung. Das schwere Ding traf mich an der Stirn, und der Griff fuhr mir ins Auge. Eine halbe Stunde später hatten sich alle beruhigt. Der betrunkene Mann wurde weggebracht, die Blondine ging zur Toilette, um sich wieder schön zu machen. Wanja seufzte tief auf.

»Heute Nacht, meine liebe Tanja, wirst du nicht schlafen können.«

»Warum denn nicht?«

»Unter deinem Auge wächst eine solche Laterne, die wird dich mit ihrem Licht stören. Und was macht dein Kopf? Tut er nicht weh? Der Bierkrug war schwer!«

»Du wirst es nicht glauben, aber ich spüre überhaupt nichts.«

Wanja kicherte leise. »Offenbar hat Wolodja recht, dir ist wirklich ein natürlicher Stahlhelm gewachsen! Nichts ficht dich an, weder ein Feuerlöscher noch ein Bierkrug. War dein Vater nicht zufällig der Eiserne Holzfäller?«

Ich kümmerte mich nicht weiter um seine Sticheleien, sondern aß in aller Ruhe den erstaunlich wohlschmeckenden Fisch. Ich hatte mich eben geirrt. Das kann doch jedem passieren. Wanja mag spotten, so viel er will. Ich sitze bereits wieder an einem sehr komplizierten Fall, den nur ich entwirren kann. Soll Wanja ruhig über mich lachen, am Ende werden wir ja sehen. Wie heißt es doch? Wer zuletzt lacht, lacht am besten.

Darja Donzowa
Verlieb dich nie in einen Toten
Kriminalroman
Aus dem Russischen von Helmut Ettinger
363 Seiten
ISBN 978-3-7466-2463-1

Mit Witz, Charme und originellen Tricks

Tanja kann es nicht glauben: Wolodja Kostin, Major bei der Miliz und bester Freund der Familie, soll seine Geliebte erstochen haben. Da erfährt sie von seinem Tod im Gefängnis. Zu allem Unglück taucht auch noch eine seiner Verflossenen auf, hochschwanger. Tanja zieht alle Register, um herauszufinden, wer wirklich hinter all dem steckt.

»Ein sehr unterhaltsamer Krimi á la Miss Marple.« BUNTE

Mehr Informationen erhalten Sie unter
www.aufbau-verlag.de oder in Ihrer Buchhandlung

aufbau taschenbuch

Darja Donzowa
Vögel, die am Abend singen
Kriminalroman
Aus dem Russischen von Helmut Ettinger
386 Seiten
ISBN 978-3-7466-2506-5

»Die russische Miss Marple«

BRIGITTE

Tanja begegnet völlig überraschend ihrer Jugendliebe Edik wieder. Damals am Moskauer Konservatorium sagte man ihm eine Weltkarriere als Geiger voraus. Heute ist er Friedhofsdirektor – und wird kurz nach ihrem Zusammentreffen erstochen. Tanja ist schockiert und beginnt zu ermitteln. Mit erlaubten und unerlaubten Tricks sucht sie nach dem Mörder und gerät in eine Welt geheimnisvoller Leidenschaften.

»Mord und Totschlag mixt Donzowa liebevoll mit Zupfkuchen-Flair und skurrilem Wortwitz.« GLAMOUR

Mehr von Darja Donzowa im Aufbau Taschenbuch:
Verlieb dich nie in einen Toten. Kriminalroman. AtV 2463-1
Bis dass dein Tod uns scheidet. Kriminalroman. AtV 2426-6
Perfekt bis in den Tod. Kriminalroman. AtV 2343-6
Spiele niemals mit dem Tod. Kriminalroman. AtV 2294-1

Mehr Informationen erhalten Sie unter
www.aufbau-verlag.de oder in Ihrer Buchhandlung

aufbau taschenbuch